刘云光文集

LIUYUNGUANGWENJI

老谝题

刘云光 著

山西出版传媒集团

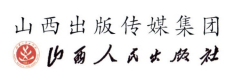

山西人民出版社

作者父亲：刘致田（1911年1月7日　农历腊月初七至2000年11月25日 农历十月三十 享年91岁）

作者母亲：李季秀（1917年12月12日 农历十月廿八至2011年4月23日　农历三月廿一 享年95岁）

1934年1月15日刘云光出生于中阳县宁乡镇尚家峪村的一个贫苦农民家庭。

1951年10月1日正值风华正茂的刘云光。

60年代初的刘云光。

刘云光同志的老家中阳县宁乡镇尚家峪村新貌。

1958年11月刘云光(右二）在《离石报》工作时与编辑部成员留影。左起曲通滋,张恒，刘秀昇，刘云光，闫德志

1977年省委书记王谦在中阳视察时与中阳县委、县革委会领导合影。刘云光(后排右二)

1984年吕梁行署副专员韩健民在中阳调研时与刘云光同志亲切交谈。

1984年岚县政协副主席、统战部部长高子谦与刘云光同志亲切握手。

1974年刘云光同志在中阳金罗镇高家沟村下乡时与县文化馆副馆长、高级摄影师马文宇留影。

1983年春刘云光在古城中阳。

1983年在中阳县政府办工作时刘云光同志与政府办工作人员合影。

1985年刘云光同志在中阳县政协工作会上作笔记。

1986年刘云光同志在中阳县通讯员培训会上讲话。

1984年刘云光同志在共青团中阳县委召开的"团徽闪光"座谈会上。

1984年7月9日刘云光（前排左三）与政协中阳县第一届委员会常委合影。

千錘萬鑿出深山　烈火焚燒若等閒

粉骨碎身渾不怕　要留清白在人間

錄于謙咏石灰詩　丁卯初秋

1987年秋刘云光在中阳政协工作时练习书法。

刘云光同志列席山西省政协六届一次会议。

1985年时的刘云光同志

1990年刘云光同志在县政协会议上讲话。

1983年刘云光同志在广州考察时留影。

1983年刘云光同志在广州考察时留影。

1985年中阳县第八届人民代表大会留影。刘云光（三排右起第十三）

1990年5月19日中阳县第十届人民代表大会留影。刘云光（前排右起第四）

1990年6月20日中阳县第九次党代会新当选的全体县委委员合影。刘云光（后排左二）

1991年6月12日中阳县四大班子领导欢送县委书记郝有亮荣调。刘云光（前排右二）

　　1985年2月与曾经在县政府一起工作的同志合影。　　前排右起：刘云光、宋远见、刘定祥、刘技传、郝有亮、施国祥、杨水源。后排右起：张书林、贺兵锁、刘乃平、郭晓龙、陈国荣、高学成、李兵兵

　　1986年在政协中阳县二次一届会议期间，参加委员讨论。右起施国祥、冯天龙、张福荣、刘云光、薛仁亮、周吉胜、武贵廉、任福保、杨茂林

2004年8月14日曾在中阳县农业战线工作过的老同志十八年后相聚留念。刘云光（前排左一）

2009年7月1日中阳县老干部活动中心落成纪念。刘云光（前排左六）

2007年10月23日中阳县老龄人才资源开发协会成立大会留念。刘云光（前排右一）

2009年清明节与兄弟、堂哥留影。刘云光（左二）

2000年春，刘云光夫妇与他的妹妹、妹夫、弟弟合影。

2000年春、刘云光同志兄弟、姐妹八人与母亲留影。刘云光（后排右三）

2010年2月15日刘云光同志一家五代人欢聚一堂共度新春佳节。

2010年春节,七十八岁的刘云光同志与九十四岁的老母亲共进午餐。

2004年5月刘云光同志夫妇与大孙女于苏州公园。

2004年5月刘云光同志与老伴在南京中山公园。

2000年春节刘云光同志与老伴留影。

世界人民大团结

2009年5月22日刘云光同志与老伴在天安门前留影。

2009年5月22日刘云光同志与老伴在天安门广场留影。

2009年5月22日刘云光同志与老伴在故宫留影。

1986年9月中阳县四大班子领导与各乡镇负责人参加农业观摩会时留影。刘云光（前排右二）

1994年12月中阳县四大班子领导欢送部分荣调、荣退同志合影。刘云光（前排右二）

2012年春节，刘云光80岁时与18位同龄人留影。前排右起：苗巧英、刘云光、张庚辛、张学厚、李云川。中排右起：张文质、任秀生、贺振宁、刘德清、梁厚兴、任国梁、王有玉。后排右起：张昌林、袁明星、李毓文、杨平、高明祥、付兰英。

2009年5月26日刘云光同志与老伴在颐和园留影。

2009年5月26日刘云光同志在颐和园留影。

2011年11月3日刘云光同志与老伴留影。

刘云光文集｜刘云光

LIUYUNGUANGWENJI

序

前言

刘云光小小说

民间故事辑录

现实生活写真

后记

目 录
MULU

序

序 ………………………………………………………………………… 1

前言

前言——我的笔耕路 ……………………………………………… 1

刘云光小小说

红绿绳 …………………………………………………………… 3

地邻 ……………………………………………………………… 7

金锁埋娘 ………………………………………………………… 10

七爷 ……………………………………………………………… 12

财迷脑 …………………………………………………………… 14

半夜搬家 ………………………………………………………… 16

黄牌书记 ………………………………………………………… 19

十五个党员担水点种 …………………………………………… 22

外乡人 …………………………………………………………… 24

马兰擒贼 ………………………………………………………… 28

亲家 ……………………………………………………………… 29

婚变……………………………………………31

情变……………………………………………35

伶伶下岗………………………………………40

一个寡妇的爱情悲剧…………………………45

冯局长的不慎之举……………………………49

瘸村长的模范奖状……………………………51

山村奇事………………………………………54

父贷子还………………………………………59

梁山弟兄………………………………………61

小委员治村……………………………………63

送礼……………………………………………65

棋迷……………………………………………67

唉！这对夫妻…………………………………69

卖摩托…………………………………………73

石记……………………………………………76

脱贫梦…………………………………………77

丢钱丢出喜事来………………………………79

心喜复婚………………………………………81

新的一课………………………………………83

郁子续妻………………………………………86

兄妹俩…………………………………………89

还贷款…………………………………………92

血指印…………………………………………94

孪生兄弟………………………………………97

二舅……………………………………………99

风雪人夜归……………………………………102

马寡妇的笑……………………………………104

文明苑里的东郭先生…………………………114

孙寡妇和她的狗………………………………118

石山遇鬼………………………………………121

双喜临门 ……………………………………………………… 124

水乡的媳妇旱垣的婆 …………………………………… 128

办年货 ……………………………………………………… 131

风水先生 …………………………………………………… 134

丑桃 ………………………………………………………… 137

"孬小"破案 ……………………………………………… 146

"山霸"之死 ……………………………………………… 153

两家人 ……………………………………………………… 157

春辉和云美 ………………………………………………… 163

梁大包二奶 ………………………………………………… 167

因祸得福 …………………………………………………… 175

麻三美容 …………………………………………………… 177

没听老婆的话做对了 ……………………………………… 179

蜜蜂缘 ……………………………………………………… 183

情仇 ………………………………………………………… 188

亲姑舅 ……………………………………………………… 192

弯路 ………………………………………………………… 195

一个大学生回村挂职的故事 ……………………………… 200

老局长嫁女 ………………………………………………… 206

"钉子户"还贷 …………………………………………… 209

风雨途中 …………………………………………………… 212

善有善报 …………………………………………………… 219

媳为媒 ……………………………………………………… 224

三妹成神 …………………………………………………… 226

民间故事辑录

村姑巧治钱先生 …………………………………………… 231

王家一门三进士 …………………………………………… 236

关于重版《王府一门三进士》的说明 …………………… 240

高明义举办水利 ·· 241

高山夸富 ·· 242

现实生活写真

赤子情深报桑梓 ·· 247

老书记的两件事 ·· 250

从写对联、贴对联想到的 ·· 252

我的第一个老师 ·· 254

一篇作文引来的祸端 ·· 256

赞妻 ·· 258

运动治了我的老胃病 ·· 260

孝子赵跃原 ·· 262

一位志愿军的婚恋故事 ·· 264

三代人的病历 ·· 266

诚信做人，勤劳为本 ·· 268

母亲的针线格栳栳 ·· 270

刑场脱险 ·· 272

访问张居乾 ·· 274

老板扫街 ·· 280

他步入了神奇的音乐殿堂 ·· 282

姑当母孝，侄比儿亲 ·· 284

两亩玉茭 ·· 286

雪耻 ·· 288

穆忠义有个好儿媳 ·· 290

一身正气　两袖清风 ·· 292

此风应刹不应兴 ·· 296

义务健身指导员王占夫 ·· 297

光明磊落　浩气常存 ·· 301

两次立功 ·· 306

康冰清旧情难忘　张学厚慷慨解囊……………………309

人都有个老来时……………………314

山城忆……………………316

扎根农村　造福乡里……………………319

张学厚的果园情……………………322

千钧一发　死里逃生……………………325

人在路上　路在心上……………………327

老干部的贴心人……………………342

我们全家人沾了吃早餐的光……………………345

后记

后记……………………348

序 | XU

　　一生有万念，而足定平生善恶者，数念而已；一生历万事，而足证平生功愆者，数事而已；一生破万卷，而足使平生明道者，数卷而已；一生览万象，而足令平生顿悟者，数象而已；一生存万端，而足决平生成败者，数端而已；一生遇万人，而足称平生知己者，数人而已。亲人是祖先留给我们的朋友，朋友是我们自己找到的亲人！几十年的生活、工作经历中，遇到过的人和事太多太多了。经过大浪淘沙，也有不少志趣相投、性情相合的知心朋友。刘云光就是家乡众多朋友中一个令我钦佩和尊重的良师益友。

　　我和刘老相差22岁，是典型的忘年交。我们相识于20世纪70年代初期，真正交往是80年代中期，当时他任中阳县政府办公室主任，我任副主任，工作上的合作，尤其是相同的写作爱好，使我俩结下了深厚友谊。那时我们经常一起加班、一起讨论材料。我们都迷恋着新闻写作和文学作品。工作之余，我们舞文弄墨，给报社、杂志写些小东西；闲暇时候，我们把酒论诗，遨游在浩瀚的文学海洋。得意时，我们豪情满怀，翱翔在神圣的知识殿堂；失意时，我们相互勉励，漫步于蜿蜒的乡间小道。想想跟刘老共事的那些年，物质生活虽苦，精神生活却真是其乐融融、回味无穷!

刘老是中阳县的一位老领导,在全县有很高威望。他又是一名老新闻工作者、一位民间草根作家,同时也是我的老兄长、老师长、老首长。我钦佩他,因为他凭着坚韧的毅力50余年笔耕不辍,创作了大量的新闻和文艺作品,是吕梁山上的高产作家;我尊敬他,因为他具有高尚的品格、宽广的胸怀和淳朴的作风,做人为官著文都堪称典范。

刘老非常热爱家乡,他深爱着中阳这片古老而又英雄的土地。数十年来,他始终关心着家乡的发展变迁,关注着家乡人民的生产生活,用手中的笔不曾间歇地反映家乡各个发展阶段的社会新貌,塑造了众多带有乡土气息的人物形象。据我所知,刘老在职时期发表过不少通讯小说和文艺作品,可惜在"文化大革命"时期被销毁了,这不能不说是家乡文化产业的一大损失!从收入这个集子的100多篇文章看,作者以敏锐的政治洞察力和独特的文字表现力,高扬时代主旋律,以哲人的眼光与公民的良知观照社会和人生,既有立足全局、放眼社会的理性思辨,也有小处着手、见微知著的有感而发;既有对嘉言懿行、崇高道德的深情呼唤,也有对社会弊端、陈规陋习的揭露批评。"文章合为时而作",把这些作品串联起来,就可以从中听到中阳前进的脚步声,也可以从中领略到数十年来我国城乡发展的面貌。因此,这本文集不失为一本贴近时代、主题健康、文笔流畅、启迪人生的上乘之作。

有道是"文如其人",著文与做人关系密切。通过刘老的一篇篇作品,可以读出他光彩绚丽的人生。他有诗人的气质和文人的品格,有悲天悯人之怀;他崇尚真诚,重友情、讲义气,不是孟尝君却十分好客,不是刘禹锡却"惟吾德馨"。文风是讲词章、重布局的,刘老能够把做人与著文有机结合起来,文笔轻松洒脱,如行云流水、一气呵成,其情、其意乃至对人生的感悟,痛痛快快地呈现在读者面前。

人生有限,学海无涯。拜读刘老的作品,颇有感慨。一个退下来的老同志，潜心写作、孜孜不倦、净化民风、弘扬正气，在临习众家之后形成了自己的独特风格，这不仅是刘老个人的丰硕成果，也是中阳文化界的一大骄傲，更是中阳建设文化强县、推动社会和谐进程中的一件幸事。这种精神确实难能可贵，值得提倡。衷心祝愿在刘老这位文化界代表人物的影响下，在文化大发展、大繁荣的今天，中阳文化界能够涌现出更多的新秀，创作出更多脍炙人口的乡土作品。

　　是为序。

2011年2月于太原

前言 | QIANYAN

——我的笔耕路

刘志光

我今年80岁，1951年7月1日参加工作，曾任《离石报》记者，本县小报编辑，通讯组负责人，学大寨办公室主任，县委办副主任，政府办主任，县政协副主席，现在是《中阳文苑》的特邀顾问，县老年大学的副校长，《中阳老年》编委，中阳县人才协会副会长，我的工作经历，可以说是走过一段漫长的笔耕路。

（一）

年年月月，路漫漫兮。在这漫长的旅程中，有过阳光明媚的晨曦，有过风雨泥泞的坎坷，也有过美丽的晚霞。

一个著名作家讲过："不管你从事什么职业，总不可能一帆风顺，关键在于你自己能不能勇往直前、坚忍不拔，把准航向，因势利导，总会到达胜利的彼岸。"这句话对我教育很大，它像一面镜子，每当我遇到困难，或生活中出现波折，我就照照自己，总结经验，正视现实，正确认识自己。

我只念过四年小学和多半年私塾，文化程度较低。为什么选择这条路，说来和我的家庭遭遇有关——

小时候，在私塾读书，在伯父家生活过一段。1958年，我的伯父患半身不遂，身边没有人照顾，那时候我在陈家湾粮站工作，心想如果能在县城工作，公私兼顾，岂不是两全其美？那时干部服从组织分配，没有因个人私事申请调动这一说。可是，想到县城工作，自己有什么"资本"呢？于是，自己订了几份杂志，有空就看看，一边看书，一边练笔。所谓练笔，就是照葫芦画瓢，准备积蓄点"资本"，为调动工作创造条件。

1958年春天，县委冯德亮书记在陈家湾下乡蹲点，大搞地埂化，乡里就把我抽调到乡办公室，兼办《地埂化》简报。每期简报要送县委办公室和县小报编辑室。我写的《夜战饿死坪》、《爷爷这几年上哪儿去了》、《两个小通讯》三则反映地埂化活动中的消息被县小报给发了。这年秋季，我被调到县小报社工作。

作家柳青在他写的《创业史》中写过这样一段话："当你迈出人生的第一步时，也许这一步就成为决定你一生的事业。"原来我想在县级机关干个踏踏实实的工作就满足了，到报社当编辑，耍笔杆子的事，连想也没想过。可事实是，你没有想过的事，却成了伴随你一生的事业。

1958年，中阳、离石和方山合并县需办一份《离石报》，主编是杨治才，编辑一共11人，是三县小报的原班人马，除我外，个个都是小有名气的文人，有的在《山西日报》发表过文章，有的在《诗刊》上登过长诗，有的在《火花》上发表过小说，有的编过戏剧，进行过演出。比来比去，唯自己不行。事实也是这样，别人编写的稿件，一次两次就可以了，自己编的稿件三次五次才能行。一次，我写的《大搞水利建设》的评论，修改了7次，才过了柳臣书记的关。

在这种情况下，我没有打退堂鼓，更没有灰心气馁，而是刻苦练，下工夫熬，虚心向别人学。我坐硬板凳把屁股都坐烂了，两个月没好起来。古人有一句诗"宝剑锋从磨砺出，梅花香自苦寒来。"慢慢地，我适应了工作的要求，1959年纪念国庆十周年，我写的《今昔二郎坪》、《赵家山村里亮堂堂》等篇幅较长的通讯，也顺利过关，登在《离石报》上。这年秋后，县委召开了原三县基层干部万人大会，在这次会上，老杨派我到大会办公室搞简报，办公室负责人是刘振华，简报的负责人是张国兴。刘振华用人放手，张国兴以师带徒，诚心帮人，简报材料署名，我办了三期，本来是笨鸟勤飞，结果一下子出了名。其实，名不符实，自己是什么料，自己最清楚，只是逼着干好的。我感到一个人的路是自己开辟的，一个人的工作水平往往是从磨练得来的。有的人逼垮了，选择平坦的路走；有的人逼出了勇气和智慧，继续勇往直前。有一年春节，我编写了一副对联贴在家门上，对联上写："千条路，万条路，路在足下任你走；成大事，就小事，事在人为看奋斗。"横批是："做有心人。"意在教育孩子们，也在总结自我。

（二）

从事写作是工作需要，也是自己的爱好。可是，这条路既艰苦，又多风险。我曾有一段投笔改行、弃虚务实的过程，为什么？原来事出有因……

一、"文化大革命"时期，我同许多搞文字工作的人一样，受到了不公正的对待。1966年夏天，我和卢心喜写了县委代理书记王坚活学活用的材料，被省委印发。秋天，晋中地委召开学毛著积极分子大会，冯天龙和我被定为中阳代表团的工作人员，冯和我既是材料编辑，又是积极分子，发言的"导演"。中阳那时是晋中"三阳"（昔阳、汾阳、中阳）的出名县，出席的人数也多。大会举行游行，因我家庭成分偏高（土改时定为富农，后纠偏，纠成中农），不够当红卫兵资格，万余人的游行大军，我是唯一一个没有红袖章的游行者。物以稀为"贵"，到处有人另眼相看，这件事对我刺激很大，觉得自己不应该参加这次会议，预感到自己的前程不妙。

"文化大革命"开始，到处斗"当权派"，我不是当权派，中阳当权的领导没斗，红卫兵就查封了县小报，原因是我起草了县委引深"文化大革命"的六条措施，被红卫兵视为"黑六条"，要把炮制者揪出来示众。常委会议记录有议定提拔我为县委办副主任，这件事我根本不知道，大字报称县委领导阶级路线不清，我和不少人一样，介入了派性。"文化大革命"后期，有的人打了、抢了、砸了没事，我只不过写了几张大字报，却多次被批斗过不了关，而且无中生有，提高到阶级路线、阶级立场上批，我本人和家属都受到影响，工作调出县委，职务降了格。从此，我对自己从事和爱好的事业产生了怀疑，我曾说过："世上的事情千千万，何必非干这一行？摆脱痛苦就是欢乐。"于是，我含着眼泪，把自己曾写下的文稿和发表过的文章付之一炬；把花了300多元买下的书籍，一平车推到废品收购站卖了；还把一支最心爱的"新华"金笔让一个南方人收购去，成了一个和书笔绝缘的人。

二、政权机关正常运转以后，我从农业局调回县委办、政府办，出于工作需要，我也写过一些调查报告和专项论文，更多的是上下行文、领导讲话。一次，县委新提拔的一位副书记年龄比我还小，他要给教育界作报告，让我起草讲话稿，时间很紧，我熬了一个通宵，赶第二天八点钟把讲稿送到台上，这时台下发出一阵不大不小的笑声，我意识到这个笑声含着贬义，便走到台下，听大家的说法。一个老熟人很不客气地对我说："老蔡的送信（老蔡叫树兴，地下党员，过去是秘密交通员，新中国成立后是县委的通讯员），你的写材料，县委两个没变化的人。"说没变化是好听的、留面子的话，实际是说没出息。话虽直丑，实际也是事实。回忆过去，我给7位县委书记、县长写过材料，像一架缝纫机，无私地给几代人做过时装。现在年岁大了，脑力眼力都在退化，也应该寻找自己的归宿，免得人笑话。长江后浪推前浪，世上新人换旧人，这是不可抗拒的规律。激流勇退，何尝不是一种明智的选择？我想多少年来任劳任怨，公公道道，到老来有个好的结局就行了！

熟悉我的人都知道我是一个不甘寂寞的人，是一个表面好静实际爱动的人。前面提到弃虚务实，是从我的家庭实际出发而想出来的。工作多年，两手空空，不仅没有房子，就是供孩子们求学，还欠下亲朋不少外债。人不能不讲信用，借而不还，愁得自己晚上睡不好觉。怎么办？我和老伴商议以后，提出两条最笨但最实际的扭转困境的办法：她喂猪，我打工。实施以后，有人非议，有人笑话，非议也罢，笑话也罢，我却一笑置之，正如我过年时写的一副对联："干得肮脏活，挣得干净钱"；横批是"何乐不为"。10年下来，还清了外债，还有了积蓄。相比之下，务实与务虚，结果实在是各异。

（三）

　　随着收入的增加，生活的改善，年岁的增长，我向自己提出了一个新的问题：面对现实，自己还能干些啥？应该干些啥？

　　报纸、杂志、电视上，经常可以看到老干部发挥余热的报道，我不止一次想过这个问题，自己还能为党、为社会发挥点什么余热。

　　有一天，原县委书记郝天喜同志给我打来问安的电话，老书记说："你曾爱好过写作，现在再拿起笔杆来，发挥自己的一技之长，为党的事业做一些贡献。"儿子的好友刘福兴也对我说，他现在主持《当代中阳》的工作，希望我能给他们撰写一些稿件。卫补应被地区借调，在《吕梁信合》工作，他也常和我联系，让我给他们写一些文艺方面的稿件。曾在《离石报》和我一起工作后来调到运城市文联的张恒，早已成了作家，也给我写信，鼓励我再拿起笔来，让晚霞更美丽一些。同志们的忠言，对我确实起了不小的鼓舞和推动作用。我根据自己的实际情况，提出一个经过努力可以达到的长计划和短安排。

　　我的实际情况是：多年来一直患高血压，脑血栓早已形成，2007年8月24日，突觉下肢不能行动，经太原二院检查是"脑梗塞"，行走不便，出门得拄拐棍。此外，我还有两位老人，母亲92岁，岳母89岁，卧病在床，大小便不能自理，兄弟姐妹虽然轮流伺候，一年要在我家住7个月。5年前，一个炮响把自己的耳朵震聋，一般讲话都听不清楚。面对这些实际，给自己从事写作造成重重困难。在报纸上我看到一个作者介绍他的写作经验，一是忙里偷闲，二是硬挤时间。我想，别人能做到的，自己为什么做不到？我看过《钢铁是怎样炼成的》，保尔眼瞎了，写成了一本书，自己比保尔条件好多少倍，关键是自己没毅力。就在这个思想基础上，我为自己作出安排：一是长计划。力争在有生之年出一本书；二是短安排。不论事情再多，每天坚持看两小时书报，或长或短，每周出手一个材料。我就是用"偷闲、硬挤"的办法，几年来，写出了不少通讯报道、小说、诗歌。我习惯在早晨5至8点钟写作。孩子们和老伴觉得我身体不好，不可劳累，我觉得累是累，却有苦有甘，而且这个甘是特有的，只有经过累，才可以享受得到。

比如我写怀念冯天龙同志的文章，一口气写完了。写完了，我哭了，觉得了却了一份对老同事怀念的心情，这种哭不是苦，而是甘。听说薛玉山同志在病床上看了几次冯天龙的材料，看一次，哭一次，雷蒲英（薛妻）同志劝他不用看了，他坚持要看。听文联的同志讲，县委指示，把冯天龙的材料再版一次。这不是说我材料写得好，而是冯天龙的事迹有教育意义，作为一个作者，把应该宣扬的事迹宣扬出去，这能不高兴吗？

再如我写张学厚的材料。张学厚的父亲张舒泰，和我爹是同学，关系甚好，张舒泰为了抵抗日本侵略者，把热血洒在家乡的土地上。张学厚为了建设家乡，把自己担风险承包煤矿挣得的近2000万块钱，投资到本村的农田建设中。资金不足，又把北京的一处房子卖了360万，也投资到村里的农田建设中，我对他的这一行动万分感动，早想把他的事迹报道出去，让广大的老干部、企业家受教育。张学厚的钱来于社会、用于社会，把他的事迹宣传出去，这不是一件大大的好事吗？《山西老年》评说"张学厚是个好党员、好干部值得宣传。"有一天，我在中阳街头，见几个老干部在一起闲聊，说张学厚是像样的老干部，值得当今的年轻领导干部学习。我听到这种反映，心里有说不出来的高兴。

有人说，你不是还写了不少小说，有些是写的男男女女的。是的，比如《中阳文苑》登了我写的《梁大包二奶》，在社会上反响不小。我为什么要写这个小说？常听到人说："某某某承包企业发了财，为村里捐资办学，帮助农民脱贫致富，办了一些好事，受到社会的好评。但生活不检点，类似梁大包二奶的事发生了，闹得家庭不和，夫妻矛盾甚深，群众影响不好。"这种人和事不宜如实报道，把它用小说的形式写出来，也有一定的教育意义。

我写的文章，不少是反映老同志的事，如第358旅老战士许占庆，为解放中阳，给武工队转移子弹，动员阎军起义，事发后敌人把他拉到刑场，与另一个临刑人陪绑，他却丝毫未透露与我党的关系。独4旅通讯员李春和在解放临汾的战役中，为把王震将军的命令传到前线指挥部，被敌人的机枪打伤了腿，不能走，宁是爬到指挥部，完成了任务。志愿军赴朝作战的老战士车亮果和申宗一恋爱的传奇故事，既生动，又对年轻人有教育意义。这些人都已年过八旬，如果不写，不知道哪一天会把他们这些历史上的光辉点带到坟墓里去。当这些事被报纸、刊物登出来后，本人家属如获至宝，珍贵保存。特别对我影响深的是李春和，当写他的事迹被《山西日报》采用后，他拄着双拐到我家来感谢我。他说，他把报纸复印后让考上大学的孙子带走了。作为这个材料的作者，能不欢欣鼓舞吗？

近几年来，我共写了59篇小说，21万多字，还有一些通讯报道，累计在报纸杂志上发表过60多篇，尽管这些作品写得不尽人意，但总算了却了自己的心意，现在我还在准备写几篇小说，完成自己出书的梦。

夕阳无限好，毕竟一瞬间。年老体弱多病、耳聋眼花，这是不少老年人的通病。但与时俱进、科学发展的观念不能忘记，我将在自己的有生之年，有一分光发一分光，有一分热发一分热，让晚霞更红，愿江山更美。

2012年元月于中阳

刘云光小小说

LIUYUNGUANGXIAOXIAOSHUO

红绿绳 | HONGLVSHENG

"有钱难买黎明觉"。经过一天家务操劳的何金凤，这时睡得格外香甜。突然，"吱……吱……"猪娃接连不断的尖叫声，把金凤从睡梦中惊醒。

"狼！"她一骨碌翻身坐起，下意识地喊了一声……

黎明前的山村窑洞依然黑漆漆的，金凤顾不得拉灯，也顾不得穿袄裤，顺手拉了件盖在红雁身上的大衣，就往门外跑。刚下了台阶，只见一只恶狼咬着猪娃翻墙而过，"吱、吱"的猪嚎声，在她声嘶力竭的喊叫声中渐去渐远。

金凤无可奈何地站在篱笆门前，心里像扎进一根刺一样难受。

海拔1300米的荞麦山村，春寒料峭，清新的空气沁人心脾。金凤没顾得寒气袭人，伤心地走到猪圈前，口里"啦、啦、啦"地呼唤着受惊的猪仔。

"糟啦！两只猪娃都让它作践了！"金凤使了一把劲，把拦圈石搬开，原来一只猪娃藏在石旮旯里，拦圈石一开，就冲出院子，金凤仔细看了看，这是凤仙嫂的。

金凤一阵泄气。这时，她才觉得天气这么冷，两条腿都有些发麻，急忙跑回家里，把衣服穿好，前屋走到后屋，后屋走到前屋，心里乱糟糟的。她本来不怎么抽烟，现在却打开一盒招待人的带嘴烟，抽了一支，又接上一支。

红雁爸一点也不听话，捉猪娃前就叫他砍针条，一直到现在都没砍回来。春来真贪玩，看姥姥偏偏把大花狗带走。红雁拉肚子，折腾得她12点多才睡觉，不然，她怎么能睡得这么死？真是时运不好该破财，偏偏地遇上这个事。

烟头把金凤的手指头烧疼了，才知道这一支也灰飞烟灭。再点燃一支，她吸着、吸着，突然把抽的半支烟掐灭，甩在了锅台上，轻轻地上前叫声红雁。红雁煎熬一晚，现在睡得正香，丝毫没有反应，她把大衣盖回到孩子身上。

金凤打开箱子，从针线盒里拿出一个绿头绳蛋蛋，剪了一节。又把煮好的猪食，撒了一把玉茭面，"啦、啦、啦、啦……"她把猪娃叫到每天喂食的地方。

受惊的猪娃，好像对饮食毫无兴趣，你看它，把嘴插进食盆里，光吹气泡不吞食，东张西望甩耳朵，将金凤的烟色料子裤上溅得星星点点。在平时，金凤不是骂几句"挨刀鬼"，便是去屁股上踢一脚。可今天，她没有骂，也没有踢，轻手轻脚回到家里，抓了一把煮软的黑豆洒在地上，猪娃才肯低下头，一鼓作气吃起来……

金凤先给猪娃搔脊梁，然后给它搔肚皮，小猪娃痛快得不吃豆豆了，躺在地上伸蹄蹬腿享清福，或许把刚才狼嘬伙伴的惊险事给忘了。这时，金凤拿起了剪刀，"嚓"地一声剪断了它腿上的红头绳，当她拿起绿头绳时，脑子里混乱极了。她在慌乱中想，别人会不会这样说，狼偏偏吃了人家的，不吃你自家的？不对不对。这猪娃凤仙虽然只喂过两三天，万一记住它有什么标记的话，这不让凤仙看扁自己一辈子？可是她又想，这是一对浑身同样白的猪娃，当时买下，谁也分辨不清，甭说一胎猪娃，就说后村的大拴、二拴这对孪生子，刚生下来时连他们的妈妈也怕喂错奶，所以在衣服上拴个红绿布条条，何况是两个猪娃呢！于是，她把绿头绳拴在了猪娃腿上。然而，她的眼睛却呆呆地望着那截绿头绳，直到红雁怨她不喊起床，到校要迟了时，才被迫转移了她的思绪。

红雁上学走了，金凤不去劈柴生火，也不扫院倒土，一个人瞅着静静的院子出神……

猪娃是前五天凤仙和金凤从良种场捉回来的。要说这对猪娃，在荞麦山村，谁家的猪娃也比不上，屁股圆溜溜的，前后腿门宽宽的，嘴巴齐齐的，眼睛深深的，耳朵展的。据良种场的资料介绍，这是从国外新引进的优种猪，它具有瘦肉多、肥肉嫩、贪食、长膘快的特点。普通猪娃十一二块，这猪娃二十二块，几乎多了一倍价。说真的，如果不凭凤仙的姑舅哥在良种场当副场长，这猪娃怎能卖到荞麦山村？

凤仙和金凤住在村头的一个院子里，两户人家共用一个猪圈。因为猪娃大小长相一模一样，为了好分辨，从买回之日起，凤仙给她的猪娃拴了一截红头绳，金凤给她的猪娃腿上拴了一截绿头绳。捉回猪娃的第三天，凤仙得了肠梗阻，乡村医生说，必须马上进城治疗。耽误了时间，就有生命危险。

人常说："远亲不如近邻。"凤仙突然得了病，家务琐事自然就得靠金凤了。凤仙的男人把家里的糠麸、笋头、杂面、干菜等猪食饲料圪堆堆地压了一大盆，送到金凤家里，足够一个猪娃吃半月的。

凤仙住院后，经过一天的观察，决定做手术。因她身体瘦弱，大夫让先输 800cc血。凤仙走时只带了150块钱，远不足做手术开销。老支书上医院问她的病情，看生活上有啥困难，吃的用的，哪一项不足，大队帮助解决。凤仙说："什么困难也没有，只是带的钱少了一点。钱家里有，让金凤明天给我送来就是了。"说罢，写了一封信，递给老支书。信的原文是：

金凤：

来时带的钱少了，箱子抽屉里放500块钱，明天设法送来。门上的钥匙在左门里扇的钉上挂着，箱锁对准369即开。

凤仙
3月25日

老支书家也没回，就到了金凤家。金凤听了老支书的话，看了凤仙的信，心里直翻腾，脸上也热烘烘地冒出汗珠。她要老支书同她一起去开箱子，老支书看出了她的心思，就来了个直言不讳……

"你是怕闲话？这没必要。凤仙信得过我，也信得过你，人和人处，以心相见，不必多疑"。

金凤打开凤仙的箱子，里面有衣服，有料子，拉开小抽屉，不仅有500块钱，还有金银首饰……这一切，金凤只看了一眼，再不看第二眼。她觉得老支书说得对，人和人处，要以心相见。至此，她突然觉得被一种受人信任的幸福感所占据，忽而又觉得有一种愧对别人的内疚向她袭来，她感到自己本来应该是一个高大的人，可是现在却是如此渺小！

想到这里，金凤觉得自己比原来成熟了，懂得了应该怎么处理还可挽回的过错。于是她回到家，剪了一截红头绳，还是把猪娃唤到原来吃食的地方，还是给它撒了煮黑豆吃，还是给它搔痒痒，等猪娃躺下了，她再把绿头绳解下，拴上红头绳。待这一系列动作完成之后，她欣慰的面颊上不觉挂了两道泪痕……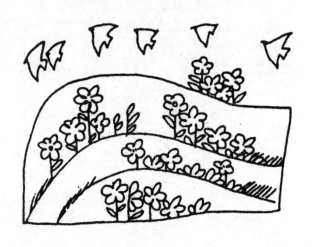

早晨，太阳刚刚出山，何金凤梳洗打扮一番，提着一篮鸡蛋，拿好从箱子里取来的钱，迈着坚实有力的步伐，向县城走去。

发表于《吕梁文学》

地邻 | DILIN

1999年，王家坪调整责任田，王虎儿和王狗娃的责任田分到一块地里，两个四口之家，二亩二分地各半分开。分地那天，支书步弓量，会计算盘打，村长拿镢头刨开界限，分得公公正正、清清楚楚。狗娃快言快语率先二者选一，挑了靠崖土厚、耐旱、作耗小的一块；把靠畔的另一块撂给了王虎儿。

分地后的第二天，狗娃就去分界限处挖水道，本来水道应挖在分界限处的正中，可他私心重，趁虎儿还未作务地的当儿，又抢先把分界限东的土翻到西面，多占了虎儿这边的一尺地。以后年年如此，5年间蚕食了虎儿责任田的1/6！

虎儿老婆忍不住了，几次对虎儿说："狗娃这种人贪心不足，得寸进尺，你去跟他说个理！"虎儿说："好歹和咱是一家子，都是王尚书的后代，不用争，让他算了！"

水道边上两家都插玉茭，间作红豆，让红豆蔓缠在玉茭秆上爬升结豆角。狗娃这人私心太重，总是看见虎儿地里的玉茭比他这边的长得粗大，豆角也比他家的结得多，经常掰玉茭摘豆角时要捎带虎儿地边的，每当丢了玉茭豆角，虎儿老婆总是说："不是狗娃干的，谁会钻到地里来干这种缺德事！"这时虎儿又说："小意思，算了算了！"

一天早上，虎儿给南瓜追肥，看见水道边上的豆角结得很稠，粗的有指头粗，长的有筷子长。早饭时，他对老婆说："下午把豆角摘回来，女儿明天放假，改善改善生活。"不料，狗娃早已捷足先登；抢前把豆角摘了。虎儿老婆到了地里一看，豆角蔓翻转朝了天，大一些的豆角全没了。这时，狗娃还在地里，虎儿他老婆一边整理豆角蔓，一边指桑骂槐，虽未点明，句句针对着狗娃，骂了个狗血淋头。然而，所有世界上难听的话骂遍了，狗娃的脸皮依然比城墙都厚，不羞不气，以后还是照样行事。

开春，狗娃到地里打茅窖，挖出一些烂砖破瓦，顺手甩往虎儿地那边。虎儿心想，等几天，他总会收拾的。可时间过去了半个月，烂砖破瓦还在地里堆着，看来狗娃根本没挂在心上，而且听说早已跑到城里打工去了。虎儿无奈，只得说："遭这样的地邻，算我倒了十八辈子的霉！"又只得自己动手，把那些烂砖破瓦垒在了地边上。

清明前几天，下了一场透雨，垒在地边上的烂砖破瓦被雨水冲洗得干净了些，虎儿这天往地里送肥，发现一块半砖上刻有"王公"字样。他仔细端详以后，发现这块砖同当今的砖不同，颜色深黄，宽且厚，敲打时感觉到硬度像瓷似的，那"王公"两字上面有龙凤呈祥，背面刻着"明洪武十五年"，虎儿心想，既有这半块，或许还有那半块，于是便去翻找，不大功夫，果然又找到了另外的半块，一对正好是一整块。原来，这是王尚书的葬墓砖，记载着王尚书和他夫人的姓名及生卒年月等，虽然在地里埋藏了600多年，至今表面色泽尚未脱落。"农业学大寨"时，王家的老坟被社员毁了，由此墓地摊土成平。虎儿无意间，把这块墓砖担回了院子里……

时过几个月，县文化局的任局长到王家坪下乡来了。任局长山西大学历史系毕业，具有丰富的考古知识。他见到这块墓砖后，立即感到有价值，便对虎儿说："你一定要精心保管，不得再损坏，更不要随便出卖，省博物馆有我认识的专家和同学，你去让他们鉴定一下，看属于几级文物？"

虎儿拿上任局长的介绍信，去了省城博物馆，专家鉴定后，立即确认了这块砖的价值：一是"王尚书"人物同历来传说相符；二是记载内容清晰可辨；三是墓砖工艺精湛称奇。惟一不足之处是砖成两半，但经评议以后，省博物馆的同志论定以20万元的价格收藏了！

两块半砖卖了20万元！一时成了王家坪村的特大新闻。这时，狗娃着急了，找到村干部，要求分他一半，至少得给10万元。他的理由是：砖是他刨出来的，没有他的"投石"，也就没有虎儿的"问路"， 20万元也就无从说起。依他说来，这功劳应该归他。村干部讨论后认为，当初当破烂甩到虎儿地里，是狗娃的道德缺失，现在点石成金，狗娃根本没理由分成，于是拒绝了他的要求，还遭到村民们的唾骂。

而虎儿呢？觉得这虽是王家的遗物，但自己占有也不怎么心安理得。当时，村里正动员群众集资办学，于是他眼前一亮，如数捐给了希望工程。为此，县委、县政府奖给虎儿一块金字牌匾，上书"捐资助教，泽及后人。"虎儿看着，心里暖洋洋的；村里人也从此对虎儿十分敬佩，美名誉满乡间。

再说狗娃，每天都在后悔与不安中彻夜难眠。只觉得，当初不该把这些烂砖瓦甩到虎儿地里，不然这20万块钱够他这辈子花销。还有，老婆闭口不骂开口骂："有眼不识真宝玉，20万元的宝贝当烂砖扔……"老婆越骂，他越心惊肉跳；而更可怕的是，他在村里忽然变得丢人现眼，被人指指点点抬不起头！由此，狗娃本来就装了一肚子气，天天闷闷不乐，又遭老婆痛骂与村人鄙视，更像丢了魂似的。时间长了，饭不想吃，觉睡不好，身子一天天消瘦下去。医生诊断说，他的病是因忧郁而成，长此以往，将会积成大病，后果不堪设想。

虎儿与狗娃，终归由于不同的人格修养得到不同的回报，给社会以无限深思……

发表于2008年2期《交口文苑》

金锁埋娘 | JINSUOMAINIANG

金锁这几年闹腾得挺行，养着大汽车，开了杂货店，盖起一座新楼房，家里雇着做饭的，出门车接车送，在村里是数一数二的有钱户。

虽然金锁有了钱，但在村里威信却不高，原因是他有个70多岁的瞎娘，依然住在旧村的破窑洞里，每天让做饭女子给送两顿饭，生活得不抵他家的哈巴狗。

金锁是个典型的怕老婆鬼，老婆叫拍手，他不敢摇头。有时，他背着老婆给娘送点稀罕食品，只要老婆知道了，轻则吵吵闹闹，重则大打出手，总要闹个天翻地覆。就这，村里人瞧不起他。

金锁娘死了，怎么个埋法，金锁当然要和当家的商议。金锁请教老婆说："大埋还是小埋？"老婆问他："大埋怎么埋，小埋怎么埋？"金锁说："小埋，不雇乐队，悄悄暗暗，问上村里的几个抬灵打墓的，动上几户至亲，管两顿饭算了。"老婆又问他："大埋怎么埋？"金锁说："雇上三班乐队，大锣大鼓，气气派派，开上一天吊，既告亲戚，又动朋友，做像样的纸活，穿白戴孝，请礼宾先生，分别出祭，摆摆阔气，出点名。"

老婆把他脑门心轻轻拍了一下，又似撒娇，又似埋怨："长着脑子，不会算账，这几年，咱行出多少'门户'（婚丧事上礼的习惯语）。咱儿没娶，女没嫁，不趁这个机遇，何时回收？"

金锁说："村里的人，一户上礼三二十块，全家人前前后后吃上几顿，算不过账来。"

"咱想法办！"老婆说，"小中见大，大中见小。"

"啥叫小中见大，大中见小？"金锁疑惑不解。

老婆说："凡村里的人，非告不可的，告；可告不可告的，不告；不告的上礼不接。凡朋友，该告的，必告；可告不可告的也告；你穿上孝服，天天上街办事，实际上等于作广告。亲朋上礼，一律皆收，朋友礼重，少者一百，多者二三百，这些人车来车去，不吃饭，或者吃一顿饭就走。来上礼的，一户一盒国宾烟，显得咱开通、大方、阔气，也把咱克兑老人的名誉赎回来了。这叫名也有了，利也有了。"

"还是我的老婆聪明！"金锁恍然大悟，一拍手，"看来我担个怕老婆的名声也值！"

开吊这天，确实来人不少，村里看的人更多，祭礼的出了一趟又一趟，门里门外全是人。然而，最难为的是金锁老婆，她不哭不行，哭又流不下泪来，只好把手巾盖在脸上，有声无泪，装模作样地表演着。忙乎了一天，收礼两万多元，吃饭的人仅是二百跳头？金锁埋娘又挣了一笔钱。

第二天，正式下葬，礼宾先生写的祭文，确实也费了一番心机，前半部分把死者生前的艰苦和养儿育女的辛劳，写得淋漓尽致，有情有节，旁观的人听了也深受感动，有几个老婆婆还落了泪；祭文的后半部分，写儿女继承先辈遗志，创业有成，但人们听着听着掩上了嘴……

礼宾先生刚读完祭文，金锁他舅站起来，把礼宾先生的话筒接过来，还把手里提的两包东西放在灵前。他说："俺姐守寡半辈子，守的一个宝贝儿子，娶了一个精明媳妇，把眼都熬瞎了。本想苦日子到了尽头，不料媳妇进门，苦日子又开始了，炕上铺的烂席子、破毡，盖的是破被子，铺的是臭褥子，年久的衣服脏得不成个样子！"说着，他把两个包袱打开，让所有的人看，人们嗅到臭味，掩鼻躲开。乡亲们说："这比讨饭人的衣裳好不了多少。"当着众人的面，他舅把两包衣物一焚而尽。

村民们个个投来不屑的目光，他们说："金锁两口子，除过有钱，什么也没有。"

发表于2004年5月31日《当代中阳》

七爷 | QIYE

刘家庄村子不大，四十来户人家，全是姓刘，且是一家。七爷今年70岁，全村不数他年龄大，按家谱记载，他是刘家13代子孙，辈数最大。兄弟7人，他最小，所以人们都称他七爷。

七爷家穷，生了三个儿子，都没娶过媳妇，全到外地为儿招亲。1966年他给集体放羊，到集体的枣园摘枣吃，从树上摔下来，成了瘸子。从那时起，他成了村里的五保户。

土改时，七爷家分得地主高明家的一孔砖窑，地方是好，就是地处村前头墚，吃水太远。过去高家大院有旱井，土改后，地方分给贫下中农，众人光管吃水，从不维修。
几年下来，淤泥把旱井填平了，人们吃水都要到井沟去挑，来回三里路。

别的人家有儿有女，吃用水有人担挑，七爷只得拄上枣木拐棍去井沟提水，提一罐水得两个钟头。为了解决他的吃水问题，党支部、村委会召开会议，决定把七爷的吃水固定给村前5个年轻人负责，待遇是每人每年免除10个义务工。然而决定一做出，谁也不愿给七爷去挑水。他们的说法是，七爷难共事，光瞅便宜不吃亏，义务工他们该摊多少摊多少。

正在这时，本村刘家十六代子孙刘小辉退伍回来了，主动报名给七爷担水，而且不享受免除义务工的待遇。

小辉接手这个义务后，一晃就是三年。按说七爷一个人三天一担水够用了，可他春天一来，一天就要消耗一担水，原来高家大院有一个后花园，七爷在小花园里作务果树苗，赶清明节前后，卖给村民植树。这年清明节后，刘小辉的媳妇要在院子里栽两棵苹果树，她向七爷买树苗，七爷的一棵树苗卖两块钱，小辉媳妇身上只装三块钱，因为缺一块，七爷不卖给。小辉媳妇是个直性子人，冲着七爷说："甭说出两块钱，就是白拿一株，也亏不了你。小辉给你担了三年水，一年365天，一担5角钱，你算这是多少钱？"

你猜七爷怎么说："小辉凭借给我担水评上了模范党员，既然得了名，就别再得利。"

一句话说得小辉媳妇火了："我们不当模范党员，从明天起，你自己提水去。"

七爷找村长，要求解决他的吃水问题。村长说："你也真会恩将仇报！可我们还能再找到一个刘小辉吗？"

从此以后，刘家庄的村路上，又见七爷每早拄上枣木拐棍到井沟去提水，而后花园再没有务起树苗来……

发表于2009年1月第3期《交口文苑》

财迷脑 | CAIMINAO

山西省中阳县有个叫三鬼（化名）的人，过日子过分节俭，与人共事斤斤计较，当地人给他起了个绰号——财迷脑。

当年，三鬼当生产队长，农忙时农村习惯早出晚归，把中午一顿饭送到地头吃，每逢这个时节，他让老婆给他送饭时少拿一点，地里人看见他没吃饱，就把饭分给他一些。时间长了，社员们就把分饭的事轮流开，今天你给分，明天他给分，从此群众中留下一句说法："队长吃的是百家饭。"

这年秋播小麦，照样兴师动众，也照样饭送地头。因山地种麦，采用点播，一个人前头种，另一个后边踩，为的是抢墒保墒，把籽儿嵌入地下。然而，踩种的活儿很轻松：它比抓粪卫生，比撑犁省力，安排个妇女儿童都行。可三鬼是队长，队里的活儿由他安排，这样既省力又卫生的好事自然落在三鬼自己身上。三鬼这个人财迷过分，他不仅照例分享别人的美味饭菜，也拣了踩籽的好事儿，但这还不够，他踩籽脱下自己的鞋，捡来别人的鞋穿上，又为自己节约了劳动应付磨损鞋子的成本。尽管别人心里不满意，因他是队长，所以不满意也只得深压心底，暗暗嘀咕。

在商品经济极不发达的年代，自行车是分配商品，当时村里分给队里一辆，自然是三鬼买了。买下车子舍不得骑，女儿跑校仍是步行，他把自行车挂在自家房梁上，满足于心里，这样子一挂就是好多年，结果放着不用生了锈。

更有意思的是，三鬼老婆生了孩子，头昏肚疼，医生让抓付生化汤服，药熬下后，老婆反胃不能吃，倒在洗脚盆里，三鬼说生化汤活血养身，倒了可惜。于是，他端起盆几口喝了，结果生了几天病！

秋来下了几天连阴雨，家家茅坑满了，别人把雨水粪倒向沟里，三鬼却挑到自家的自留地，挑粪时怕湿了鞋，光脚板走路，村里有个说话不藏情的人看见说："三鬼老弟，你妈养的两只脚你不可惜，倒爱惜你老婆做的一双鞋？"众人笑着起哄，可三鬼财迷不脸红。

三鬼有个毛病，爱串门子（搞女人），村里有个中年寡妇，他同人家好上了，寡妇对他说："你经常来了洗脸漱口，你也该买上一块香皂咱共用。"三鬼果然买了一块香皂送去，可是用了不几天，香皂不见了。一核实，原来三鬼又悄悄拿走了。寡妇把三鬼臭骂一通，叫他以后再别登门！

三鬼的儿子结婚，老婆儿子都央求他把事办得体面一点，把财迷的名誉赎一赎。教育了好多天，三鬼终于回心转意，同意杀了猪，买了鸡和鱼，一桌上了12个有质有量的菜，还喝山西名牌汾酒，每人另加一桶健力宝，每桌再放一包高档香烟，乡亲们说："三鬼这次开了眼界，事月（这里指喜事）做得赛过村人。"

按本地乡俗，儿子娶媳妇这天，必须由父母亲手做顿饭吃，这是祖传规矩。可饭做好时，三鬼却拉住儿子叮嘱："到了你丈人家，还备好酒好饭，留下肚子少吃点自家的，去他家饱饱吃一肚。"人们听说了，暗叹一声——

三鬼财迷心窍，事月做得再好，一句话说得丢人啊！

半夜搬家 | BANYEBANJIA

　　大留刚出车回来，接到他姐夫郑清明的电话，说自己工作调动，要大留开上工具车，叫上候留今晚去帮忙搬家。

　　候留对大留说："镇里有的是车，怎用咱的车？白天不搬晚上搬，怕有些东西不好遮盖人的眼目吧，所以才选择夜里搬运，以减少不好的影响。"

　　"姐夫不是那种人！"大留说："你不用操这些拐拐心。"

　　候留反驳说："近二年镇里修戏台，筑河坝，又移民建新村、新开两座煤矿，这些承包人能不给咱姐家送好处？以我想，你开上工具车，我开上大卡车，带上棚布，拉什么全包住，不要显三露四的。"

　　此话说得大留半信半疑，于是兄弟俩开了一大一小两部车，钻进夜色风驰电掣去了姐姐家。

车子停在门前时，已是半夜12点。姐姐、姐夫已做好了准备，铺盖行李、米米面面、锅碗灶具等等，邻居们早帮着搬到了门外。留家兄弟一看，果然看到最显眼的两个大箱子已用粗绳绑好，上了锁子，问讯钥匙还是清明自己拿着，兄弟俩心想值钱物一定在这里面，要不姐夫一再嘱咐，搬时要小心点。不出所料，大留、候留往车上抬箱子时，感到十分沉重，呵，里边一定是姐夫权力换来的好东西！

所有家当装上了工具车，姐说："用不着大车。但既来了，就把我捞的一大堆河柴、拣来的几十袋燎炭也拉上，城里人没生火柴，拉回去够一两年烧火做饭用的。"

大留、候留把这些烂东西往车上装时，不住地小声嘀咕："咱姐也真是的，既发横财，又收烂柴，真是财迷心窍了！"

说归说，兄弟俩整整费了个把小时，累了个满头大汗，才收拾妥贴，发车进城。大留开车头里走，后座上捎了姐姐、姐夫一家人，看他们乐滋滋的样儿，心里想，过去人说："一年清知县，万两雪花银。"现今我家出了一个乡镇党委书记，恐怕胜过旧时一个清知县……

一路想着，也一路聊着、跑着，赶天明时，郑清明搬家回到县城。大留、候留从车斗往下搁木箱时，绳断箱破，里面的好东西撒了一地——原来是整整一箱书！留家两兄弟这才恍然大悟！

原来，郑清明在两年前被调来此镇接任书记，而原任书记调离时，镇里提早开了欢送会，这个单位请，那个单位送，吃了还不算，又给纪念品，不用说有钱的单位、企业会怎样借机行贿，就连最穷的兽医站，不仅请了小烤猪，还送了上千元的羊毛毯呢！既然是请吃，请书记还能不唤副书记、镇长、副镇长？所有办请吃席的单位，客一主二三，连请带陪，少则两三桌，多则四五席，据群众反映，光"夜来香"一家酒店，这样一次调动摆席，一礼拜就收入了3万多元！3万多元啥概念？一个壮劳力，好好干一年，收入不上一万元，群众心里有感触哪！

就是这个书记，搬家的时候，桌桌、凳凳、床铺、被褥、冰箱、彩电等等，明明是公家的配置，镇里的帮忙干部硬往车上塞，满满装了一大车，还捎带了两三轮，车后卷起的黑烟，据说拖了一里路长。群众说："人舔当官的，狗咬是走路的。"有些人借机讨好领导，搭进自己的感情，结果帮了倒忙，本来这个书记平时很自重，就是离任时不检点，一下落了个很坏的名声。所以，郑清明接受前车之鉴，调任时一不开欢送会，二不搞请吃，三不收礼品。考虑到自己在这里工作了近三年，人情世故免不了，所以搞了个悄悄离任，半夜搬家。

再说清明这次调任，是县委书记直接打的电话，准备去接任病情恶化的县委纪检书记的担子，电话通知后，他连镇长都没告，自己着手清理文件，召开镇村干部会，全面安排了工作。不过，这次安排工作，同以往安排有些"走调"。清明说，他近三年来，对大家要求太严，批评了不少人，特别是对张副书记春节后赌了一次博，就罢了官，处理过重。现在虽然官复原职，但他内心有愧。听话听音，有几个村干部会场就议论："郑书记不是调离吧，近三年来，工业、农业、教育都上去了，这么说话，分明是给自己找退路。"

清明搬家前一天下午，才和镇长、办公室主任说了他调任和搬家的情况。并且告诉他们，一切准备好了。镇长说："就是准备好了，也得明天下午走，咱们照个相，喝顿酒。"并当场安排办公室主任，一切按高档准备。

第二天，小李主任提早上班，一开郑书记的门，桌上放着郑书记留的一封信，信是这样写的——

小李：

我在天亮前搬家走人了，有四件事托办一下。一、床头柜里有十条烟和十几瓶酒，是几个村干部送的，不好推辞，以后待客用吧。二、今年陪客吃了多少顿饭，你们也不记，我也说不清，笼统放下一千元，给事务长算了。三、新书记不日就来，把我的办公室粉刷一下，铺盖和其他用具换成新的，讲究一些。四、炊事员老王的儿子做手术，花了一大笔钱，他家困难，我也不富裕，放下一千元，帮个小忙吧！

清明/即日

小李看了信，落下激动的泪花，心里说：县委任人唯贤，选了个两袖清风、大公无私的纪检书记。

太阳出来了，欢送郑书记的干部群众陆陆续续来到镇委家属院，只见门前打扫得干干净净，郑书记已搬家走了，门前留下两道清晰的车胎印……

发表于2006年第11期《中阳文苑》

黄牌书记 | HUANGPAISHUJI

郝守正是个直性子人，只要他打定了的主意、认准要办的事情，就是九牛二虎之力也拉不回来。

林学院毕业后，别的同学跑省里、跑地区，寻找自己合适的工作岗位，唯有郝守正回到生他养他的青阳山，当起了村支书。回村三年多，青阳山年年迈大步，成了全县奔小康的先进村。2002年，郝守正被破格提拔为青阳山乡党委书记。

去年秋天，省里检查退耕还林，县里要求突击10天搞出样板，乡镇书记、乡镇长都签了军令状，搞不上去要挂黄牌。挂黄牌，这种办法近年都不用了，现在重新用起来，足见这项工作之重要。

然而样板怎么搞？县里要求把已经挖下的植树坑用石灰水刷了，凡是25度以上的坡地，只要在交通沿线，毁了青苗造林。一时间，村里婆娘们担上嫩玉茭串城卖，核桃大的山药蛋，吃不了喂猪。群众说："退耕还林是好事，再等半月20天就成熟了，吃到嘴边的东西，毁了真可惜！"

青阳山乡没有这样搞，而是把已经挖下的植树坑全部栽上了树，已经造起的林，缺苗断垄处补了苗，全乡的劳力集中在离交通线15里的大黄沟流域，以村为单位，集中搞治理。

10天以后，省里的检查组来了，走马观花，坐着豪华车，带着望远镜，交通沿线跑了一圈，到处红旗招展，人山人海，一派生气勃勃的造林景象，检查组看了印象很好，只有青阳山乡，既看不到人山人海的生动场面，又看不到已经取得的成绩，本来可以评为一类县，结果评成二类，青阳山乡拉了全县的后腿，挂了黄牌。为此，县委常委开会，要免郝守正的书记。人大主任，原政府的老县长，坚持原职不动，他认为郝守正为人正直，工作一贯踏实，群众反映良好，因一时一事就撤了书记，不符合党的干部政策，这才保住了书记，只挂黄牌，以观后效。

　　转眼冰消雪化，大地回春，清明节就要到了。三月下旬，地委再一次组织退耕还林大检查。这次青阳山乡的退耕还林怎么搞？郝守正是个吃了堑不长智的人，他的为官信条是："办事不从实际来，为官再大也枉然。"县里安排是："完善去年搞的预整地，新搞村边的梯田地。怎么完善？县里要求把苗圃种起来的杨树和落叶松苗栽到预整地，村边的梯田地，一律栽两米以上的杨树苗，远远看去，这里不仅退了耕，而且长起了树，一片壮观的退耕还林景象。

　　郝守正是学林的，从小土生土长，深知山区地形复杂，"一刀切"根本做不到因地制宜。那么，青阳山是怎么搞的？郝守正带领全乡把落叶松栽到海拔1400米以上的高寒地段，杨树栽到大黄沟流域的背阴洼里，村边的梯田地斜顺成行，打了见方一米的坑，施了肥，栽上核桃、苹果和改良枣树……

　　4月份，地区检查组在辛书记的亲自带领下，来到了这个山区小县。检查组跑了几个乡镇，到处男男女女，风展红旗，路边村墙上到处可见"欢迎领导亲临乡村指导工作"，"热烈欢迎地区首长来我县指导工作"等等红绿标语，还有两个乡组织乐队在村口等候迎接。可是，这个辛书记的做法和过去的检查方法不一样，他每到一个点，都要访问群众，提一些具体问题让群众回答，比如"你们是哪个村的，为啥不在你们村搞？""打了坑，植了树，报酬问题怎解决，树权归谁所有？"群众当然如实回答："这里的地不是我们村的。树权归谁，我们不知道，村里给我们每个劳力，劳动一天，记一个义务工，发四个饼子，两瓶罐头，不来的交30元。打多深的坑，栽什么树，听乡干部的。"

　　辛书记看了这些先进点，非要去后进点看一看，后进点自然是青阳山。县里领导说："车只通到乡里，工地去不了车。"辛书记说："不要紧，咱步行去。"检查组来到青阳山，乡里只有一个办公室主任坐机关，连一幅欢迎检查组的标语都没贴，办公室主任把检查组领到工地，郝守正拿着海拔仪，同乡里的林管员正在现场指导造林。他的做法是：集中连片，村自为战，村植村有，适地适树，先远后近，先高后低，退谁的地，补谁的粮。这些做法，受到辛书记的肯定与表扬，并告诫各山区县所有参加检查的人员说："我们这些年所以年年抓植树，死树比新植的树多，就是政策不兑现，群众没积极性，基层领导唯书唯上，好大喜功，形式主义。荣禄观念，危害不浅呀！"

说到荣禄观念，在场的几个县委书记有点脸红。辛书记说："这也不全怨你们，与上级不深入群众，提出的要求脱离了实际有关嘛！"

辛书记当场宣布，把青阳山的黄牌摘了。一个月以后，郝守正调任行署林业局局长，成为全区退耕还林指挥部的副总指挥。

十五个党员担水点种

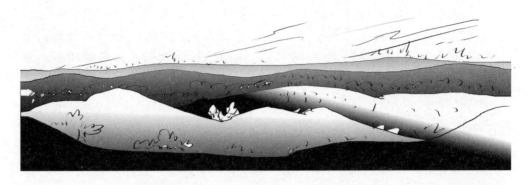

　　袁树德从乡里开会回来，天已傍晚，路过沙河湾时，他看见田嫂挑着两小桶水，在往山头角的半坡上滑了一跤，水流完了，两只桶滚到沟底。

　　树德停了摩托，拣起水桶，提到田嫂跟前。

　　"田嫂，你担水浇什么？"

　　"全村的玉茭都快出苗了，我的玉茭还没种，天旱地下，种下去出不来，我挑水饮种。"

　　"回吧，天不早了，明天再说。"

　　"唉，种子、看鳏头还在地里。"田嫂说着，转身投向地影去。

　　树德骑着摩托，沿着河边路，慢悠悠地向村里骑，好像他心里在想什么事。

　　进村，他没回家，直奔村委办公室，开了扩音器："喂，今晚8点，全体党员在办公室开会，一个也不能缺……"

　　广播连叫三次，连住在沟沟洼洼里的人都听见了。

　　8点，全村15个党员，一个不缺到齐了。

树德开场，言简意赅："今晚开个短会，我给大家作检讨。"

人们一下子愣了。大家知道，树德当支书以来，四年迈了四大步，连年被评为先进党支部。就最近的春耕生产说，也受到乡里的表扬，报纸还登了消息，不知道支书说要检讨，是哪方面的事情。

接着，树德把田嫂担水、摔跤、跑桶的事说了一遍。他对大家说："作为全村的党支部书记，对田嫂这样的困难户没有考虑到，让70岁的寡妇担水点种，我心中有愧！"

说到最后这句话时，他声音特低，眼睛泪花花的。

村长高山说："这是我的失职，五天前，我同王乡长检查抗旱春播，没去山头角，还汇报乡里，圆满完成了五项大宗作物的抗旱播种任务。"

老党员郭其年说："老田当年抬担架、运弹药，冒着生命危险支前；后来当队长、搞互助合作，如今他走了，留下老伴一人，理应得到大家的关爱。"

年轻党员田虎生说："我建议明天一早六点，全体党员担上水桶，给田嫂担水点种。"

闫汉才是企业家，他说："这几年我光顾挣钱，忘记了咱村的穷苦人，从今以后，田嫂等7位无人抚养的困难户，吃饭问题我全包了。"他给大家散了一排香烟，接着说："这几年扁担还没上肩，明天我也同大家一起给田嫂担水点种去！"

……

会议虽短，很快统一了思想。大家认为，只要全村党员，处处能带个好头，群众看到我们的行动，才会活得有心劲！

第二天，树德四点就起床，老婆抱了一捆秸茬，他担了一对水桶，下了沙河湾。其时，村长和老婆也来了，四个人边压秸茬，边盖泥沙，个把钟头，把小河里的流水拦蓄起来，满足了后来的党员担水的需要。

太阳出山了，鲜红鲜红的。15个党员像南飞的大雁，在山头角的坡道上欢声雷动，田嫂的田地里，顷刻出现了一窝一窝的湿印，又连成一片一片的图案，快速向地边扩散……

发表于2005年第1期《中阳文苑》

外乡人 | WAIXIANGREN

荞麦山村头，住着两户人家：一户吴清家，一户金全家。

吴清做事公道，不留情面，处人及事，直来直去，所以人们揍树削疙节，给他送了个雅号——"无情"。

吴清和金全关系处得很好。荞麦山虽说村子不大，都是本家一姓，只有他们两家是六七年前从邻县迁来的。俗话说："出门十里认老乡。"尽管荞麦山的人不歧视他们，他两家处得依然好过别人家。

荞麦山气候高寒，种的山药特别多，吴清、金全从小学得一手漏粉手艺，自然成了大队粉坊的大师傅。金全这个人很自私，他的为人处世，就像他顶起帽梁的脑门心一样，突出尖（奸）一点。到粉坊以后，他经常怀里揣个塑料袋，跌落下的粉条头子，凉出的黑粉，回家总要挖一点。大队有个规定，凡在粉坊工作的人，不准在粉坊起伙，金全家里送来的饭，总是不带干粮，烧粉坊的几颗山药就代替了。

吴清常对金全说："咱出门在外，荞麦山的人对咱不错，全村男女谁也没把咱当外村人看待，大伙把粉坊的大权交给咱，一年给咱700个工，是一般受苦人的两倍，咱可不能偷偷摸摸的！"

自私人的情理多。金全明知自己不对，还要说出个没理的理由来。他对吴清说："荞麦山的人是想利用咱们一点技术，除过咱俩，谁和咱们是实心实意的？万一有一天把咱一脚踹出来，咱靠谁去呢？"

吴清不同意他的这种观点，诚心对他说："路是众人走出来的，人是自己活出来的，一个人只有以自己的实心，才能换来别人的实意。咱把真心掏出来，荞麦山的人也不会亏待咱！"

金全没有话说，可是毛病一点也不改，只不过方法变了，在人不知不觉的地方，像老鼠一样，继续干些偷偷摸摸的事。时间长了，荞麦山的人对他有了看法，这个说长，那个道短，有的人就在会议上提议，要求把金全从粉坊里调出去。

有一回，吴清给县招待所送粉条，回来时发现当天的漏粉比往日少出了两捆。吴清问粉坊的其他人，都说是金全收拾的粉条，他们不清楚。吴清问金全，金全结结巴巴地说："今天矾上得不对，粉面有点味，粉浆不清，出不出粉来。"吴清是漏粉的行家，一看漏下的粉条，一闻粉浆的味气，就知道这里面有鬼。这天晚上，轮金全喂毛驴，晚上添过夜草，从草房出来，背了一麻袋东西往家走。吴清一直跟在他的后面，撵到门口，一把拉住他的麻袋，里面全是粉条，金全见左右没人，说了多少祷告话，但吴清执意不改，坚决让他向大队交回作检查。就为这件事，大队把金全从粉坊调出来，抽到基本建设专业队。

金全离开粉坊，逢人就说，荞麦山的人欺负他，他要迁移户口到别的村落户，遇到三个五个对他好的，就散布吴清的不三不四，什么"吴清是支书的红人呀"、"为了当模范，六亲不认呀"、"为了自己入党，把别人当垫脚石呀"等等。

金全到了专业队，每天挣不到一个工，吴清觉得他人口多，生活不好过，让粉坊赊给他两个猪娃，并嘱咐老伴，家里有点粉渣，别忘了回家时给金全家捎两桶。这样久而久之，人们说："金全喂起三头肥猪，全凭吴清帮忙哩！"

去年三月，吴清去阳城参加了地区组织的养猪经验交流会，回来时，他在阳城县良种场捉了一对优种猪，这猪娃肯吃、快长、瘦肉多，食品公司加价收购。大队把这一公一母让吴清在家里喂，准备给大队留个种。为了鼓励吴清把猪养好，队里每年给他另加200个工。四月十八，吴清一家去丈母娘家赶事月，门户自然托给了金全家。事也凑巧，就在这天晚上，金全刚关门准备睡觉，突然院里咚地一声，金全揭起窗帘一瞧，原来是一只恶狼正趵吴清猪圈的拦石，金全正要高声呐喊，一种报复心理使他把喊到嘴边的声音又咽回肚子里去。他心里这样想——吴清呀，你甭怪我不招护老乡，你砍断我的钱串子，我也要看着你打烂个饭罐子。这样，本来金全就压得不结实的拦石，给狼三下五除二就给闹开了，只听猪娃"吱"、"吱"两声惨叫，狼就跑出来了，这时，金全才把咽到肚里的声音喊出来："狼吃猪娃嘞……狼吃猪娃嘞……"

　　赶到隔壁的人跑出来时，狼已跑得无影无踪了。

　　邻居是杆秤，谁的人品有多重，邻居都能称得出来。狼吃猪娃以后，人们纷纷议论，有的说他："天才刚黑，人还没睡，怎么不出来打狼？"有的说他："跟吴清有意见，故意不出来打狼！"吴清听见装个没听见，全没把此当回事。后来，吴清家的糠麸箩头、瓜皮菜叶、剩汤余饭重新给金全倒，粉坊的浆水粉渣吴清继续往回挑，金全照旧喂起几头大膘猪。

　　今年开春以来，金全经常不去专业队劳动，上山刨药材赚钱，一去就是四五天。一天金全上山以后，他老伴得了急性肠梗阻，吴清两口把家大丢下，连夜把金全老婆送到县医院动了手术，开刀要输血，吴清毫不犹豫地输了300ml血。吴清的老伴握住他的手说："孩他爹，咱还有四口子呀，你的身子也不好。"

　　吴清说："火烧邻居救，救命要紧啊！"

　　刨药材的金全回来以后，女人已经化险为夷了。当他来到病房里见到吴清的时候，吴清因输血过多，脸色苍白，躺在床上，哮喘病又复发了。

　　金全受到良心的责备，再也控制不住自己的情绪，一头栽在吴清宽敞的胸怀前，泪如断了线的珠子一样落下来。

　　吴清坐起来，伸出他那又粗又大的手，把金全扶起来，说："我们是老乡加朋友，都是应当做的！"

金全听了吴清的话，觉得语气特别重，心地特别长。

这天早饭以后，荞麦山大队的支书、大队长，赶着一辆胶轮车，来到县医院，车上拉着一布袋白面、一布袋小米、一大瓶麻油，还有一筐鸡蛋。

支书对金全说："米、面、油是大队给的，鸡蛋是乡亲们送的，老婆啥时养好病，你啥时回来，住院费大队给你垫支。"

金全不知说什么好，他的眼睛充满了激动的神采，也含着悔悟的泪水。

支书又对吴清说："你替大队办了一件好事，这种无私的高尚品德，值得咱所有荞麦山的人学习。今天我们来接你，回去一面休养，一面给粉坊作技术指导……"

金全插嘴说："不能，他应该在医院治疗休养，大家信得过的话，粉房的事由我回去干。"

支书、队长齐声笑道："信得过，信得过，知过能改的人是好同志。"

金全坐着支书、队长赶的胶轮车，沐浴着春天的阳光，回到了荞麦山……

发表于《中阳文苑》

马兰擒贼 | MALANQINZEI

马向阳接到女儿马兰的电话，慌忙跑回家。一进门，马兰扑到他的怀里说："好险，公款没有丢，盗贼捉住了。"向阳亲了女儿额头一口，说："马兰长大了，我的好女儿！"

向阳是县农行的董事长，昨天一早，他同公安局、工商局的同志去新庄收了两家钉子户的贷款，回来时天已黑了，顺便吃了点东西，就到医院照护妻子去了，家里只留马兰看门。

马兰今年13岁，上初二，品学兼优。父母不在家，看照门户的事自然放在心上。只是气温太高，她把窗户打开了一扇，晚风徐徐吹进来，家里挺凉快的。她躺在床上，一会就睡着了。

突然，"咚咚"的声音，把她从梦里惊醒。两个蒙面人从窗台上跳下来，一个大汉手握一把明晃晃的匕首站在床前，直对马兰。马兰心里明白，如果自己动一下或喊一声，马上就有生命危险。她佯装睡得很深，不时发出轻轻的呼噜声。隔了一会，又说梦话："爸爸……还不回来……我饿……"嘴里还故意发出"吱吱吱"的磨牙声。

盗贼把他爹收回贷款的钱包拿到了，还提了她妈的电脑，跳出窗外。原来，盗贼用塔式钢管，把顶端系一铁钩的尼龙绳挂在窗台上，一层一层爬上三楼，又一层一层往下退。盗贼刚下窗台，马兰呼地爬起来，从枕底拿出一把菜刀，快步走在窗前，见是时候，就"喀嚓"一声，砍断尼龙绳，两个盗贼一先一后落了地。一个跌伤了腰，一个跌折了腿。本来拿钱包的那个贼腰伤不重，可上面的那个贼跌到他身上，电脑砸了他的头，动弹不得。这时，马兰大喊捉贼，楼里的邻居闻声出来，把两个盗贼送往公安局。

马兰捉贼的故事传遍全城，受到学校与社会的高度赞誉！

发表于《吕梁信合》2004年10月31日

亲家 | QINJIA

　　与王常结婚的女人是农村妇女，小舅子李安安常来城里卖果子卖杏，一住就是两三天，走时姐姐平平常把家里穿得半新不旧的衣服，稀奇吃的、多余的米米面面给弟弟，这已是多年习以为常的事了。

　　去年春天，小舅子的儿子要订婚，女方提出要"三金（戒指、耳环、项链）"、"一托（摩托）"、两间平房，否则，婚事不成。

　　安安的积蓄，除过买"三金一托"以外，再无余钱盖房，愁得他吃饭不香，睡觉不甜。

　　安安善良懦弱，事事老婆说了算数。老婆叫金秀，争强好胜，绰号叫"计算器"。她对安安说："愁不出钱来，找姐夫、姐姐去想法儿。"可安安觉得平时拖累人家不少，这时没脸向人家张口。金秀说："怨不该他们扎了咱这穷亲家，能挨就得挨，能靠就得靠。"安安无法，只好硬着头皮去投找姐夫、姐姐去。

　　王常所在的工厂，近年生产不景气，前年精简机构，提前内退，一个月只有500块钱的生活费。他经常抽空干点零活，挣几个小钱，以补生活所需。现在，就他的实际情况，已是泥菩萨过河，自身难保。不过，室弟提出这事来，困难再大，他也得帮助。于是，他利用自己的一技之长，焊钢架、安电器，忙乎了一个来月；接着买钢筋、买水泥、运砂灰，把家里仅有的一万块存款都花了，才帮小舅子盖起了两间二层楼房。

　　小舅子的儿子要订婚，金秀提出要请王常夫妻参加。安安说："小事小办，把媒人请来，吃一顿饭算了，不用请张唤李。"金秀说："你懂个屁，你不告，我告。"

　　王常按金秀的托付，买了两条红塔山，三瓶汾酒，还有一些蔬菜肉食。订婚仪式上，未来的媳妇叫一声姑夫、姑姑，给了200块钱的见面礼。

结婚前几天，金秀给王常打来电话，叫他求求厂长，用一天厂里的大车小车娶媳妇、拉嫁妆，最后一句话是："这事就托你了，不得失误哦！"王常觉得自己已经退休，怎好意思开口，只好出了300块钱，雇了一大一小两部车，算安顿了这个"门户"（民间给亲朋办事上礼叫门户）。

过了春节，金秀让儿子、媳妇到姑姑家拜年，安安说："姐姐家的儿子结婚后就没来咱家拜年，就甭让孩子们去了。"金秀说："不知你是怎样认识事情，他家不来拜年，是看不起咱来，咱去拜年是抬举他们。"安安自无理说。按乡俗，金秀给儿子打包了四色礼——二斤挂面，二斤粉条，二斤饼干，两瓶"八两醉"酒。拜年回来时，小两口各带回100块拜年礼，姑姑还给侄儿媳妇买了一身新衣裳。金秀又做了挣钱买卖，自然得意一番，并笑话安安不会算账。

三月初三，新媳妇过生日，金秀又通知王常夫妇参加，并且说："这是新亲家第一次会面，吃得不能差，礼钱不能少，否则丢咱的脸。"王常觉得金秀太过头，尽些节外生枝的事情，让他花这些冤枉钱，但又想，这是最后一宗"门户"，只好违心地让老婆带了500块钱去祝生日，认新亲家。

结婚一年，新媳妇养下个胖小子，室弟一家自然高兴，王常料到这又是个"门户"。不出所料，金秀又来了通知，孙子过满月，请姐夫、姐姐去吃喜糕，并且预告9月底还做"百最（孩子出生百天的纪念日）"，到时还请他们参加。

王常两口子觉得金秀太会算计人了，遭上这样的亲家，横刮竖剥，没完没了，他和老婆商议，咱也再不能横来顺受了，得想点办法治治。

于是，他们夫妻给安安、金秀写了一封信，信是这样写的：

安安、金秀：
小宝过生日，祝百最，值得庆贺，我们有事不能参加，礼洋各上200元，手头没钱，故打一纸400元的欠条，随信附去，等以后补上。

王常、平平

"计算器"从此失灵。亲家关系也蒙上一层阴影。金秀拿上信到处宣称：王常、姐姐不算人！

发表于2009年3月第5期《交口文艺》

婚变 | HUNBIAN

　　山杏和真生结婚了，从订婚到结婚，仅仅一个来月时间，村里人都觉得不可思议。因为前不久，山杏是与非非谈恋爱，如今撇开非非，转向真生，既成事实。眼下，山杏和真生开着三轮车，戴着大红花，绕村走过一圈，先拜天地，后入洞房，虽然没有汽车、乐队助兴，但是看红火的人依然来了很多。

　　山杏、真生、非非，都是桑树坪一个村的，三个人从小学到高中，都在一个班就读。论天资，三人都差不多，但真生家穷，读书非常用功，期考、季考、年终考，真生总在山杏与非非的前面。高二以后，真生与山杏、非非拉开了距离。今年高考，真生考中了省里的一所重点大学，而山杏和非非离分数线竟差五十几分。但当真生接到录取通知书，却哭红了眼，一阵难过后，他居然在通知书上写下两个字——作废，夹在了毕业证里，作为档案保存。这是为什么？原来真生妈是个寡妇，用她的话说："穷人的孩子住高中，好比蚂蚁站起尿，已把力出尽了，哪有余力供大学！"真生对他妈说："不上大学，也有出路。"于是，他凑了2000多块钱，买了一辆三轮车，每天到县城卖煤泥，卖了煤泥，再去给税务局王局长的两个子女补课，天黑回家。

山杏和非非没考上大学，说来话长。山杏初中时，学校来来去去，都是真生自行车带；上高中后，非非有了摩托车，山杏来来回回又去坐非非的摩托车。年纪大了，时间长了，山杏与非非产生了爱情，星期天，两人骑摩托车逛县城，下馆子吃饭。回村后，早晚一起散步，形影不离。一次，真生下河湾挑水，看见非非、山杏在大桑树下坐着，这种事在村里传得很快，有人说，他在大桑树上采桑叶时，见他俩手拉手从桑树下走过，年轻人更说得有鼻子有眼，说他俩跟电视里的镜头画面差不多。不过，说归说，人家谈恋爱搞对象，谁管得着？

人常说："女大不可留，留下要出丑。"山杏妈担心出事，几次向女儿发出警告。山杏说："迟早我要嫁人，别人想说就说，想笑就笑，非非已向他父母挑明，"等高中毕业，我们就结婚。"由此而知，非非、山杏正处在热恋之中，自然精力分散，怎能不影响学业？可是，非非的父亲开一座焦化厂，有的是钱，通过投人送礼，花了近10万元，被省里的财经学院录取。山杏娘也是寡妇，家业虽比真生家强一点，也供不起一个大学生，甭说没考上，就是考上了，也要放弃的！

非非已被大学录取，山杏自然提出婚姻问题，非非说："订婚和不订婚一样，至于结婚上大学是不允许的，等我毕业后，咱连订带结一起办。"山杏吃了定心丸，高高兴兴回家，自己亲手设计图案，亲手配料，纳了一双精美的鞋垫，送给非非；非非也高兴地接收了，并且说："你等我。"山杏回来时，高兴地哼着《敖包相会》中的两句动情歌词："只要哥哥你耐心地等待哟，你心上的人儿一定会跑过来……"

山杏妈是个有主意的聪明人，她总觉得非非不厚道，属于纨绔子弟，多次在山杏面前夸奖真生，说真生实在、厚道、心眼好，选这样的人当女婿，将来的日子一定过得好。山杏说："论人才，非非比真生帅；论天资，非非不比真生差，论家资，真生无法跟非非家比。真生虽然帮咱家种地、挑水、挑煤……一直像我的亲哥哥一样帮助咱，可是身材容貌是先天的，道德品性是后天的，人丑不能变俊，人坏可以变好。"她娘说："我是过来人，把婚姻建立在外表的基础上，好比灰渣堆上建洋楼，总不可靠。"母女俩说来说去，总是各持己见，达不成共识。

山杏高考以后，如释重负，一天到晚乐呵呵地，一心陷入美好的梦中，可以说走着想非非，站着想非非，好像她已是非非的女人了，日后，非非家的三层楼是属她住，非非家的小汽车是属她坐，她与村里的同龄女孩比，她是未来的幸福女人了！

一天，山杏和母亲到桑树上采桑叶，一失脚，一根桑枝扎在她的眼泡上，血流满面，惊来不少人。当然真生母子是去得最早的。怎么办？去医院。真生跑到非非家想办法，非非不在家，真生提出让非非家的汽车送山杏，非非妈说："汽车坏了。"更没有说山杏就医的具体事宜，真生只好开着三轮车送山杏进城。医生一检查，建议马上去省城眼科医院，所以山杏母女俩搭出租车，连夜进了省城。

山杏去了省城，不几天给非非家寄回信来，说她伤情严重，医生说，要把这只眼挖掉，方可保住另一只眼。她一直向非非家通报情况，希望求得援助。

山杏走以后，真生每天到非非家打听情况，非非把山杏的信拿来让真生看，真生急得几乎要掉眼泪。他说："一个穷人家遭此厄运，天仙一样的姑娘受此伤残，真是老天瞎眼了！"他提出和非非一起进省城看望山杏。非非说他有事，让真生一个人去。真生觉得非非在紧要关头，表现消极，真不够意思。但他再没说什么，闭门就走。非非撵出门来，给了真生一个塑料袋，塑料袋里装三千块钱和一双鞋垫。真生问："这是啥意思？"非非说："钱是给山杏的，鞋垫退还给她。"

真生一听，就火冒三丈。直冲非非："咱村的人谁不知道你和山杏好，她遭此横祸，你不同情，反而落井下石，你还够人吗？"

"我和山杏好，这是事实，但这是过去，不是现在。"

"什么过去、现在？"

"过去是两只眼，现在是一只眼，我一个堂堂的大学生，能和一个一只眼的姑娘配吗？"

"你不觉得亏情？"

"亏什么情？三千块钱补起来！"

"三千块钱就可以赎回你的人格?"

"你的人格好,你去跟她结婚。"

真生再也压不住心中的怒火,狠狠地把3000块钱摔在地上走了。

真生娘是个热心肠人,山杏受伤以后,每晚睡不好觉。她跟真生商议,山杏妈遇这样大的困难,咱要想法帮助。真生提出卖三轮车,他妈说不可,以后咱靠啥生活,得另想办法。真生跑到县城,向王局长求援,王局长拿出3000块钱的存款,借给真生,真生连夜坐班车进了省城。

天亮时,真生在医院见到山杏,她的眼好好的,并没有挖掉,伤势已经好起来了,伤痕不细心看根本看不出来。原来,山杏妈出了个考验非非的主意。她说:"山杏受伤以后,非非一家的举动,让我母女担心,所以才让山杏写了'谎报军情'的信。果真他们的真相暴露出来了!"

真生把鞋垫给山杏,山杏毫不隐讳地说:"这双鞋垫是我的爱情信物,非非既然退回来,我就给你吧!"

至此,故事出现了开头一幕。村里有人说:"真生心好,如同《今古奇观》中的'秦卖油',由他独占了咱村的'花魁女'。"

发表于2004年第三期《吕梁文学》

情变 | QINGBIAN

鹊栖岑村头住着两户人家，一户是二狗则家，一户是三把则家，从他俩的取名，就知道是地地道道的庄稼人。

二狗则、三把则从小就是一对要好的朋友，上山打柴，下沟挑水，经常形影相随，谁家若要有事，互相倾力帮助。后来，听说他俩在关帝庙里磕了头，成为结拜兄弟。

近两年来，二狗则病倒在炕上，三把则自然同亲兄弟一样，耕种锄收，水炭柴杂，如同自家，一帮到底。特别是为了给二狗则看病，他把自己家的5只细毛种羊给卖了，结果仍然没能救下他的结拜长兄。二狗则在不行的那天，把三把则叫到跟前，当着老婆春花和18岁的女儿燕子的面嘱托后事。二狗则说："我死以后，春花你就再嫁三把则吧，这样我到九泉之下也放心。"

春花、燕子哭得泪流如雨。三把则说："你放心，只要我有穿有吃，就困不着她母女俩。"

二狗则带着放心的微笑走了。

三把则是个实在人，媳妇先前病故，原想在邻村招亲，由于二狗则的死，还有对春花、燕子的当面遗嘱，打消了出外招亲的念头，一心一意帮着春花母女过日子。春花家因看病花销，吃的用的都紧缺，三把则就把自家的粮食、家具，一筐筐、一件件搬到春花家里来。大地回春时，他把春花的果树剪了枝，追了肥，秋田地耕过耙平，同自己的庄稼地一样闹。平时对春花、燕子，不是一家人，胜似一家人，赶集上会总要给她母女俩

买些衣服食品什么的，虽花钱不很多，却母女都有份。他曾几次同春花商议，让燕子补学，不念个大学，也上个高中，咱穷不能穷孩子，说话谋事体贴入微。特别是当年三月，春花得了急性阑尾炎，三把则连夜拉平车送到县医院动手术，仿佛自己人似的，一直侍奉到病好出院回家。

春花呢，也是个人俊手巧的精干女人，同样会体贴男人，她对三把则也很热情，穿呀戴呀，吃呀喝呀，洗呀涮呀，里里外外都是料理得周周道道。说真的，三把则觉得他比自己老婆在世时还穿得合体，吃得舒服，所以，虽失却爱妻，倒也不至于冷漠。

其时，村里有几个光棍汉，眼红三把则捷足先登，有的找媒人说媒，有的亲自登门投缘，还有的先礼后物，软硬拉拢，可都被春花一概拒绝。春花说："是脚不是脚，就往靴子里钻，这几个穷光棍，我眼角都不挂。如今我有了意中人，不用多费口舌了。"光棍们清楚，春花所说的意中人就是三把则，他俩婚配已成定局，于是渐渐都打消了念头。

春花与三把则除过没一起睡觉外，和夫妻一样，时间长了，村里说啥的人也有。老年人说："做好总有好，三把则吃了几年小亏，却捡了个大便宜，不用费粗气，能娶个花媳妇。"年轻人见了三把则尽开些放不到桌面上的玩笑："你俩一起上地，一同干活，说了哪些亲热话？说来咱听听！"同年夹岁（年龄相仿的意思）的更是直截了当："你原来的老婆好，还是春花好，公开给大家说，睡了几回觉？"三把则觉得自己虽然光明磊落，也免不了人们的闲言碎语，于是几次跟春花商议说："咱已处成这个样子，不如早点结过婚算了。"

春花说："二狗则才死了几个月，全村人都晓得死鬼的嘱托，迟早我是你的人，煮在锅里的鸭子，跑不了，放心！"

当地风俗，死了男人的寡妇，不满一年不嫁，三把则理解春花的心意，死心塌地等着她。可是哪想，天有不测风云，人有意想不到的变化，一天上午十点来钟，三把则看见承包村里煤矿的卜仕仁，开着小汽车去了春花家。他扛了一捆剪下的树枝，也往春花家去，走到门口，大门倒关着，三把则知道春花大门的秘密，铁丝一撬，大门开了，回到家里，见春花手慌脚乱，把一块新布剪成个四不像，以示她正在做针线活。而卜仕仁站在一旁，少做的，没弄的，满脸尴尬相，朝着三把则问："退耕还林地今年还给不给白面？"这句寡淡无关的话，三把则一听就心中生疑，特别看到地上几块脏兮兮的卫生纸，心里就明白了几分。

原来，前几天春花进城卖苹果，只卖了一半，天黑了往回走，刚出城，卜仕仁开过车来，把春花和苹果拉到车上，并很关切地说："你有多少苹果？咱矿上全买了，还用你挑上进城卖！"路上行人渐少，他把春花的手握住。春花觉得坐人家的车不好意思，片刻以后把手徐徐抽了回来。又过了一会儿，路上基本没人了，卜仕仁把车速减慢，伸手摸春花的大腿，春花躲在车门那一面，轻轻把他的手推过去。车开到春花家门前，卜仕仁帮他把苹果拿回去，春花给他倒了一碗水，挖了一小勺蜂蜜，又给点了一支烟，待以正常礼节。

春花擦洗了脸手，对着镜子下耳环。卜仕仁问："耳朵怎么发炎。"春花说："铜镀耳环生了锈，把耳感染了。"卜仕仁说："我给你买对金耳环。"春花忙说："不用，不用！骑马踩镫，上下相称，看我这身披挂，能戴金耳环吗？"卜仕仁笑了一下，走了。这天早上，卜仕仁给她送来苹果钱，价钱比她城里零卖的还高，春花的感激之情难于言表。忙说："我走好运，遇上贵人了。"卜仕仁顺口回答："是的，我这人说啥是啥，我还给你送来金耳环和一身得体的女装，你看看。"

春花是个聪明女人，看到仕仁色迷迷的眼神，心有灵犀一点通，耳环、衣服全收下了，自然她的防线不攻自破，清清白白的寡妇，一下倒在卜仕仁怀里。

　　卜仕仁走后，三把则问春花："卜仕仁来做什么？"春花有点不高兴："送苹果钱。"三把则反问："正常的往来，为何慌手慌脚。"春花一点也不觉得无理，说："允许你来，就不允许别人来，你不相信我，咱各走各的路。"三把则说："你曾有言在先！"春花说："宪法还修改，何况一句话。"

　　三把则满肚不高兴，门一摔走了。

　　这以后，春花对这两个男人进行了充分的比较。三把则人老实，心地好，爱劳动，年龄相等，但脑瓜没有仕仁好，本事也没有仕仁大。她想，人品好不能顶钱花，老实人光能在社会上吃些亏，嫁给他不是跟上受一辈子穷？而仕仁比自己大15岁，可人家身强体壮，不比三把则老面多少，再说仕仁包煤矿，一天的收入相当于三把则一年的劳动所得。三把则的粮食、家具值几个钱？仕仁初次就给她一对耳环，一身好衣裳。三把则来示好，是要娶她当老婆，如果仕仁要娶她当老婆，去医院还用小平车拉？住医院保证是一等病房，一级护理，动手术是出名的大夫，还用同三把则那样，连医务人员的一顿饭也开支不起。三把则的老婆活着时，时常穿得破破烂烂，像个逃荒要饭的；仕仁老婆活着时，穿金戴银，村里谁家女人能比得上。既然他勾搭我，就说明爱我，既然爱我，就可能成为夫妻，将来不是在家住洋楼，就是出门坐小汽车……

　　这以后，三把则对春花的情况也进行了分析。他觉得，他对春花一家人的感情，是经过长期的实践建立起来的，他和春花的关系是建立在深厚的友谊基础上的，春花的变是一时的错识，他不信卜仕仁一时的讨好就能变了春花对自己的看法。况且，春花毕竟是个年轻寡妇，就是有这方面的事，也可以理解，俗话说："谁能保证自己的锅边没有黑？"有男人的妇女有外遇村里也不乏其人，只要她能成为自己的老婆，改了前非就是了，人不能忌其一点，不顾其余。事当等着瞧，他要冷处理。

　　所以，好一段时间，三把则虽然没去春花家，但注意观察春花和卜仕仁的行为。他几次看到卜仕仁在燕子不在家时去春花家，一去就是一两个小时。又发现生活并不富裕的春花，戴上金耳环，穿出一身时新衣裳。隔了些时，又发现燕子到煤矿当了服务员，工资同坑下杂工一样多，一月千把元。

一天，三把则抱着试探心理去了春花家。当时，春花正在纳一对男人的鞋垫，上面绣的是鸳鸯戏水，见三把则去了，慌忙压到铺盖底，三把则看见了，心里已猜个八九不离十。这个老实人便投石问路："春花，我的衬衫补住了没有？"春花说："没功夫呢！"说着把衬衫摔给了他。三把则虽是实在人，肚里清清楚楚，和人说话先把自己的事放在头前，有点不妥，便改口道："地翻了吧，种什么？"春花说："不种了。"三把则又问："果树起虫了，不打药剂，不仅结不成果子，树也会被虫扎死的。"春花说："我们家的事你以后就不用管了。"

三把则的心全凉了，煮熟的鸭子飞了。他回家捆起铺盖，关窗锁门，去北京老战友的钢铁厂打工去了。临走时，他去二狗则的坟上烧了纸，默默地告诉死者，不是我不履行诺言，春花已经有人了，燕子能飞了，我离开她们，到很远的地方去了，只要我回村来，一定烧钱化纸，祭奠哥哥。

三把则走以后，春花的日子过得好开心了一阵子，像挑了眼中的一根刺，再没有人过问她和卜仕仁的事。隔三差五，卜仕仁跟她幽会，女儿挣那么多钱，梳洗打扮格外讲究。地没种上，果园荒了，她想，自己有吃的，有花的，何需再去受那些死苦。当她一个人在家的时候，暗暗和其他女人比，认为她是村里最幸福的女人，甚至鄙视村里那些和自己曾经一样地里家里忙早忙晚的女人，不时做着住洋楼，坐小车，享清福的梦。她也曾经几次向卜仕仁提出应该组成一个家庭的愿望，不用这样偷偷摸摸，躲前缩后，时时怕人戳脊梁骨。可是，卜仕仁根本没有这个想法。据人说，卜仕仁在省城还包着一个二奶，年纪比她还小，而且有了一个不出百天的小女孩。她想问问卜仕仁，这个言传是否真实，可卜仕仁同她混了一段以后，再不登她的门了。

正在她好梦不好圆的时候，她发现女儿戴上好有分量的金项链，她心里咯噔了一下，这件事燕子怎么自己作主，不同她商议？又过了一段时间，她发现女儿不想吃饭，好吃酸的，又是呕吐，面皮一天天黄瘦。当母亲的最懂儿女情，她注意女儿的月潮，已经三个月没有了。晚上，她问女儿这是怎么回事，燕子只好如实告她，卜仕仁给她怀孕了。

春花一听女儿的话，当下晕了过去。

发表于2006年第4期《吕梁文学》

伶伶下岗 | LINGLINGXIAGANG

李健今天要去南方出差，中午12点的飞机票都买好了，一大早，机关派车把他送往省城。这几天，李健上了火，牙疼，扁桃体发炎，机场检查他的体温高达38度，不能登机，只好再返回市里。

回家时，已是晚上11点半，妻子伶伶还没有睡。李健给她买了一件款式新颖的连衣裙，一双乳色高跟皮凉鞋，一件露胸半袖汗衫，还有几盒化妆品。李健把提包打开，让伶伶看，伶伶心不在焉，合意不合意，也没表个态，李健觉得她表情有点异常。问她："家里有事吗？"伶伶说："没事。"李健又问："受了机关领导的批评吗？"伶伶也说："没有。"李健想安慰她几句，也无从插口，于是就睡了。

睡下以后，伶伶同往常不一样，与他保持着距离，既不说话，也睡不着。本来李健忙乎了一天，够累了，按照他的习惯，早已进入了梦乡，由于妻子的异常情绪，他也睡不着。

突然，厨房传来推窗门的响声，李健呼地爬起："有贼！"这一声，惊动了窗外人，他跳下窗台，把窗台上的花盆也带落在地上。李健拿手电一照，不是贼，是伶伶机关的丘局长，梯子还在窗台下面立着，丘局长都没来得及拿。

事情很清楚，世界上有几个男人看到这种事不发火？李健火冒三丈，开口就骂，举手便打："老子哪点对不起你，背着老子偷汉子，看老子揍不死你！"接着，就是两个耳光，打得伶伶鼻子口出血，然后顺着领口一撕，使劲一推，伶伶摔倒在地上，把脸上擦去一块皮。

两口子闹架，惊动了睡在另一间房里的钳钳，钳钳把李健的腿抱住，一面哭，一面喊："不要打妈妈，不要打妈妈。"连喊几声，李健住了手。他点燃一支烟，坐在一旁生闷气。

钳钳是个聪明的孩子，她给住在三楼的奶奶打电话，要奶奶马上到她家来。

李健娘问李健："因啥事半夜吵架，惊吓孩子，骚动邻居，多不好。"

李健说："你问她。"

婆婆问伶伶，伶伶一声也不吭。

李健娘曾当过街道妇联主任，是个精明能干的女人，伶伶不吭声，她也揣摸出几分……

伶伶是个孝顺儿媳，品行皆优，从进门以后，同婆母的关系，一直很好。婆婆没有闺女，对伶伶同亲生女一样。婆婆把她拉到自己的房间，对伶伶说："有啥事，你原实说，我给你作主。"

原来伶伶在机关表现很好，人漂亮能干，丘局长很看得起来，从临时工变为正式工，从事务员当成保管员，从保管当了出纳，从出纳当了会计，可以说步步连梯。丘局长不怀好意，屡次向伶伶求爱，伶伶总是婉言谢绝，多次推三推四，情意虽好，事情未成。这天，丘局长得知李健南行，又向伶伶提出非分要求。伶伶说："你对我的好处，我永世不忘，只要你在世，我会时时记在心上报答你，这种出格的事，无论如何不能。"丘局长说："我有吃的、有穿的、有看的、有放的、不缺钱花，你用啥报答我？"说着就动手动脚，死皮赖脸，握住伶伶的手不放。伶伶把门推开，他把门闭着，用肥胖的身子挡住，他恳求伶伶："看在咱俩长时期相处的分上，哪怕一次，我也就满足了。"伶伶无奈，一时软了一下，便答应了他的要求，结果出了上面的这种事。

李健他娘把他叫到自己的房间，同他商量事情怎么个解决。李健提出三条办法：一是上诉法院。他娘说："事情虽有过程，但未形成，这种事法院这几年也放得松，告，只能是扬出臭名，最后不了了之。"二是离婚。他娘又说："离了还得结，后娘对钳钳亲不亲，这不能不考虑。况且，做女人难啊，特别是像样的女人更难，再结婚，再发生什么事，怎么办？"三是请几个年轻朋友，黑夜教训丘局长一顿，打他个鼻肿脸青，半死不活。他娘说："乱箭上身，谁能把握准，万一有个好歹，大家都得吃官司，既害了自己，又连累了别人。"

三条办法，全被他娘否定了，李健觉得他娘说得在理，只是觉得这口气咽不下去。他娘说："你的气，娘理解，但一件事情牵涉两个方面，先从咱这面解决。人常说：'篱笆扎得紧，野狗钻不进'，先看伶伶的态度再说。"

这时李健稍微冷静了一些，低头不语，默认了娘的主意。

伶伶听了婆婆的回话，她说："这事我已经想过了。离婚我走，但钳钳必须归我。要告，我出庭受审，反正人已掉进茅坑里，不臭也得臭。现在，一碗水已落了地，再收不起来，我已后悔莫及。只要李健念夫妻情意，还相信我，我决心改正。"

婆婆说："那你给他表个态。"

伶伶回到厨房，不大工夫，从厨房出来了，手里拿一把菜刀，当着李健和婆婆的面说："如果不相信我，我就断一个指头，这就是我改正错误的决心。"

李健一把把菜刀夺下，把她按在床上。婆婆看见她擦伤的脸，把她送进了医院，火速包扎，担心留下伤疤。

再说事情发生以后，丘局长对李家的情况进行了认真的分析，伶伶性情善良，处事讲信义，脾气虽有点犟，事情是她答应过的，不会败露。李健他娘，年老识广，办事权衡轻重，不可能为出一口气，给伶伶留一个坏名誉。李健是个一点就着的"麦秸火"，可火一过去，就烟消云散。不过事宜谨慎，万一他找上门来，扯丝抖蔓，事情就闹麻烦了。想来想去，九十九计，走为上计。第二天一早，他同办公室主任打了一下招呼，说他有事外出，实际是自己开上车到扶贫点去了。

丘局长的分析很实际，躲避了几天，李家风尘不动。后来听说，伶伶住了几天医院，已到机关上班了。李健机关里催得紧，也去了南方。李健他娘每天去体育场活动，还参加老年歌咏队排练，一切正正常常，好像什么事也没有发生，丘局长忐忑不安的心逐渐平稳下来，他总结了过去经验，想事一拖开，就没大问题了。

丘局长回到机关，第一件事就是到会计那里领下乡补助，还有差旅费什么的，从来是办公室主任填一张表，月底代替领回。而丘局长这次亲自报补助是个掩护，实际是要看伶伶的表情，至于那天晚上的事情当然只字未提。丘局长问她些无关的事，她也是问啥答啥，多余的话一句也没有。丘局长问她："你家有些什么不好开支的事，如请客吃饭呀，打些家具呀，拿来单据咱报销。"伶伶说："不请客，不打家具，没有单据。"

又过了几天，丘局长见伶伶和以前一样，工作上该请示什么，请示什么，从不自己作主，更不跨越自己的职责权限。经济方面一如既往，清清白白，而且见了丘局长，该问还问，既不疏远，也不亲近，从没有恼怒不悦之情。说真的，那件事谁也不知道，谁也看不出来，一切和过去一样。

伶伶的表现，丘局长每天在观察研究，他想，女人嘛，都爱占便宜，他搞过几个，有的比伶伶年轻，有的和伶伶一样漂亮，只要给她们些好处，事情就成了，有的虽不愿意，最后都就范了，只要有过一次，以后就顺从了。伶伶他给过不少好处，心机不能枉费，不能瞅着仙桃不吃。

有一天，机关搞街道卫生，院里只有伶伶和炊事员老张，丘局长在市委办事回来，先去厨房打水，见老张正在蒸糕，他觉得是个机会，端一茶缸水来到伶伶的办公室，二话不说，就把伶伶抱住，伶伶一掌把他推开说："从此咱们正正经经，你当你的局长，我当我的会计，井水不犯河水，你要胡来，我就不客气了！"

丘局长说："我经过了几个女的，没有一个不给我面子的。你看着办吧！"

"别人是别人，我是我。"伶伶回答得干脆硬朗。

也许是色迷了心窍，也许是过分迷信自己的权威，也许是控制不住自己的情感，他又一次向伶伶扑来。伶伶把一杯水照丘局长的脸上泼去。丘局长没有火，色迷迷地对伶伶说："一杯水压不住火，"一不做，二不休。一把抱住伶伶不放，又解扣子，又抽裤子，伶伶急了，一伸手照丘局长的脸上抓来，霎时，丘局长的脸上出现了四条血印。

丘局长还没有火，说了句"我酒喝多了，对不起。"

伶伶说："刚才有点失手，对不起。"

丘局长带着惊恐、失落，没趣、无奈的心情，说了句"后路方长"的双关语，走出了会计室。

时隔一个来月，伶伶的工作调到民工灶上管了事务。

又隔了一个来月，伶伶专职搞机关卫生。

又隔了一个来月，伶伶被精简下岗了。

一个寡妇的爱情悲剧 | YIGEGUAFUDEAIQINGBEIJU

　　清明是个美丽善良的女人，她的眼睛就像她的名字一样，清纯明亮，充满了活力和生机。虽然是个年近六旬的寡妇，但风韵犹存，不减当年。

　　清明这几年的日子，步步向前，儿子大学毕业，成了家，还有了胖孙孙。女儿分配了工作，刚刚出嫁，小两口甜甜蜜蜜，还开了一个小商店。清明住在儿子集资买来的新房里，每天做饭、洗衣服、照看孙子、看电视、读小说，过着无忧无虑的生活。

　　一天，清明在阳台上晒衣裳，县里的老年秧歌队从楼前走过，那个挂胡子戴毡帽的艄公，真像赵山厚。她灵机一动，从阳台上点了一串鞭炮，秧歌队马上停下来，给她唱了一首秧歌："一串炮响喜门开，主人今年好运来，老人平安幸福多，儿女升官又发财。"唱得好，清明高高兴兴，慌忙下楼，看了几眼艄公，虽不是山厚，却真似山厚。

　　原来，她和山厚有过一段初恋的故事。

那是"文化大革命"初期，村里组织闹秧歌，请来邻村的一班人，山厚当艄公，被请在其中。年满二十岁的清明，看见山厚怎么也顺眼，山厚走到哪，她的眼睛跟到哪，山厚摆胡子她看得出神，山厚撑船她双目注视，与其说她看秧歌，不如说她是去看山厚。外村闹秧歌的人吃派饭，可巧山厚派到了清明家，清明娘恰好不在家，清明特意给山厚吃羊肉饺子，两人虽是生人，却像故友，亲亲热热，话说得没完没了，真有点相见恨晚。走时，山厚吻了一下清明，从此，两人有了意思。

　　时隔不久，清明到县城卖核桃，碰上山厚，她约山厚下午到她家来。年轻人，火热的心，一聊就是三四个小时。这时民兵查夜，清明就把山厚藏在过道窑里，结果被民兵搜出来了。清明羞得脸红耳赤，躲在一旁不说话。民兵盘查山厚，问他："天黑夜静，你来这里干什么？"山厚说："看见清明家墙上挂几串辣椒，我就……"民兵队长说："地主儿子偷人，抓起来！"正好群众开会没散，当场进行了批斗，还说要报公安局。山厚是个正派人，且读过几年书，丢不起人，回家上吊自杀了！

　　清明知道山厚为了保护自己的名节，才编出这样的谎言，以至舍出了自己的生命。以后清明出嫁了，夫妇关系甚好，可她的脑子里常常装着山厚，也常恨自己当时没把事情挑明。

　　这天，她看到秧歌队的艄公，多年埋在心里的火苗突然复燃了。于是；她也参加了秧歌队，每天早晨到体育场舞剑、练拳、打腰鼓、扭秧歌，同艄公见面说话，心里增添了幸福与欢乐。

　　艄公姓顾，叫春来，是县体委的教练，如今已经退休了。他，秧歌扭得好，拳打得有功夫，鼓子打得更花哨，还能唱小曲。在老年秧歌队里，顾春来是个核心人物。

　　清明自从见到老顾后，就像换了一个人，格外精神起来。她买了运动服、红外套、网球鞋、白手套，洗脸、擦粉、抹油，更是刻意专注之事。每天天刚亮，她就起了床，梳洗打扮一番，然后背上刀剑，挂上腰鼓去体育场活动，时间不久，她同老顾处得热热乎乎。

　　家有梧桐树，招得凤凰来。老顾一有空，也拿上自己订的《中华武术》、《武林》以及其他老年书报，给清明送去。去了，清明又是点烟，又是泡茶，两人见面，总有说不完的话，不觉就到了机关下班时间。

秧歌队的女成员，都是些过来人，差不多一半成员是寡妇，这些人最爱议论别人的长长短短。比如，谁到谁家串门了，谁和谁好，谁最近穿戴讲究起来，说得形象具体，你一说，她一接，一传就是一大片。清明和老顾好，自然在议论之中：几时几日，老顾到清明家看录像啦；几时几日，老顾给清明送去书报啦等等，说了事实不算，还要进行分析，有的说："送书送报是打掩护挡风，实际人家是交朋友。"还有的说："天天见面，还用专门送书送报，肯定两人好上了。"这一切，只不过清明和老顾不知道。

消息很快传到清明的儿媳妇蒲公英耳里。婆婆虽然常年给他们做饭、洗衣服、看孩子，她却对婆婆没好感，经常想抓婆婆的小辫子，提高自己在家庭里的霸主地位。她下班回家，先查电话，看谁给婆婆打过电话，当然老顾给清明的电话被她发现了几次。一天，老顾拿着一张《陈氏太极拳图解》来到清明家，坐了不大工夫，蒲公英就回来了，老顾虽然正正气气给清明讲要领、教姿势，蒲公英一见就不顺眼，脸黑得像下雨天，面对客人，一句话也不说。这时，邻院的公鸡正跑到她家的院子里找母鸡踏蛋的，蒲公英拿起扫帚打公鸡，口里骂道："你不滚，跑到我家来寻欢作乐。不走，有你好看的！"公鸡跑了，又打母鸡，边打边骂："你不在家规规矩矩，引来相好的，丢人现眼。"

分明是借题发挥，指桑骂槐。清明、老顾听在耳里，明在心中。她对老顾说："以后，再不要来了，寡妇门前是非多。"

老顾心里想不通。一天，他趁蒲公英不在家，去见清明。老顾说："蒲公英不讲理，太不尊重人的感情，他们夫妻每天在一起，双双对对，老人连个朋友也不能交。干脆，一不做，二不休，咱们结婚，名正言顺，合情合法。"

清明说："我作梦也想同你结婚，可我年轻时还顶过来，困难时期还没改嫁，现在有吃有穿再嫁人，这不叫人哭死笑死！"

老顾说："这是虚荣，何苦？"

清明说："苦就苦吧，儿子是有脸面的人，媳妇的谩骂，你也听见了，我丢不起人，离不起这个家，更离不开儿孙，我想过多少遍了，不能改嫁，你就死了这份心吧！"

老顾待在那里，好一会没说话，而后惋惜地问清明："难道我们相爱一场，就是这样的结局？"

清明说："能给你的，已经给了，不能给的，无可奈何，天若有情，来生咱作夫妻！"

老顾长叹一声："什么来生，虚的空的，陈规陋俗，虚荣心啊，它害了多少有情人！"

老顾伤心地离开清明，清明哭着送走了老顾。

不幸的是，老顾离开清明家，心里乱糟糟的，过交叉路时，出了车祸，抢救无效，走了。

清明听到老顾出事的消息，一下子呆了，觉得这个世界的一切突然变了，对儿子的关切，对媳妇的歧视，对孙子的爱，都表现得漠然，做什么事，心不在焉，头不梳，脸不洗，一天到晚两只眼睛直呆呆的，毫无表情……

人们说她疯了。

发表于2006年第7期《中阳文苑》

冯局长的"不慎之举" | FENGJUZHANGDEBU SHENZHIJU

　　人事局冯万山局长,一辈子小心谨慎,大大小小的矛盾,方方面面的关系,处理得恰到好处。最近,他可办了件欠妥的事,被人宰了一万元。

　　冯局长将要离任,却死了老伴,这对冯局长来说,既悲又不悲:悲的是,老伴同他一心一意过日子,生儿育女,劳苦功高,逝之难免心酸;但又不至于太生悲者是老伴心虽好人却丑,一辈子总觉得婚姻不甚如愿,既然走了,就重找一个,或许会比过去还要幸福些,想到此,还真有点塞翁失马之感。

　　时过三月,李副局长给他介绍了一位宾馆下岗职工,此人姓张名美琴,比他小18岁,模样俊俏,能言善辩。一说,冯局长就满乐意,再加过去认识,三天一回,两天一趟地跑开了,时隔不久,便请李副局长为中介人,把婚事定下来。

　　事情传出,舆论哗然。有的说:"冯局长老实疙瘩,娶个狐狸精,自寻倒霉!"也有的说:"万山前半辈婚姻不满足,临老来还要风流潇洒过几年……"这些话传到冯局长耳里,自觉不无道理,有意把婚期一推再推,以便进一步深思熟虑。

　　一天早晨,冯万山去美琴家,见大门反锁着,叫了几声,美琴没回音,他心里咯噔一下,美琴明明在家,为啥不回音?于是,他去对面一家书店,一面看书,一面观察对门的动静,时到11点半,美琴把大门打开了,出来一个人,正是他过去在美琴家碰过几次的侯三鬼。他们间的关系,美琴曾给他作过解释,冯局长这才明白,原来是"此地无银三百两"的表白。

冯局长当然不干了，便打发李副局长去辞婚约，张美琴满口答应，要求他俩同来议事。冯、李局长去了美琴家，美琴放下中华烟，冲起龙井茶，手里拿出一个小竹筛，笑着对冯局长说："这好办，你撒一泡尿进去，如数收起来就算了事。不然，事情没这么简单！"美琴恶人先占理，拿出杀手锏。

李副局长闻见话里充满火药味，忙抽风说："婚姻是自愿的，早觉不合适拉倒，比结了再离好，这样办，谁也不伤谁。"

张美琴一下变了脸："你问他伤没伤我，我不是妓女，世上哪有这样的便宜事？咱找几个人评评理，到时我口袋里倒西瓜，如数端出来……"

冯局长哑口无言，说他也仅有过一次"不慎之举"。心想，事情如果公开化，自己一世的美名完了。所以，只有私了。私了，就得出血啊，最后，经过李副局长的讨价还价，多次协商，花了一万块钱，才算了事一宗。

冯局长的小说完了，可世间的小说常要续写，不知冯局长的"不慎之举"，能否给小说外的现实以启迪呢？

瘸村长的模范奖状 | QUECUNZHANGDEMOFAN JIANGZHUANG

　　世界上没有不露的尘土。村长非贵跌崖致残的故事，终于被人们知道了，而且家喻户晓，老少皆知。今年选村长，全村560个有选举权的村民，包括他家的人在内，投票选他的只有34人。

　　非贵是"文化大革命"时期涌现出来的年轻积极分子，办事宁左勿右，唯书唯上。大前年县里布置退耕还林，别的村是先远后近，先山墚后村边，秋前小搞，秋后大搞。非贵不考虑实际，一味讨好上级，荒山荒坡还没治理，就把村边地里的庄稼毁了，栽上了树，群众背地里骂娘，可非贵的做法得到乡里、县里的肯定。

　　非贵对退耕还林确实也费了一番心机，每天领上妇女去地里挖坑，这边检查，那边指导，忙乎了一阵子。他跌瘸腿的故事，就是在那个时候发生的。

　　村头有个叫花花的妇女，死了丈夫才嫁到这个村里来。花花生得如花似玉，再加上男人在省城打工，月月捎钱回来，可以让她穿戴得时髦得体，在村里成了数一数二的美女人。一天在工地休息，被非贵一下子揉进眼里。

　　太阳落山时，将近收工，非贵对花花说："你挖的坑不合格，得返工重整，慢点回家！"花花只好坐在坑边上等非贵给个说法。

　　眼看人都走光了，非贵对花花说："不是不合格，今天我给你记了40个坑。"

花花说："我只挖了20个，就记20个吧。"

花花同非贵相跟着下山，走到回头弯，非贵一把抓住她的手，花花把手挣脱，快步向前面走，非贵也快步撵了去。花花放慢脚步，想离远点非贵，非贵也放慢步子，死死跟在她后面。花花问他："你要干什么？"非贵说："我爱你。"

花花说："咱是不远的亲家，嫂子是我的叔伯娌姨。"

非贵嬉皮笑脸地说："这不就亲上加亲了！"

夜幕降临以后，山村劳作一天的人们都睡了。花花脱去外面的衣裤，先洗脸，后洗脚。突然门开了，花花一看是非贵村长，心里就愣了一下，赶快把脚从盆里拉出来，拿一块手巾擦脚，不等她擦干脚，非贵从背后把她抱住，顺势吻了一下耳侧。花花说："躲开，不然，我就喊人。"非贵抱住不放，花花咬了他的胳膊，才一下挣脱。非贵又扑上来，花花把一盆洗脚水劈头盖脑给非贵泼了一身。非贵气狠狠地说："我搞过多少女人，还没个敢反抗的，只要我开口，还没个不给面子的，咱走着瞧吧！"把门一摔走了。

花花哭着跑到公爹的屋里，把刚才发生的事情一五一十地都说了。公爹姓郭，是个退伍军人，在村里也是说话算数的人物，他安慰了花花几句，自己一夜没有合眼。

一大早，花花又要上工了。公爹对花花说："如果就此没事，也就算了，不必声张。如果他还要纠缠，看我怎样收拾他。"

这一天，花花照样上山挖树坑，见了非贵，不卑不亢，好像昨天晚上的事没有发生。非贵以村长的身份检查人们挖坑的质量，他一本正经地对花花说："一定要达标准，不能马虎。"花花说："我知道了。"并对他投来不酸不甜的微笑。

非贵错误地分析了情况，他估计花花被他吓软了，既然软了，就以软来。哪个女人不爱利，下午收工验坑时，又给花花多记了20个。花花没吭声，心里想，非贵村长还不死心。

天刚黑，非贵在家里梳洗打扮了一番，刮了胡子擦了鞋，换上新衣裳，前后照了几回镜子，好像去参加什么宴会。11点左右，他翻墙跳进老郭的院子里。这时，老郭的灯灭了，花花还没睡，非贵推门进来，一个饿虎扑食，就把花花压倒，花花一面挣扎，一面高喊："有贼！有贼！"

这是个星期六的夜晚，老郭上高中的二儿子也回来了，听见花花的喊声，父子俩各拿一根木棍跑出来。非贵听到隔屋的开门声，夺门就跑，刚爬上墙，被老郭狠狠揍了一棍，虽然跳出墙外，却无力快跑。非贵前面跑，老郭父子后面追，追到下坡的拐弯处，非贵一失足掉到崖下。老郭的二儿子是个愣头青，搬起一块石头就要往崖下砸，老郭摆手止住说："这也够他受了。"

天亮时辰，人们发现非贵掉到崖下，支书叫了几个年轻人把他吊上来。支书问他："怎么掉下去的？"非贵不愧是村长的肚才，编了一个谁听谁信的谎言，说："昨天，天黑才收工。收工以后，我把众人剩下的树苗收拾到一起，又糊上泥浆，回来时，天黑得伸手不见五指，于是走路踏空了！。"支书说："天黑以后，我还担水路过这里，你也不喊喊？"非贵说："清醒过来时，天已亮了……"这样，非贵成为因公负伤，自然由村里派车送医院，并有专人陪侍，医院住了一个月，回家休养三个月，医药费、陪侍费、误工费等等，包括买拐的钱全部村委报销，乡长还亲自登门慰问，并送来高级营养礼品。

年终总结退耕还林，非贵被评为造林模范，乡里发了奖状奖品，奖状写："非贵同志在退耕还林中，工作积极，为公致残，评为甲等造林模范。"

奖状一直在非贵家挂了三年……

山村奇事 | SHANCUNQISHI

　　三个儿子打老子，村里的人不说儿子们的不对，反而说打得应该。你不信？这是事实，怪也不怪！

　　事情发生在柳树庄。柳树庄全村一百大几十户人家，村里有个出名的人物叫何喜则，何喜则今年六十又五，合作化时期是农业社长，公社化后当村支部书记，55岁上把担子交给大儿子——何毅。何毅比他能干，这几年办企业，抓副业，搞科学种田，村里闹腾得一年比一年强。不过，何喜则虽然撂担还民，但在村人的心目中，仍然是"太上皇"，说话办事至今不二。

　　农民生活好了，家家要修新房，因为县里不批地基，大多数人家着手改造旧房，或去旧宅基地上搞建设。唯有村里一个叫阮旦则的外来户，六三年才逃荒到了这里，没有宅基地，要建新房怎么也搞不下一块地皮。

　　说起阮旦则也是村里的一个出名人物。他的出名，正好和何喜则相反：他秉性软弱善良，为人忠厚老实，日常生活中，常吃人的亏，受人的气。受了气，他泪能流出两大碗，却始终说不出半句理来。村里谁家做红白之事，都要请旦则帮工，别的帮工干上手活，担水洗碗却是旦则的事。请帮主每天给人们两盒烟，旦则不抽烟，他也不要，人家也不给。旦则和人共事常吃亏，但村里的男男女女、老老少少都同情他，比如邻居们剩下饭，就喊阮旦则去吃，旦则也不忌讳这些，反正自己是光棍汉，饥一顿饱一顿是常事，吃了别人的，省下自己做。

村里有个叫张继先的破产地主，砍柴落了崖，成了瘸子，在阶级斗争天天讲的年代里，没有人关照他，人们也不敢关照，唯有阮旦则不怕，经常给担水挑煤，帮种帮收。张继先有个女儿，长得如花似玉，名叫冰馨，张继先在他下世之前，把女儿许配给旦则，起初女儿不同意，张继先说："世上难找这样的好人，听爹的话，往后日子一定会过得好……"

冰馨人俊脑子好，嫁给阮旦则后，搞了一套做豆腐家具，每天出两团，风雨不耽误。冰馨很会经营，旦则在家里磨豆腐喂猪，冰馨卖豆腐理财。为啥？旦则推上两团豆腐，绕弯过河，走村串户，整整忙一天才能卖完；冰馨推上两团豆腐，沿路一叫喊——"割豆腐来……"，顾客蜂拥而至，半天就卖完了。本村或邻村的年轻人，图跟冰馨见个面，拉个话，然后割二斤豆腐回去吃。冰馨会赚钱，也会攒钱，两口子妇唱夫随，手头一天比一天宽余起来。

阮旦则要修房没地基，何喜则当成自己的事，为旦则跑前跑后，支部会上何喜则出主意，让村委把原来的养猪场约有三分多的土地，让旦则去建房。后来因县里不批，何喜则拿上村委的申请，跑乡里、跑县里，终于按特殊情况解决了。

村里有个习惯，谁家批了地基，总要请干部吃顿饭，或者送点烟酒什么的，表示感谢。何喜则费了不少心机给旦则办了这样一件大事，没吃一顿饭，也没收一盒烟，倒是冰馨给送去烟和酒，喜则没收，他说："咱是邻居，跑几趟腿是应该的。"村里的人都说何喜则办了一件好事。

原来呢，何喜则为旦则办事在冰馨身上打主意。所以从那以后，他经常跑豆腐坊，去了，干这干那，时间长了，终于和冰馨好上了。旦则秉性柔软，脑子并不笨，早已看出些眉目来，有时旦则看见喜则的一些不规行为，也当三不当四，看见装个看不见。有一次，他碰见喜则和冰馨正在亲热，不但不干涉，而是自己倒了一壶酒，割了一块冷豆腐，调了点酸菜，坐在门道里喝酒去，并且自言自语："偏你们爱搂搂抱抱，咱就喜欢辣辣地喝两盅……"

村里的人和城里人不一样，谁到谁家串两回门，就不三不四议论开了，像喜则在冰馨家常来常往，早已吵成一锅粥，特别是那些婆姨们，拿上针线活儿，三三两两在一起，说得有鼻子有眼，自然何毅也听到了一些风言风语，只是出于父子关系，不便挑明罢了。而何喜则地不种，公不办，米面油菜三个儿子给，单的、夹的、棉的所有的衣衣裳裳，两个女儿供，过着衣来伸手、饭来张口的日子。因此，他每天游游荡荡，胡子刮得光光的，皮鞋擦得亮亮的，衣服穿得干干净净，一有空，就往豆腐坊跑，回到家里，横挑鼻子竖挑眼，毅他娘这也不对，那也不是，经常磕磕碰碰，所以何毅看不过眼，把老子叫到背地里，劝他改邪归正，挽回自己的名誉，可此时的何喜则一句也听不进去，反而说毅狂妄自大，教训起老子来了！

一天早晨，何毅下井沟挑水，发现豆腐坊的烟囱不冒烟，刚挑水进门，阮旦则就到了他家，一进门就跪倒地上，哭得呜呜咽咽。何毅忙去往起拉，旦则却不起身，何毅问："旦则叔，有啥事慢慢说。"旦则说："你爹凑我的锅吃饭，如今要连锅端上走，我不能活了！"何毅一听就知情，只得说了他爹的一通不是，表示给旦则撑腰壮胆，才打发旦则起身走了。

事情就是这样：一面有呼，一面有应。何喜则回家，就提出要和老婆离婚。何喜则的老婆叫村秀，早年当生产队妇女队长，后来当村妇联主任，说话办事，心里有些套数，对喜则的变卦早有觉察，比如每月县里发的二十块老干部补助款，一分也不给她，口粮田里瓜、夹夹、西红柿，媳妇们说他常去摘，往家里拿的少，家里的事，心不在焉，睡觉说梦话，魂不守舍。不过老汉要跟她离婚，她还没想过。毅他娘说："离婚可以，拿出十万元票子来。"何喜则清楚自己的家底，甭说十万，五万也没有。何喜则提出："所有的家业全归你，我走。"老婆说："便宜了你，拿不出十万元，休想离开这个家。"何喜则说他跟老婆没感情。老婆说："没感情我给你生了三男二女，现在孙子、外甥一大群，你跟我离婚，没门。"何喜则也觉得没理，想办法逼老婆，先是把铺盖搬到外间睡，过着同屋不同炕的夫妻生活，后是找老婆的不是，小吵天天有，大闹三六九，小吵破口谩骂，大闹动脚动手，原来一个很好的家庭，折腾得不成样子。

村秀再也承受不了喜则的折磨，就把三个儿子叫来，商量对策。他的三个儿三个样。大儿子办事稳重，遇事有主见，家里的事他说了算；二儿子何智，生性文雅，遇事有远见，夫妻俩都是教师；三儿子何杰，是个愣头青后生，遇见不顺心的事，火冒三丈，绰号叫"猛张飞"。今天出了这样的家事，何智首先表态说："娘和爹不是不能活，是爹走上邪路，要采取办法，离间对方，才能让爹迷途知返。"何毅担心地说："爹走得太远了，一般的措施怕逼不回他来。"何杰则说话干脆："这种人不宜好来，用不着我的几拳头，打他个屁滚尿流，看他回头不回头？"商量来商量去，何毅最后一锤定音，说："事到如今，看情况办吧，原则是家丑不能外扬，一切看我的眼色行事——叫爹来！"

这几天，何喜则吃住都在豆腐坊，今天请他回来，知道是关于离婚的事。何喜则进了门，三个儿子低着头，谁也不理他，沉默了一会，何智问他："你要和我妈离婚，难道你不考虑咱一家人的声誉吗？"喜则说："什么声誉不声誉，婚姻法规定，结婚自愿，离婚自由，你们管不着。"何毅说："我先问你，这几天你在哪里居住？"何喜则照直说："豆腐坊，你管得着？"何毅责问他："你这是仗势欺人，缺德又犯法，我一村之长，怎么管不着你？"何喜则满不在乎，反说："现在我就上法庭去！"何毅说："先到道德法庭评议你，看你有啥理和我妈离婚！"何喜则当然不吃这一套，一把拉住老婆的手："现在就走，看你们敢把我怎样！"何毅娘扳住炕沿不走，一个用劲拉，一个使劲扳，何毅看到事情到了这步田地，再不能让老子滑下去，他给老二使了个眼色，何智出去把大门关了；他又给老三使了个眼色，自己走出门外，何杰早已火得不行，喜则拉不动老婆，动手就打，老三趁势把爹压倒，举起拳头，在屁股上一阵猛捶，打得何喜则直叫喊。一会儿，何毅觉得事情到了该收场的地步，就从院里进来，叫老三住手，他问何喜则："还离不离？"喜则早已垂头丧气，无言以对。

何喜则挨了一顿打，有口没说处，只好躺在炕上不出门，一面养伤，一面思考问题。这时，三个儿媳妇一人一天，轮班侍候：大儿媳买来鸡蛋、水果；二儿媳买来糕点饼干，特意还买了一束塑料花，插在花瓶里；三儿媳买了一块毛巾被，亲手给公爹盖上，并对婆婆说，杰愣头愣脑，我爹病了，也不来瞧瞧。孙子们放了学，也都来看爷爷，村秀不论谁来看，她都是一个调——感冒了，不能下炕。孙子们一进门，她就散块糖、糕点什么的，边散边挡："滚，你爷感冒了，怕给你们传染上。"至于她对老汉的护理，更是没得说，又是跌打丸，又是止痛灵，又是消炎片，又是热水敷，顿顿调样吃，天天好言劝，真可谓"一日夫妻百日恩"，无微不至到了顶。

村秀不愧为当年的妇联主任。这样大的家庭矛盾，包得天衣无缝，过去她对冰馨恨在心里，笑在脸上；现在隔三差五就去豆腐坊，甚至同冰馨手拉着手去城里赶会。村里唱戏，她和冰馨坐在一条板凳上，有说有笑，亲如姊妹。一天进城买药，她特意给冰馨买了一件紫红色带花的羊毛衫，感动得冰馨流着眼泪说："老嫂子，是我对不起你！"毅她娘说："过去的事情就过去了，再不要放在心上。毅他爹也有新认识，觉得对不起旦则。"

再说何喜则，躺在炕上，想了不少问题，起先恨儿子，想来想去，觉得孩子们出于无奈。原先怨老婆，想来想去，老婆人丑心好，打上灯笼也难找。还有，旦则是弱者，他的婚姻本来就是凑合的，咱应当支持加固，不应该插脚。现在，自己立了什么功，值得儿媳妇们跑前跑后？思想通了，病也好了，他虽不去豆腐坊，却见了旦则有说有笑，于是人们对喜则的看法有所转变。

天长日久，何毅弟兄打老子的故事还是传出来了。人们如何评论这件事？农村人不太重政策、重法律，而是重实际。他们有的说，儿子打老子谁说也不对，可是这事是喜则逼出来的，打得也应该。对于喜则和冰馨的关系，人们都说，谁家锅底没黑，冰馨配旦则，好比金花插在沤霉棍上——不配！本来就是凑合夫妻，出这么一宗事，也不为奇。而对于何毅娘的说法，人们普遍认为，婆姨人生得是"进士"的肚才，"宰相"的胸怀，要是换成别的女人，恐怕早把"醋瓶子"打了，脸皮子撕了，家丑能传遍十里州城。但对于何毅，人们却说："农村干部实打实，杀猪杀屁股，一人一个做法。管它白猫黑猫，捉住老鼠就是好猫！"许多人持赞成态度。

故事传了一阵子便淡下去了，从此社会上流传下了一段谚语："何喜则，当老则；不正当，串门则；挨儿子，捶屁股；挨了打，没处说；在家里，门不出。"农村里的孩子们当童谣说着、闹着、玩着，可柳树庄依然是柳树庄，村里鸡叫狗咬，人们出工上地，一切都和往常一样。只是，人们的道德伦理，至今不容颠覆……

发表于2005年第2期《中阳文苑》

父贷子还 | FUDAIZIHUAN

石山娃老伴患的是绝症，不仅把积蓄的两万块钱花了，又把新修的三孔砖窑也卖了，结果老伴还是走了。本来闹得有了样子的家，不到三个月，又折回到穷光蛋。

山娃觉得家穷也不能穷儿子。儿子二十出头了，还没对象，高中还有一年就毕业，他得挣些钱，赶上儿子上学、结婚用。

计划怎么实现？靠几亩薄地，打粮只够吃，没多少积余；出外打工，离不起家。想来想去，山娃决定买个三轮车跑运输，不离乡，不离土，既挣了钱，又照顾了家，最符合自己的实际，主意一定，山娃就去找村里扶贫工作队的信用社李主任。李主任觉得他为人诚实，想法对路，由村长作保，贷了6000块钱，买了一辆"时风"三轮车。山娃给县水泥厂拉石头，每天早出晚归，自装自卸，一个来月就挣了3000多块钱，他想再跑两个月，就能把贷款还清。

一个春末的早晨，山娃开着三轮车，哼着《信天游》，往石料厂跑去，他刚把车停下，一块巨石滚落下来，不偏不倚，打在山娃的三轮车上，车压扁了，山娃负了重伤。山娃的儿子石如牛把父亲拉到医院，花了3000多块钱，没有救下老子的命，三天头上就走了。临死前，他对如牛说："咱不能亏了李主任，更不能亏公家。家里只有5块银元，是你爷爷留给我的传家宝，你把它还了贷。"说完就把眼合上了。

如牛跟他爹一样，是个老实正派的人。埋了他爹的第四天，拿上5块银元去了信用社。一进门，他给李主任磕了一头，又把他爹的遗嘱说了一番，顺手把5块银元放在桌上。

李主任说："5块银元，能值几个钱？你收起吧，至于贷款的事，以后再说。"

如牛走后，李主任想，有的人贷了款，明明有钱不还，如牛父子，穷而有志，穷而有德，这样的人，信得过，可共事，我得拉他一把。

第二天一早，李主任来到如牛家，如牛正在家里自学功课，他对如牛说："我在县城开了个副食零售批发店，你给我去经营，为期一年，吃饭没工钱，你爹的贷款，如数我还。经营得好，还给你发奖金。"

如牛求之不得，满口答应。退了学，锁了门，第二天就上了班。他虽没经过商，但他懂得货真价实，老少无欺，是所有顾客的心理要求。他每天天刚亮就起床，把商店的门里门外打扫得干干净净，货物摆得整整齐齐，所有的商品明码标价。这一点，和其他商人显然不一样。有人说，现在的商品不能标价，水涨船高，实际是水未涨，船就高，水涨六寸，船高一尺。如牛是进价多少，售价多少，明明白白。如牛买了两台磅，一台售货用，一台让顾客试分量用，从不缺斤短两。李主任每月让他开支200元的招待费，开支送货司机、老板冲茶抽烟，儿童顾客给一两块水果糖，如牛从不抽一支烟，吃一块糖。时间不长，顾客盈门，生意红火热闹。省城有四户厂家给他们送货，货款说几时到就几时到，从不延误。只要如牛打个电话，厂家如数送来。这样一来，商店的声誉越来越高，效益比过去提高了一倍。尽管商店的事情这么多，如牛每晚自学功课到12点。

又一个夏天到了，如牛参加高考，按第一志愿被省财经学院录取。李主任对他说："你四年的学费，我全包，你安心深造就是了。"原来，李主任农行上班的女儿同如牛对上象了。

父贷子还。贷的是一颗良心，还的是一片诚信。人有了这样两种东西，也就有了生存的天地。

发表于2006年7月《吕梁信合》

梁山弟兄 | LIANGSHANDIXIONG

王石旦养的两个儿子，大儿叫王梁，二儿叫王山，村里的人简称他俩梁山弟兄。

王梁，性情善良，老实憨厚，勤劳俭朴，与人为善；王山，能说会道，吃空打空，游手好闲，脾气暴躁。对于两人截然不同的性格，村里有人解释说："一娘养的数百般，生子好歹不由人。"也有的人说："种瓜得瓜，种豆得豆，他娘当年有段风流史，可能是结下的个杂种种。"

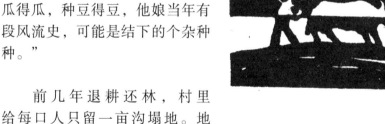

前几年退耕还林，村里给每口人只留一亩沟塌地。地少不够种，王梁只好和其他农民一样，另谋生计。信用社冯主任在这个村扶贫蹲点，王梁就找他要求贷款，计划买头奶牛，增加收入。冯主任问他"贷多少？"王梁说："贷五千够了。"冯主任说："买头奶牛，差不多得一万呢！"王梁说："我还有两千，再借上三千，就差不多了。"冯主任知道他的品性，一口答应了，只是要求寻个保人。王梁说："让我姐夫李长福作保，行吧？"长福开两个杂货店，在信用社的存款经常不下三五十万，冯主任当然信得过，于是把款贷了。

王山听说哥哥贷了款，也找冯主任要求贷款，贷款计划也是买奶牛，贷额一万。冯主任知道他是根难劈的柴，要他寻个硬保，方可办贷。王山也让姐夫作保，长福本不想保，可给老大开了先例，都是室弟，还能一个树上开两样花？于是也给保了。

王梁早有准备，在沟坡小块地里种了二亩苜蓿草，每天勤劳操作，打草储青，奶牛喂得又肥又胖，奶水充足。他给订户送奶，从不掺假，也不缺斤少两，所以产的奶供不应求。至于贷款，一年的限期，七个月就还清了。他的还款行为，信用社还觉得有点麻烦，从买奶牛开始，每月还一次，从400元起，每次加100元，最后一次还了一千一，提前一月还清贷款。每次还款，还给李主任送点嫩玉茭、青黄瓜之类的农产品，以示他的感激之情。

王山贷了款，并没买奶牛。原来他去县城看戏，邻村的一辆农用车，把他碰了一下，本来无事，他躺在路上，司机把他拉到医院，医生检查不出毛病，更无伤情，他说头昏得不行，住在医院不走还贷下款。车主觉得王山人性不好，迟了不如早了，于是投了个熟人，经熟人说合花了5000块钱对将此事私了。王山第二天就出了院，出院后王山花了两千把破三轮车修好，贩石灰、倒黑炭，那一月也挣三四千，冯主任知道他有钱，催他还贷，第一次登门，他说没钱，再次登门，连好脸也看不上，三次登门，要开无赖。

说什么"再逼我还贷，我和你白刀子进，红刀子出"。话说到这种程度，冯主任只好找保人议事。长福说："怨不该遭上这号亲家，我还就是了。"

长福还了贷，打发老婆向王山要钱。王山说："我有的是钱，欠贷款的人有的是，公家能怎么？怨不该寻了个硬保人，隔两天，我全数还清。"

第三天晚上，王山把一把未解腰的百元大票给他姐送去，他姐数也没数，放到保险柜里，长福回家一查点，除外面三张外，全是假币……

长福说要报警，但他老婆说："这种人，咱们今后同他断绝往来就是了！"

发表于2005年第3期《吕梁信合》

小委员治村 | XIAOWEIYUANZHICUN

沙河湾的人这几年靠种菜富起来，可是，村风却不如过去，今天东家丢了西葫芦，明天西家丢了豆角，村委整顿过两次，效果并不明显。

今年夏季，村委换届，群众选牛犊子当了治保委员。牛犊子今年才十八岁，群众选他当委员，事出有因。

村头老何养了一头肉牛，去年秋末突然丢失，案报了公安局，查了几天，没有结果，不了了之。

犊子平遥肉联厂有个同学来看他，闲谈中说，沙河湾有个中年人，卖给这个厂一头肉牛，同学说了卖牛人的形象、年岁、特征，犊子一听就知道是他姑夫。

犊子跑到姑姑家，要姑夫把钱还给老何。姑夫说："胳膊不能往外曲，亲丑不宜外扬，既然你来了，钱咱各半分了。"

犊子说："你不退钱，我就到公安局告你。"

姑夫没法，只好把钱退了。这事慢慢传开，人们说："犊子一身正气，不讲情面，是个当干部的好苗苗。"

犊子当了治保委员，一心想把村风治好，怎么治理？他想了一个奇特的办法——

一天，他去县城打印了一叠选票，票头印了四个字——"小偷选票"，下注说明：你认为谁是小偷，把名字写在票上。选票以人以户发出，要求开会时投票。

票一发出，平时小偷小摸名声不好的几个人，一时紧张起来，他们既不能公开反对这种做法，又不能说服群众弃投，只好借故外出，躲避开会。正正气气的人，平时不想惹人，今天趁这个机会，正好伸张正气，压压邪气，所以这天晚上参会的人特别多。

会议由支书主持，牛犊子主讲，可他只说了四句话，十七个字："投了谁的票，不要脸红；有则改之，无则加勉。"接着，群众选了四个平时公道正派的年轻人监票计票，不大功夫，投票结果就出来了。那些外出的人，自然票数最多，出乎干部们预料的是，牛犊子的姑夫一票也没有，村长的儿子还有三票。群众说："毛病大的人，毛病小的人，有毛病改了的人，群众看得最准。"

那些被投了票的人，有的不服气，背后散出风来，张三李四对我有意见，下一次吃啥还啥。犊子说："魔高一尺，道高一丈，孔明的空城计，只用一次。"

这小法那办法，解决了问题就是好办法。此后，沙河湾的村风得到扭转，小偷小摸的风气刹住了。

发表于2008年3月《清河文艺》

送礼 | SONGLI

近几年，干部职工的工资都高了，过年过节，亲朋间、同志间，上下级之间，习惯相互送礼。送者投之以桃，收者报之以李，展示着人间新的亲情与交往。

除夕之夜，县信用联社王奎理事长让老伴去关大门，老伴说："齐贵还没来，关上还得给他开，麻烦！"王奎和老伴把春节文娱晚会都看完了，齐贵还没来，只好关大门睡觉。

齐贵是县联社办公室主任，中秋节、春节他都给王奎送礼，一般人送礼的标准，百十块钱上下，一条差不多点的烟，再拿点水果食品之类。齐贵比一般人高一个档次多，好烟两条，汾酒两瓶，再加精美的保健食品两盒。王奎老伴给他回礼，这也不要，那也不要，最后连一半也回不了，齐贵就走了。

去年年关，齐贵为啥不去王奎家送礼？事出有因。

王奎今年55岁，按照上级领导班子年轻化的精神，原则上50岁不提，55岁不任。早在一个月前，地区对县联社的班子进行了考查和民主测评，提名副理事长李宁为理事长候选人，测评的结果，绝大多数人在好、中、差的好字栏里，画了"√"号，这就是说，李宁任理事长已成定局。

齐贵并不是不准备给王奎送礼，而是这次测评把他的主意搞乱了。他女人特意对他说："给王理事长的礼，你就不用犹豫了，让人家说咱人不走茶就凉。"齐贵说："我巴结他几年了，能照顾的也不照顾，做不到的事照样批评，这次测评，还不是他推荐了李宁？算了吧，再送也没用了！"于是，他把准备给王奎送的那份礼，给李宁送去了。

正月初六，地区联社到县里来宣布班子，地联社高理事长在会上说："王理事长工作兢兢业业，清正廉洁，成绩突出，存款率、收贷率全区第一，地县年终责任制考评都是先进。有鉴于此，地联社研究决定，你们县里的班子不动了，希望大家在老王的领导下，再接再励，再创辉煌。"

会场响起雷鸣般的掌声，齐贵也鼓了掌，但他脸一阵红、一阵白的，表情大不自然……

棋迷 | QIMI

这些时，县城到处传说棋迷胡自任的家庭故事，故事是从他的棋师老姜那里传开的。

胡自任同李云霞是同班同学，住在县城的一条巷里，自任生得帅，云霞长得出众，从小青梅竹马，长大以后，人们都说是理想的一对。高中毕业后，自任同云霞两人谁也没考上大学，出出进进常在一起，有时云霞很晚才回家，她妈觉得锣鼓迟了没好戏，担心出个不好听的事，名声上受不了，几次跟老汉商议云霞和自任的事，老汉总是对自任有看法，迟迟不表个明确的态。

时间一月一月过去了。一天，一家人一起吃饭，云霞把她同自任的想法提了出来，要爹给个说法。云霞爹是个将要退休的教师，遇事比较看得远些，他对云霞说："自任性格好，脑子也可以，就是不往正经地方使，每天挤到棋摊里，没完没了。古人云：'玩物丧志。'这种人不会有大的出息，怕你往后的日子不好过。"云霞说："自任心好，贪玩是年轻人的普遍毛病，成了家就不贪玩了。"云霞妈也附和着女儿的意见，趁女儿热酒的时候对老汉说："快表个态吧，生米已做成熟饭，再推就出事了。"

云霞爹只好同意，不多时就订了婚，订婚后两个月就完婚，婚后四个月，生下个胖小子。从此，日常家务渐渐地落在云霞的肩上，两口子开始争吵，每次吵架，总与自任下棋误事有关。吵架过后，李老师总是把自任叫到家里，比古论今、教育一番，如《三字经》里的"勤有功，戏无益"，韩愈的"业精于勤，荒于嬉"，不知说了多少遍，自任表面说改，一出门就忘得一干二净。

一次，云霞领上孩子住娘家，她爹问起自任的毛病来，云霞说："还是老样子，我看给他找个工作，要不闲着没事，不下棋让他做啥去？"李老师有个学生，现在是钢厂的厂长，他写了一个纸条，自任就成了钢厂的修理工，每月1200元的工资。自任心里明白，从就业到待遇，都是凭了老丈人的面子。

当自任上班去时，李老师特意嘱咐一番，一定要好好干，遵守制度，不能因下棋误事。自任点头记下了。刚去几个月，他还干得不错，后来因下棋屡屡误事，还是被厂里除名。一家三口，靠什么过日子？李老师给了女儿5000块钱，开了个小吃铺，请了个四川厨师，主营辣火锅。自任每天买菜割肉，在家看孩子照门，云霞既是会计，又是杂工，每天忙得不可开交。饭铺开得很起色，经常顾客盈门，一月除开支外，净赚3000多块钱，云霞干得有心有劲，半年功夫，家里买下煤气灶、真皮沙发、电冰箱、大彩电，小日子过得蒸蒸日上。

后来有一天，自任约棋友在家下棋，火上坐着大铝锅给饭店炖几只鸡，云霞等不上自任送鸡来，骑上车子回了家。刚进门，一股烧焦味扑鼻而来，云霞忙揭锅，手上烫起几块燎焦泡，锅化了底，鸡煨成黑疙瘩，云霞气得没法说，当着客人的面警告自任："毛病不改，怎么活人？以后照这样，咱就各走各的路！"

时隔不久，地区来了个下棋高手，连下三天，县城没个对手。这天，自任准备在文化活动中心绕一圈回家，正遇棋师老姜和客人对弈，客人步步逼宫，老姜步步招架，不一会，马卧槽，夹耳炮，老姜输了。站在一旁观阵的自任，跃跃欲试。老姜说："我老不中用，自任你来。"自任上阵，更不是人家的对手，第一盘输了，第二盘也输了，第三盘客人给了面子，下了和棋，自任不服气，又摆开第四盘。正在这时，邻居黄叔跑来，喊："自任，不好了，你家着火啦！"这时，自任才记起火上炖着肉，慌忙站起来往家跑，一进院，早见门缝里冒烟，一开门，火苗扑了出来，把他的头发都烧焦了。等邻居帮着把火扑灭了时，家里的一切早已化为灰烬，幸亏孩子今天被云霞带走，要不然更闯下了大祸！

云霞听说，回家一看，已是一塌糊涂。她一没急，二没哭，长叹一声，抱上孩子离去。

第二天，小吃铺的门关了，往后几天，也没见云霞，虽然棋迷没再去迷棋，但这一切都没能唤回灰了心的云霞，有人说，她们看见云霞母子，同她雇的厨师坐上了远去的火车……

发表于2008年第22期《中阳文苑》

唉！这对夫妻 | AIZHEDUIFUQI

近两年来，老同学吴正意总是愁眉不展、闷闷不乐。参加会议，他坐在会场的角落里；早起晨练，不去体育场，而是一个人沿着河畔转悠。今年已是50岁的人，县里抽调扶贫工作队，他主动报名到了边远山区。我的女儿出嫁，给他下了请帖，他光捎礼来，人却没到。他好像是自己做了一件出格的事被人发现了，不愿在人前多话露面。这与过去的正意，判若两人。

我同正意同年出生，一路同学，他比我早出世三个月。上中专时，他学植保，我学蚕果。毕业后一起分配到县农业局，我们都有高级农艺师职称，副局长享受正局待遇。我俩的关系，由来甚好，出出入入，胜似兄弟。鉴于他的这种精神状态，我几次找他试探，问有什么心事，他总说"没事"。可是，他的身体越来越瘦，面皮也越来越黄，前几天在我的一再追问下，才肯约我到黄河大酒店交谈。

黄河大酒店在环城路西边，正意的家在西山脚下的黄土坡上，站在酒店五楼上，正好同正意的宅院面对面。我和他坐在阳台上，集中精力听他同我谈些啥。坐了快一个小时，他还没开口，这真是皇帝不急太监急呀！我忍不住，率直开口问他想要同我谈什么？他指了指，说："别急，你瞅着我的院门瞧吧……"

正意家的院门外，是一条不足百米的下坡路，不多时，女儿出门上学去了；又不多一会儿，儿子骑摩托上班走了。此后，门外静悄悄的，只望见墙上的菊花在风吹下摆动。

半小时以后，忽然见一个穿风衣戴眼镜的人从山脚下上来，好像在这丢了什么东西似的，门前门后瞭哨了一次，然后拍了几下大门，正意妻子开门把他接回去了，顺手又把大门关上。

这人的身影很面熟，我问正意："他是谁？"

"杨宾。"

"杨宾去你家干什么？"

正意不吭声。不吭声的静谧中，我猜出几分。这时，我突然想起曾在黄河大酒店就餐时，看见过这个人去正意家，那时也一样鬼鬼祟祟，绕弯走圈，一去就是两三个小时。

正意看我悟出几分，终于开口了。他把苦衷原原本本地告诉我："杨宾跟你嫂勾搭上三年了，孩子们那么大，我也算个差不多的人，左邻右舍都有说道。有一次，我到小卖部打酒，有两个我不认识的青年，在离我不远的地方诡秘地说：'他是个戴绿帽子的人'，我一听气得差点晕过去，还是老中医马大夫扎了两针，才让我起死回生……"

"闻言是假，眼见为真，怎么能听了一句过路人的话，就装在肚里解不开？"我为他宽怀。

"人家说的不假。"正意转过头去，"有一天我下乡回来，大白天她跟杨宾脱光身子在被窝里折腾。"

我没吭声，心想："你也真窝囊！"

"唉，二年前，我得了阳萎病。"

"医学这么发达，完全可以治愈。"

"花了近万元钱也不顶事，所以，我对他们的事情默认了。"

"既然这样，何必自己折腾自己？"

"人言可畏呀！你知道这顶绿帽子有多重？压得我已喘不过气来了。"

"那你……离婚了事。"

"孩子们不能没有亲娘。"

"那怎么办？"我倒替他着急起来。

"我像自己一个人进入雪山草地，看不到前进的方向，找不到一条解脱的路呀！"

"既不想撵走杨宾，又不愿与妻离婚，却又担不起外人的流言飞语，难道活人让尿憋死不成？总得积极想办法解决呀！"

"有啥办法？"

"我有一个好友，他是研究性病的专家，还是从根本上解决问题去吧……"

"他在哪？"正意仿佛在迷途中见到路标，急切地说："那我再试试看。"

我回家马上给这位朋友打了电话，他说有祖传秘方，经他治疗过的人，没有一个不见效的，药很快泡制，制好速寄。我把这事告诉了正意妻——我称嫂子。

隔日，当我拿药到他家时，嫂子告我说，正意失踪了，她还在电视台登了寻人启事。

"他走时就没留下只言片语？"我问嫂子。

"没有，走后发现一本古版佛经不见了。"

不几天，县政协组织政协委员到五台山参观，参观时我见到正意，他已身穿僧衣，剃成光头，几个熟人问他，他不说话，我苦口婆心说了许多，他也没回答一句。

我后悔自己来晚了一步，没有同他进一步谈心，使他误入歧途，我想关键时刻拉他一把，也许不会做出这样的选择。我为一个技术上很有成就，合作多年搞科研的同志好友的突然出家为僧感到惋惜。

五台山归来的那天，我去见嫂子，细细说了见到正意的情况，可是嫂子一点也不急不躁，若无其事，照常梳洗打扮，家里整得格外幽雅清洁。她对正意这种对社会对家庭不负责任的行为一点反应都没有，反而说："这个书呆子，在家也是累赘。"

对嫂子的说法，我很气愤，但也不能发作，夺门便走。

后来，出于对正意的关心，我打发老婆去劝说嫂子。老婆是个直性子人，肚里有啥，口上说啥。她对嫂子说："正意走后，街巷邻居，说法不少。"

"说啥？"

"说你和杨宾把正意逼走了！"

"说去吧，跌到茅坑里，还怕屁呛吗？"

"孩子们大了，做事总要给他们留脸面……"

老婆这种开门见山、句句有分量的话，我想嫂子一定很生气。可嫂子却说："外人想哭哭，想笑笑，花花世界，做什么事的人都有，西瓜皮做菜，各人所爱。"

话说到这种地步，再没说下去的必要，老婆装了一肚子气回来了。我问老婆："她儿子也大了，也不开导母亲？"老婆反馈说："不提他儿子就罢了，儿子恋爱了二年的女朋友，人家嫌这种家庭丢人，也吹了，现在的母子正闹矛盾……女儿原在农业局办公室工作，常听到人们议论她父母的事，为了避嫌，她要求调到气象站，气象站也不是世外桃源，特别是那些离天近的农民，说话更是直来直去，一点也不考虑实际，女儿受不了这种气氛，也辞职不干了……你说这两口子，能这样处理事情吗？真瞎活了四五十！"

老婆一口气说出这多话，使我想起一位作家说过的名言：幸福的家庭都是一个样，不幸的家庭各有各的样儿。正意和嫂子，一个死要面子，不正视现实，不解决实质问题，而采取消极的办法，回避矛盾；一个是不要面子，不顾全局，无视现实，为所欲为，让人耻笑。

家庭乃社会细胞，每当社会上一些夫妻把好端端的日子闹得不像样子时，一种良心与理智就呼之欲出……

卖摩托 | MAIMOTUO

　　接到我的入学通知书，爸爸妈妈真高兴死了，妈妈炒了一盘鸡蛋，爸爸一口气喝了一斤白干，还没醉。

　　高兴之余，妈妈提了一个非常难处理的问题。我考的是西北地区一所著名的中专，入学通知书后附一张入学须知，各种费用共需8500元。妈妈对爸爸说："孩子要考高中，毕业后考大学；咱非要省油吃素糕，走捷径路，可这近路不近，8000多块钱怎么去筹集呀？"

　　妈妈提的是一个非常实际的问题。妈妈下了岗，爸爸当兽医，兽医近年不吃香，爸爸东奔西跑，阉猪阉羊，打防疫针，一个月只能挣五六百块钱，每月的收入仅仅能维持生活，哪能拿出这么多钱交学费？爸爸说："再穷也要念，再苦也不能苦了孩子。"妈妈说："说是这样说，实际问题怎么解决？"爸爸沉思了半天，说："卖摩托。"

　　摩托是爸爸的心爱之物，也是我们家唯一用于维持生活的生产工具。爸爸骑上它，翻山越岭，串乡过村，可以完成好自己的工作；如果卖了它，工作怎么做，钱怎么挣，这是万万不能的！

　　这时，妈妈提了个很实际的想法。爷爷每月的离休工资1000多元，老两口花不了多少，少说手里也有万数八千，让爷爷资助上4000，不，借上4000，家里还有2000多积蓄，再向亲朋凑借一点，困难就解决了。

　　爸爸没吭声，脸上显出为难的表情。爸爸的心思我知道，不是觉得爷爷难，而是觉得奶奶难。

大前年，爷爷失去了奶奶，一年光景就病倒了，爸爸为了护理方便，托人为爷爷找了个老伴，这个后奶奶不怎么样，叫了个非常美的名字——姓纪名晓岚，同清代才子纪晓岚三个字一样。纪晓岚坏得很，爷爷的工资过去都是爸爸领，领下如数交给爷爷，爷爷然后给我三五十元让缴学费、买文具。后奶奶过了门，爸爸把工资本送过去，爷爷说："我们老了，你就替办吧！"后奶奶马上发脾气："那还要我干什么？"

爸爸放下工资本走了。

妈妈让爸爸求助爷爷，爸爸心里明白，爷爷躺在床上，作不了主，家里的一切，都是后奶奶说了算，求爷爷资助，无异于"火神庙祈雨"。

人常说："穷人脖上没犟筋。"不得已，爸爸带着满脸愁云，提了些零星小吃，终于去敲爷爷的门。

爸爸问爷爷："近来身体好吗？"爷爷说："有你婶子（指后老婆）照顾，身体还行。"爷爷有意说话，想套近乎。

爸爸说："春春考上中专，通知书已来了。"爷爷笑着说："好，一年得多少学费？"不等爸爸回话，后奶奶就插了嘴："你甭担心，没钱还报考学校？"一句话拦了前台，爸爸觉得无趣，寒暄几句，走了。

妈妈听了非常生气，还是那句话，穷人的婆姨也没犟筋，气是虚的，钱是实的。妈妈想了想又对我说："春春，你自己去，去了甭像你爸不好意思，拐弯抹角，就是要钱，不给就借，反正要把钱弄回来！"

妈妈让我去，我心里更没底。奶奶在世时，每个礼拜天，爷爷家就是我的自由活动场所，去了总要闹它个天翻地覆，比如打游戏机，奶奶总是祈告我："春春，得做作业了，不能再玩了。""要玩，要玩，就要玩。"一连三个要玩，把奶奶顶回去。奶奶不高兴了："你玩，我打你。""你打，你打，你打！"一连三个连珠炮轰奶奶。奶奶说："把屁股翘起！"我把屁股翘起，奶奶轻轻摸了两下说："爷爷的，春春的屁股上长起肉肉来了。"

自从后奶奶来了以后，我再也不能到爷爷家过礼拜天了。一次，我打开电冰柜，看有没有冰棒（奶奶在世时常冻牛奶冰棒让我吃），后奶奶眼一睁，恶狠狠地说："翻什么，有什么好吃的？"把冰柜门关了。我一肚子委屈回了家。妈妈给我买了一块牛奶冰糕，对我说："春春，你大了，要懂事，不能和奶奶在世时那样去爷爷家折腾。"从此，我就很少去爷爷家了，去了，也像外人家的孩子，规规矩矩，好像爷爷家是我不应该去的地方。

现在，妈妈让我向爷爷要钱，实在是件难事，还是那句话："穷人的孩子也没犟筋。"我壮着胆子去了爷爷家，进门就对爷爷说："我考上了中专，隔两天就走。"爷爷说："好，俺孙子有出息。"我说："要缴8500元学费，家里凑了4000多，还缺4000，你给我想法。"后奶奶插了嘴："甭说4000，40也没有，你爷爷又不是银行老板。"爷爷说："家里确实没钱了，昨天偏子把钱拿走了。"偏子是后奶奶的孙子。我第一次冲爷爷："我不念了，能给偏子念书拿钱，就不能给我拿？"我哭着，愤愤离开爷爷家……

回到家里，妈妈气愤极了，发泄了好一阵怨言。爸爸说："谁也不能怨，就怨我吧，怨我没本事。后老婆能把爹照顾好就行了，别的不要想望，也不应该去想望。"

第三天，我上学起程了，爸爸推着自行车，驮着我的行李，送我到车站。学费，妈妈如数给了我。

爸爸把摩托卖了。

发表于2003年7月28日《当代中阳》

石记 | SHIJI

石记砍柴落了崖，损伤了骨盆和泌尿系统，动了三次手术，住了三个月医院，才伤愈回家。

在家住了一段时间，发现性功能失常，妻子红梅带他到太原、北京检查，医生的结论一样，无法恢复。石记劝红梅离婚改嫁，红梅不忍心让他孤单生活，更丢不下女儿彩凤。

村里有个叫月亮的光棍汉，同石记相好，经常帮他干活。后来，同红梅好上了。村里的人笑话红梅接下野汉子，挖苦石记戴上绿帽子。

一天中午，人们在大槐树下吃饭，当着彩凤的面就议论开了，彩凤受不了，哭着跑回家，一五一十告了她爹。石记没有生气，吸了一支烟来到大槐树下。众人见石记来了，谁也不说话。石记没有绕弯子，开门见山地说："谁不想活得光光彩彩，可我这是无奈。如果我要讲面子，苦了我和孩子，散了一家人，这事如果放在你们头上，该如何处理？"

石记问得众人谁也没话。接着他说："有的女人，有健壮的丈夫，暗地里还有相好的，甚至不是一两个，我一个残缺人，何必奚落我，戳伤我孩子的心！"他给大家散了一排烟，心平气和地问大家："咱们评论别人，应当考虑自己的实际，也考虑别人的实际、社会的实际，你们说我这样处理错了吗？"众人谁也没有说话。此后，也再没有谁议论起这件事……

脱贫梦 | TUOPINMENG

后村是出名的穷村子，后村最穷的又数二牛。

二牛穷，不是懒，不是笨。二牛娘瘫痪在炕上，老婆关节炎，两个女儿读小学，日子过得捉襟见肘。老娘吃药，老婆看病，孩子们的学费怎么筹集？靠割条条，编笼笼，割羊胡须，扎扫帚，挣几个小钱解决。乡里发放救济款，每次他是上份。

开春，信用社李主任来后村下乡，他和二牛协商脱贫之计，两人合计以后，办法终于想出来了。

二牛门前有四分宅基地，盖起大棚，种上蔬菜，一年可收入五六千元，且不离乡，不离土，钱也挣了，家也顾了。

二牛穷得上顿不接下顿，哪有资金盖大棚？李主任说："社里贷给你3000元。"

二牛把前村的妹夫叫来，先搭架，后整地，李主任在城里买来塑料薄膜，同时买了菜子和一本《种菜须知》。不几天，大棚盖起来了，菜子入了土，二牛一家人愁眉舒展。

大棚在二牛的精心管理下，长势出奇好，尺把长的豆角、茶碗大的西红柿、鲜嫩鲜嫩的小葱、蒜苔真是爱人。

一天晚上，二牛做了个梦，梦见买菜的人川流不息，钱一把一把往口袋里装，有了钱，他给老娘换上新棉被，家里放下几袋白面……

大棚菜成功，村里人都知道。今天检查的来了，明天下乡的到了，后天搞计划生育，凡有客人，村长老婆来取菜，一取就是一篮子，足够全家吃几天。她取菜，光打条子不给钱，零星卖菜收入的钱，光能应付买炭开电费、买药剂、用化肥。年底一结账，贷款一分也没还，挣下一叠白条子。满眼故乡人，二牛知道，村委穷得叮当响，哪有余钱开欠账。

欠下贷款怎么办？二牛愁得吃不下饭，睡不着觉。正在进退无门的时候，李主任相跟前村的他妹夫来了。李主任说："前村的干部不自私，不特权，大棚菜能搞，他愿意接手你的摊子，贷款就如数转移给他。"

谢天谢地，二牛总算把包袱甩了。

二牛的脱贫，只是做了一次梦，后来的生活怎么办？仍然同一年前一样，上山割条条，编笼笼，割羊胡须，扎扫帚，等政府发放救济款。

发表于2004年4月24日《山西农民报》

丢钱丢出喜事来 | DIUQIANDIUCHUXISHILAI

故事发生在我们信用社。

我们信用社一共三个人，会计马忠霞，出纳张一红，我是信贷员刚被任命为主任。

忠霞今年28岁，山西财经学院毕业，这姑娘啥也好，为人处世、工作能力、服务态度，样样能说出嘴来，年年是先进工作者，就是脾气犟，认死理，办事不灵活，六亲不认，人们觉得她"不好处"、"难共事"，所以，28岁的大姑娘还没找下对象。

论人样，忠霞并不丑，在全县农金系统女职工中，不论是已婚的、未婚的，没有超过她的；论家庭条件，她父亲是纪检委的领导干部，母亲是人行的会计股长，全家每月收入不下5000元，属高薪家庭；论学历，她是全系统唯一的学财会专业的大学生。说来，给他介绍对象的人也不少，这些求婚者条件都很好，有县长的儿子，企业家的儿子，据我所知不下十位，可是忠霞说一个也不答应，说两个也不点头，不是说人家油头滑脑不诚实，就是人家夸夸其谈，肚里没有真才实学，时间长了，年轻后生们给她送了个"高标准"的雅号。

其实忠霞的择偶标准并不是人们所说的那样，最近，她和一个贷款埋娘的农村青年——许静相爱了，事情是这样的：

一天，忠霞娘让她把家里的两万元现金存到信用社里，走到机关时，发现车子后椅架上夹的钱包丢了，她火速返回原路上寻找，结果枉跑了一路，什么也没找到。

正在忠霞苦恼着急的时候，那个叫许静的青年来了。走到营业室就问："谁叫马忠霞？"

忠霞说："我就是。"

你们的领导在吗？

我当即出面答应。

"我拾到马忠霞的钱包、工作证、手机，请你核对！"

钱包丢而复得，我们三人都惊喜得愣了。我给他点烟。他说："我不吸烟。"我给他让座，他说："我忙着嘞，别麻烦了。"张一红问他："你叫什么名字？"他啥也没回答，笑着走了。我对张一红说："你忘了，前些时他在咱社里贷过款。"

从此，许静在忠霞心里掀起很大的波动，她觉得自己虽与他是一面之交，却认定他是世界上少有的好人。于是，她亲自登门到许静所在的村庄答谢，经两人叙谈，才知道许静是个大孝子，为了伺候卧床不起的母亲，放弃了自己读大学的机会，为了给母亲看病，他几次进医院卖血，为了维持生计，他在村里顶了半班代教……说者无意，听者有心，她偷偷地落下眼泪，由同情心理转化为爱慕心理。后来，她成了许静家的常客，常给许静送食物、送衣服，去了又是打扫庭院，又是洗晒衣服。许静感冒了，她在医院护理了7天，就这样，两人越处感情越深厚，到了谁也离不开谁的地步。大前天，忠霞、许静举行完婚仪式，请我这个名誉介绍人出席，为他们的证婚人。

人们说："忠霞丢了钱，却拾得个好男人。"

发表于2007年7月31日《吕梁信合》

心喜复婚 | XINXIFUHUN

　　心喜的老婆离婚了，村里的人不说老婆的过错，都认为心喜是"挖煤的不洗澡，没了做人的样儿。"

　　心喜的老婆叫秋英，人样中等，勤劳朴实，结婚5年，生下个胖小子。为什么离婚？原因简单——心喜懒得不养家。

　　村里退耕还林以后，年轻人都外出打工，责任田都是"三八"、"六〇"部队耕种，心喜的责任田，秋英一个人劳作，心喜每天在村里游游荡荡，秋英给他在城里寻了营生，打发出去三次，都被人家退回来，说法都是："心喜懒得连眼皮都不想动，还能吃下打工的苦？"秋英没法，一怒之下离婚了。

　　今年开春，县委派来扶贫工作组，组长是县信用社的张华副主任，因心喜是光棍，张华就住到了他家。张华今年50岁，是个急性子人，自从住到心喜家，扫院挑水主动干，心喜实在不好意思，改了以往睡懒觉的毛病，也起早摸黑变得勤快。

　　村里评低保，心喜没评上，肚里装了一股子气。张华对他说："你一个30岁的年轻人，哪能享受低保？要我说，还是自己抖起精神来，重新做人。"

　　"做什么？"心喜觉得无可奈何。

　　"没做的？"张华启发说，"村里收一把扫帚三块钱，到城里卖到五六块，这不就从中赚了两三块？"
　　"咱手里无刀，杀不得人呀！"心喜还是无可奈何。

　　"我家里有一辆旧飞鸽车，没人骑，给你。"张华鼓励说，"我再借给你300元作本钱，这行了吧？"

　　心喜觉得可以试试。干了两天，营生不赖，一天可收入五六十块。于是，张华每天帮他盘点算账，干了十来天，张华估计他至少挣下五六百块了。这天，城里卖了扫帚回来，张华见他口袋里只掏出300来块钱，脱口问说："钱做啥花了？"心喜五指搔头不说话。张华觉得他没把钱花在正经地方，一再追问下，心喜只得如实说了："给了歌厅的两位小姐。"张华听后发了火，顺势就给了他一个耳光，骂他说："你真是狗屎扶不上墙啊！"心喜没恼，心平气和地说："我也是个有血有肉的人，你比我大20岁，每礼拜都要回城看老婆，我离婚后快一年了，每晚孤单一个人，哪有心劲去挣钱？"

这天晚上，张华一夜没有合眼，他想，心喜说的也是实际问题，自己是农村工作组长，扶贫的根本是扶人，扶人的关键是扶志，而扶志的途径是因人而异，心喜散了家庭，没了信心，自己有责任把这个破碎了的家庭重新弥合起来。

第二天一早，张华对心喜说："如果你想要老婆，就得下决心劳动，你能照我说的办，我就能把秋英给你拉回来。"

一句话说得心喜眉开脸笑，表态说："我不只想老婆，更想儿子，可人家铁了心，你能有啥办法？"

张华说："你今年承包上20亩务林地，把小树作务好，草锄掉，土松好，间作扫帚苗，每亩200苗，20亩种它4000苗，秋后少说也收它万把元……"

心喜照着张华说的办，真就承包了村里20亩还林地，每天早出晚归，连饭也是张华帮他做。

村里人看到心喜变了，都说："心喜被他妈重养了一下。"

有天，张华到秋英家，说他有事，不能帮心喜做晚饭，让秋英带上孩子给心喜做顿晚饭吃，秋英答应了。

天黑了，心喜地里回来，张华向他要下大门上的锁子和钥匙，他对秋英说："明天我一早回来。"说罢，开车走了。

秋英洗了锅要走，大门倒锁着，秋英知道张华回城里是有意给她腾空，于是将计就计，跟心喜重归于好。

隔了不几天，秋英和心喜复婚了。

发表于2008年5月29日《吕梁信合》

新的一课 | XINDEYIKE

古城十月会期间，民警抓了一个正在掏人腰包的小偷，审讯得知他姓刘名猴。

刘猴还交待了做的另外几宗案件，其中骗取冯石山自行车一案，让大家很难相信，可这是确确实实的事实。茶余饭后，年轻的公安们议论说："刘猴好大胆，竟敢拉'城隍爷'的马！"

冯石山是老公安，参加工作到离休，一直没有离开过公安部门，从通讯员到局长，一级一级升上来，不用说我们山区小县城，就是全地区公安系统，说起冯石山来，也赫赫有名。他办事认真，不怕吃苦，钻研业务，国内外许多著名侦探书，他读了不少，曾破获过许多大案、要案、疑案，多次受到过省地公安系统表彰。即使是离休以后的十来年间，公安局常请他回来研究一些案子。

去年国庆节那天，他给外孙女买了一辆山地自行车，午饭后骑上去女儿家送车。刚出城区，见一个又干又瘦的年轻人，下穿一条脏兮兮的牛仔裤，上披一件坏了拉锁的土色夹克，一瘸一拐，慢悠悠地走着，他就是刘猴。

冯石山骑车至他面前，他投以期盼的目光，问："老局长，你去哪里？"声音里含着几分熟悉，几分亲切。

冯石山虽不认识他，还是跳下车来，答道："我去弓家湾。"

"咱们同路，一起走吧。"刘猴边说，边从口袋里掏出一盒国宾烟，抽一支给冯石山。冯说："刚抽罢，不抽，不抽。"

"唉，烟酒不分家，抽吧！你们这批毛主席教育出来的干部，和现在的干部不一样，公私分明，过于本份。"

冯石山接起他的烟，一边走，一边啦呱。

刘猴说："像你这样的老局长，多少年来辛辛苦苦，至现在还住的是房产的公房，烂砖破瓦，断壁残墙；看人家现在的人，当个芝麻大的官，出门坐小车，回家住高楼，你见谁和你一样，出门骑自行车？"

冯石山未予搭理。

刘猴又说："你当局长时，不能说有案全破，但大部破了，那些沤鬼，谁也怕你，可以说，提起你的名字，在咱这一方地皮，真是惊天地、动鬼神。"

冯石山听着他的赞美，心里乐滋滋的，脸上显出发自内心的微笑，他非常自豪地说："我不是自夸，在咱县城，说起我冯石山来，何人不知，何人不晓？就是我睡着了，也没人敢瞅眼醒来。"他转向刘猴："来，上车吧，我带你。"

刘猴坐上老局长的车，不快不慢地向前走。

刘猴又说："公安系统不兴投票，兴的话，我投你一票。"冯石山问他："投什么票？"刘猴说："当地区公安处长，我觉得你足以胜任，和当年一样，为官一任，保一方平安。"

冯石山乐不知乏，尽管前面有一道缓坡，也照样奋力蹬着，向前、向前。

上了缓坡尽头，到了下坡地段，刘猴说："冯局长停停车，我鞋掉了。"

冯石山停下车来，刘猴用恳求的口吻说："老局长，再劳驾你拣拣鞋，我的脚疼得要命。"

冯石山觉得有病的人多可怜，于是下坡去拣鞋。

冯石山拣起鞋子，回过头来，刘猴、车子都不见了。

冯石山恍然大悟，原来这小子是贼，自己上当受骗了！

当时，冯石山如果打个手机，报告110，刑警队会很快派出警力，就是现在局长也会亲自出马，用不了一个小时，就会把贼抓到。或者，冯石山堵一辆过路汽车，用不了半小时，也会自个把贼抓到，可他没这样做。

冯石山是不懂这些应急措施吗？不是！他是丢起车子，丢不起面子。

他把手中的一只破鞋，用力扔到庄稼地里，扭头向县城走去。

老局长没有生气，也没抱怨自己，他心想，老本吃不得，骄兵必败。今天，这小毛贼给我这老公安上了新的一课……

发表于2004年2月16日《当代中阳》

郁子续妻 YUZIXUQI

西北风刮了整整一夜，窗外不时传来吱吱的响声，窗户上的玻璃结满了霜，这是三九以来最冷的一天。

刚起床，门铃响了。我问："你是谁？"他答："大樑。"从门缝隙看到，他穿一身孝衣，进门给我磕了一头说："我爹天亮前走了。"

大樑爹姓任，叫郁子，他娘怀他不够日子就生了下来，且难产，故起了这样一个名字。

郁子和我是同窗好友，毕业后，我分配在县委宣传部，他分配到县文化馆。郁子在校是高才生，写、画、弹、唱都在行，人也生得挺帅，是女生心中的白马王子。可是，他家的成分不好，社会关系复杂，女生们爱他，却不愿嫁他。

1958年冬天，郁子到许村下乡，先是重感冒，后确诊为伤寒，住在支书家里。支书女儿许田秀对他百般照护，一住一个多月，春节后才回到县城。患病期间，我到许村看过他三次，每次去都见许田秀给他煎药、做饭、洗衣服，可以说是无微不至。以后说起这段病史来，郁子对田秀感激不已。

那时，我们都是大龄未婚青年，自然在一起要谈一些男男女女婚姻恩爱的事。我几次提到田秀同他的事，郁子认为，论品德，田秀没一说；论政治（那时干部结婚要组织批准），也没问题；论文化，初中毕业，小学教师。就是人样差一点儿，郁子一直犹犹豫豫揉不进眼。

我觉得田秀配郁子也挺合适，多次在他面前亮明我的观点，我说，田秀人样略差一些，但面子上也能交待下去，人老实，体质好，工作兢兢业业，还是模范教师，配他这个三好两歹的"病神神"最合适不过。在我的劝导下，他们结了婚。婚后，郁子同田秀的关系老不正常。田秀有时到我家来诉苦，总是说郁子瞧不起她，常在机关睡觉，有时一个多月不回家过夜，机关的人还说他有风流韵事。田秀同我女人关系很好，我女人背地里教她"主动点，把他缠紧！"这条办法倒还灵验，后来生了大樑，夫妻关系比过去好多了。

不幸的是，前年田秀患脑溢血走了，郁子也悲伤了一阵子，半年以后，渐渐恢复起来，穿着打扮也同年轻时那样讲究起来，有人说他同华兰相好上了。华兰是个什么样的人，一贯风流，好吃懒做，已经离过两次婚，在小小山城是小有名气的交际花。我听到这个消息，专门找他谈过一次话，不想，这次谈话，一点作用也不起。我说："华兰虽漂亮，影响很不好。"他说："品性不好能改造，容貌不好谁能改造了？"我反驳："华兰比你小20岁呢，这不太合适吧？"他说："人家不嫌我老，我还嫌人家年轻？"我说："你同大樑商议没有？"他说："儿子媳妇都不同意，要我找一个同他妈一样老老实实的女人，这不是干涉我的自由吗？"我说："孩子们说得也有道理。"他说："田秀同我一生是恩情夫妻，而不是爱情夫妻，如果说田秀有不足的话，她欠我的是情债。"

人常说，话不投机半句多。我觉得郁子主意坚定，已是开弓的箭，出膛的弹，没有回转的可能，再谈下去，也是"瞎子点灯白费油"。

我们的谈话不欢而散。

不久，郁子和华兰结了婚，结婚也没有通知我。听说婚后两口子过得挺甜蜜，常相跟上逛大街、看大戏，还去泰国、马来西亚、新加坡度了一次蜜月。

一天，我和老伴去看郁子，他们两口子都不在家，我问邻居黄妈："他们生活得怎样？"黄妈说："看怎么说，论吃穿享受，和田秀活着的那个时候大不一样，常炒肉、烤饼，不几天就下馆子；论家务操劳，老任够苦的了，早起打扫卫生，中午做饭，洗锅刷碗也是他的事，一天忙得不可开交。"

回家的路上，老伴对我说："华兰那个骚劲，内外夹攻，照这样下去，用不了多久，郁子非垮下去不可。"

我叹了一口气说："这颗苦果，必将是自种自吃。"

事情的发展，没出众人所料。国庆节前几天，郁子住了医院，好几天，华兰不去看他，在他病好转时回家，华兰不见了，问邻居，黄妈说："她说去医院，去了已经好几天了。"

郁子慌忙打开抽屉，10万元的存折没有了，2000多元的现金不见了，电话打至银行，会计股长对他说："华兰拿着郁子的身份证，把存款全部取走了。"这是他和田秀多年的积蓄呀！郁子气得躺在床上，虚汗直流，又气又急，老病复发，身架一天不如一天，几经治疗，未能显效，医生说："元气大伤，精气衰竭，已经病入膏肓了！"

病中我去看他，鼓励他与疾病作斗争，他毫无信心，眼泪直往枕上落。他对我说："我好傻呀！"这是他生前和我说的最后一句心里话。

我走时，他给了我一封信，上书："交给我的挚友刘江亲启。"

回家我扯开信一看，与其说是一封信，倒不如说是一份遗书。信是这样写的：

刘江：

我对不起你，没听你的真诚劝导，才使自己落下这样的结局。我对不起田秀，每想起她对我的一切和我对她的所作所为，到了黄泉，也无颜见她。我也对不起大樑和他媳妇，今年他们集资建房，向我投借五万块钱，我只给了一万，把钱花到后老婆身上，逼得大樑贷了款……

桩桩件件，积郁成疾，已无再活下去的可能。我死以后，把这封信交给大樑，也是我对他和他妈的忏悔吧！

你的挚友　郁子

我把信交给大樑，大樑急于奔丧走了。

我的心久久不能平静……

发表于2004年3月29日《当代中阳》

兄妹俩 | XIONGMEILIA

新修的滨河路，笔直而宽平，来往车辆如同河的波涛，往来穿梭，昼夜不息。

胡山娘从城里卖猪回来，有近路不走，她想走走滨河路开开眼界。当她走到三号交叉路时，前面一辆拉煤车突然灭火，紧追车尾的三轮车一打方向，正好把胡山娘撞倒，头碰破，腿擦伤，血流下一滩。刚从钢厂下班的刘大年跳下摩托，高呼："三轮压人啦！三轮压人啦！"三轮司机也许没听见，也许故意逃跑，一溜烟不见了。大年扶起胡山娘，问她是哪个村的，老婆婆只说了两句话："年轻人行个好，把我送到医院。"眨眼就昏迷过去了。

四五分钟时间，过路人围了一圈。这时正好钢厂的小车路过这里，大年堵了小车，把老婆婆送到县医院。

围观的人群中，有一个中年男人，说他同胡山娘是一个村的，他问大年说："人是你撞倒的吗？"大年说："是三轮车撞倒的。"中年人说："你办好事，应该有证人，她儿子我知道，怕你不得利手。"大年说："我就不信世上还有这样的人！"说罢，骑上自行车去了医院。医院要8000元押金，大年只有500元现金，医院出于救急，接收了病人，大年同医院约定，等家属来了再交足押金。

事情不出中年人所料。胡山来到医院，不交押金，说他妈是大年撞倒的，大年再三说明情况，胡山却反问他："不是你撞倒，你怎么肯堵车送医院？不是你撞倒，你怎么肯垫钱让治疗？"大年再三向他说明事情经过，胡山说他诡辩，非让大年找出哪个三轮来，才能确定与他无事，为此，他把大年的摩托车扣了。大年是个老实人，可以说从没有遇到过这样的事，更没有碰到过这样的人，他有理无处说，只好请求厂长帮助他处理这件事。

厂长姓党，深知大年的为人。大年一直是厂里的模范工人，今年获得了省"五一"劳动奖，他确信大年撞倒人绝不会推卸责任。党厂长再三给胡山解释，胡山一口咬定，找不到三轮车司机，大年就是肇事人，大年不交押金，她娘如果死了，大年得负完全责任。党厂长只好掏出8000元钱，向医院交了押金。不过他给胡山留了一句不软不硬的话："等事水落石出，咱们再见高低。"

胡山不仅扣了摩托车，还扣了人。做了手术，伺候病人的事他不管，全交给大年。胡山每顿下馆子，饭钱记在大年头上，大年班不能上，还得伺候病人，给胡山掏饭钱，真是哑巴吃黄连，有苦无处说。

胡山有个妹妹，叫山凤，母亲遭车祸以后一直在娘身边，前前后后，她觉得大年是个正派人，不是推卸责任的肇事者。背地里她对哥哥说："咱不能冤枉好人。"胡山说："你懂个屁，三轮车跑了，咱能找得见？报了公安局，也是枉然，我想不是他来，也是他来。"山凤说："咱这样处事，怕人骂咱不讲良心。"胡山也分析到大年不是肇事人，但他的本质用他的一句话就说清楚了："不葬良心发不了财。"山凤也火了，直冲哥哥说："妈如果好了，会说公道话。"胡山却说："妈不会和你一样，胳膊往外边扭！"山凤听了哥哥的这一套，气得两天没吃饭。

再说大年，虽然胡山对他这种态度，可他对病人的照护，一点也不苟且，取药打针，联系医生，从不耽误。山凤心里想，我有这样一位哥哥多好啊！大年困了，睡着了，她坐在身旁用扇子降温，让大年多睡一会儿。亲戚们送来的食品，她背着哥哥嫂嫂留下一些给大年吃。大年不肯吃，她急得哭了。一次她给大年热下牛奶，大年说啥也不喝。山凤说："你是我们家的恩人，你不喝我又哭了。"大年觉得山凤对他是一片诚心，和她哥是两样人。

胡山骑上摩托车，每天捎上老婆来县医院一趟，来了办两件事：一件是催医生上好药，加营养；另一件是收回亲戚赠送的礼品。两件事一办，扬长而去。

5天以后，胡山娘的病情基本稳定。山凤为了不减少大年的收入，让他回厂上夜班，白天顶替她伺候老人。大年夜班一完，骑上山凤的女式自行车准时来医院。山凤见大年的衣服脏了，给洗得干干净净。第六天，山凤回村换衣服，大年一个人在病房待了多半天，山凤来时，大年第一句话说："你走了半天，我怎么觉得时间好长。"山凤比大年有套数，说了句："伺候病人的人都一样，我也觉得时间很长。"大年虽是老实人，像牛皮灯笼，外头不亮心里亮，他觉得山凤对自己有了感情……

住院第七天，胡山娘醒来了，清醒后的第一句话就说："不是这个年轻人，那天我就死在路上了！"大年说："醒了就好。"山凤说："这些天，人家天天伺候你，比你儿子还好呢！"

病人醒了，大年通知了党厂长来医院解决问题。正好胡三来了医院，住院的病人家属、医务人员，预料今天有好戏看，都围在胡三娘住的病房周围，看戏怎么唱。党厂长当着众人的面，把事情的前前后后讲了一遍，同时尽情地臭骂了胡山一通，胡山只好低头挨骂，无地自容。党厂长提出三条处理意见，一退摩托，二付工资，三还押金，胡山一一答应。但前两条好办，后一条不好办，胡三确实手头没钱。

怎么办？山凤说："用我来还钱吧，只要大年同意，我现在就跟他走！"

众人觉得有意思，唯有胡山默默不语，或许他的内心正像一川河水，翻波激浪……

发表于2004年《当代中阳》

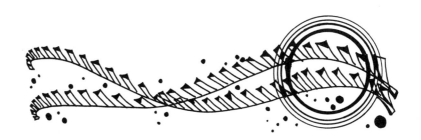

还贷款 | HUANDAIKUAN

石奎贷了信用社的7000块钱，买了一辆三轮车，超期半年还不还贷，担保人石锄几次催他，他不仅不还，连好脸也没给看上。

石锄没法，去找村支书评理。支书说："是非分明，还用评吗？关键是想法子要钱！"

石锄说："那天我扣了他的三轮车，他把我一掌推倒，几乎掉到崖下，三轮车他开上跑了。"

支书思谋了一会儿，说："魔高一尺，道高一丈，对这种霸道之人，就得用霸道的办法，我教给你个办法试试。"

他附到石锄耳朵上说了几句。石锄说："这也许准。"

原来石奎和楞儿的媳妇梅梅相好，自买下三轮以后，手头宽余，约会也就更频繁了。

这天楞儿到煤矿上晚班，石奎就瞅空子到了他家。梅梅在大门外瞧了瞧，天才刚黑，就把大门关了。

石锄早已操上这份心，从后墙跳进去，悄悄溜到窗台前，听见石奎给梅梅一件羊毛衫，让梅梅试试。嬉戏一会，两人就……
石锄破门而入，一把抓起羊毛衫责问石奎："你有钱闹风流，就是没钱还贷款？今天咱就见个高低，让楞儿晓得晓得你俩办的好事！"
楞儿是个红黑不挡的生红砖，常跟人打架闹事，不仅梅梅怕，石奎更怕。

石奎见势头不对，用恳求的口气说："有话好说，万万不可声张。"梅梅也一旁敲边鼓："欠人家贷款，还能不还？"石奎的头点得像捣蒜槌："我还，我还，一定还！"

石锄对梅梅说："你的担保人还不了，咱就告楞儿。"

第二天，石奎把贷款连本带利全还了。

事后，石锄请支书喝了一顿酒。

发表于2004年4月11日《吕梁信合》

血指印 | XUEZHIYIN

去年五一节前夕，省城正大饭店来我县招工，只招两名，条件是思想表现好，年龄20岁，未婚女青年，高中毕业，身体健康，身高1.6米，相貌端正，考三门功课（政治、语文、英语），这几条我衡量自己还行。

正大饭店是省城一家国营大饭店，通过劳动部门来招工。父亲虽是农民，经常来往办事，知道正大饭店是一家久负盛名的企业，父亲鼓励我报考。招工的是正大饭店的王副经理，北京财院毕业，举止大方，说话条理，才华横溢，给人的印象是个很有水平的领导干部。报考的人很多，一共40名，王副经理亲自出题考核，最后我和柏叶青被录取。

正大饭店名不虚传，是集住宿、饮食、旅游为一体的服务性企业，常有外宾、贵客来临，所以每天车来人往，极为红火。我和柏叶青被分配在饮食部，服务人员三班制，每天除上班外，还有三个小时的外语、电脑、体操课。这三门课，我认真钻，精心练，每次考试我是第一，柏叶青落后我十几名。正大饭店的管理正规，吃住优惠，工资可观。我是农村来的，遇到这样的用人单位，深感求之不得，所以无论干啥事，总是兢兢业业，争先恐后，深得领导和同事们的好评。

我一心扑在工作上，很少上街，在省城工作，比我大5岁的姑舅姐姐常来看我，她对我的情况很了解，知道我最关心的是转正问题。她不止一次提醒我，群众是基础，领导才是关键，如果自己把这个关把好，到时领导说句话，让谁转，谁就转，让谁下，谁就下。她还告我说："《团结报》登过一副对联'说你行，你就行，不行也行；说不行，就不行，行也不行。'横披是'大权在握'。"我觉得这些话说得很实际，自己时时注意领导对自己的印象，事事看领导的眼色行事，姐姐叮嘱的，我记在心。

姐姐还说了一件事：她机关的对门，有一家私营饭店，一天有个客人吃饭后忘了拿手机，老板拿了去。不多时，客人来寻手机时，老板不认账，问服务员，服务员就如实反映情况，在人证面前，老板不得不把手机还了失主，这个老板当众出丑，人格丢尽，但第二天这个服务员也就被解雇了。现实中活生生的例子，给我留下深刻影响。

今年五月，转正期到了，我和叶青都填了转正表。此时，王副经理被提拔为正经理，王经理对我印象很好，平时他家里有什么私事，比如放学接孩子，出差外地，让我和他爱人做伴，就是外出时，办公室的钥匙也让我保管，这一切落在别人眼里，都说经理对我另眼相看，这回转正十拿九稳。可是转正批下来时，却没有我的名字，为什么？原来事出有因——

十多天前的一个中午，饭店来了两位顾客，一老一少，看样子像个企业家，衣帽适时，出手大方，抽的是中华烟，喝的是毛尖茶，两人一顿饭吃了200多元，走时忘了拿放在桌上的提包，我把提包拣起交给了王经理。不多时间，那两位顾客返回来找提包，问我见他们的提包没有？对于这个问题，我早有考虑，如实说吧，万一王经理不认账，自己不是和对门私营饭店的那位服务员一样的下场？不说吧，失去良知心里下不去。想来想去，反正我把提包交给了领导，领导承认也好，不承认也罢，自己要和领导态度一致，这样，才能进可攻，退可守。主意一定，当两位顾客问我时，我从容不迫地说："没看见呀！"年纪大的那个当场责备那个年轻的："办事这么不负责任，包里有我的手机和3万元现金，还有送焦炭的发货票。现在的人，见钱眼黑，拾起也不会认账！"我听后暗想，多亏自己多了个心眼，没有把拾物据为己有，不然今天的事情难于处理……

第二天，派出所的李所长和那两顾客给我们饭店送来一张感谢信，内容是表扬我们饭店拾金不昧。表扬信写在一张红纸上，贴在饭厅里，来往顾客对我们饭店称赞不已。

这是怎么回事？原来王经理把提包交了保卫科，自己去省政府开会去了。后来，保卫科联系到派出所，派出所又给了来反映情况的客人，才物归原主。可我却因为这件事转正被卡了。

我想不通，去找王经理。王经理非常严肃地对我说："你的错误就是没有如实告知失主，说了谎话，致使顾客报案，给我们造成了不良影响，这是正大从来没有发生过的事情，如今却在你身上发生了。所以我们研究决定，对你进行解雇处理！"

为这事，我去找刘师傅。刘师傅是我们饮食组的组长，又是饭店的技术权威，和我个人的关系也好。我把这事情的前前后后和我当时为啥没有告诉顾客的思想顾虑如实告诉了刘师傅，刘师傅对我说："社会上就是有一些人见利忘义，不过好人还是多数。王经理根本不是你姐说的那种领导，更不是那种用人原则，错就错在你从个人私念出发，说了假话，结果是因错就错，自己吃了苦果。就你说的那个被解雇的服务员，她的品德是高尚的，如果我当饭店经理，还要用这样的人当服务员。人不能办缺德事，更不能失去良知……"

刘师傅的一席话，触及了我的灵魂，我问刘师傅："这事还有没有挽回的余地？"刘师傅对我的工作相当肯定，另外几个老师傅对解雇我的事很感惋惜。他们说："这样吧，以我们几个老师傅的名义挽留你，但你必须作一份深刻的检讨。"

我把检讨写好，拿去给刘师傅看。他觉得，事情的过程说得清楚，发生错误的思想根源找的也准，悔改的决心很大，特别是在我的名字下，我咬破中指，压了个血指印，已表示我清除私心杂念、正正大大做人的决心。在老师傅们的挽留下，我没被解雇，但转正期延长了一年。

这一血的教训，从此指引我正正大大走向社会……

孪生兄弟 | LUANSHENGXIONGDI

　　武局长的老婆一肚养了两个儿子，先出生的叫大喜，后出生的叫二喜。大喜、二喜生得一模一样，初生下来，连他妈也分不清，为了不错认，喂奶时先喂大喜，放在左面；再喂二喜，放到右面，用左右分大小。后来发现大喜的小鸡鸡上有米粒大的一个紫点，是痣吧，才把左右次序打乱。

　　不知道从哪朝代留下的规矩，孪生子女必须穿一样的衣服，因此社会上的人根本分不清谁是大喜，谁是二喜，连他们的老师也是通过叫名字认人。但，同中有异。大喜、二喜长相一样，性格兴趣不同，中学时期表现得更明显：大喜不爱说话，好体育，篮球、足球、乒乓球，样样在行，场场有他；二喜爱好文学，擅长演讲，常常获取地区一级的殊荣。于是，同学们称他俩为武老大、文老二。

　　武局长是老公安，儿子初中毕业后，都考了警校又被分配到县公安局。大喜分到刑警队，二喜分到办公室，两人在工作上都是佼佼者，全是受表彰的"新长征突击手"。后来，儿子们大了，自然要谈论婚事，武家常有人登门说媒。不论好差，大喜一概拒绝，开口就是"军人不出二十五不谈婚姻"，急得老武两口常说他"死搬硬套"；二喜不用人说媒，自己就和原公安局教导员的女儿艾文好上了。艾文在电业局上班，工作积极，人样俊秀，也是出席地区的"新长征突击手"，工资比二喜还高，老武两口对二喜的选择非常满意。

　　电业局地址在城郊，离城三公里，艾文值夜班时，二喜去了地区培训班，艾文下夜班后，只好自己往家走。这天晚上12点，天阴阴的没月色，正好城郊限电。艾文下班后，一边走，一边张望，生怕碰上不三不四的人。俗话说："怕处就有鬼。"当她走到河东大桥时，两个黑影迎面而来，一人拽她的一只胳膊，连拉带拖，把艾文弄到桥下。

大喜这天晚上执勤巡逻，隐约听到桥下有呼救声，于是跳下摩托，飞速来到桥下。两个歹徒正要施暴，大喜一个飞脚把正在压艾文的歹徒踢翻在地，另一个歹徒亮出一把匕首向大喜刺来，大喜一个勾拳打中他的太阳穴，一下马爬在地上。地上爬起来的那个歹徒，搬起一块石头正要向大喜打来，艾文急中生智，在地上捡起一根劈柴，用尽全身的力气，照这个歹徒手背上打来，只听"哎呀"一声高叫，石头落到这个歹徒的脚上。于是，两个歹徒束手就擒，被押解到城东派出所。

这时，时间已到了深夜两点，艾文双手紧紧把大喜的下腰抱住，大喜轻轻地把她的手扳了一下，意思是不要这样抱。艾文长长嗯了一声，像孩子似的撒娇说："我怕，我怕。"大喜知道她把人搞错了，也不好意思明说，反正眨眼就到家了。眨眼工夫，车到门前，艾文跳下车说："回来也不打个手机，我好想你。"说时给了大喜一个飞吻。大喜慌了，忙说："我是大喜。"

艾文一听，立刻羞红了脸，连小手提包也不拿，就往家门口跑去。这情景，已被在门外等女儿下班的她娘看见了，艾文哭着对娘说："这叫我以后怎么到他家去？"她娘给她说了句宽心话："错就错了，谁让他们兄和弟长得一个样？"

事隔几天，地区公安处通报表扬了大喜、艾文勇擒歹徒的先进事迹。大喜、二喜一块工作的年轻人编了四句顺口溜，赞扬且取笑大喜和艾文：

弟媳和大伯，亲密没一说；
借机斗歹徒，两人瞎摸摸……

发表于2006年第11期
《中阳文苑》

二舅 | ERJIU

偶尔翻阅藏书，发现匈牙利诗人裴多菲的一首诗："生命诚可贵，爱情价更高，若为自由故，两者皆可抛。"诗人崇高的意境，勾起我对二舅的回忆。

二舅不是我的亲舅舅，是姥姥领养的干儿子，关于二舅的故事，听姥姥说过好多遍。二舅原本姓田，叫生光，和他的名字一样，是个穷光蛋：他上无父母，下无弟妹，房无一间，地无一垅，12岁逃荒来到山城，冰天雪地里，沿门讨饭吃，姥姥见他可怜，把大舅的旧棉袄、旧棉裤给了他，还给了三个窝窝头，他当即跪下给姥姥磕了三头，叫了一声"娘"，姥姥把他拉起，说："我就领养了你吧，我其生（大舅名）也单子独立的，有个穷兄弟为伴也好。"

当时，日本人已侵占了东北，社会很不安稳。后来二舅给一家花炮厂当了吃饭没工钱的临时工。他人穷志不短，脑子挺灵气。18岁上出师，20岁上出名，高升的、落地的、平射的、带彩的各种炮，他能做出20多种，那年省里一家炮厂把他请去，一干就是三个月，挣了不少钱呢！

二舅还是个红活人，会拉、会弹、爱开玩笑，比如一天，他同一伙年轻人在街上闲遛，县太爷老婆骑一匹马过来，二舅说："我敢揣县太爷老婆的脚。"众人说："你如果揣了，我们给你买一颗大西瓜吃。"等县长太太过来，二舅上前一把捉住她的脚。口里念念有词："我说是银镫，你们说是铜镫，你们看是银的，还是铜的？"县太爷老婆笑了一面，走了……再比如，年轻人们见他洗衣服，对他说："生光快娶个媳妇吧，有了媳妇就有人体贴你。"二舅顺口回答:"老小光棍一样苦,衣服烂了无人补,被褥脏了自己洗,打下粮食喂老鼠。"

那时二舅已经有了意中人,谁?孔雀。说起他俩的恋爱来,还有一段可歌可泣的故事。孔雀她爹是个穷教书的先生,日本鬼子攻城时,被飞机炸死了。孔雀只好跟叔叔一起生活,后来,孔雀脊背上生了一块疮,肿得像茶盅大,疼得吃不下饭,睡不着觉,胳膊腿瘦成四根柴,上气不接下气,奄奄一息。人还未死,婶娘收了王财主家的二斗米,把15岁的孔雀尸骨,迷婚(死后成亲)给王财主50岁的蠢儿子。二舅听到这个消息,替孔雀出了二斗米,毁了这个约。那时县城没医院,二舅出了20块白大洋,请一个野大夫开了刀,野大夫走了,伤口感染了,脓血天天流,二舅每天去孔雀家,用口给孔雀吸脓血,终于把孔雀的疮料理好了。从此,二舅常去孔雀家,他的衣服鞋袜孔雀给他做,他也帮孔雀家干些活,后来随着年岁的增大,时间的磨合,两人由恩情上升为爱情,他们在观音庙里烧了香,磕了头,起誓"非你不娶"、"非你不嫁"。

孔雀比二舅小5岁,二舅25岁那年,两人决定在六月初六结婚,初四这天,孔雀和姥姥在商店里买了一块红盖头和一个梳妆盒,刚到巷口,迎面碰见日本中队长松井三郎,吓得孔雀撒腿就跑,一回家把大门关了。

松井三郎,脸长眼大,山城人叫他"驴头队长"。"驴头队长"烧杀抢劫,无恶不作,双手沾满中国人的鲜血,他率领的日本兵,每次扫荡回来,总要抓一些无辜的老百姓。女的轮奸后成了慰安妇,男的还反抗就拷打致死,有的干脆拉到日本去,当了苦力。当时他们住的宏部(日本军营),外墙壁上写这样的大幅标语:"建立大东亚新秩序,中日提携共死。"老百姓看了说:"尽放狗屁!"年轻人晚上铲上狗屎,刷在标语上。

孔雀回了家,气还没喘过来,"驴头队长"和另一个日本兵翻墙而入,强行施暴,孔雀不从,奋力反抗。施暴后,驴头队长照孔雀腹侧部捅了一刀。这天下午,二舅去看孔雀,她握住二舅的手说:"我不行了,已给你留下一份遗书。"遗书是这样写的:"生光,我可敬可爱的丈夫,我已被松井三郎奸污了,这个强盗使我无颜见你,无脸做人,刀伤深痛,料难活命,我死以后,你给我报仇,报仇之日,化纸告我。孔雀。"

孔雀的遗书裹在红盖头巾里,还有一束剪下的头发。

从此以后,二舅再也不说笑话,见了熟人也点头而过,从不答话。姥姥去看他,他也不开门接见。姥姥问他这是为什么,他说:"我为了您。"姥姥又问他："为我什么？"他说："以后你就知道了。"

二舅每天除在花炮厂上班外，一个人待在家里，闭门不出，关门谢客，人们都以为他为孔雀的死伤心，这也是事实，但其实是他在家里研制一种威力较大的直射土炮。

"驴头队长"经常骑一匹大洋马，在街上横冲直闯。七月初五这天，伪县政府召开体育运动会，体育场设在城外的大操场，伪县政府邀请松井三郎光临，松井三郎骑着一匹大洋马，威威武武出了城，伪县政府组织了夹道欢迎队伍，又敲锣，又打鼓，又放鞭炮。二舅躲在人群里，乘混乱之际，把自己研制的土炮，照马屁股一射，一声巨响，马受伤大惊，一跳把松井三郎摔下来，一条腿套在镫里，马在前面跑，伪政府的一群人和几个日本兵屁股后面追，人愈追得紧，马愈跑得快，结果跑了六七里路，马才停下来，松井三郎的脑浆洒了一路，成了个没眉没眼的死鬼。日本人把松井三郎的尸体抬走，紧接着就同几个警备队去抓人，去时二舅的门大开，家里的东西成了一堆灰烬，二舅早已离开了这个家。此后，谁也不知道二舅的下落，大舅在孔雀的墓堆上见有烧香化纸的痕迹，还有二舅在家乡留下最后的一道脚印。

日本投降以后，太岳军区给姥姥寄来田生光立功喜报和烈士通知书，部队还寄来一封信，详细介绍了二舅立功、牺牲的经过。原来二舅出走以后，在太行山参加了八路军，在兵工厂工作，他研制的一种手雷，体积小，分量轻，杀伤力大，便于步兵打仗使用。他还研制了一种子弹，用七九步枪，可以击伤击落低飞的飞机。后来在一次反"扫荡"战役中，工厂转移，二舅负责掩护转移人员和工厂设备，他同其他四位同志，一起同鬼子战斗了6个小时，顶住了敌人的追击，在弹药打光的情况下同敌人拼了，二舅在牺牲前，身上留有三处枪伤。

二舅走了，大舅和他的孩子们，还有我们两个小外甥，每年清明节去给孔雀上坟，以示对二舅和孔雀的怀念。

发表于2011年5月第36期《中阳文苑》

风雪人夜归 | FENGXUERENYEGUI

　　入冬以来，第一场雪降落在晋西吕梁山区，一夜之间，山山洼洼都变成了白色。住在野鸡岭的人们，家家都起了大早，清扫自己院子里、屋顶上的积雪，然后扫出一条门前的通道。

　　一大早，一个人从村里出来，拿着一把扫帚，朝山下走去，他就是新上任的村长——王大瑞。

　　昨天晚上，乡政府打来电话，通知今天召开全乡村长会议，安排各村贫困家庭过冬的问题。野鸡岭只有40户人家，谁家穷富，哪家过冬有困难，大瑞清清楚楚，用不着调查准备，所以他在会上，口是流水肚是账，汇报了个点滴不漏。乡长布置工作时，特别强调各村把老弱病残过冬的问题解决好，不能有一个人吃不饱、穿不暖、住不妥。会议从上午10点开始，下午4点结束，乡长把各村的情况澄清以后，把县民政局发来的救济款，机关干部、职工捐来的棉衣、棉被什么的，清点定数，分配给各村。事情就这么简单，任务自然很好完成。就在会议结束时，住在会议室房檐下的一个山雀窝，因电线着火而起了火。看见着火的老山雀急得喳喳叫，一扑一扑冲向火苗，想去救火，可它有什么办法灭火？眼看火势越烧越旺，老山雀毅然冲向窝里，与在窝里的一只小山雀同归于尽！为了房子的安全，人们把火扑灭了。这时参加会议的人们去乡政府灶上吃饭，饭后去商店买东西。只有大瑞一个人没有去吃饭，也没去商店，人们见他热泪盈眶,好像有什么心事，急切地返回村里去。

　　原来大瑞看到两只山雀之死，触动了他的爱母之情。

　　大瑞是野鸡岭的富裕户，近几年，凭开汽车运输煤焦富起来，修起了5间两层独门独院的新住宅。因为他家地处中心，倚大门又盖起两间平房，专卖日杂小百货和为后山小商店的批发业务，媳妇一个人经营，每月收入不下千元。这处新宅在贫困的野鸡岭人眼里，不亚于北京天安门的瞩目程度，全村人谁不羡慕？可是，大瑞70岁的老母，却与富裕无缘，至今仍然住在土改时分得地主家的一孔砖接口的土窑洞里，这孔土窑洞年久失修，随时有塌方的危险，这一点野鸡岭的山民又不能不对大瑞两口下眼看待。

　　大瑞三岁时，父亲死了，母亲不顾家穷，硬着头皮受苦受累，供大瑞读完高中。上五年级时，学校离村七八里路程，全村几个上学的孩子都是早出晚归，在家吃两顿饭，中午带点干粮。可是一个雪天，天黑了，大瑞还没回来，他妈问几个放学回家的孩子，都说大瑞肚子不舒服，老师留下了。儿在外母担心，他妈不放心，拄着拐棍到学校看儿子。老师说："大瑞服了点藿香正气水，肚疼止住了，已经回家了。"他妈一听更急了，借了老师的一把手电，一路走，一路喊大瑞的名字，清静的山谷，回响着母亲喊儿的声音，可就是没有大瑞的回音。走着走着，她发现拐弯的一处陡坡上有人拖下一道脚印，她在崖下发现了大瑞。大瑞满身是雪，满脸是血，她把自己身上的袄裹在儿子身上，用手把雪清开，背起大瑞，进两步、退一步，费了她全身所有的力气，才把大瑞背回了家里。很遗憾，她没防冻知识，一回家刚把大瑞安顿好，自己就去烤火，结果两只手的10个指头全掉了！

后来，母子俩相依为命，直到大瑞成家立业，生儿育女，因婆媳关系不和，她才住在那个砖接口的土窑洞里，过着不是穷苦人而比穷苦人还穷苦的生活。今天，大瑞看到这两只烧死的山雀，一路走，一路想，自己活得不如畜生，有什么脸面给野鸡岭的山民传达乡长的讲话？所以赶到家时，眼泪把手绢都揩湿了。

媳妇看见大瑞脸上挂着泪痕，问他有什么事，为什么哭？大瑞把两鸟之死，母亲雪地寻他，用手清雪，烤火掉了手指的事说了一遍，媳妇听着听着也哭了，说："不孝不是你一个人的罪过，我也有份呀！"

夫妇俩当即去了母亲居住的那孔破窑洞里，双双跪到地上，给母亲磕头请罪，要母亲跟他们一起居住生活。他妈说："我两只没指头的手，能给你们做什么？"媳妇说："什么也不用你做，让你闲着享福。"

"我两只秃手，来往客人看见，给你们丢人现眼。"他妈说。
"你住破窑洞，我们住新地方，才叫丢人现眼。"媳妇答。

大瑞看到母亲不语，略有喜色，背后推了一下媳妇，媳妇会意，连拉带扶把婆婆请出门来。

就在母亲离开窑洞后，大瑞狠心划一根火柴，把一切该丢弃的旧衣、旧物化为灰烬！

风雪夜里一把火，把野鸡岭烧出一个通红的世界……

发表于《中阳文苑》

马寡妇的笑  MAGUAFUDEXIAO

　　故事发生在1982年到1983年期间，距今20多年，尽管时间这么遥远，事物也发生了根本变化，但故事梗概和主人公马寡妇的形象，一直在我脑子里萦绕，所以我把它写出来，让人们回首一段鲜为人知的历史，还是有一点教育意义的。

　　那段时间，我在县公安局工作，具体分管户口和落实政策，从我管户口工作以来，找上门最多的是马寡妇。

　　马寡妇的真名叫赵玉英，年纪四十八九岁，是县城街道的清洁工。她拿起扫帚扫街已经好多年了，在我们这个小县城，几乎所有的人都认识她。那么，为什么人们不叫她的真名而叫她马寡妇呢？据说，有三方面的原因：第一，她确实是一个名副其实的寡妇。她男人是个订鞋匠，1972年就亡故了；第二，她的脸相与穿戴，实在也像个寡妇。两个颧骨比一般人高了二到三毫米，长脸瘦黄，一对红眼，见风就流泪，自从男人死了以后，眉角上就皱起两个蜗牛来。她一年四季穿一身半灰半白的工作服，头上扎一块棕色头巾，平时总是低着头扫街，不和别人说话；第三，许多人能办到的事，她办不到。比如她的儿子插队四年了，还没分配工作，她曾多次找知青办、劳动局，回答是让到卫生队扫街。她发誓不让儿子当清洁工，回回谈不成，总是拉着哭丧脸回家。再比如，她家很少吃肉，过年过节，有时割一二斤，肚底那块有奶头的，总是留给她的。玉英已经在自己的头脑里形成这样一条概念，社会上所有吃亏的事总是先从她的头上轮起，国家机关的制度首先是从她头上执行。为了消除这个概念，她经常跟人们吵，结果是越吵越糟，往往人们还责备她难说话，不好共事。如此种种，人们就以马寡妇代替了赵玉英。用玉英自己的话来说，有权、有钱、有用的人官名大叫，没权、没钱、没用的人，有名不叫，还给你送个绰号。

马寡妇每次找我，内容只有一个，主题突出，就是给她60多岁的婆婆转供应。但是，一个内容话可不少，说起来没完没了："我婆婆瘫痪七年了，只能吃不能动，屎尿不能自己送，吃饭还得我来喂。户口在农村，分粮分菜种自留地都得靠人，咱们都是养生之家，扫上一天街，做上两顿饭，侍候上一个病人，能受得了吗……"紧接着就是哪一次回村领粮，保管不在，白跑了腿。哪次磨面停了电，误了正常上班点，受到领导的批评。哪次口粮款没有交到队里，吃了会计的训，啰啰嗦嗦给你说出一大摊！头一两次，我还认真地把她的话记下来，后来次数多了，我连笔记本也不拿了，每次都以"研究研究"、"向领导反映"等一些托词把她打发走了事。

一天中午，我回家吃饭，家里打扫得干干净净，两块大床单洗得花鲜底明。一看妈做了这么多活，我就生气了："妈，我走以前不是跟你说得清清楚楚，洗床单的事我回来再干，最近气管炎这么严重，难道你是诚心要早归西天？"妈妈笑着说："不是我干的，来了个扎棕色头巾的老婆，说要找你谈户口，等不上你回来，她帮我干的。"

一说是扎棕色头巾的女人，我就猜到是马寡妇。

"妈，以后她来了——不，无论谁来，也不能让人家帮咱干活。白用人家的劳动，咱又给人家办不了事，落下人情债，咱心里过不去。"

"这个我懂得，你放心吧，她太实心眼了，实得连我也不好意思拒绝她。"

隔了两天，又是个中午吃饭时间，马寡妇又到我家来了。这次来，她不是空着手来，而是提个半新不旧的布书包。进门时，正好我们院里的胖奶奶来串门，她坐在炕檐上，把那个书包使劲往袄襟底下盖，使人一看就知道她是来干什么的。

胖奶奶一出门，马寡妇几步紧走，到了我们的橱柜边，书包里掏出一瓶老白汾酒，一条大前门烟，塞到我们橱柜里。

没做过鬼的人做鬼，是很不自然的。我看见她脸色发白，两手发抖，脸上的汗珠直往下掉，低声低气地说："这是我的一点心意，你们收下吧！"

"玉英，你这是干什么？"我一面把她的东西往书包里塞，一面指责她："你这样做是完全错的，说轻点，你有私心杂念；说重点，这是腐蚀干部。"

她的脸一下转红了，半天说不出话来。

我也觉得后两句话有点过火。为了缓和紧张的气氛，我给妈妈使了个眼色。

妈妈拉着她，坐在沙发上，对她说："老姐妹，你的心情我理解，我的儿子是个直性子，能办不能办，不在送礼上。"

马寡妇低着头不说话。妈妈继续对她说："我看你是个实在人，不像是你要这样做，好像是谁叫你这样来的！"

她把头抬起来说："我是个直性人，有话照实说，那几次找他们谈户口转供，回答都是研究研究，几个好心的邻居对我说，扣麻雀还得舍一把米，你一不掌权，二不开车，三不站柜台，哪个地方人家能用得着你，凭啥给你办事，听人说研究研究，就是烟酒烟酒。我明白了众人的意思，和我娘商量后才来的。"

"咱办事情总得符合原则。"我插了一句。

"讲原则，我娘的户口早该转了，说长则，一辈子也轮不上。"说罢，她气愤地走了。

马寡妇走后，妈妈劝告我说："办事不能绝情绝意，转供办成办不成也得给她几句安慰话，况且她是一个可怜的寡妇。"

"寡妇"这两字，使我想起妈妈的可怜遭遇。

父亲去世以后，妈妈为了把我拉扯成人，真不知受了多少辛苦和羞辱。那年推荐上大学，我被学校和群众推荐上了，就是过不了支书的关，妈妈几次找他，答案是一个动作——摇头。也是几个好心的邻居给妈妈出了一条主意，妈妈托了个和支书说上话的人，提了两瓶酒、一条烟去支书家说情，支书当着这个人的面说："寡妇的儿子也想上大学，不思量一下自己的脸面有多大？"结果让他小姨子去了。从此，妈妈眉头上的疙瘩一天结得比一天大，直到我考上大学，妈妈才把眉头舒展开。

同病相怜，妈妈一句"寡妇"的说教，使我对马寡妇产生了深深的同情，按照妈妈的嘱咐，我上她的门去，想说几句安慰的话。但当我来到马寡妇的门前时，听见她正在哭泣，埋怨母亲说："我说不去，你硬催我去，东西人家不收，碰了个不软不硬的钉子，让我们机关领导知道了，我能受得了吗？"

跟前有两位老婆婆劝解她。一个说："本来咱们这些实里实气的人，谁会办这些事，这是逼出来的呀！"另一个老婆婆说："提上猪头，找错了庙门，没找把关人，找了看门人。听说通过请客送礼办事的人多着哩……"

马寡妇的心好像已经得到了安慰。她不哭了，但还抽泣，断断续续，说："啥也不怨，怨咱本事不行，地位低下。"

我肚子里拿不出一句比这更能使她得到安慰的话，而且，我要说的话她也听不进去。于是，我转身回家。

这天午睡没有合眼，我在想，社会上不仅存在极端自私腐蚀我们一些同志思想的问题，同时还存在着我们一些同志去沾染腐败的问题，这些问题不解决，长久以往，党群关系将会是个什么样子呢？

过了几天，我们乘坐县委的小车停在大街上，正好马寡妇扫街过来，我把车门打开，想同她打招呼，可是她低着头扫街，好像没有看见我们，灰尘直往车上扑。我见她用的扫帚就像一捆柴一样，扫过的街就像给山神爷画下的胡子——行行道道。两个小伙子从她身边走过，一个说"咱这街，晴天叫洋（扬）灰街"，另一个说"雨天叫水泥路"！

突然，人们齐向糖业烟酒门市部跑，原来一个老年农民同售货员吵嘴，只听到：

"前也有'大光'，后也有'大光'，偏轮到我就没有了？"

"前面是轮上的，后面是留下的，就是没你的，要怎么样！"

"亏你还是共产党的干部，这样公开讲面子？"

……

这时，马寡妇从人堆里挤过来，拉着这个人的手向门外走，她边走边说："表哥，你糊涂了，干部不讲面子那是'文化大革命'前的事；你这是正月十五卖门神，把过时的画（话）拿出来了。"引出人们一阵哄笑。

此后，一年一次的转供会议在12月20号开了。我们县有两万非农业人口，按规定只能转24口人。主持会议的是县委钱副书记，参加会议的是县委在家的常委，还有县委办公室的小李和我。

钱副书记说："今年转供的形势是，申请的人多，指标少，我的意见，今年还是重点解决干部生活的问题。你要让他们工作，又不给他们解决问题，怎么行？像孙主任，革命都30年了，还是过着牛郎织女般的生活，县委应关心他们。"

孙主任来了个顺水推舟，说："是不是钱副书记提个初步名单，以便节省讨论时间？"

"也行。"钱副书记胸有成竹地把他的笔记本打开，张三、李四，一阵提出了24个人名。

马寡妇的申请，我排为第一张，上面还注了"重点解决对象"字样，我担心是不是谁把第一页扯掉了。我特意走到钱副书记跟前，看见他的文件夹，马寡妇的申请还是第一张，只不过"重点解决对象"被红笔勾掉了。

钱副书记问大家："有什么意见？"

会议静了好大一会儿，没人说话。

会议室的门吱的一下开了个小缝，露出半个脸和一只眼睛。

"现在开会。有啥事，会后谈。"小李两手撑着门，谢绝了来人。

片刻时间，又传来了拍门声。

小李走出去又回来，他低声地在钱副书记耳朵边说了几句话。

"让她进来。"钱副书记表了态。

进来的是马寡妇，她把身子靠在暖气片上，不等别人同她打招呼就讲开了——

"我男人是到我家招亲的，五八年修水库把他的腿压断了，县委给他批了供应，给了一个钉鞋的营生。他妈妈……"接着就是过去的那一套，一根头子往下摆。

钱副书记打断她的话："你的申请不是把这些都写清楚了吗？刚才我们研究过，像你这种情况，确有困难，但因指标少，得下一年考虑。"

"年年有个下一年，哪一年才轮得上？"

"下年轮不上，再下一年。"

"你们办事情有没有个原则？"

"当然有原则。"

"原则是啥，拿出来我看。"

小李把省政府的文件和县委关于转供的五条规定念了一遍。

马寡妇说："按这些原则，刚才钱副书记念的名单多一半人不该这次解决。如商业局的周局长把儿子的户口转到外面县，农户就成了非农户，而且当了警察；孙主任的老伴应该转，可是前年给她转，她不转，转了儿子，当了司机。去年给她转，她又不转，转了儿媳，当了收发。今年又给她解决是什么理？难道领导干部近30年是工龄，扫街工人近30年不算工龄？"

两句话顶得钱副书记满头是汗。他不得不以权势来压住这位敢于向他挑战的寡妇："谁叫你偷听常委会？把她请出去！"

小李连劝说带推，把马寡妇请出去了。

话分两头。马寡妇从县委会议室出来，拉着她那磨得像几根柴一样的扫帚，从县委大院的后门出来了。她没有回家，穿过菜队的田埂，沿着小路到了沙会湾。沙会湾离县城仅有二里来路，一没公路，二没住宅，肃静得很。她在一株小松树下跪倒了，这里是她男人的坟墓。她从怀里掏出两个饼子摆在墓前，先点了香，后化了纸，而后坐在墓旁哭开了。她的哭和吕梁山女人们哭丧的习惯一样，哭里带诉，诉里带哭——

牛生啊，你怎么这么心狠呀，你我既然成为夫妻，就应该千斤的担子分着挑，万盏苦水分着咽。为什么你把老人、孩子和你的恩爱妻子丢下，一个人先走了，让千斤的担子压我一个人，让一碗一碗的苦水往我一个人肚里倒，眼看我压得骨瘦如柴了，肚里满得要炸了，你也不托个梦给我。人家的孩子都结婚了，咱家的孩子连想也不想这些事，人家的老人抱着孙子看电影，咱的老人想你、怜我，急得瘫在炕上不能动。邻居修房盖屋快遮得咱看不见太阳了，咱还住在你能动时盖的那间破房里。牛生啊，这一切你晓得晓不得？我也想早点睡到你身旁，可这可怜的妈妈、孩子谁来照管？牛生啊，你为什么不说话，为什么留下这孤儿寡母的生活来折磨我……

马寡妇肚子里像装了一只罐子，罐子里装满苦苦的泪水，今天她要从这两只眼睛里，把这罐子里的泪水一滴一滴流出来。尽管穿河的西北风揪着她的袄襟、裤脚和头巾，但总揪不动她起身回家去。

这时，她的儿子出现在她的面前："妈，奶奶跌到炕下了，快回去吧。"

"她怎么样？"

"擦破点皮，邻居们已把她扶到炕上，请大夫包扎了一下。"

母子俩这才沿着沙会湾的小路回家去。

再说县委的常委会，正在大家对重点解决环节干部这个问题争论的时候，郑书记进来了，会场一下子静下来。

"刚才会议开得很热烈吗，怎么我一进来就风平浪静了？"

钱副书记把小李记的常委会议记录递给郑书记。

郑书记看了一遍，脸上显出难以形容的笑容。他郑重地看了一下周围，最后点了我的名。

"小吴，你说说情况吧！"

我把申请人名单、简要情况、马寡妇闹会的情况重复了一遍。因为郑书记调来才一年的时间，情况还不很熟悉，我故作较细介绍。

郑书记接着说："刚才递过的名单，你们考虑能不能贴到街上公布？我看是不行的。首先是我有意见。我的妈妈虽然50多岁，身体尚好，她在村里养鸡养兔，种自留地，根本不需要转供进城。不能因为我是书记就特殊照顾我的妈妈，而寡妇的妈妈就不予考虑。"

郑书记还想说什么，钱副书记给他倒了一杯水，因为没有端平，洒了一桌子。开会的人有的找抹布，有的拿文件，引起了一阵小的混乱。

郑书记接过水杯，意味深长地说："我们办事情，就像端水一样，必须端平；不平，就有打碗、洒水、混乱的可能。"

接着，他对这次转供提了四条意见：一是对有申请转供的人进行一次全面的摸底调查，不得以假弄真；二是在同样的条件下，优先照顾死去丈夫、妻子而又无依无靠的职工家属；三是过去已经解决过一两口的，这次不再解决；四是研究定案以后出榜公布，群众意见大的再作调整。

除过钱副书记和孙主任，参加会议的其他四名常委，对钱副书记的做法早有了看法，纪监委老杨对钱副书记在转供中的一些群众反映，已经同郑书记谈过了。所以他们对郑书记的四条意见表示赞同。孙主任也跟着发表了同意的意见，只有钱副书记没有讲话，也不知道他是担心把名单公布出去，还是觉得自己脸上不光彩，反正人们觉得他的表情有一股说不出来的滋味。

"老钱，你的意见？"郑书记问他。

"同意大家的意见。"

转供名单公布以后，社会上的说法很多，有的说县委的作风有了转变；有的说县委领导按《准则》办事，深得人心；还有的人在公布名单空白的地方写了一个"好"字，表示他们对县委的做法和转供人的名单的同意和拥护。也有几个条件不足，但自以为是，经常寻找领导的人，发几句牢骚，但遭到众人嗤之以鼻，根本没有市场。打这以后，给我递申请的人少了，寻领导找麻烦的人更少了。

1982年3月的一个早晨，我去地区参加整顿户口的经验交流会。早晨5点，天空的月亮映亮了半个山城，这时，我发现从公安局到汽车站的街上已扫得干干净净。

黎明前的电灯特别特别地亮，远处隐隐约约出现了两个扫街的人影，这不是马寡妇吗？走到跟前，果然是她，还有个小伙子，两人站在马路中间，各分东西往前扫。

她主动和我打招呼："这么早上哪儿去？"

"地区开会。这是谁家的孩子？"

"我的儿子。"

"来帮你的忙？好勤快的孩子！"

"不，他也分配到卫生队了。"

"你不是不让孩子当清洁工？"
"过去是过去，现在是现在，过去想不通的，现在想通了。孩子的奶奶也想通了。"

“是你给他们做了思想工作？”

“不，是我给他们作了检讨。”

“检讨什么？”

“检讨我因私误公，埋怨领导。”

“检讨什么？这水泥路、洋灰路，不是改变了面貌！”

她哈哈地笑了，笑容把她眼角上的“蜗牛”抹平了。

笑，在一个人来说是平常的表情，但在我的记忆里，这是她第一次发自内心的笑，感激的笑，真诚的笑，笑得是那样的爽朗，那样的清脆，这笑声随着清风和黎明的新鲜空气环绕在山城的上空……

我赶早班车走了，马家母子俩继续他们的工作。哕！哕！均匀的扫帚声离我越来越远，但留给世界一条清洁的街道。

发表于2010年1月第27期《中阳文苑》

文明苑里的东郭先生 |

文明苑是县城新建的家属小区。过去，县里经济不发达，干部职工家属居住相当分散，有的在县城租住民房，有的在城附近买一块地盘，修一处简易住房，这种零乱居住的格局，给人们工作生活带来诸多不便。近些年，县里领导重视抓经济工作，改革开放的步子一年比一年大，山区小县财政收入由10年前的5千万增加到5个亿。县里有了钱，就在城北的一块乱石滩上盖起了10多座大楼，把原来的县委会、县政府、公检法、武装部等单位搬到那里，原来这些机关的旧地方全部拆除，用个人集资的办法建起了家属小区，县委书记亲笔题名为"文明苑"。

文明苑名副其实，它在小小的山城是文明富有的象征。15座5层大楼，像火柴盒一样，齐刷刷地摆在那里，内有文化活动中心，老年人俱乐部，有体育场、假山、长廊、亭阁，苑里有保安、卫生员、修理工，居住在这里的老年人都有这样的说法，咱们工作了一辈子，多半辈子住房"打游击"，临老来能住上这样的好地方，过上这样的好日子，全托共产党的福，沾了改革开放的光。近几年人们不讲阶级斗争了，可穷与富的矛盾依然突出，而在文明苑的人们，觉得自己住在了"安全岛"，文明苑就如"世外桃源"，小汽车停在楼下，摩托车放到门前，衣服洗晒后晚上不往家里拿，有的人晚上睡觉不关门，高枕无忧，就像生活在了太平世界。

然而，社会上早有人盯上了文明苑。最近，有一件事震动了大家，强盗深夜撬门入室，盗走了老梁的5万元现金，还捅了老梁一刀。

老梁名叫仁义，年轻时当过兵，赴过朝，今年80岁，是个县团级离休干部，每月3000大几的工资和补助，大儿子在地区工作，是个实权单位的领导。二儿子在老家农村当支书，承包一座村办煤矿。女儿在县医院工作，是外科室主治大夫。老伴比自己小10岁，是会计师，退休干部。可以说老梁是个要人有人，要钱有钱，吃不了，花不完，要啥有啥，啥也不缺的户主。所以他第一批就住进了文明苑。

当初集资建房，老梁就报了120平米、三室一厅的三层楼房，三层楼阳光充足，空气新鲜，阳台上务花，地下室储菜，至于电脑、电视、电话、太阳能一应俱全。老梁一般不月月领工资，全存在银行的账户上，老婆常说他不会理财，老梁说："存个定期无非得上几个利息，咱也不在三五百块钱上。"一天，女儿要集资建房，老梁打发老伴把他俩的工资，还有到期的存款共6万元取回家里来。老伴出于搞会计这种职业习惯，觉得家中存放这样大数额的现金不妥当，不如再存入银行，等女儿省城实习回来再取。老梁说："现在时代变了，农村建设小康社会，广大农民生活水平都提高了，城乡收入少的人家，享受国家低保，那些企业家、商店老板，不是一包一包往家里拿票子？没听说过有被盗的事发生。况且咱家有防盗门，外加防盗窗，苑里有专职保安，你我无事不出门，你真是杞人忧天，多操那些没用的心。"

谁也没有想到，就在这夜凌晨两点钟，老梁阳台上的一盆君子兰被踢落在地板上，惊醒了老梁和老伴，他看见一个人从窗子上跳进来，于是高喊一声"谁？"跳进来的那个人慌慌张张又爬上窗台，老梁一开灯，见是个年轻人。老梁说："慢，年轻人，从三层楼掉下去还有命吗？我开门，你从门上走。"这个年轻人又从窗台上跳下来，满脸慌张。老梁问他："你有什么困难？逼着你来干这种事？"年轻人说："我自小死了父亲，母子相依为命，如今母亲得了脑溢血，住在地区医院抢救，光押金就要一万元，我手无分文，为了抢救母亲，才豁出来干这种事。"

老梁一听，觉得这个年轻人，虽干这种事犯法，但还是个孝子。记得自己年轻时，母亲就是患的脑溢血，因没钱治疗，得病仅五六天就走了。想到这，他开了箱子，解开捆钱的绳子，抽了一万元给了年轻人，并嘱咐他，快拿上这点钱去医院，早点治疗，或许能保住性命。

年轻人马上给老梁跪下，磕了一头，说："你是我娘的救命恩人，世上少有你这样的好人，如果你不嫌弃我，我愿给你当个干儿子，给你养老送终。"

老梁说："我为你的处境可怜，并不是要你报恩，长话短说，快去地区医院交押金。"

年轻人走了。老伴对他说"我看这个年轻人不诚实，脸有贼相，怕不是正经人，说不定是骗人的。"

老梁说："深更半夜爬三楼容易吗？一滑脚就没命了，没急事他肯冒这种险？这是你的妇人之见。"

事情很快在文明苑传开了，有的人说："老梁是个老党员，风格高，慷慨解囊，感化浪子，为建设和谐社会办了件好事。"一家小报记者还写了老干部梁仁义义释小偷的新闻稿，发报登载。也有的人说："这是老梁的缓兵之计，不这样，眼下就要吃大亏。"不过还是说好的人多。这话传了不几天，老梁家又被盗，而且老梁当即被送到省城医院抢救。在治疗中，老梁一直昏迷不醒，第7天才睁开眼。强盗是用匕首捅进他的胸部，据医生说，再深一厘米，人就没命了。经过一个月的治疗，老梁伤愈出院，说是伤愈出院，实际上是个植物人，过去的人和事一律遗忘，到家看望他的亲戚、朋友、同事，一个也不认识，不论见了谁，一脸憨笑，不会说话，医生说，这种病是恐吓所致，没有恢复正常人意识的可能。

强盗是谁？谁也没有猜测过这个人，连同公安局的同志，仅摸了一下底就放过了关，这个人就是老梁给了一万元钱让给他娘看病的胡学彪，因他经常剃光头，留胡子，绰号叫"小日本"。

再说"小日本"，骗了老梁的一万元钱，心里高兴得睡不着觉，第二天两场麻将就输了5000元，给情妇买了一身衣服，下了一顿馆子又花了3000元，不到10天，手里就又是空空的。这时，他就在老梁的5万元钱上打主意，时时观察老梁一家人的行动。这天，老梁的女儿给孩子过生日，他和老伴都去女儿家祝生日，饭后，老伴留了宿，老梁喝了几盅，昏昏沉沉回了家，"小日本"趁这个机会，撬门进宅。他又被老梁发现了，老梁骂了一句小日本"你这个没良心的东西！""小日本"说"讲良心的人就不做贼。"老梁大喊一声"捉贼"，"小日本"顺手掏出一把匕首刺向老梁

的胸部，拿上钱逃之夭夭。"小日本"住地离城不远，公安局起先摸了一下他的情况，村里的人说，"小日本"离开村有半个多月了。村干部侧面问他老婆，老婆说前二十几天就去了西安姨姨家，公安局不再查了。"小日本"躲了一段时间，知道老梁成了植物人，自然心平意坦，又在市场上买了件印有雁塔寺图案的夹克穿在身上，有人问他"你最近去哪里了？"他大大方方说"去西安看姨姨。"

一天，老梁的女儿从医院下班，路过"大家乐歌厅"，看见了"小日本"，当即给公安局打了电话，"小日本"进了歌厅，屁股还没坐稳，就被警察逮了个正着。原来老梁的植物人是装的，事实是他在医院清醒后，第一句话就对女儿说了，是"小日本"抢走钱后捅了他一刀。事情终于水落石出，老梁因此却得了个当代"东郭先生"的雅号。

发表于2009年第23期《中阳文苑》

孙寡妇和她的狗 | SUNGUAFUHETADEGOU

孙家塔的孙连喜患的是绝症，医院的病危通知书连下多次，这天，他感到自己不行了，把老婆叫到身边，问："我死以后，你怎样生活？有打算吗？"老婆说："怎么生活，死心踏地守寡，把儿子培养成人！"

"儿子还有三年才大学毕业，守寡苦呀！"连喜说。

"现在的生活，谁家不是早上面条晚上馍，生活有了困难，还有低保，我不嫁人，要直直巴巴活下去，为你和咱娃争个名。"

老婆的坦诚，让连喜带着微笑离开人世。

连喜的老婆叫银秀，初中毕业，聪明能干，人样没得说。连喜走后，她三个月没出门，按当地风俗三、三，七、七，她都是亲自办供献，亲自去祭奠，每次上坟烧纸，哭得哀哀痛痛，红鼻子酸眼的，而且每次上坟都是很早出去，很晚才回来，有一次还是邻居孙二婶把她拖回来的。

过了半年时间，银秀慢慢地从悲痛中走出来，白衫子白裤也拆洗净缝了被里、褥单，村里唱戏，她开始站在较远的地方看上一阵，衣服穿得干净，脸面慢慢放松。村里有几个光棍汉，在银秀身上打起主意，有的在井台上把水拔起来，放着不走，等银秀来挑水，图见个面、说个话；有的见银秀下河洗衣服，也拿上一两件衣服下河滩凑热闹；有的隔三差五到银秀家串门、寻机说话……可是，银秀不买这些人的账，对每个人都是一副脸面，有点像阿庆嫂卖茶——见人面带笑，人走茶就凉。尽管如此，时间长了，免不了一些人说闲话，也真是寡妇门前是非多。

有一天，银秀进城去，街上有个人卖狗，她花了100块钱买了一只，为的是自己出门有个壮胆的，在家有个看门的。这只狗不是一般狗，是意大利鹰犬杂交种，灵性不足，凶相有余，一身棕色毛，两只蓝眼睛，虎头虎脑，让人一见就心惊。银秀像管护孩子一样，一日三餐，有荤有素，在银秀的精心喂养下，很快长成了胖胖壮壮的大鹰犬。村里的狗，谁家的也敌不过它，银秀给它起了个名字叫"山虎"，光棍们给它加了一个字，叫"巡山虎"。

自从山虎长大，光棍们再也没有人去她家串门，有的人只能远远地瞧一下银秀的大门，望而却步，回身生叹。而常到银秀家串门的只有孙婶。孙婶是个戏迷、电影迷，她家没电视，去银秀家常常为的是看电视。她发现银秀感兴趣的文娱节目与一般人不同，戏曲她看的是《三娘教子》、《六月雪》一类，电影、电视剧看的是《李双双》、《春暖》、《英雄儿女》等，还有反映红军长征、八路军抗日这一类的节目，碰上描写爱情一类的电视，把频道一扭，总说："这是别人的生活，与我无缘！"

半年六载，时间慢慢地从银秀身边过去，她每天外出下地，回家做饭，除过孙婶，很少有人和她聊天说话。终于，她觉得苦闷、单调、寂寞，晚上经常失眠。睡不着觉时，半夜起来看书，看一阵书，眼睛模糊了，一放下书，又睡不着，心和镜子样的明明亮亮，原来想过的事情又返潮起来。银秀为什么睡不着，什么事情在她脑子里缠绕？原来有一个人，不，是一个男人的影子，在她脑海中游荡着，消失不了。——这人就是田文斌。

田文斌曾是本村的教师，也是她儿子的恩师，和银秀门对门，中间夹一道不深的沟，两家人看见很近，实际交往时还要绕一段路。银秀在门外扫街，文斌也出来讲卫生，银秀叫鸡喊狗，文斌也出出入入，她感觉出文斌心里喜欢上了她。三年前，文斌死了老婆，为了侍奉老母，照顾孩子，提前办了内退。近年来，她一直对文斌有好感，也因为有这么几件事，强化了她对他的好感度：她儿子的英语不及格，曾在文斌名下补课，是文斌每晚不辞劳苦到她家一课一课地教，作业一行一行地改，在文斌的精心辅导下，儿子考上了大学。有一次，她去县城买鞋和袜，转了几家商店，天黑了，公交车已停发，正在她发愁怎么回家时，文斌骑车过来，把她捎到车架上，并且叫她一手把编织袋拿好，一手把他抱住点，以防摔下车子来。这一抱，她已三年没有嗅过的男人味又冲进她的嗅觉里，让银秀心里觉得乐悠悠的……

从这以后，银秀总想找个原因同文斌接触，她的桃树起虫了，她找文斌商量怎么办，文斌本来不懂林园管理，可他当成一门自己必学的新学科，买书、求师，很快就知道了银秀的桃树上起了蚜虫，自己去农技站买了《乐果》和"1605"把蚜虫消灭了。银秀也知道文斌并不懂农林园艺技术，可他讲起园艺来，不仅有一套，而且会操作，她知道文斌心里装着她，她的事同他的事一样重要。有一回，她同文斌一起去看打过药剂后的桃树有什么变化时，对文斌说了声："今晚你来我们家里一下，我有话跟你说说，有件事同你商量商量。"

天还不黑，银秀就吃了饭，把家里院里打扫得干干净净，箱子里放了三年没穿的白底红格衫子、天蓝色裤子，拿出来穿上。头发洗了、梳了、剪了，对着镜子上上下下打扮一番，面对自己红润的脸颊、苗条的身材，自言自语道："我一点也不老。"她想，凭自己的魅力，文斌他不美美地亲我几口才怪呢！

在清理换下的衣裳时，她发现了一张小纸片，这是她路过街心时杏林药店的宣传员给她塞进衣袋里的宣传品——春片800，当时也没看，现在一看，其中一个女人介绍她与男人的房事过程，越看越按压不住内心的激动，她想自己也是个有血有肉的女人，何必自己苦自己，晚上文斌来了，我要毫不掩饰地向他表示爱，说出两人组成一个共同体的想法，如果文斌和自己的想法一致，我也能和电视里的情人一样，把他搂在怀中，享受女人应该享受到的幸福……

正在她想入非非之时，大门上响起三声叩门声（这是他们事先约好的），银秀心里又是喜又是跳，慌忙出门去拴山虎，不料山虎一扑上了狗窝顶，又一扑上了墙，文斌知道山虎的厉害，扭头就跑，可他哪能跑过山虎？它朝他肩上一扑，把他扑倒，腿上、肩上都被咬伤了，衣服撕了个稀烂，幸亏银秀出门才把山虎训回去。文斌被山虎咬伤，自己既没去县医院包扎，也没去防疫站打狂犬疫苗，而是静悄悄地在家里待着，生怕来人要问个究竟。银秀倒是经常惦记着文斌，可又不好意思去看，她对自己的爱犬产生了恨。但是一想，这能怨山虎吗？它怎会知道它的主人和文斌的关系呢？银秀这么想时，又提出了一个问题，明明是山虎打破了她的好梦，况且畜性难改，以后更是麻烦。

又一天，银秀的姐姐来看银秀，山虎又咬伤她的姐姐，这一下，山虎的厄运来了。银秀把它用几块带肉的骨头骗到城里，卖给了屠宰场。人们问她，好好一只狗，你卖它为何？银秀说："这狗不能喂了，好狗不咬上门的客，它把我姐咬伤了。"

这是银秀杀山虎的罪名，但真正的原因只有银秀清楚。

石山遇鬼 | SHISHANYUGUI

　　我和石山是老同学，一起上高中，一起上大学，毕业后一起上了吕梁山。我在市委秘书处工作，他在保密局工作。我俩既是老乡，又是同学，也是同事。我的内人是他的姑舅妹，他的女人是我初中时的同学，我俩可以说是无话不谈，有事必帮。在同志们眼里，我们不是兄弟，亲如兄弟。

　　石山的为人，我很佩服，说话一是一，二是二；办事不论公事私事，只要落实给他，一定照办，不打折扣。和他一起工作的同志，对他有这样一句评价，石山的话，句句是实，掷地有声。

　　可有一件事，他说得太玄了，连我这个对他最了解的人也不能相信。可是，他说，这是真事，是他亲耳所闻，亲眼所见。鉴于石山的秉性，平素的为人处事，他所说的这件事越来越被人们流传，甚至一些领导人也似信非信，省报记者站的一位负责人还亲自访问了他。

　　这件事发生在今年三月，石山从省城回来，路遇车辆出事，交通堵塞，一堵就是三四个小时。当他的车开到薛公岭山脚时，碰见一个30来岁的女人，上穿烟色条绒袄，下穿天蓝色裤，手里拿一块红头巾，拿着手电，向他示意停车。石山问她有什么事，她说，她娘重病，要见她一面，她的娘家住在市郊，村庄就在公路旁，要求搭车。这天，春雨濛濛，露水把她的高腰球鞋都渗湿了，好像她的家在薛公岭山洼里，是从一片草地里走出来的。

　　深夜行车，遇生人挡车，况且是比他小不了多少岁的女人，石山本不想拉她，可她这种急切的心情，期盼的眼神，引发了他的同情心，石山还是让她坐上了车。车跑了不大时辰，就到了她娘家的村边。天墨黑，云满布，石山要调一下车头，给她打车灯，这个女人连个谢谢的话也没说，一眨眼，就消失了影子。

事情说来也巧，时隔不久，石山出差去省城，车开到这个地方时出了毛病，时正中午，修理了好大时间，还是发动不起来，他渴了，就到村口的一户人家要点水喝。家里只有一位六十岁左右的老大娘，这位老大娘忙给他烧水，又给他寻烟，热情得像接待亲戚一样。石山略微扫视了这个家，一眼就看出墙上的镜框里嵌的相片是那个黑夜挡他车的那个女人。

"老大娘，这个女人是你的什么人？"石山问。

"我的女儿。"

"嫁什么地方？"

"会湾，薛公岭的山沟里。"

"女儿孝顺您吧？"

"咳，一年前被汽车压了。"

"事故怎么处理的？"

"司机跑了，公安部门也没有查出结果。"

石山一想，不对呀！一年前人就死了，三月里还挡过我的车。不过他心里这么想，口上没说出来。

"老大娘您有几个女儿？"石山又问。

"我命苦，一女儿还福不住。"说时，眼泪滴落下来。

石山是共产党员，过去，从来没听过他信神鬼的说法。这件事后，对神鬼之事犹豫起来，用他的话说："神鬼之事，不可不信，不可全信。"他本来就患胃病，身体一直消瘦。一天，他女人在街上碰见一个算卦先生，就请来他家，人家还没开口，她就对算卦人说了石山晚上遇见鬼的事。她又说："我家老石，兢兢业业工作，一步一个脚印做人，一直得不到提拔。自从黑夜碰鬼以后，身体一直不好，请先生算上一卦，指点该怎么料理。"

要是过去，石山非把他赶出门去，可他现在，默默地躺在床上，听老婆和算卦人对话。

算卦人说："这是一个冤鬼，冤鬼不能转生，要等肇事人死后才可能转世。"他略微思考了一会又说："人鬼一理，皆有孝心。这是她魂归故里，看望亲娘。老石走厄运，碰上了鬼，现在恶鬼缠身，必定出事，我给他画一道符，用一尺对方红布包起，穿在内衣里，不要见太阳，百日以后，必可化凶为吉。"

他女人把算卦人送出门外，给了200元算命钱，这人假意不要，但把钱收起了，他说："人鬼一理，亏了人没啥，亏了鬼了不得。"好像他收钱是为了她家好，意思是多多益善。

石山听着女人和算卦人的对话，心里想，明明是上当受骗。他跟女人说了他的想法 ，女人说："就你白骨（不听话的意思），你不讲迷信，不是碰上了鬼？照先生说的办，盼个化凶为吉。"老婆把算卦人画的符缝在内衣里，他也没有反对，照常穿起来。

时隔不久，市委调整干部，石山被任命为保密局副局长。老婆得意地跑到我家来，对我说："你跟石山一样，不讲迷信，这不是算卦先生说得灵验了！"

秋收在急，禾田在地，时间到了9月中旬。一天，气象预报有霜冻，机关抽人到郊区宣传防冻，组织群众抢收，可好，我同石山一路，被分到他曾坏车来的这个村，我这个人好奇心强，一定要石山引我去看这位老大娘，见一见她女儿的遗像。

老大娘记性很好，一见石山就记起到她家的往事，又点烟、又沏茶，还把她家树上的红枣摘来一筐让我俩吃。正在这时，院的柴门开了，进来的人叫了一声妈，提一包山菇，穿的烟色袄，天蓝色裤，不过洗得干干净净，和墙上照片上的女人一模一样，穿的也是一样的衣裳。

大娘告诉我们，她是她的孪生女儿，因家穷缺奶，把这个女儿给了薛公岭山下一个姓薛的人家。

至此，"石山遇鬼"的谜，才真相大白。

双喜临门 | SHUANGXILINMEN

这里说的是驻吕梁山区石板庄扶贫工作组卜亚南的故事。

卜亚南原名叫三汝则，是吕梁一中高十三班的学生。此人个性特殊，爱好不一般，练武术，踢足球，常跟男学生赛摔跤。别的女生穿红挂绿，搽油抹粉，

讲究穿戴，她却是一年四季球鞋不离脚，上身下身一身黑。别的女孩留长发，梳长辫，她却月月去理发店推个小平头。所以，同学们给她起了个别名——"假小子"。后来她觉得自己年纪也大了，要结婚，要就业，这两个名字都不好，自己给自己起了个名字——卜亚南，这个名字的谐音是"不亚男"，对这个名字，老师同学们有评议。有的说她："自高自大，目中无人。"也有的说她："自尊自强，满含挑战精神。"但不管人们怎么说，她都不在乎。

卜亚南的父亲是出省劳模，县信用联社的董事长。卜亚南学习成绩一般，补习二年也没考上大学，父亲前年退位，就把她安排在椿树坪信用社当了信贷员。去年开春，县里组织扶贫工作队，老主任就把她抽到扶贫工作组，老主任是挂名组长，常年蹲点的是女儿卜亚南。

扶贫点是个既偏僻又贫穷的"寡妇村"，县地图上没这个名字，本名叫石板庄。10年前，村里有个村办煤矿，全村30个好后生在矿上做工，承包矿的是南方一个姓甄的，甄老板只管挖煤挣钱，不管安全。一天，突发瓦斯爆炸，30个后生一个也没出来。事发后，甄老板携款外逃。公安局

多次派人去他老家捉拿，当地人说，这里根本没有这个人，全县也没这个姓，网上通缉，也无结果。后来，村干部只好把矿上的存炭、设备卖了，每个遇难家属得到8500元的补偿金。这些寡妇，大都上有老人，下有孩子，家底都薄，走也走不起，守又守不住，有五个寡妇后嫁了，因男方嫌弃孩子，三个又回到石板庄，所以寡妇村成了石板庄的代名词，外村人的口头语。

卜亚南在这里蹲点，女村长就把她安排在梁春树家里，春树娘是个老寡妇，今年53岁，春树爷是矿上的指导员，也在那次瓦斯爆炸时遇难了。春树天资好，肯用功，后来考上了大学，全靠舅父供养。春树娘是个党员，妇联主任，她勤劳善良，体健聪明，日子虽不富裕，凭她养猪养鸡，作务两亩口粮田，再加上她弟弟的帮助，生活也能过得去。

卜亚南在这里蹲点和别村的队员不一样，人家是一月两月来一回，来一回点上只住一两夜，村里的人说是蜻蜓点水。可卜亚南一蹲就不走了，铺盖、锅灶搬到春树家，两人吃的是一锅饭，睡的是一盘炕，有时回县里、社里开会办事，一般不隔宿，村里人说："近几年也没见过这样的下乡干部，一蹲下来就不走了，同当年的土改工作组一样。"

卜亚南个性强，工作起来有一股钻劲，只要她认准的事，一定要办成。她来石板庄时间不长，第一炮就打响了，打开了工作局面，博得了群众的好评。

寡妇村的婆姨们，个个勤劳朴实，门里门外一把手，家家养猪养鸡，这些收入虽然不多，但油、盐、炭、电全靠这些收入。卜亚南看到这些婆姨们养猪养鸡很有一套办法，只是规模太小，一个猪圈只能养一两口肥猪，一个鸡窝只能容纳十来八只鸡，靠这种办法致不了富，也脱不了贫。卜亚南和村干部、妇女代表商议后，决定建猪场、修鸡棚，进行规模化生产。要实现这个计划，首先要投资，不少人家不仅没钱建猪场、修鸡棚，就连买猪娃、捉鸡雏的钱也筹集不起。老主任倒是支持他女儿的工作计划，也同意放一笔贷款，解决这个实际问题，但担心寡妇村群龙无首，没一个硬保人，到时还不了贷，成为悬贷呆账。卜亚南找到他的父亲，要求父亲出面担保，她父亲说："你娘病了二年，把钱都花光了，咱无存款抵押。"亚南说："咱集资新建的楼房，价值三四十万，做抵押绰绰有余。"父亲同意了她的要求，出面担保了石板庄30万元的贷款。当别的扶贫组工作还没安排开，石板庄已破土动工，修猪圈，建鸡棚，请木匠，雇泥匠，忙成一团，这件事受到县委的通报表扬。

卜亚南的另一个特点，工作中讲科学，求实际，不懂的事就看书本向行家请教。清明节前夕，春树回家住了三天，亚南把自己的工作打算从头到尾对春树说了一番，春树根据他们村的实际情况，提出了具体的实施意见，比如建猪场，修鸡棚安排在村前坐北向南的山下，打土窑，砖接口，塑料布篷了顶，冬天无须生火，夏天可以避热，保持恒温，适宜猪鸡生存发展。再如种苜蓿，在南山的对面，每户规划了2亩荒坡地，铲草松土，抢墒下种。城里的豆腐渣当垃圾倒沟，石板庄成立了家庭养殖公司，每天派出一辆三轮车进城拉渣，既有益于城市的环境卫生，又解决了本村的饲料问题。这些做法，都是亚南根据春树的指点具体实施的，一来二去，亚南同春树产生了爱心，两人常在电话上联系，谈论工作方面的事情，亚南和别的女孩的恋爱方式不同，她同春树相爱，没有卿卿我我，拥抱接吻，而是以科技引路，以工作为媒，这样的爱，根扎得很深，情的分量最重，她把石板庄的事业同自己的命运联系在一起。

功夫不负有心人，尽管这一年工作中碰到了不少难题，在亚南的努力下，一个个被克服了，诸如猪瘟鸡瘟的发生，春旱秋涝不利等环境的影响，由于预防措施得力，都没造成损失，人们看到一栏栏肥胖的猪，一窝窝健壮的鸡群，没有一个不夸奖亚南点子出得准，作风过得硬。

去年下半年以来。猪肉鸡蛋一直在价位较高的情况下运行，有的户收入达到四五万元，最少的也收入两万多元，村长叫大家还贷款，不几天人们齐刷刷都把贷款还上了，有几个寡妇不仅还了贷，还添置了部分现代化家具，家庭经济情况的好转，给寡妇村带来新的生机，增添了寡妇们的家庭欢乐，有好几个寡妇还招来上门的男人，续婚再建新家庭。

大雪纷飞，年关来临，别村的扶贫工作组早已收摊子回了县城，而卜亚南不仅不走，还帮助春树娘粉窑、糊窗、收拾家、缝洗衣被，细心的女村长对卜亚南的行动有了猜疑。

卜亚南今年27岁，还没婆家，自从住到春树家，跟春树娘亲如母女，吃呀穿呀不分你我，卜亚南每次回城，总是将稀罕食品、新鲜蔬菜提几包回村。更有一件事，村长莫名其妙，卜亚南初中高中不是好学生，参加工作以后也没下过乡，可以说是标准的从家门到校门，从校门到机关门的"三门"干部，怎么对农牧业的事这么熟悉？什么药剂的稀湿度、土壤的酸碱度、PH值等等，过去从没有听过的新名词，都能在她的手上运用自如。

一天，村长去春树家，见桌上放一封信，春树娘说："这是春树写来的信，你给我念念。"村长抽出信纸，边看边笑着对她说："等亚南回来念吧。"

村长走了。她的笑，春树娘也意识到几分。她高兴地包饺子，烧开水，等亚南回来。天刚黑，卜亚南回来了，她把信给了亚南。亚南问："谁把信扯开的？"

"村长。"

"你让人家看信来？"

"人家看了，啥也没说，原信给了我，让你回来看。"
亚南的脸一下红到脖根里。

春树娘自然喜得满面春风。

这时，门外传来汽车的喇叭声，原来是信用社的会计小霞，她来通知亚南去参加县联社明天召开的信用社主任会议，并说要接亚南回城去。

春树娘说："亚南刚进门，脸也没洗，饭也没吃，开主任会与她有啥事？"小霞说："亚南被提拔成了我们的主任了。"

春树娘笑着说："怪不得今早喜鹊在枣树上叫个不停，人说'树上喜鹊叫，必有喜讯到'，果然我家双喜临门了！"

发表于2011年第12期《交口文苑》

水乡的媳妇旱垣的婆 SHUIXIANGDEXIFUHAN YUANDEPO

　　齐兴农从北京农学院毕业，分配时同女友萧红一起上了吕梁山。兴农老家在吕梁山的宁乡县齐家岭村，这里山高坡陡，十年九旱，据媒体报道，全国人均水的占有量，山西最少，吕梁是全省最缺水的地区，齐家岭又是全区缺水有代表性的村庄。近几年，村委千方百计解决人畜的吃水问题，家家打下了旱井，村里建起了蓄水池，可老天连年少雨，下雨不下大雨，所以缺水一直影响着这个山村和整个地区的群众生活，成为制约当地工农业生产发展的主要问题。

　　萧红第一次爬上齐家岭，给她的第一印象是山高路陡，她惊呼"这里这么缺水？群众怎生活呀？"当时，正逢八月雨季，可看到的情况是：山上，桐柳变色叶满地；地里，草无绿叶土生烟。村里七八十岁的老妪，在遥远的井台上坐着等水……她想，居住在这里的人太伟大了，甭说成家立业，能在这里生存下来就是奇迹！

　　萧红出生在江南的鱼米之乡，她觉得跟兴农一起上吕梁山是一步错棋，可在爱情的驱使下，她不仅要在这里生存下来，而且要扎根创业。因她是学水产专业的工作不好对口，县里把她分配到县水库工作。而兴农是学土肥专业的，分配到农业局工作，他把自己学的专业同本地区的实际结合起来，创造了《蓄水聚肥改土耕作法》，得到了中央省地农业专家的肯定，这种方法，先后有非洲几个国家的朋友参观，特别是在县三干会上，介绍了他布的三个点，三个万亩丰产田，在大旱之年产量翻番。年终县里召开表彰会，兴农得了特等奖，第二年开春，政府换届选举，兴农当选了副县长，县里给他分配了三室一厅的住房。萧红几次要求把婆婆接来，兴农却迟迟不行动，原因是，他知道母亲性格孤僻，得理不饶人，怕与媳妇闹下矛盾，所以选择自己吃点苦，经常回家看看老人。

　　萧红要求婆婆下山，理由有三：一是老人年老，应该享几年清福，不应该在老家受罪；二是孩子上学，他俩常忙，家里需要人做饭照看门户；三是两地生活，既开销大，又不方便。兴农觉得老婆考虑的实际有理，于是才把母亲接下山来。

生活了不长时期，果然不出所料，婆媳之间的矛盾出现了：因为啥？说来简单，就因一个用水的事情引起。婆婆生长在旱垣，惜水如油，成了习惯，洗了锅，水不能倒，等澄清了再用；洗罢衣服，水不能倒，要和煤泥、擦地板；淘过米的水，不能倒，要浇花浇菜。近几年，干部职工集资建房，迁住新居，原来的瓷盆、瓷缸不用了，婆婆把这些别人丢弃的东西拾回来放在屋檐下，等下雨蓄水。这一切媳妇看不惯，认为婆婆太不讲卫生，太小家子气，县长的娘，像个拾破烂的，把个院子搞得乱糟糟的，外人看见会笑话，能不影响他俩的声誉？她几次劝说婆婆改改做法，婆婆非但不改，还说媳妇不从实际出发，以南方人的生活习惯要求北方人，并说，自己是"公公背媳妇朝山，出力不讨好！"

一次，儿媳妇洗澡，先在盆塘里洗，后又喷头冲，婆婆看不惯，冲着媳妇说："北方和南方不一样，北方人一般不洗澡，洗澡也是用一盆水擦，哪能和你这样，龙王下大雨，遍地溅水花！"　媳妇觉得她管得太宽，连洗澡也要干涉，回敬了她两句："我是水库的一把手，连个洗澡水也不能用？谁像你这样，走到人前，一股汗味扑鼻！"

婆婆说："现在全是缺水，你是水库的头，就该浪费水吗？"

媳妇说："你不是嫌我用水，而是看不起我这个人，跟你儿说去，活不到一起，我回南方！"

婆婆也不示弱，说："当初我不想下山，是你三天一捎话、两天一封书把我搬下来的。事实说明，现在不是我嫌你，而是你嫌我，既然这样，我就回我山上住。"

婆媳矛盾发展到如此程度，搞得兴农左右为难。劝母亲，母亲不听话，更不服气；说媳妇，尽述一肚冤屈，真似老鼠钻进风箱里，两头受气。后来，别无良策，他只好把母亲送回老家，暂时平息了矛盾。

时隔不久，就在兴农左右为难之时，地区水利局苗局长来县里检查工作，他和兴农、萧红是同班同学，自然不去宾馆、饭店就餐，要去兴农家喝几盅，老同学见面，无话不谈，萧红把和婆婆的矛盾一五一十摆出来，苗局长越听越有兴趣，说："我正要找这样一个典型却找不到，真是'踏破铁鞋无觅处，得来全不费功夫'。接着他同兴农拉开工作方面的事情，苗局长告诉他，目前全区引进外资，大上企业，有几个项目因缺水问题上不了马。地委、行署请专家寻找水源，号召全民节约用水，这工作已着手个把月了，至今收效甚微。萧红是个聪明人，对苗局长的意思心领神会，她觉得错怪了婆婆，婆婆这种习惯和精神正是她和丈夫学习宣传的榜样。现在，兴农因推广旱作农业，工作出色，县里奖了他一辆小汽车，家里急需建一个车库，但他要出国参观，修车库的事自然就落在萧红头上，她自己设计，自己施工，赶兴农回来时车库已经竣工，兴农问她"投资了多少？"

"10万元。"萧红说。

"怎么超过原计划的一倍？"

"是按母亲的意思搞的！"

兴农知道，母亲一怒之下回了老家，怎么会出什么主意，分明是要把多花钱物、浪费用工的罪过推在母亲身上。兴农满脸不高兴，心想媳妇总是外人家老婆养的，和咱两张皮，合不来。

其实，萧红已把婆婆请下山来，先认了自己的不对，后夸了婆婆的优良传统。婆婆虽然脾气直，但是个懂道理的老人，再加她亲儿子、想孙子的心情，媳妇两句好话，就把疙瘩解开了，自然高高兴兴跟上媳妇下了山。萧红见丈夫不高兴，知道事出有因，于是她再把婆婆丈夫带上，参观所谓按婆婆意愿修的车库。

原来，萧红在车库下面建了一个蓄水池，有出口，有入口，能容纳300方水，既不占地盘，又可积存雨水，积满一池，可够一家人使用一年。正在他们一家三口在看地下蓄水池的时候，萧红的手机响了，电话是苗局长打来的，通知说："明天上午9点，行署张副专员率领各县水利局长、供水公司经理，去参观你家的蓄水工程，并让齐大娘介绍她的惜水想法和节水办法，如果大娘说话有困难时，请帮她作一些准备。"

萧红说："区区小事，何必兴师动众？"

苗局长说："小事不小，意义重大，如果家家户户都这样，吕梁山用水难的问题不就都解决了？"

苗局长最后说："你们水乡的媳妇旱垣的婆，唱出一支和谐歌，值得推广啊！"

发表于2008年第22期《中阳文苑》

办年货 | BANNIANHUO

　　天祥下岗以后，连续三年开办焦化厂，三年跨了三大步，年年来个步步高。有人说他挣下七八十万，有人说他挣了百万也多，总之是发了。

　　腊月刚近，天祥把工人工资和赊欠货款，全数清了。他对老婆说："今年要清清利利，丰丰满满过个好年。"

　　吃过晚饭，他把老母亲请来，说他第二天进省城，谁要买什么穿的戴的，吃的喝的，玩的乐的，尽管说，不要怕花钱，一次就办全。说时，他从手提包里拿出一捆未解捆的百元大票，递给老婆美丽。

　　美丽说："我需要啥，去了省城商店再看。"

　　儿子小胖说："我买电子机关枪、自动坦克、坦克手皮帽、乔丹牌球鞋、巧克力……"

　　女儿勤奋说："我要小提琴、二胡、日本产的大背包。"

　　老母说："我的棉被年代长了，不暖又厚，盖上压得难受，特别是两条关节炎腿，累得常疼，钱有余的话，买一张轻点、暖和点的被子，其他啥也不要给我买。"

　　天祥给丈母娘打了个电话，问她过年要些啥，丈母娘说："啥也不缺，啥也不用买。"

　　天祥粗粗算了一下，一万元欠缺，对美丽说："再拿上一万。"

　　司机刘小龙是省城通，他拉上天祥一家，百货大楼、省城购物中心、几家大超市都跑了个遍，小胖、勤奋的东西如数买好，老母亲的被子，天祥选了件太空棉的，宽大、柔软、轻便、花色美雅，款式新颖，他觉得母亲一定满意。

美丽的衣裳，自然是美丽自己挑选的，高跟皮鞋、羽绒服、保暖内衣等，从头到脚全是新的，特别买了件像电视里林黛玉穿的那件带帽连身皮衣，一件就花了3000元。

丈母娘虽说什么也不要，那还能不买？不过天祥让美丽自己考虑。美丽是个孝顺女儿，考虑到母亲搬住新房，买了回绒窗帘、新疆栽绒床垫、羽绒棉袄、丝棉裤、风帽等。美丽对天祥说："让我妈高高兴兴过个年。"天祥连声说："应该，应该！"

其他如海鲜、点心、粮食、南国水果之类，自然天祥买了一些，满满塞了一汽车。

第二天下午，回到县城。一到家，美丽就给她娘打电话，让老人看给办的年货。

美丽娘比天祥娘大两岁，人家生活好，操劳少，人秀气，腿脚麻利。手上戴着金戒指，耳上挂着金耳环，穿一身老年时装，脸蛋虽然老了，擦油抹霜，保护得好，看上去比天祥娘能小10岁。

美丽娘看了女儿给办的年货，高兴得合不拢嘴，口里不断地说："好！好！"称赞天祥比她的儿也孝顺。

美丽娘看了太空被，爱不释手，一再说："好东西，最适合老年人用的。"

美丽说："娘，你爱，就送给你吧。"同时问天祥，说："你说呢？"

天祥很难为情，只好"嗯"了一声。

大包小包，美丽娘提了几个，小龙开车把她送走了。

不大功夫，天祥娘拄着拐杖来了。进门就说："你们回来了？我昨晚一夜没睡好，担心你们出事，平平安安回来就好！"

美丽把婆婆扶着坐在沙发上，并对勤奋说："给你奶奶倒一杯糖水。"

勤奋给奶奶挖了一大匙蜂蜜，端到奶奶面前，说："喝蜂蜜，不便秘。"

天祥娘摸着勤奋的头发说："我们勤奋，大汝子了。"

美丽把几样糕点拣了一塑料袋，递给婆婆说："这是省城最好的糕点，又软、又酥、又甜，商店里没有你要的那种被子，今年将就点，明年再买吧。"

天祥娘满高兴地说："不买也行，被子也能盖，再过两月天暖和了，盖块毯子也行。"

天祥扶着老娘下了楼梯，送出大门，瞅着妈妈的背影，消失在夜幕里。两天的旅行生活，大家都有点火，美丽忙打开煤气灶，熬了一锅南瓜绿豆稀饭，又烤了几张葱花饼，让一家人舒舒服服进晚餐。

她给天祥盛下饭，端下饼，天祥不吃，打开一瓶老白汾，一个人喝闷酒。

她叫小胖吃饭，小胖不理她，眼里直落泪，美丽问他为啥哭，小胖说："过年我不去给奶奶拜年，奶奶没有新衣裳。"

美丽叫勤奋吃饭，勤奋双手托着下巴不说话，一脸不高兴。她对爸爸说："把我的小提琴卖了，给奶奶买一张比太空棉被更好的被子。奶奶把我们姐弟俩照看大，她活得太可怜了。"

说罢，她也哭了。

两个孩子的话，刺痛了美丽的心。说真的，比上次两口子吵架时天祥打了她两个耳光还难受。毕竟她是个聪明人，她没有像糊涂婆那样，没理强辩三分，反而责备别人，而是把两个孩子搂在怀里说："是妈妈不好，对不起你爸，对不起你们姐弟，更对不起你奶奶。"

说着，她的眼里也落了泪。

这时，电话铃响了，小龙问："明天有什么事？"美丽说："明天再辛苦你一趟，我去省城补办年货。"

发表于2004年1月12日《当代中阳》

风水先生 | FENGSHUIXIANSHENG

李三脑子好，生性懒，曾在村里当会计、任保管，一年四季，不用出体力，挣个满工分。三中全会以后，村里人日子一年比一年强，李三的日子越来越不如人，懒起懒坐的李三，日谋夜算想些不劳而得、少劳多得、轻劳重得的事。他见村里的人们家家户户盖新房、移新居，死了老人大埋厚葬，就想看风水这行道，不用动地皮，就能吃饱肚皮，过个悠闲自得的轻松日子。

一天，他到市里游转，看见旧书摊上有一本看风水的书，就买了回来。从此就干起看风水的事。起先，他给人们看宅基地。说到搞建筑，他连水泥砂浆的配比也不懂，更不用说高深的科学建筑理论，在城市根本没人买他的账，可在农村情况就不同了，村里的人们修地方，就有人请他看风水，他便带上罗盘选地基，向这向那，往东往西胡说一通：什么对面是狮虎山，在这里修地房能镇邪；山上小土堆是笔锋，对着笔锋修地方，将来出人才，做大官；水包湾是块风水宝地，在这里修地房必定兴旺发达……在缺少知识的农村，他能说得人们深信不疑，于是就请他座字划界，烧香敬神，然后破土动工。

说来也巧，村里有一户人家，按他的指点，在水包湾修了一处新宅，不几年，孙子考上大学，在外地工作的大儿子当了县长，二儿子在村里开焦化厂，发了大财。从此，这成了他自我吹嘘的资本，人们问他："你也在此批块地基建房？"他说："咱命苦，福字上座不住。"于是，求他看地基座字的人越来越多，一年办上二三十宗，人们又是送钱，又是送礼，收入不下五六千，日子虽不很富有，却超过了一般劳动者的收入。

假的就是假的，伪装必定露馅。有一件事，就炸了他的锅。他给看过风水的那个县长的弟弟王二虎，本人愣头愣脑，处理事情简单，他母亲多年守寡，为他弟兄成人吃尽苦头，兄弟俩都出人头地，母亲老了，他要给母亲修一座节孝坊。当然是请李三看风水，李三把节孝坊址选在王家旧坟的路边，成了全村的首创。节孝坊标志着本人一生既节又孝，值得立坊树碑，流芳百世。可李三此人，鬼点子特多，本来他钱没少挣，礼没少拿，却要显示自己的精明，戏要别人。节孝坊就要竣工了，李三跑到王家对他娘说："老嫂子，节孝坊已盖就绪，只等工匠在坊顶安一只孔雀，如果你一生真的守了节，孔雀就向东南方向，如果你不完全贞节，就得向西扭一扭，书上说，这样对子孙后代好。"他娘把李三叫到楼上，把楼门关了，对他说："那就向西扭一扭。这话你知我知就够了，不得对外人讲。"

本来村里的人就不懂往东往西，而李三得了便宜还要卖乖巧，他给村里的人说了事情的原来，这话传到二虎的耳里，他叫了三个年轻后生，黑夜狠狠揍了李三一顿，打得他脸肿鼻青，满口是血，遍体是伤，一个月没有下炕。害人等于害自己，二虎娘的节孝坊趁移坟拆了，李三的名誉也臭了，村里的人说他人性不好，胡说瞎编，不可交往，恶人远离。

随着新农村建设的步步展开，个人不能随意盖房建屋，要服从村里的统一规划，李三干的这一行渐渐暗淡，日子又重回到紧张的岁月，老婆每天骂他不务正业，不好好劳动，老天不会下馅饼。李三说："你不懂形势，现在农村城市死了人大操大办，我想当阴阳挣钱。"老婆说："你行吗？"他说："阴宅阳宅一个理，木匠改泥匠，三天两后晌，学一学就通了。"

这几年，正经人都不肯干这一行，特别是有文化的年轻人，根本不信这一套。物以稀为贵，自从李三打出阴阳的招牌以来，又有人请他，不仅是农民，就是当官的、企业家也找上门来。李三的老婆心灵手巧，给李三买了几种色纸，几捆竹片，寻了一些高粱秆，在家里做纸马花圈，什么金山银山，高楼汽车，侍男侍女，歌姐舞妹，应有尽有，这一来，李三家门庭若市，二四八，三六九，常有人上门订纸活请阴阳。李三很会迎合人的心理，给当官的企业家看了坟地，不说工价，主人问他开多少钱，他说："阴阳没价，挣个体面钱，看着给。"说到体面，当官的企业家最讲究面子，多则千元开外，少则七八百元。给农民看了坟地，情况就不一样了，要多少钱？李三伸出一只手，问多少？五百。农民收入少，必然讨价还价。李三用他的行话骂人，说："你家死不起人，以后不要死，小孩健壮如牛，大人健康长寿。"农民很讲究吉利，高高兴兴把钱给了李三。

天长日久，李三居然成名，常有大车、小车来接，口袋里常装着高档香烟，戴着墨镜，蹬着皮鞋，俨然是村里的阔人物、新发户。就在李三红得发紫的时候，有一天出丑了。事情是这样的，县城有一位商店老板，老娘死了，请李三看一块坟地，地址在青杨峁，下葬这天，可谓隆重，三班乐队，30多个土工，穿白戴孝的200余人，既阔气又威风。棺材进了墓穴，李三在墓穴里面这里铲两锹土，那里削几下墓壁，突然从一堆土坷垃里爬出一条蛇来，眼睛一闪一闪，舌头一伸一收，吓得李三浑身发抖，他说快快下葬填土，蛇是财源的象征，土工们七手八足，不多时就把墓穴填满了。这时，李三看了看手表，喊住土工，停止填土，为什么？有一项事还没做，这关系到子孙后代的福禄命运，快把土挖出来，土工们虽有怨气，但不能说，只好按李三的摆布行事。原来李三怕蛇咬，把罗盘慌得没拿，他对在场的人说，大家背朝着我，这是天机，不可泄漏，如果看了，对主人、对你们都不利。

土工队的头是个聪明人，深知阴阳看风水这一套全是假的，众人背着李三的时候，他就瞅着李三又捣什么鬼。李三把罗盘一拿到手，塞到怀里，便对孝子说："这就好了，你家两个女儿是金枝玉叶，必定出人头地，这是人才兴旺的最佳墓地，最佳下葬时间。"说得老板泪脸突发笑容。

但，人也埋了，事也办了，李三骗人的鬼话也传出来了。原来，李三埋人把罗盘丢在墓里的事，前前后后骗人的话就是土工头传出来的，一传两，两传三，村里村外的都说开了。李三臭名远扬，又长期不见人请他，当然纸马也没人订了。

最了解李三底细的人是他老婆。老婆劝他，说："你就改邪归正吧，好好劳动种地，骗人的人没有好下场，连儿孙也要让人家戳脊梁骨。"他说："看风水当阴阳的都是骗人，这些人除了鬼话没说的，除了骗人没吃的，这是乡俗，一下改不了。我游闲惯了，哪能受下种地的苦？山西吃不开，我过黄河照样可行，因为世界上总有人信邪。"

后来，李三很少在家，闯荡江湖去了。有人在邻县见他，穿个黄布长袍，又干起算卦相面的事情来了。

丑桃 | CHOUTAO

丑桃是我的弟媳，嫁到我家已经13年了，她勤劳诚实，对人忠厚，尊长爱幼，孝敬老人，夫妻和睦，街巷邻居一致认为是个好媳妇，最近还被评为模范孝媳。

丑桃人样不怎么漂亮，但也不丑得厉害，只是嘴歪了点，她三岁死了娘，父亲又是个瘸子，缺少大人经管，经常是脸不洗，头不梳，鼻涕流下两道壕，发辫上爬满了虮子，常捡着穿别人家的破鞋。

她娘死的时候还没给孩子起下名字，村里的人就叫她丑桃。穷人的孩子早当家，从五岁开始，丑桃就操持家务，随着年龄的增长，生活的磨炼，越来越显出她心灵手巧、勤劳朴实的特长和品质。到十七八岁时，丑桃还在读书，本来不到结婚的年龄，她爹就张罗着给找对象，原因是他当爹的身体不好，常出毛病，又治不起，自我感觉不久会辞世，所以趁早给丑桃寻个差不多的主户，以了他的心事。

我们村是县里的一个大村子，全村2000多户，近5000口人。过去，村民靠种地为生，生活虽不富裕，也比山上小村庄的人富裕点，所以山里姑娘很想嫁到山外来，特别是家底好一些的人家，常有女方托媒人上门说亲。我们家坐落在付家窑的后村，我爹是个泥瓦工，曾在县建材厂打过几年临时工。合作化时期，村里有座瓷厂，经营不善，连年亏损，三中全会以后，我爹承包了瓷厂，自己既是厂长，又是技术员，产品花样多、质量高，每年有数万元进门，日子过得比一般人家富裕，信用社常有少量存款。我娘生了我们弟兄两个，我是老大，叫大平，省医学院毕业。毕业后分配到县医院工作，先后当医生、外科主任，现在是副院长，老婆是上海人，高护专科毕业，我们已在县城有一处独楼独院的住宅。人常说："三十年前以父显子，三十年后以子显父。"我虽常不在家，可村里的不少人对我爹比乡长、县长都抬举，过时过节常有人送礼，红枣、鸡蛋、保健品、新鲜蔬菜等，夏天玉茭，秋初山药……保健食品比供销店里的还全且新奇。这些人的说法是："人是吃五谷的，免不了有个病病疼疼，有了病就得请医生、住医院，人家大平是共产党员、政协委员，不收礼，不吃请，人心都是朝下长着，咱不能光占人家的便宜……"受此吹捧，我爹自然活得舒心，经常满面春风。

"家家有一本难念的经。"自古道："人不得十全，车不得圆。"我爹同样有件事常挂在心，他常对我娘和我说，我老了，身体常出毛病，这件事解决不了，我死不瞑目。什么事？我弟二平脑子笨，又不肯用功读书，高中没考上，留了级，下一年又没考上，考分比上一年考得还低，我爹高价请了个名师，在家独自补课，补了两个月，老师辞职不教了，他对我爹说："二平是块朽木，不可雕也！你的钱我不挣了，另请高明吧！"

我爹是个聪明人，会打算，有远见，他不止一次对我娘说："趁早给二平娶个媳妇吧！念书经商不是那种料，不用枉费心机。"我娘觉得这话在理，每次说起，总是这样回答："你和大平趁早考虑，到时使把劲！"

村里有个习惯，找对象要先请媒人后相亲，请媒人就是让说媒人从中说合，介绍两家人的情况，达到大体知晓；相亲是情况差不多了，男女双方见面看人，进一步观察了解，深究细研。一天，我爹的叔伯妹到我家来，说她们山头村有个叫丑桃的大姑娘，是她丈夫的姑舅妹子，人样丑一些，家穷，人老实，脑子好，性情温和，为人善良，给二平当个媳妇没问题。咱家的人性、家世，她已向人家介绍了，就是对方要二平亲自去相亲。

这门亲事，我爹和我妈都觉得不错，一来是亲托亲，妹子不会拿次品捉弄咱。二来呢，家穷人丑，二平也不是说出嘴的后生，就是亲自相亲的事把我爹难住了。

说起二平的相亲来，还有一个引人发笑的故事。二平22岁那年，也是我叔伯姑给说的媒，对方父母都觉得村子、房子、老子等这些主要条件都可以，就是要亲自看看二平这个小子。说起二平，人倒不怎么丑，就是脑子反应差，办事总是丢三落四，特别是遇到一些急事，常要乱套，前言不搭后语。二平相亲走前，我爹再三嘱咐："对方必然要问你的生日、属相，咱家主要人的情况，你要记熟，不得慌张，多余的话不说。咱父子是一个属相，属马，我比你大二十四岁，两个轮回，问我做什么，就说我老子没事到寺里同和尚下棋，至于你的生日，在腊月初八。现在，你把我当成对方，我问你答，私下演习一番，看行不行？二平满有把握地说："这还能说错？你放心！"

我姑领上他去了女方家，女方的家长没按我爹说的程序来问他。第一句却问："你爹今年多大岁数？"

"和我同岁。"

人家考虑他慌张，说："年轻人，不要慌，慢慢来。"又问："你妈做什么？"

"老了，没事到寺庙里同和尚下棋。"

老汉略经考虑了一下，又问："你在几时过生日？"

"腊月初八，同狗一天过生日。"民间流传腊月初八是狗的生日。

老汉笑了一面，说："孩子，回去吧。"事情就这样拉倒，不仅婚姻吹了，还落下一个臭名。

这次相亲，我爹要求我和他一起去，拿上二平的近照，至于要见人，到时看情况再说。

这天大早，我爹穿了套老年时装，刮了脸，擦了鞋，看上去，年轻了一些，精干了许多。我开着一辆上海轿车，沿着山路，上了山头。多年没进山了，此时乘车上山，觉得空气格外清新，眼前庄稼地作务得非常精细，有一处果园特别引人注目，黄梨、红果挂满枝头，树下的草锄得干干净净，土地翻得软绵绵的，一看就知道主人是个好劳动会管理的人。进入村子，鸡鸣狗叫，村民们见了我爹有的称伯有的称叔，见了我则长一声付院长，短一声付院长，让到家坐，喝点水。这一切，给我们留下一个很好的印象，我爹说："这里人老实本分，和咱付家窑人大不相同。"

走进丑桃家，丑桃一见我爹，就很恭敬喜欢，我想，她留给我爹的第一印象是：人虽瘦弱，却很精干。看见我对她一脸喜色，知道我内心也喜欢她。她给我们倒了三碗水，挖了三匙蜂蜜，给我们放下一盒"红塔山"，给我爹敬了一支烟，叫了一声付伯："我嫂、付院长不抽烟，您吸吧，走累了，吸支烟提提神。"几句话说得我爹心里甜滋滋的。

喝了水，丑桃又把苹果拿出来，个个白里透红，香味扑鼻。姑姑说，这苹果就是丑桃在县苗圃引进的优种，糖分高，爽口，咱进村看到的那块果园，就是丑桃作务的。

我姑把丑桃叫到厨房里，把二平的照片拿出来。门缝传音，她们的说话实际我也听得清楚，姑姑说："二平人丑些，却老实本分，勤劳善良，人家的家业不用问，保你受不出，老大两口在城市工作，有地方，你们结了婚，他们也会帮助你们，你觉得这门亲事如何？"

丑桃笑了一下，说："有其父必有其子，看了老子的脚后跟，也能猜他儿子七八分。"

我想，聪明的姑娘，你可猜错了。

她又说："看了照片，二平人不算太丑，面目五官端端正正，面相有点憨气。不过……这丑怕啥？只要肯劳动，会过日子就行。至于丑，我也不俊，人家俊的，精干活跃的还看不上咱嘞！"

我姑又问我爹："哥，你觉得如何？"

"就是要娶这样的老实人。"爹反过来问我，"大平，你的意见如何？"

"只要人家没意见，咱就定了吧！"我说。

山头回来，我爹一路笑逐颜开，心旷神怡，一进门就对我娘说："丑桃人虽丑，心地好，爱劳动，脑子灵。她的果园经营得很出众，咱家也有责任田、果园，有丑桃，咱不用操心。说不定，将来咱们还要靠丑桃吃饭呢！"

我妈和我爹的看法不同，她对我爹说："你把算盘翻打了，丑桃心好，对你我好，不见得对二平好。爱劳动，一亩地能收入几个钱？我看还是要靠老大家。大平有本事，美妞人精干，这步棋我看准了。"

时间不长，二平和丑桃就结了婚。自结婚以后，我妈就对两个媳妇两种看法，以两样态度对待。

美妞怀孩子了，我妈每天相跟上媳妇遛马路，游公园，手拉着手，生怕有个闪失。美妞生产时在医院产房，有妇产科的医生护士专门护理，可我妈还不放心，一天跑几回，产后回了家，每天不是饮鸡汤，就是喝牛奶，还对我妻母说："俺美妞不出百天，就要到医院上班，没个好身体还行？"孩子刚满月，美妞吃得比怀孕前还胖。

丑桃怀孩子了，自己要种地，经营果园，怀着大肚，给果树杀虫、疏花，和二平一起务菜，二平看到丑桃苦，来城里叫我娘回村，帮几天忙，等虫灾下去，菜苗移栽，再来城里帮我们。我娘说："困难家家有，你们的日子是常事，我养你们兄弟俩时，请过谁帮忙？你们的事，自己想法解决。"

二平虽笨，也觉得娘的话不在理，当婆婆没把一碗水端平，回家在丑桃面前发了一通对娘的牢骚，丑桃知道二平脑子简单，不能为这点小事引起家庭矛盾，于是她对二平说："大嫂是城市长大的，和农村人不一样，不会操劳，娘也离不开，我们有困难自己克服吧。"

丑桃要生产了，这次是丑桃要求二平进城请我妈的，二平一进门就说："丑桃临月，看样子就在这几天，丑桃让我来叫你，担心我笨手笨脚，行动不方便，到时出乱子。"

我娘说："你哥在省里学习，你嫂一天忙工作，我一走，连饭也吃不上。我把你嫂生产时用过的褥褥被被和孩子的衣服都洗干净了，你拿上回去用，省得丑桃新做。如果难产，你就叫咱村的赤脚医生，娘回去也只能洗洗涮涮，一个人顾不了两头。"

二平端盘不淹汤，回家原话翻给丑桃，丑桃哭了一夜，对二平说："明天再进城，买一套中号红秋衣，质地好一些，不要上面有花花草草的，准备送人。你去请邻居李大娘，让她帮两天，只要生产顺利，大人小孩不出事，过几天我就可以下地做饭了，你把水瓮担得满满的，把暖水瓶灌得足足的，隔几天我自己洗，没老人照样活得过去。"

丑桃有点气，又考虑到二平心上拿不住事，随着改口说："妈有妈的难处，常年住在老大家，吃在老大家，现在回村侍候咱，贻误大嫂的班，实际上有些为难，况且她把嫂嫂养孩子用过的东西洗好给了咱，老人的心也尽了。"

第二天中午，丑桃突然肚子疼，一阵比一阵厉害，二平赶紧叫来李大娘，李大娘不是接生婆，但她是养过5个孩子的"老母则"，一进门就让丑桃脱了裤子，睡在炕上，她问二平："有卫生纸没有？"二平翻箱倒柜都没找到；李大娘又问："有消过毒的棉花没有？"二平也说"没有！"怎么办？李大娘说："快把旧棉袄拆了！"由于出血过多，一个棉袄的絮棉全用了，也没把血擦干净。李大娘又叫二平筛了一编织袋燎灰，让丑桃垫上，才把炕上的血清理干净。

孩子落地了，还是个小子，李大娘对丑桃说："你立了功，为付家立了根，有了继承人，可惜你公爹走得早，要不老两口高兴不死呢！"

丑桃产后一直出血不止，李大娘住了一夜，又是陈醋熏，又是饮红糖水，赶第二天，二平在城里买回生化汤时，丑桃一切正常了。

李大娘要走了，刚一出门，屋里传来丑桃的哭声，李大娘又返回来问丑桃："孩子，你还有什么难处？"丑桃说："我想娘。"

李大娘说："如果你婆婆在，她有经验，生产的一切会早准备好，就不用咱手忙脚乱，缺这少那。"

丑桃说："不是，我想我妈，如果她在世……"再没说什么，又哭了。

天有不测风云，人有旦夕祸福。一天晚上，我娘去看电影，回家的路上，突遇停电，迎面又过来一辆汽车，灯光一闪，我妈靠边了一下，跌到了排水沟里，等我找到她时，已是晚上12点，经医院检查，成半身不遂，这种病我清楚，不可能短时期治好，只好在家边医疗边休养。

这一来，娘不仅不能做饭洗涤，就连大小便也不能自理，不几天把个家折腾得不成样子，不仅不能请客会友，就连本院员工通知我们一些事宜，也在窗外传话。

美妞是个很讲卫生又爱美的人，洗了脸都要搽几层脂膏，地板每天都要用洗涤净沾湿毛巾擦，一年四季家里保持清香气味，现在老娘成了这个样子，只住了十几天，就一天也住不下去了。美妞不是蹲匙，就是摔碗，难听的话顺便出口，为了减少屎尿，甚至一天三顿饭也不让老娘吃足喝饱，娘虽不能行动，脑子并不迟钝，看到美妞这种态度，几次晚上对我说："快雇个保姆，我一天也看不惯美妞的头脸了！"

"是不是回村里让丑桃侍候一段时间？"我说。

"我在你家好几年还没指上美妞，现在不能动了让丑桃侍候，我没脸见丑桃的面！"娘哭了。

没办法，只好租一间民房，雇了一个保姆。

每天下班后，我去看老娘，隔三差五带上美妞拿上保健食品药物去孝敬娘，娘在保姆面前夸我们是"孝顺儿，孝顺媳"。我知道，娘是为了讨好美妞，以便后来行事。

保姆是个农村的中年妇女，儿子在县城一中上学，男人在焦化厂上班，一家三口，在县城租房住，我娘有个毛病——嘴碎！自己节约成性，经常说保姆浪费了米面，浪费油盐，连洗衣粉、肥皂也嫌人家用多了，以致主仆关系不怎么和谐。开春以后，保姆回家种地，雇一个小女孩白天侍候，晚上男人做伴，由于服务不周，不多时，我娘腰腿部全起了褥疮，皮肤和褥子沾在一起，不翻身病人困得不行，一翻身疼得直叫喊，在这种情况下，我只好把保姆解雇了。

保姆解雇以后，美妞提议我把娘送回老家，让丑桃侍候。我觉得父亲下世以来，母亲就来县城，每天做饭洗涮，接送孩子，看照门户，都是老娘的事，现在不能动了，把老人推给丑桃，于情不通，于理不合。

美妞认为，老人是共同的老人，侍候老人是共同的义务，鉴于老娘和丑桃的关系，美妞让我先回村里同老二、丑桃商议，这事主要在丑桃，看丑桃的意见如何？

我想把老娘留下，自己心里自然平坦，但免不了同美妞磕磕撞撞，两难之际，我还是按美妞的意思办了。

提前一天，我回老家，见了二平和丑桃，出乎我的意料，二平、丑桃不只满意接受侍候老娘的任务，而且保证把老娘侍候好，回城以后，第二天我就开着轿车把老娘送回付家窑。

二平的家根本不能同我们的家比：两眼砖接口土窑，一盘火炕，全家四口，挤在一盘炕上，既没有卫生间，更谈不上洗澡，我娘的腿硬腰直，根本蹲不下来，大小便就是问题。

丑桃对我说："你放心回城，一切由我安排。"

二平学过几年木匠，马上打了一个茅床和一个高足马桶，我娘坐在上面，和我家的卫生间一样。我娘在城里时，美妞为减少屎尿，采取限吃限喝的办法，三四天大便一次，经常便秘，尿下以后，病人只好在湿处躺着，褥疮在保姆走后一直好不了，我用下班的时间给娘换尿布，擦脊背，每换一次，娘疼得直叫喊，我看在眼里，痛在心上。我上班以后，美妞嫌臭，我娘继续躺在湿褥上。

自从回了老家，我娘再也没受这种痛苦，丑桃一天给做四顿饭，每隔两个钟头，检查一次屎尿，半月以后，褥疮痊愈。有一天，我和美妞回村看老娘，丑桃正给我娘洗脚剪指甲，我看到眼里，想到心里，觉得侍候老人，当然时间条件有关系，关键不在时间条件上，而是在心里看你有没有一颗真正的孝心。有，困难会克服；没有，就会以种种理由为借口，让老人受罪受难，以致慢性死亡，想到这，我感到内疚。回城走时，我给了丑桃2000块钱，美妞提的一大包食品，作为我们对丑桃辛苦的报酬。丑桃说："食品放下，钱不能收，娘这几年吃在你家，穿在你家，如今我们侍候老人，挨也挨上了，轮也轮上了。我们虽不如你们收入多，但二平肯动弹，我这几年经营果树，收入也可观，你们放心工作，不用在老人身上操心。"

丑桃知前知后的说法，感动得我们不知说什么好，特别是不计前嫌一声一声地叫妈，一遍一遍地夸嫂嫂好几次给娘送来食品医药，这种孝心与品德，真是难得。

听了丑桃的话，美妞惭愧得真想往地里钻，我高兴得眼里直落泪，低着头，躲在一旁。心里评价，这个弟媳没找错，人丑心美，不嫌夫笨，孝顺老人，通情达理，真是难得。

丑桃见我不说话，脸上有泪痕，面色不正常，以为我在想什么。她叫了一声大哥，对我说："有一件事我很高兴，我的小子脑子好，肯用功，懂道理，也对娘孝顺，人小志气大，说他将来挣下钱，要给我们买好吃的，给奶奶买新衣服，我还告他不要忘了你伯伯你大娘，给你几次缴学费，买文具。我们常告诫他，人要有良心，看样子孩子不会错，这是咱付家的德性。"

我们回城以后，据村里的人说，丑桃每天不只给老人吃的好、穿的好、卫生讲得好，还买下轮椅，推着婆婆串门，看文体活动。这一切使我更放心，更高兴。

不久，我去上海进修外科半年，走后我好几次给美妞打电话，要求尽一切可能帮助丑桃，美妞对丑桃的行为也非常感动，隔十天半月，就带上药品食物回村看一次老娘，她把自己多余的衣服送给丑桃，她怕丑桃不满意，许诺中秋节回上海住娘家，给丑桃买一身时装。丑桃说："你的旧衣服，也是农村最时兴的，万万不要花这些不应该花的钱。"

中秋节快到了，美妞回上海住娘家，我进修结束，一起回了县城，第二天我们就相跟上回到付家窑。回村时，村里正开养老敬老会，丑桃被评为模范孝媳，我们到家时，村委正在敲锣打鼓给丑桃送奖状，当党支部和村委给送来奖品和奖状时，丑桃不收，还对支书、村长提出意见。为什么？丑桃说："要说孝敬老人，我不如大嫂，应该在奖状上写上大嫂的名字。"支书说："美妞是机关上的人，让国家机关去考虑。"

丑桃坚持认为："婆婆是我的婆婆，也是美妞的婆婆，婆婆是咱村里人，孝顺的风气，传到城里还不好吗？"村长觉得丑桃说得在理，经研究也给了美妞一份奖品，一张奖状。

正在颁奖时，我和美妞回到家中，当着干部群众的面，美妞把丑桃的手紧紧挽起，一直把奖状举到头顶。是的，只有弟媳那双勤劳善良的手，才是我们家真正的高尚和荣誉啊！

发表于2010年第31期《中阳文苑》

"孬小"破案 | NAOXIAOPOAN

朱家庄村委的电视机丢了，时间过了一个来月，还没有破案。

丢一台彩色电视机，本来不算什么大事，可在朱家庄来说，成了最大的事件，成了地头、饭场、家庭、院落议论的中心。

朱家庄村坐落在吕梁山西端一个背风向阳的山洼里，海拔1300公尺，是全县最偏僻荒凉的一个村庄，在县地图上这里只有芝麻粒这么大，别的村庄的图案标志，有煤的、有路的、有工厂的，这里的图案标志是一只"野鸡"。

朱家庄的人对丢电视机的事议论经久不息，原因大体是三个方面：

其一，朱家庄的人都姓朱，全村都是一家，据说朱元彰当年带兵路过这里，吃了一顿饭，说："天下姓朱的是一家。"所以这里的山民们自认为他们和朱元彰是一个祖先。朱家庄的人，世世代代和睦相处，一家有事，全村来帮，相互间不是称哥道弟，便是叫叔叫伯。这里的村风特别好，人们在地里耕作罢，只要第二天还来这里劳动，锹、镢、镰、锄等农具从来不往回拿，婆娘们洗罢衣服，挂在院子里，只要不干，晚上不拿回家，门里门外从来没有发生过丢失东西的事。现在丢了电视机，免不了要互相猜测，用村民们的话说："磨眼推风，推不出去，除了姓朱的还有个外人？"

其二，这台电视机是当年当兵去了台湾的朱老三前年探家时送给村里的，是日本松下的新产品，不用外接天线，就可收到好几个台，放在桌子上像个箱子，美观大方，屏幕大、图像真、声音清晰，村委主任在乡里、县里开会，地区办事，经见的不少，他说："在县里、市里，都没见过这么效果好的电视机。"

其三，同是一个天，同是一个地，同是一个政策，这里比其他村落后好几年。全县村村通了公路，这里在去年才修通一条可走三轮车的路，还是县交通局柳局长在这里扶贫给修的。全县早几年县里安排村村要通电，这里也才是去年的事。

解放这么多年，信神信鬼的人不多了，这里好像没有扫除过迷信，孩子们病了，娘们总是夜深人静后站在大门外，叫着孩子的名字："XXX回回来，回回来，跟回妈吃饭来，穿袄来。"家里人马上接应："回来了，回来了!"人们说娘喊千里远，能把孩子丢了的灵魂唤回来。

朱家庄人过年，家家户户伺候天地、土地、家神、财神、张仙、灶君等，至现在老年人还是穿上袍子恭恭敬敬点香磕头、奠酒化纸。一年正月十五、二月初二、三月十七、四月初八、五月初五、六月初六、七月十五……这里的人很有说道，出门遇三、六、九日，修房盖屋看土卧土不卧，初一不下河洗衣服，在这里好像阳历计年法他们压根儿不知道。

去年伏天，乡妇联会主任来这里搞计划生育，穿了一条超短裙子，配了一件露肩半袖衫，就这么件事，人们议论了好几天。年轻人说："不能看，看了浑身发痒。"婆娘们说："露胳膊露腿的，败兴死了。"七八岁的小鬼，拿上木棍棍从后背挑裙裙，看人家穿不穿裤衩。妇联主任说："解放这么多年，这里仍处于半封建状态。"

现在有了电视机，而且是这么好的电视机，人们晚饭以后，都跑来村委办公室看新闻、看广告、看电视连续剧，自然成了一项重要的精神生活，突然间电视丢了，人们议论猜测，嚷嚷不息，自然也在情理之中。

因为人们的议论经久不息，村委主任朱大红不得不到乡派出所报了案。

清晨，王所长骑着摩托，一溜烟来到朱家庄。

王所长通过会议调查，个别访问，人们的说法基本一致，强盗出不了朱家庄。理由是高墙大院，一排五孔窑，左边两孔是学校，右边两孔是村主任家，办公室在中间，钥匙主任老婆拿着。12点人们还看电视，6点王老师就发现办公室门上的锁子被捣了。

那么盗贼是谁呢？王所长查来访去锁定是孬小。

根据主任老婆反映，那天深夜，她听见有人跳墙的声音。王所长马上搬梯子上墙，发现一对特大的脚印，越墙人穿的是43号的解放球鞋，一查证是孬小的脚印。

王所长找孬小谈话，孬小一点也不冷静。

"那天晚上，王玉翠老师的男人来了，我跳墙听房，电视机我没拿。那天以后，我就忙于漏粉，没有出村，咱一没亲人，二没朋友，光棍一条，搜，哪怕掘地三尺。"

"坦白从宽，抗拒从严。照你的态度，判你一年徒刑。"王所长生气地拍着桌子。

"反正死人到墓里，活人埋不了。我没偷，坐一天也冤枉。"

"哪个偷人的肯主动承认？看来不来点硬的你不服！"王所长把手铐一甩，怒目高吼。

孬小半点也不示弱："王所长就这事你错判我三年，出来也要把你的祖坟刨了！"

不由分说，王所长把手铐给孬小一戴，关在一间空窑里，自己到主任家喝酒去了。

在这件事情上，朱大红显得特别老练和圆滑。众人在窗外看孬小，有的给馍头，有的给鸡蛋，还有几个老婆婆哭鼻子，有几个年轻人说："孬小根本不是那种人。"朱大红听了大家的反映，说："当初我就报案不积极，大伙逼得我不行，现在事情闹成这样，大伙不要瞎议论，孬小没爹没娘，是咱看着长大的，做错一点事，咱还能往火坑里推？况且，家丑不可外扬，众人回去吧，事情由我协助处理。"

朱主任把孬小的亲近伯叔叫来，一面在王所长面前求情，一面动员他们凑些钱，以罚代牢。最后，送了王所长一麻袋红枣，两条红塔山香烟，以孬小赔电视机罚款5000元，了结此案。

王所长骑着摩托，满载而归了。

孬小在朱家庄算个小有名气的人物。

孬小的名字叫全红，孬小是他的绰号。孬小平日里不偷不抢，不凶不暴，不奸不赌，怎么得到如此雅号？原来他是朱老忠的养子，虽也姓朱，但因无血统牵扯，唯他老少不分，见谁都敢开个玩笑。村里人把爱开玩笑的年轻人叫"孬小"。

听人说，有一天婆娘们在牛角湾洗衣裳，孬小也去凑热闹，他脱下两只臭袜子往水里一扔，自言自语道："光棍打到二十几，袜子脏了没人洗。"

快嘴胡月莲接上说；"你不是过年给灶君写的新对联是'上天言好事，回宫降老婆'，等不上灶君降，自己谈个得了。"

"谁看下咱？"

"还是你没本事，找不下个正式的，也找个临时的。"

"二牛哥不在，今晚咱就凑铺盖。"

"二牛在也行，俺家的老婆猪正走坡，省下我的三十斤料，十五块钱。"

说时迟，那时快，月莲端一盆浆衣服的白粉糊，从头到脚给孬小倒来。孬小成了土地爷，婆娘们都笑了。

"甭说袜子，这下袄裤也有人洗了。"

"美得你来，谁给你洗！"

"不洗我就脱衣裳。"

"剥下皮也不洗。"

孬小实在也能放下脸，说着他把裤子脱下，那套行李在短短的紧紧的三角裤里包着，亮显显的。婆娘们看见都把眼用手堵着，月莲嫂子这才软了："我的孬小爷爷，我给你洗。"

孬小嘴烂心好，心灵手巧，谁家有事，搞修建都请他帮忙，只要他一到场，人们干得欢，笑声高。

朱清修地方，请他帮厨做饭。孬小挑回一担水，倒在缸里，直直往出退。朱清女人按辈数是孬小的侄儿媳妇，说："换个肩，转下身就顺直出去了，何需退上走？"

孬小笑眯眯地说："咱是叔公，到了小辈家里要直来直去，免得听闲话！"

一句话逗得满屋人笑了，笑得前仰后合。朱清媳妇拿起扫帚打孬小，脸上笑着，口里骂着道："这个叔公孬小子，叫人怎么尊敬你。"

还有的人说孬小是个怪小子。

前年，村里来了个扶贫工作组，组长是县农行姓刘的副行长，刘行长爱下棋，且是县里的冠军。来朱家庄下乡，得空就摆开棋摊子，村里会下棋的都遇过了，没有一个是对手。一天，孬小上门要和他下棋，并且要搞个输赢条件。

刘行长满不在乎地说："除过给你找对象，啥条件也行。"

孬小说："我输了，凡你开会，我义务叫人，保证全到。我赢了，给我贷上5000块扶贫款，我保证办起一座粉坊来，挣了钱还贷。"

刘行长满有把握地说："往后开会就不用干部叫人了。"

第一局刘行长赢了。

第二局也许是刘行长大意，让孬小连环炮打了猛攻。

第三棋，眼看刘行长夹耳炮要打孬小的一个车，胜利在握，不料孬小舍车吃马，当头一炮，随后马挂角，赢了第三局。

从此，孬小办起了粉条加工厂，一年光本村的山药，加工十几万，个人收入5000来元。村里的人说："孬小有怪才，一棋定乾坤。当然，贷款如数还清。"

不管人们说好小则也罢，孬小则也罢，怪小则也罢，孬小从不计较，用他的话说，反正我的大号叫全红，全红口头不好心地好，孬小不孬，叫啥也行。

现在，唯这顶偷人的帽则压得孬小喘不过气来，气得他三天没有出门，三天没有动火灶。

俗话说："急中生智。"孬小在家闷了三个不眠之夜，终于想出了个解决问题的办法。

阴历的六月初六，全村人祭奠关公老爷，朱家庄的人们，家家要去庙里供献，为了办好这件事，一年选一回纠首和主人，纠首负责议事，主人负责打扫庙宇、蒸供献组织人去敬香磕头，今年轮到孬小当主人，初五晚上，他提起一面锣，前村跑到后村，一面打锣，一面呐喊："朱家庄的村民听着，明天是关圣帝君的祭祀之日，大伙把香裱供献准备好，太阳一出山，家家去一个主要人，手脸洗净，一家不到，罚扫庙三天。"如此重复，前村吼到后村，后村吼到前村。

孬小葫芦里卖的什么药？别人都不猜测，唯独朱大红主任心里打问号。他想，每年的主人地头饭场口头说说就算了，今年怎么打锣通知？莫非孬小则又谋下什么新点子。不过，他虽然组织上入了党，当了干部，但迷信思想相当严重，本村的关帝庙就是他组织村民们补修的，这个早被推倒的祭祀活动，也是他当干部以后又恢复起来的。

第二天天刚亮，孬小提上祭品香裱早进了关帝庙，他把庙里庙外打扫得干干净净，这个不信神、敢和灶君开玩笑的人，居然也成了敬神的信徒。

晨光满目时，大伙到齐了。孬小站在供桌前，以主人的姿态开口了："关老爷很灵，不仅咱村的人供奉，外村的也来送匾挂红，今天有一件事，我要在关老爷面前说清楚。就是咱村丢电视机的事，大家都说是咱村的人偷的，我也是这个看法，但不是我，王所长给我戴手铐，罚款5000元，这是冤案。现在我在关老爷面前表态：谁偷了电视机，关老爷显灵，不要死老的，也不要死小的，中心板抽上一块。如果偷的人三天内把电视机退回来，大大小小关老爷保佑平安。"说完，他喊跪下，众人都跪下，他喊磕头，大家都磕头，没有一个人不听话的。

祭祀完了，孬小一个人在关老爷身后藏了三夜，就在第三晚上的三点钟，孬小发现庙院外有响动声，蹑手蹑脚进来两个人，一个人抱着电视，上面还裹一块红布，一个人拿着祭品，他们把电视机放在供桌上，点了三炷香，烧了黄裱，然后祈祷："小人做错了事，现在知错改错，望关神宽恕，保我一家平安，明年的今天我给您老人家挂匾……"

说毕，孬小从神像背后站起身来说："保你们没事，我的冤帽子有人摘了。"

这两个人是谁呢？一个是村主任朱大红，一个是朱大红的小舅子李三。原来李三订了婚，对方要一台像朱老三送给村里的彩色电视机，朱大红跑了许多地方，哪里也买不下，于是他和老婆出了这么个主意。原想把事情压了，不了了之，后来人们议论得不行，朱大红只好报案，事可偏偏遇上孬小这个怪人，原想套别人没套住，却把主任自己套住了。当时朱大红的威风气派没有了，他给孬小跪下："全红侄儿，这事千万不要声张，要不然李三刚订婚的媳妇就完蛋了。"

孬小神气十足，但又显得宽宏大量："这没啥，不过5000元罚款……"

朱大红马上接住说："5000块我出。"

事情就这样结束了。

早饭以后，孬小一个人到乡派出所找王所长去了……

发表于2007年第12期《中阳文苑》

"山霸"之死 | SHANBAZHISI

"山霸"是村里的人给山巴起的绰号。

山巴比我爹大三岁，我们是隔墙邻居，我奶奶养下我爹时没奶，吃过山巴娘的奶，我们叫他奶伯。

35年前，山巴死了，关于他的死，听我爹和我妈说过一次。爹怕我走嘴，千叮万嘱说："勿论人短，你年幼，不懂世事，不得说闲话。"所以奶伯的故事一直在我心里藏着。现在，时过境迁，我已老了，我爹早已过世，人们对山巴之死这个谜做点了解，也不会引发出什么问题，于是我把它讲出来，世人也许能从中获益。

山巴从小就霸气，孩童时期，一不顺心，一哭就是一整天，直到大人认错后好话说尽，才肯罢休。长大以后，爱生事打架，说话办事总要占个上风。一年正月，我们村闹秧歌，邻村的一伙大小子来我们村挑衅闹事，要和我们村的小子们打架，山巴一马当先，拿了当场卖豆腐老张的一把刀子，捅伤两个人，吓得邻村的一伙小子跑了。

山巴在学校念书，作业不做，仿影不交，经常跟男同学淘气打架，欺负女学生，老师管教不下，被学校除了名，小小年纪，同学们就说他是

"害群之马"。

山巴有个弟弟叫山牛，山牛秉性善良，诚实懦弱，体瘦面黄，说话细声细气，像个姑娘，与人共事，谦让有余，争论不足。他同一脸横肉、五大三粗、逞强好胜的山巴形成鲜明的对比。人们说这对兄弟一定是王母娘娘撒错了种子。

山巴年轻时，名声不好，二十大几还没找下对象。那年村里来了一对临县的逃荒父女，他爹出了300斤小米，给他买了个老婆。山巴脾气暴躁，三天两头打老婆，众人劝说，他从来不听，后来人家与他离婚了。

女人走了，山巴就和村里一个叫香兰的女人勾搭上，香兰的男人是个"气门心"，山巴吃在他家，有时住在他家，他不但不反对，反而同山巴称兄道弟，一年以后，香兰生了个小子，取名喜生，喜生的脾气跟山巴小时一模一样，也是哭起来没个完，同孩子们一起玩，一时不高兴，又咬又踢，人们说，种里豆子长不成谷，喜生一点也不像他老子。后来，香兰死了，香兰的男人把喜生给了山巴，并对人们说："这些年不是山巴出力，指我还能修起三孔砖窑？"

山牛比喜生大10岁，视喜生为亲侄子，白天两人一起吃，晚上一块被子里睡，赶集上会，总要给喜生买些食品，喜生对山牛叔比山巴他爹也亲近。

山牛年岁大了，山巴请人给山牛说了个媳妇叫花秀，人俊手巧，性情随和，对喜生和山牛一样，关心备至。后来，兄弟俩合二为一了。山巴批了块地基，兄弟俩修起四孔砖窑，两家人住在一个院子里，一个锅里吃饭，收入不分你我。过年过节，山牛和孩子穿什么，山巴和喜生也穿什么。山牛的女儿，山巴也和亲生的一样，经常抱出抱里。花秀口甜，人前人后都是你伯长、你伯短地叫。山牛这个样子，自然在家里是从属地位，啥事也做不了主，啥事也是哥和媳妇说了算，吃的猛饭，受的猛苦，就像是这家里的长工。一时不对，还要受哥哥的训斥。在家里，山牛是受气包；在外面，山牛可不是这个样。如果村里人谁要欺负了山牛，山巴跟谁就过不去，小则吵闹一番，大则大打出手，山牛在哥的保护伞下，倒也活得悠哉乐哉，平安无事。

一年，山牛和村里的几个年轻人，为集体搞副业，给一个矿主打矿井，干了半年时间活，矿主不开工资，队里因缴不了副业款，不分给口粮，官司打到公社县里，工钱还是要不下。一天，山巴领了几个打过工的人，来到矿主家要工钱，矿主不给，山巴二话没说，抱起矿主的独生子就走，三爬五跑，上到矿主的二楼顶。孩子吓得哇哇哭，矿主急得像热锅上的蚂蚁，围观的人挤了一大群。矿主把派出所的人叫来，企图解危。山巴说："他包煤矿为挣钱，我们打工为吃饭，现在煤矿打成了，我们的工资不开，世界上有这样的理吗？他不开所欠的工资，我就和这个孩子同归于尽。"派出所的人听了，觉得山巴说得有理，事情不是矿主说的，山巴劫持了他的孩子，向他敲诈钱财。于是，派出所的同志主持公正，当场拍板定案，把所欠这伙人的工资开了，事情才得到平息。这件事在相邻村寨影响很大，在人们的心目中，山巴是英雄。那年，村里选生产队长，大家一致推选了他。

山牛给队里放羊，中秋节晚上，野狼搬开羊圈吃了三只羊，队里就派山牛上圈照羊，山牛一个人怕孤单，就把喜生也引上去了。这天，天下着蒙蒙雨，山牛和喜生回家寻大衣，正好碰见山巴同花秀睡在一个被子里，山牛二话没说，大吼了一声，拉上喜生上山去了。从此，山牛脸不洗，发不理，衣服脏得不像话，见人不说话，脸绷得紧紧的，和个疯子差不多。

一天晚上，山牛到我们家来，对我爹说，他不想活了，我爹问他为什么？他把我爹叫到院子里，说了他哥和他媳妇的事，我爹当然说了山巴的不对，但也劝他不要轻生，为这一点事寻死上吊，反让世人笑话，事情是他们对不起你，不是你对不起他们，事到如今，宜冷处理，保守秘密，家丑忌外扬，千万不要扩散。山牛倒是听我爹的话，打消了轻生的念头。

山巴和花秀做下见不得人的事，内心有愧，想方设法，缓解矛盾，解开山牛心上的疙瘩。花秀把做得香香美美的水饺，城里买的高档月饼给山牛送去，山牛和喜生谁也不吃，叔父俩在山上刨嫩山药、掰嫩玉茭、老南瓜煮的吃，生一顿、熟一顿，饥一天、饱一天，过着跟原始人差不多的生活，花秀挑了几回话题，山牛、喜生谁也没搭理她。隔了几天，山巴亲自上山，要求替弟弟放羊照圈，山牛不理他，跟他没说一句话。他要喜生跟他下山，喜生说："你还有脸见我叔，你瞎来世界一回，连牲口都不如。"按山巴的性格，对儿子不是臭骂一通，便是拳脚相加，可是，他没这样做，反而眼眶湿漉漉的，对空长叹了一声，下山了。

再说山巴领导的生产队，没负众望，获得了大丰收，粮食产量比上年

翻了一番，分红比上年提高了一倍。秋收以后，公粮缴了，余粮卖了，分红兑了现，账务作了公布，大队奖给他一千斤粮食，他当场分给几个困难户。队里分的核桃、枣，他全部散给和他一起劳动的社员，一颗也没往家里拿。县里召开四级干部会，通知他参加，他说："以前的事，我已作了交待，以后的事，另选他人当队长。"

旧历年这天，山巴叫了几个平时和他合得来的人，在家里喝酒，这天，他喝得醉醺醺的，对众人说："你们说，我山巴这一生、啥事输给过人？"众人附和："没有。"山巴又说："村里的人谁也活得比我强。"众人都认为他醉了，是诉没老婆的苦。齐声说："你还不老，众人再给你说个老婆。"

天黑了，人散了，山巴洗了脸，洗了脚，穿上新衣服，睡了，一睡再也没醒来，第二天，太阳出山了，山巴的门还关着，人们破门而入，见他的枕边放着一个装过敌敌畏的空瓶子。

山牛、喜生把他埋了，没做事月，没雇乐队，只买了一个像样的棺材。

村民们说山巴是个好队长，是个人才，死得可惜。

发表于2007年第17期《中阳文苑》

两家人 | LIANGJIAREN

　　郝家山百十来户人家，户主都姓郝，全属本家。5年前，从陕西迁来一户杂姓，此人姓郭，名叫马大。

　　郝家山是山西省的一个有煤炭资源的村庄，据省148钻井队勘探，郝家山地下是一块优质煤田。因为开了煤矿，郝家山的人这几年富得流油，家家户户吃的、穿的、用的都跟城里的干部差不多，村委盖起了新学校，对村民实行"八免"：电费、水费、米面加工费、幼托费、洗澡费、理发费、学生学费、有线电视费，这些费用全是村委集体开支。这样好的条件，连山西本地人都迁不进来，而郭马大怎么能携家带口在这里落了户？事情还得从黄河发水说起。

　　五年前黄河大桥突然裂了缝，郝家山的支书乘坐郝拴牛的汽车到陕西拉化肥，回来时汽车不准过桥，只好把车和化肥装在木船上渡运。木船的艄公是郭马大，助手是马大媳妇——山梅，还有两个帮工。船将靠岸时，河水突然猛涨，一个恶浪打来，把支书、拴牛一起打落下水。在这人命关天的关键时刻，马大和媳妇跳进河里，这时，支书已经被冲远了，沉了两次水，灌了几口黄泥汤，郭马大奋不顾身冲到前边，把支书捞上岸来。而拴牛呢，一落水就被一个恶浪卷走不见了，山梅的水性不亚马大，一扑钻进浪里，拽住拴牛的一只手，硬把他拉上了岸。

　　到了秋天，因为黄河发大水，马大的地方、责任田、枣园全被水毁了，马大遇到这样大的灾难，自然想到郝家山的这两个人。于是，他给拴牛寄了一封信，提出迁移户口的请求。支部、村委开会以后，决定接收马大一家。

　　马大来到郝家山就同拴牛住在一个院子里。马大是个精干人，先在村

里搞粉坊，他为人老实，办事诚心，后来村委让他搞煤炭销售，日子慢慢地富裕起来。去年开春，拴牛在宅基地上盖了三间二层平房，原来的三孔旧窑洞廉价卖给了郭马大。

因为这前前后后的事情，两家人处得像一家人。拴牛开车外出，经常帮马大办些事情，如送粪呀、买粮呀、赶集呀、上会呀，拴牛总是能捎的捎上，不能捎的专车接送。马大跑外，回来时给老婆孩子买些时兴衣裳，同时也给拴牛的老婆孩子捎上一套。至于价钱，一家尽量给，一家总是说够了够了。两家的孩子不仅对大人伯伯、叔叔、大娘、婶婶地称呼，就是孩子们之间也是哥哥、妹妹相称。村里的人说，拴牛和马大两家比亲兄弟还亲。

天有不测风云，事情总有让人预料不到的变化。这两家比亲兄弟还亲的异姓人，一夜之间成了生死仇人。

事情是这样的：郭马大有一儿一女，女儿叫豆豆，年龄19，在县一中上学；儿子叫夹夹，今年16，在二中上学。拴牛的儿子亚军，今年19岁，在县高中重点班就读。这三个孩子逢星期日就相跟上去城南水库游泳。拴牛因自己在水里出过事，对亚军游泳的事管教甚严，他亲笔给儿子背上写上"不准游泳"四个字，一旦发现亚军游了泳，轻则责骂一顿，重则拳脚相加。马大的儿女，马大不仅不管，而且提倡，亚军就是在叔叔、婶婶的指导下，学会了游泳，而且成了学校游泳队的教练员。

　　六月初，天气闷热，城里的一些人还有学校的一些学生去水库游泳。水库因前几天出过事，县里决定，凡去游泳的人，必须有组织领导，有专业识水性的人员负责安全，否则不准下水，并配有专人管理。这天，去的大人们买了船票，乘船游库，小鬼们既不买船票又不肯离开，管库的老张就把这伙小鬼关到龙王庙院子内不准下水。

　　龙王庙建在老鹰嘴上面，庙院有棵歪脖子柳树，树干探出墙外，孩子们爬过树干跳到墙外。老鹰嘴连着水面，高出三米多，下面是一潭平静的深水，青得透底，蓝得爱人。一个个顽皮的小鬼都想试一试跳水，有几个跳下去沿着岩畔上来了，又跳下去，又爬上来，玩得真开心。夹夹按捺不住内心的激动，把裤袜背心脱了个精光，站在岩畔准备跳水。有个刚跳过水的同学对夹夹说，要跳得深起得快，应抱上一块石头，跳下去落了底蹬一脚，一跃就升出水面，真来劲。亚军是教练，当然这种跳法他先得试一下。试了后，果真来劲。夹夹也抱起一块石头，站在岩畔，但有些犹豫。同学们喊了一、二、三、跳，亚军乘势推了一把，夹夹跳下水去了……

　　人下去了，但没浮上来，亚军急了，跳下水去。原来夹夹陷进淤泥里，拔不动身，其他几个玩水的同学都吓跑了，只有亚军哭成泪人，光着身子，站在庙门外。

　　出事了，老张马上给拴牛、马大打电话，马大夫妇乘坐拴牛的车火速赶来水库，马大、山梅一起潜下水去，把儿子拖上岸来，人早已停止了呼吸，只是从肚子里倒出些水来。

　　马大、山梅哭得死去活来，支部书记亲自上门安慰，说了许多宽心话，劝说他们向前看，不要伤了身子。可马大和山梅心里怎么能平静下来！

　　马大两口一晚上没有合眼，天一明马大就进城，请了个律师，写了一份诉状，以故意伤害为罪名，把亚军起诉到法院，法院经过了解，认为亚军是失手而不是故意，罪名不能成立，宣布亚军无罪。但与夹夹的死有连带责任，应赔偿5万元。拴牛对法院的处理满承满应，而马大说："我儿都死了，要钱干甚！"马大隔三差五催案，事情一直得不到处理。

　　俗话说："马倒连鞍挫，鞴䩞一齐断。"不测的事儿偏偏也在这时出现。一天，马大家的猪娃在院子里跑，拴牛把喂的狼狗拉出来放风，一出笼，它一挣，把钢丝绳挣脱了节，一扑出去，把猪娃咬死了。为这事马大跟拴牛吵起来，说拴牛故意放狗把他的猪娃咬死。拴牛分辩说，他原来买狗是为了看照咱两家门户，猪娃是他在良种场找人买的杂交优种，他家里的糠麸萝头全数让马大拿去喂猪，怎能说成是故意。

这些情况，马大都清清楚楚，他觉得两家人这种突然变化，出出入入天天见面，不好意思，想另起一堵墙，把两家隔开，正好狗咬死猪娃，以此为借口，在院当中筑起一道墙来，省得见面没话，刮眉刮眼。

话分两头。亚军和豆豆在学校都是优等生，豆豆的英语过不了关，在水库的事发生以前，亚军每晚给豆豆辅导，高考时豆豆的英语考到125分，被省财经学院录取，亚军考到山西大学化工系，双双步入了四年学习的新环境。

"山西娃娃，离不开妈妈。"这种浓浓的乡情，在这两个年轻人中深深地存在着。他们来到省城，两眼墨黑，新同学来自全国各地，吕梁山上的人有的是，但没有一个是认识的，尽管水库事件在他俩之间有过点阴影，但很快就消逝了。所以，每个礼拜日，不是亚军去财院，就是豆豆到山大，两人相跟着逛大街、串商店，过去中断了一段的称谓又恢复起来。同学们说："你们一个姓郝，一个姓郭，怎成兄妹？"亚军和豆豆不得不给作一番解释。

一天，法院的审判员刘善和去省城找亚军了解水库事故前后细节。去时，豆豆因感冒住了医院，亚军在医院陪侍。善和来到医院，亚军正在给豆豆喂水，因为水热，亚军口试以后再喂豆豆。这个镜头，给善和处理这件案子有了启示。他曾经是他俩的老师，现在虽然改了行，亚军、豆豆一见他仍同过去一样恭恭敬敬，一见面就称刘老师。他等亚军说完情况以后，豆豆首先说，回去跟我爸说，这件事没有再诉的必要，我的想法是不如把诉状撤了。刘善和说："我们也劝他把诉状撤了，他却说：'我和郝家已成生死仇人，办不了亚军的罪，死不瞑目。'"

"事到如今，应怎么办为好？"豆豆为难地说。

刘老师把亚军叫到病房外，说了他解决这个问题的想法以及这样处理后对社会对两家人的情感的好处。亚军说："如果能这样的话，当然是尽善尽美了。"

亚军回到病房，豆豆问他："刘老师跟你讲啥来？"

"你猜。"亚军笑着回答。

豆豆说："你不说我也猜得见。"

"猜见就好。"

"那就太便宜了你。"

"昨晚梦了个好梦。"

"说给我听听。"

"梦见你同意嫁给我。"

"美得你来。"

说时，豆豆在亚军背上轻轻地击了一掌。

亚军说："你我都进入求知的黄金时期，本不应该谈论婚事，可是老人们的思想疙瘩怎么才能解开？事到如今只有这样，才能把老人们从矛盾中解脱出来。好事多磨，思想工作还得你去做！"

"我娘好说，关键是我爸。"

"那你就给家里写一封亲笔信。"

刘善和带上豆豆的亲笔信，再一次上了郝家山。他把豆豆患病以及他见到的情况说了一遍，同时把他解决这宗案子的倾向流露出来。

马大不仅不感谢善和的好意，反而当面下了逐客令，说："看在你当年教我女儿的面上，你就坐一会儿，要说让我钻你的圈套，你现在就走！"

善和把豆豆的信拿出来，递给马大。

马大看了豆豆的信，不恼，也不笑，好像自己刚才说得有点后悔。他对山梅说："你看豆豆的信，这不是诚心耍戏我吗？"

山梅看了信说："你的心眼太死，这事发生后，豆豆一直袒护亚军，现在她亲口答应和人家定亲，那就照孩子们的意思办吧！"

马大低下头沉思了一会说："不过有一条必须明确，亚军既是女婿又是儿，一门两开，看拴牛的意见如何，同意就成，不同意拉倒。"

善和去了拴牛家，端盘不淹汤，所有的情况如实道来。拴牛说："豆豆是个好闺女，当咱的媳妇满心如意。只是孩子们正在学习上进，担心影响孩子们的学习。"

善和说："事情发展成这样，为了消除孩子们的思想负担，更好地学习，为了两家人和睦相处，现在订婚，毕业后结婚，这不两全其美？"

拴牛说："这样办最好，最好！以后呀，郝、郭两家成了一家人，操成了一条心，既圆了孩子们的梦，也踏实了老人们的心，你对马大老弟说，我们同意了。"

善和去了马大家，说拴牛已考虑到你的实际，也考虑到吕梁山的风俗，他和你们的想法不谋而合。

善和一按手机，拴牛两口闻声即到。马大当着众人的面说："善和，既是孩子们的老师，又是孩子们的介绍人，还是这个案子的办案人。今天，孩子们虽不在场，事情就定了，谁家也不准反悔。开头说了几句过头话，请刘老师谅解。"

天黑了，山梅早把老白汾、压花肉、炒鸡蛋几个小菜准备好了，两家人坐在一起吃，坐在一起喝，欢欢喜喜胜似当初。

十五的月亮，圆圆的升上天空。郝家山的人们，按照生活的节律，大人们从煤矿下班回家团聚，孩子们上完自习朝各自的家门走回去，家家户户享受着美满幸福的和谐生活。拴牛、马大一人牵着善和的一只手朝大门外走去。善和看见院子里的墙，撂了一句："这堵墙没有存在的必要了！"马大顺口回答："是没有必要了，过几天拆了它吧！"

发表于2007年第13期《中阳文苑》

春辉和云美 | CHUNHUIHEYUNMEI

　　崔春辉扶助孤儿冯雨生上大学的事迹，受到B大校刊表扬，省报原文转载，当县教育局、团县委采访春辉时，"他一再回避，说："这区区小事何足挂齿？"一言以蔽之。

　　有的人办了好事，总想出出名，宣扬自己，春辉办了好事却不想出名，原因何在？说起来，他和雨生的母亲——江云美，有一段从来人们不知道的秘密故事。

　　我和春辉，从小一起念书，一起上大学，一块分配到县农业局，他当技术站站长，我当副站长，后来他当农业局长，我当副局长，五年前他当副县长，我当政府办主任，我们俩一路相随，是人人皆知的至交。所以，他和云美的故事我早就知道。

　　20年前，县委分配我们技术站到石板庄蹲点扶贫，石板庄山高地薄，气候高寒，全村150户，就有70户来自5省13县，这些人大都是三年困难时期迁来的，分别住在石板庄周边的山庄窝铺，所以工作不好搞，生产上不去，是一个交通不便、居住分散、典型的穷村。

　　扶贫任务艰巨，自然站长着急。春辉来石板庄要吃饭，因为饭派不出去，村里就安排到会计冯石柱家吃饭，村里给补些粮食和山药、萝卜等蔬菜。冯石柱的老婆江云美是妇联主任，他家没有孩子，卫生讲得很好，家资也可以，特别是云美，工作积极，对人和气，来这里下乡的、检查的、送报的，都在她家里吃饭，实际上成了这个村的接待站。

春辉在这里蹲点扶贫，石柱两口子对他特别照应，那时农民生活普遍不好，可是云美安排得周周到到，饭食家家以莜面、山药蛋为主，云美把莜面蒸成扣楼、格卷卷，擦成旗子；山药做成翻擦擦，调和盐油酱醋辣，真是花花样样，吃得春辉乐不思蜀。有时春辉的衣服被褥脏了，云美主动给他洗。一次感冒了，我去看他，见云美用手巾前心后心热敷，我对春辉说："云美对你足顶嫂子对你周到。" 春辉说："咱们出门在外，有个伤风感冒，能遇上这样的好人，应该是一种幸运和幸福。"说到工作上，云美也是积极配合，春种时优种推不开，云美雇上三轮，到乌蒙农科所购回5000斤三代克新种薯。镇里号召大搞地膜覆盖，全村要求搞300亩，云美叫上姐姐、姐夫帮忙，一家就搞了5亩。在云美的带动下，全村一下推开，超额200亩。过去这里的山药主要是靠二道贩子销售，一律是回头钱，经常发生拖欠赖账纠纷。扶贫工作组来这里第一次开干部会，云美就提出办粉坊的事，春辉觉得这个建议很好，经过努力，办起了粉坊，加工粉条、粉丝、粉皮，不仅消化了本村的山药，还收购了附近几个村的山药。工作组的工作很有成效，受到镇里表扬。

　　入种以后，我又去了石板庄。去时，云美两口已去太原看病了，我问春辉："石柱壮得如牛，云美身架也挺结实，他们有啥病，值得去省城就医？" 春辉说："可能云美不能生育，两口了去检查。"这仅是旁人的分析，究竟去看什么病，人家不说，谁也不会知道的。

　　我们技术站一共六个人，春辉一气蹲了几个月，工作也铺开了，基础也打下了，6月份我去接替他的担子。就在我接替他之前，春辉和云美发生了这样一件事——

　　一天晚上，天下着雨，石柱到邻县结账去了，因下雨没回来。云美去了春辉住的窑里，她问春辉："你觉得我这个人怎么样？" 春辉不知道她的用意，说了"好、好、好"三个"好"。云美又问他："你知道我们去太原干什么？" 春辉说："猜想是因为你不育，具体就不知道了。"云美说："你可猜对了，不育不是我的问题，而是石柱的问题。" 春辉说："现在医学发达，治治就行了。"

　　"医生说他的精子是死的，治不了。"

　　春辉沉默了一会，云美也低着头不说话。隔了好长一会时间，她对春辉说："我有一件事求你。"

"你说。"

"我想让你给我怀个孩子。"

"这怎么行，我和石柱处得亲如兄弟，我做下这样的事，能对得起石柱吗？"

"我已和他商议过，完全得到他的同意，他说，这是好意，出于无奈。"

"万一失手露脚，组织上要处分的，县委集训工作队时，八条纪律里就有这一条。"

"这事，天知地知，你知我知，除石柱外谁能晓得！"

"这事万万不能，你快回去睡觉吧。"

"你不答应我的要求，我就不走，我给你跪下了。"

春辉把她拉起来，对她说："这样做把你我一生的清白名誉毁了，万万使不得！"

云美说："这事我已考虑过多少，我看见你是个好人，你我都不是那种人，可我是个女人，女人能生而不生孩子，将来怎么办？我就要求你这一次，只要成功，以后，咱们互不往来，互不影响家庭关系。"

"不管你怎么说，我不能答应你的要求。"

云美哭了，跪在地上足足一个多小时。

春辉考虑再三，一个女人不能生育孩子，确实痛苦，自己如果拒绝了她的要求，对她精神上是一种重大的打击。人是有感情的，自己对云美确有好感，一而再地拒绝她，自己能不受良心的责备吗？于是，他又一次把云美拉起来。

想到这里，春辉的严肃表情变了，他的同情心溢于言表。

"你答应了我的要求？" 云美问。

"照你说的条件办！"

这个雨夜，是春辉一生难忘的夜晚，云美不仅给了他性生活的欢乐，而且是对他人格的信赖。他对她说："隔几天，我就要回城了，以后，我就很少有机会到石板庄来了。"

世界上的男人很可能都是这样，和云美的事，他瞒得了老婆瞒不了我。我说这事万一泄漏出去，咱多半年的扶贫成绩一下完了！我劝他和支部谈谈，写个检查算了，但要准备接受党内的处分。他说完全应该，但他考虑的不是自己的处分问题，而是云美的声誉……

事情还是包下来了。

冬天，扶贫点的工作结束了，我们工作组受了奖；以后，我们参加乡镇的交叉检查，两次路过石板庄都只是走马观花，逗留一会儿。后来，听说冯石柱死了，云美守了寡，养的儿子叫雨生。

在春辉任副县长那年，有一天来了一个石板庄的小伙子找春辉，因为他是石板庄人，我热情地接待了他。我问他："有啥事？"

他说："见了春辉县长再说。"他见了春辉，拿出一片小纸，说这是他母亲临终前写的。纸条上有很短的几句话：

春辉：

雨生是你的亲儿子，我已患重病，不久会离开人世。他考上大学，你在可能的情况下，帮他完成学业，这样，我死在九泉之下，感谢你的大恩大德。

云美亲笔

春辉把雨生引到了我的办公室，把云美的信让我看了，他答应以扶贫工作组长的名义，每月给雨生寄400元钱。雨生今年夏天毕业，B大校刊发表的文章是给雨生带课的何教授寄的，后被省报转载。春辉这个本应受到处分的人，却受了表扬，我觉得这与时间和形势有关。不过，他们都是好人。人啊！好人也办错事，包括领导和一般平民……

梁大包二奶

LIANGDABAOERNAI

　　近几年，在一些有钱人中，包二奶好像是一种时潮。小小山城，人们点名道姓的就有十数个。这些人，大都是在异地繁华城市，买下房子安下家，与早已有染的年轻美貌姑娘长期住下来，一没户口，二没结婚，过着不是夫妻胜似夫妻的非法同居生活。有的已经生下儿女，家里有已婚生子，那边有非婚生子，两边应付，常有矛盾出现。有的和原配离了婚，二奶转正，成为合法夫妻。有的矛盾重重，过不下去，被女方拐骗一大笔钱财，逃之夭夭。不过，地方不空，走了旧的，又来新人……

　　这里不说别人，只讲梁大包二奶的故事——

　　梁大是梁家岔老支书梁浩的儿子，小时候不肯好好读书，上初中时就和社会上的一些哥们混，抽烟喝酒下饭馆，经常打架闹事。骑摩托，开汽车，没有经师训练，已是好把式。老梁怕社会这个大染缸把儿子染黑，高中没毕业就辍了学，投其所好，买了一辆农用汽车，让儿子立志做人，兴家创业。为了这个想法的实现，他让刚满21岁的儿子娶了老战友的女儿，也是梁大的同班女友姜志花为妻。

　　姜志花人样一般，却是个能吃苦有志气、办事有魄力的农村姑娘。一进门，她就和梁大情投意合，齐心创业，梁大拉砖，她跟上装卸；梁大卖沙，她下河捞沙；梁大卖炭，她带上小喇叭沿街叫卖。梁大有易感冒肯上火的毛病，她把半亩瓜菜地种了"沁州黄"谷，每晚给熬粥喝。不几年，小日子过得蒸蒸日上。特别是志花开怀就养了个胖小子，高兴得老梁两口晚上睡不着觉，常对二儿子说："看你哥你嫂，给咱家走出一条样板路！"

这是梁大30岁以前的事。

后来，梁大35岁那年，一天中午，满天黑云，一声炸雷，大雨骤至，山洪把后山的土坝决了口，村办煤矿从井口灌了水，淤泥填了两道矿窝，掩埋了10个矿工"。承包煤矿的南方老板跑了，年轻的村干部是"狗吃粽子，寻不见头子"。处理问题，还是老梁提议，贴广告，招标承包，条件是：第一年不交承包费，第二年10万，第三、第四、第五年每年在原基础上加10万。广告贴出去，来过几个人谈承包，大家一看摇头就走。梁大觉得煤炭是能源工业，想试试。志花说："可以，大不过把咱这几年挣的钱，修建的地方贴进去，舍不得孩子套不住狼，要么发了，要么塌了。"于是，梁大出面，背后志花撑腰，承包了村煤矿。村里的人说，梁大承包比外人放心，煤窑发展了让人家赚，煤窑倒塌了，走了和尚走不了寺，况且还有老支书在，到时他也得有个交代。

不久，省里召开煤炭工作会议，会上省长对全省的煤炭生产形势作了分析，有几家乡村煤矿作了扭亏增盈的经验介绍，使梁大解放了思想，开阔了眼界，回来以后，清淤泥，添设备，开春三月，煤矿就复了产。开始煤价不行，半年以后煤价开始回升，以后年年涨价，涨幅很大，一吨煤由原来的60元，涨到220元、240元，5年下来，人们估计梁大的资产不下亿元。

梁大发了，城里买了一套商品房，修起了一座百货大楼，村里的承包费不是如数而是成倍上缴。此外，新修了一条村外通向村后煤矿的柏油马路，捐款修建了一座学校，群众用电免费，学生上学免费，"五保"老人生活全包，每年春节全村每人发100斤白面，10斤油，村里人个个说好，县政协吸收为委员，县工商联换届被选为副会长。

梁大成了风头上的人物。人们见了梁大不是叫梁大，更不是喊他的小名——狗则，而是梁老板、梁会长。特别是那些风流女子，见了梁老板没话找话，挤眉弄眼，说些风流俏话。过去那些年轻的男朋友，有的矿上开了车，有的管了内勤，成了说话挣钱的管理人员。这些人神通广大，三教九流哪方的人也交往。常领梁大进歌厅，上饭店，一顿饭千数八百是经常事。

过去，人常说"近朱者赤，近墨者黑"、"看你同谁接近，就知道你的为人"。时下，流行一句时兴话："男人有钱就变坏，女人变坏就有钱。"这其实是对一些社会现象的生动描写，既有针对性、又有现实性。

梁大起先不习惯，为了事业工作，免不了作一些礼节性的应酬。后来，慢慢地习惯了，不仅是习惯，而且是上了瘾。一晚上没去歌厅，好像是没进晚餐，心里空空荡荡。他学会了跳舞，也能哼几首流行歌曲。去了歌厅，有人抬举，小车保安接走，老板门前接待，服务员招待备至，好烟好茶一齐上来，打扮得花枝招展的舞女站成一排，这个跳一圈，那个来一轮。梁大刚休息，经理让点歌。梁大点歌都是抒情一类，歌词离不开哥哥、妹妹的，像"我想你，日日夜夜盼着你，常想和你在一起"等等一类，这些歌也不知道是哪个作家作的，曲不知道是哪里的作曲家配的，都是些酸溜溜的情，绵酥酥的调，没有一曲是鼓舞人斗志的。那些歌女唱起时眼睛直瞟梁大，好像是对梁大一个人唱的，这种表示和情意，梁大高兴得眉开眼笑，心领神会。

每当唱歌完了，经理总要留他住宿。那些歌女这个也拉，那个也扯，酸眉醋眼，使出浑身解数。可是，梁大总想，妻儿在家，这么晚还不回，有些不像话。便叫朋友买单，自己开车出门。这些朋友都是情场老手，攀上这么个伴，不出钱享艳福，自然是怕梁大躲开饵不上钩。所以，这个劝说，那个帮腔，说什么"花开能有几日红，现在有乐不享，老时有乐也不能享"；还有的激将他："知道你怕嫂子，我们编个理由骗她还不容易？"

渐渐地梁大习惯了，偶尔也住宿，也和几个歌女发生过男女关系，不过他还是以妻为本，多数在家过夜。

后来，歌厅老板招聘了个新疆姑娘，自称是俄罗斯人，名字叫沙娜。说的一口标准流利的普通话，长的一头天然的棕发，大眼睛，嫩皮肤，脸蛋上掐一把能流出水来。高高的个子，修长的腿，穿戴不算很好，但气质很好。梁大一见就动了心，一场舞跳得着了疯，第一曲歌就勾住了心。睡了一夜，味道和他经过的女人谁也没法比。一来二去，三天两头跑歌厅，回到家里神不守舍，睡时说梦话，半夜起来猛抽烟。志花问他有什么事？他说"没什么"，实际是在想那个所谓的俄罗斯姑娘。

不只一次，梁大拿沙娜同志花比：人家是洋里洋气的大学生，你志花是土里土气的村姑娘；人家是能歌善舞的风流女，你是笨手笨脚的装卸工；人家走路如同坐上船，你走路如同刨鑘头；人家的脸蛋像秋天的苹果，红里透白，你的脸皮像老树皮，还有几点苍蝇屎；人家的手绵软得像绸缎，你的手全是老茧，硬得和干柴差不多；跟人家睡觉，如同天河里洗澡，舒服极了；跟你睡觉如赶老母猪过河，无声无色。这一比，天上地下，梁大已把当年同他一起装砖、捞沙、卖炭、熬米饭的情节忘得一干二净，渐渐地就把志花抛到了九霄云外……

男人变了心，好似大树沤了根，春天不开花，不到秋天就落叶。起初志花虽有感觉，也听说过同沙娜的关系，但不以为然，她想，男人嘛，在这花花世界里，有这样那样一些事，不足为奇，只要他以家为本，花费几个钱不算什么。她谅解了。而梁大同志花想得差远了。梁大虽承认志花是打江山的老臣，功不可没，而且现在也同他一心一意，铁心创业，这一点，世上也找不到第二个人。但他又想，钱我已花不完，用不着她费心操劳，如果同她过下去，这不是冤枉了自己的下半辈子？况且沙娜信誓旦旦，要嫁给他，过一辈子美满夫妻生活。想到这，他要走离婚的路，甚至唯一的儿子，他也觉得可有可无。有了想法，就有了行动。梁大经常彻夜不归，回了家不是说志花这也不对，那也错了，便是寻茬子，挑矛盾，大吵、小吵天天有，在这个和谐幸福的家里，刮起了不停息的台风。

志花不是那种遇事不想，只管每天吃好的，穿好的，过着别的女人过不上的幸福生活。她把几个跟梁大好的朋友请来，问事情的来龙去脉，这些人推三阻四，不说实情。志花便亲自出马，三次暗访歌厅，心中有了底，她警告这几个朋友，如果他们再同梁大一起去歌厅，一律停职开除。同时，她给梁大定了一条，不准去歌厅，万一有应酬，必须老婆亲自相陪，否则闹个天翻地覆！志花有硬的一手，也有软的一套。晚上，她枕边劝夫，劝告梁大要走正道，正派作人，珍惜自己得到的声誉，把心收回来，操在儿子和她身上，消除不良影响。

堵了梁大的路，堵不了梁大的腿。梁大深知志花的为人和脾气，心想，歌厅我也不去，不去你也管不住我，我有的是钱，有钱无事办不成。你有制我的办法，我有我反制的对策。歌厅不去，我们到别的宾馆酒店，现代通讯设备，梁大什么也有，电话手机来往不断，短信天天可见，幽会的次数比过去还多。就这也不满足，他打发两个朋友，在邻县买下一处地方，明为办理业务，实是梁大的逍遥宫，把那个俄罗斯姑娘安到那里，成了名副其实的二奶！

世上没有不透风的墙，也没有三年不露的尘土。梁大转移沙娜的事终于被志花知道了，她叫了一位司机，把她拉到邻县。去时，早上9点来钟，沙娜刚刚打扮完毕。志花一进门就自我介绍，"我是梁大的妻子，今天来看你，并请赴宴。"

沙娜虽见过志花，但看得不细，如今面对面，从头到脚过眼一番，哪一点也无法和自己相比。她知道来者不善，来了个硬对硬："你这个丑小鸭，连个男人也吸引不住，回去让你爹妈重造一下再来请我。"志花火了，上前一下抓住头发，左右开弓，两个耳光，打得沙娜满嘴流血。沙娜是个虚包，再加理屈，只有招架，没有还手。志花边打边骂："你这个臭婊子，把我一家人搞得乱糟糟的，今天我要吃你的肉，喝你的血！"下了狠心的志花，浑身都是力气，一阵拳脚相加，把沙娜打翻在地，特别是向阴部那两足，踢得她趴在地上同死狗一般。

司机觉得志花气也出了，对方也熊了，又怕事情闹大，惊来当地公安，如何了落？拉上志花开门就走。

沙娜毕竟是闯过江湖的人，这样的场面想来也经过，她对志花说："女人吸引不住男人，迟早得退位。"志花说："你的梦实现不了，走着瞧！"

志花这一闹，促进了梁大离婚的决心。他采取了"三部曲"，实现他"二奶转正"的梦——

一是迫。他很少回家，回了家就是吵嘴打架，闹得四邻不安，名声在外。可志花是钟鼓楼上的鸟，惊出来了，根本不在乎他的这一套。

二是哄。他对志花说："你还年轻，出去嫁一个比我年轻的，知音的还行，咱们离婚，我会把你安排得十分妥帖。老人，我知道你孝顺，把他们搬进城来，住在一起，地方归你；孩子，我知道你爱得深、离不开，也归你管，老小在一起，欢度天伦之乐。钱给你留下几百万，足够你们一辈子花销。"志花说："你的鬼话骗不了我，我不离婚，看你把俄罗斯姑娘怎么请来？"

三是硬。不论有错没错，回家就打老婆。志花体弱，经常被打得头破血流。有一次，志花把他告到公安局，局长要以虐待妻子罪拘捕他。梁大有的是钱，有的是势力，花了几个钱，请了几桌饭，就了事一宗。但梁大打老婆，在外包二奶的事，闹得满城风雨、声名狼藉。这一手也失败了。

志花不信没有烧不热的铁。她把公爹从乡下请来，原原本本诉说了梁大的不轨行迹和自己的痛苦。老梁是个老党员，早已对梁大的所作所为看不惯，他给梁大下了一条禁令，不准出门，出门就打断腿。并让二小子时时跟着他。

梁大虽然在婚姻问题上走入歧途，还算是个孝子，对父亲的话绝对服从，从不违抗，所以只得待在家里被"软禁"，用电话指挥生产。

不过，梁大的离婚决心已下，他又用绝食的办法软磨。母亲做下的饭不吃，儿子端来的水不喝，时隔不几天，脸面带了瘦相，矿上的生产也乱了套。尽管志花天天去矿上抓生产，但冷手捉不了热馍馍，矿上大事故没有发生，小事故天天不断，志花像一根卡在夹板锤上的钢筋棒——两头受压。她想，自己把法子想尽了，人心难变，离就离吧！她亲手给梁大熬了一锅沁州黄小米饭，恭恭敬敬给梁大端上来，说："这种饭我们喝了少半辈子，经历了千辛万苦，度过了多少艰难岁月，你把这碗饭喝了，我答应你离婚，也算我们夫妻一回，吃最后一顿饭。"

梁大果然端起碗来，把饭喝了。老梁听了志花这段话，看了儿子的行动，狠狠在地上跺了一脚，骂了一句："你这个没出息的儿子！"

"慢，我还有话要说，我不信俄罗斯姑娘真心爱你，我要考验她一下，你必须配合。"志花指着梁大说。

梁大点头，说"行"。
"
晚上11点钟，梁大给沙娜打了电话，说有大事要跟她商量。沙娜问他："为啥这几天连个电话也不打？"梁大说："我被父亲软禁了，失去行动自由。"

"一日不见，如隔三秋。七天没有见到你的面，没听到你的声音，真想死人了。再不见我，要得相思病了。"沙娜在电话里说。

"日子方长，你马上开车来见我。"

"家里的人呢？"

"他们都出去了。"

"我马上就去。"

"我在门口等你。"

时隔不到半小时，一辆"上海"开到门前，沙娜飞快的脚步上了楼梯，嗒嗒的高跟皮鞋声，打破了这个楼房夜的寂静。她一进家，二话没说，抱住梁大亲了一嘴，而后，在梁大枯干的脸上吻了个遍，看来，在许多电影中也没见过这样热恋的镜头。

梁大把她引到卧室。

一进门，"哇"的一声惨叫，她看见志花躺在床上，脸色黄白，满口是血迹，脖子被一条绳子勒着。

梁大对她说："我已经把她处死了。现在，只有你能帮我处理后事，你把车开上，尸体装进车里，马上去黄河畔，推入激流，神不知鬼不觉，隔几天电视台登个寻人启事，等风平浪静，我们结婚。"

沙娜一听，马上变了脸，说："你是杀人犯，让我和你一起顶命，没门！"

"我在你身上花了多少钱，费了多少心，你能这样无情？"

"原来也是套你的钱，我根本不爱你这个人，我在老家早有恋人。"话毕，摔门就走。梁大追出门外，她头也不回，灯没亮，喇叭没打，一溜烟跑了。

梁大头脑一下清醒过来，好像自己从一个陷阱里爬出来，一身清爽。他回到卧室。志花坐在床边，这个限制梁大抽烟的人，点起一支烟来。她对梁大说："叫司机，马上送省城化妆师。"送走了化装师，她让梁大给俄罗斯姑娘打电话。梁大问她："你现在在哪里？"

"我在去京城的路上。"

"你准备到哪里？"

"我不知道，也无需告你。"

对方的手机关了，志花听了，哈哈大笑。

梁大满脸尴尬，不知说什么好。他思谋了几句应该说的话，但没说出来。他觉得说出来，志花也不会信。

发表于2008年第19期《中阳文苑》

因祸得福 | YINHUODEFU

冯长德和郝长福是近邻，长德住在村头前墚的半山腰，长福住在他家坡下，高低相距不到10米。因为水道问题，两家人不往来，不说话，已经三年了。

长德房顶和院子里的水要通过长福住宅旁的水道流往沟里。水道边是一条并行的弯曲路，每逢下雨，水满外溢，路面就会冲开水渠，影响到人行和车辆通过。长德的儿子养一辆农运车，下雨以后，长德在水道旁的一块空地里挖土垫路，这块空地虽属公共所有，长福打算扩展自己的院子，占为己有。村里有几户人家本来想批这块地基建房，知道长福是难打交道的人，为了避免往后的矛盾，都在最后打了"退堂鼓"。长德修路挖土，本来合情合理，却遭到长福两口的辱骂。为这事，村长出面解决过，并明确表态，以后雨水冲毁了路，谁也可以在此挖土修路。但说归说，长德每次修路，长福总要干扰，由此冯、郝两家因为修路取土的事经常吵架，全村人都熟知此事。自古道"路不平，众人踩；理不顺，大家评。"谁对谁错，通过争吵，自有公论，所以从此事大家都认为长福是蛮不讲理的自私小人。

可最近，长德与长福两家不和睦的问题解决了。长德买了20节水泥管，把水直送到沟里，还通过村长给长福送了一面"邻里相帮"的锦旗。原来事情的经过是这样的：长德的儿子开着农运车拉回一车煤泥，车停在大门外，没有灭火就回家吃饭，不多时汽车脱挡，向坡下滑开，正在这时，长福把路边的一捆柴搬到路中，把退开的车轮挡住，既没毁了车，又没伤着人，长德从心里感激长福，主动投资送水，方便邻里，并登门道歉送了锦旗。

事后，长德还给长福送去500块钱，另加两条云烟、两瓶汾酒，长福怎也不收，还说："邻里相处，过去的事情就过去了，不能见难不帮、见死不救。"长德的儿子要在村口"喜来乐"饭店设宴致谢，长福也没去，依然说："这点小事是应该做的，用不着你父子多心。"长德心怀感恩，问村长怎么办？村长说："做上一面锦旗，我陪你送去，他绝对不能不接。"

建设和谐社会，村干部很重视这项工作，村长领上村里的乐队，敲锣打鼓给长福把锦旗送去。从此，郝冯两家的矛盾解决了。长福嫁女，长德老婆给做嫁妆、纳鞋垫，儿子无偿给长福家拉去一车块炭。嫁女时，长德当总管，里里外外一把手，县委通讯组还把冯郝两家化解恩怨、和睦相帮的故事写稿登报。

后来人们问起事故缘由，长德儿子说："停车时，我肯定把刹车挡挂住了。"长德说："刹住车，不灭火，振动会让刹车脱了位，这是开车人最起码的常识，不是长福你叔挡了的一捆柴，大祸一定闯下了！"事情究竟是怎么发生的？其实那天，长福见长德儿子把车停在门外，又没灭火，他就悄悄上去，把车挡摘开。刚刚回家，听到村长在广播里讲，四川省汶川地区发生了强烈地震，中央领导都亲赴灾区指导抗灾，号召全国人民献出一片爱心，支援灾区人民，减少困难，重建家园。咱们村四年级小学生郝小春班长——长福的孙子，带头捐款20元，受到下乡干部和校领导的表扬，咱村的农民也要向他学习，响应号召，以实际行动，支援灾区……

下面还讲了些啥？长福没有听进去。他觉得自己刚才的行动是一种犯罪行为，连起码做人的标准也不够，不仅对不起长福一家，连自己的孙子也对不起。想到这，火速出门，三步并作两步，用最快的步伐，要把摘开的挡再挂上，可是已经来不及了，车轮已缓缓滑开，于是才发生了上面搬柴挡车的事。

发表于2008年第3期《清河文艺》

麻三美容 |MASANMEIRONG

　　麻三不姓麻，姓邢，名叫流流，今年55岁，麻三是他的绰号。童年时，流流患过天花，留下一脸麻点，兄弟姐妹四人，他排行老三，绰号就因此得来。

　　麻三人丑，30多岁还没娶过老婆，那年陕西来了个逃荒的，当村委主任的大哥费了很大劲，才给麻三说成当老婆。麻三老婆五汝，人样也不好，但配麻三有过之而无不及。五汝人丑心不丑，好劳动，会过日子，结婚才半年，就吊起一颗大肚，生了一男一女，由此立功，成了这个家庭一手遮天的"领导"。麻三虽然人丑身勤，日子过得凑凑乎乎，但他有个毛病——好赌，而且十赌九输，所以老婆经常去赌场找他，有时揪着耳朵往回拉。

　　今年春节过后，五汝携儿带女回陕西住娘家，走时放了300块钱，让侄儿外甥来拜年时给岁数钱。老婆一去十来天，麻三像出了笼子的鸟，自由自在，痛痛快快赌了十来天，赶老婆回来时，不仅把300岁数钱输了，还欠下赌债500元。他哥年后禁赌抓得很紧，人们不敢明要，背地里一个劲地摧他还债。麻三是个性情懦弱的人，在家出不了老婆的手，在外也不和人争长论短，有啥事就在肚里憋着，500块赌债愁得他吃不下饭，睡不着觉。

　　有一天，麻三进城看他姐姐，见两个年轻女孩散广告，麻三识字不多，也能看懂广告内容，广告是宣传他们美容店的业务，麻三看了广告，灵机一动，想出一条还赌债的妙计。回到家里，他对老婆说，城里新开了一座法国欧洁蔓美容美体连锁店，"欧洁蔓"你懂吗？它有世界最先进的美容技术，师傅是经过法国专家培训的，能把丑人变美，胖人变瘦，单眼皮变成双眼皮，秃顶老汉变成满头青丝的年轻后生，麻子脸一翻变成光蛋蛋的俊男人……一阵说得老婆动了心，她想丑人出门被人小看三分，给老汉美一下容，革面洗心，让人们刮目来相看多好！她问麻三，美容得多少钱？麻三说："像我这脸，要去掉麻子，至少得500块钱。"老婆想了一下，500并不算多，如果麻子脸治了，花500也值得。于是，她给了麻三5张百元大票，高高兴兴地把麻三送走，盼望晚上真有一个没有麻子的老汉回家来……

麻山拿上老婆给的美容的钱，进城就进赌场，不多时，就输了200，自己觉得赌债不还不行，扭头就走，肚子饿得呱呱叫，连个饼子都没敢买，乘公交车花一块钱也舍不得，硬是徒步回了村。老婆一见麻三脸依旧，仍是满面坑坑洼洼，就问麻三："怎么没美容？"麻三说："美容师用电脑照了一下，翻过来还和正面一样！"

"钱呢？"老婆问。

"人家挣了200元。"麻三撒谎说："电脑能白照吗？"

老婆不相信："收个十块八块还可能，照一下收200，世界上没这个行情！"

在老婆一再逼问下，麻三不得不如实交代。

"呸！"老婆一口唾沫吐出去，"还赌？"

麻三赶紧拿过镜子一照，突然高兴地扑向老婆："再来一唾，我的脸有救了！"

原来，唾沫星子在电灯底下反光，一阵闪闪烁烁，仿佛给麻点里撒了一脸金子似的……

没听老婆的话做对了 | MEITINGLAOPODEHUA ZUODUILE

　　夜静了，老干局家属宿舍住的柳亮星夫妇还在吵架，声音不高，听去却很激烈，大有爆发"战争"的可能。

　　为什么？两天前，县委考察老干局的领导班子，考察提拔一名副局长。局里推荐了两名候选人，一名是工作6年的干事胡平平，一名是工作8年的干事柳亮星。这俩干事谁较优秀？局长认为不差上下：胡平平脑子好，大学毕业，人精干，办事灵活；柳亮星也是大学毕业，脾气直，人诚实，办事讲求实际。考察看来，群众的评价基本和领导的看法一致。

　　考察组走后，柳亮星偕同一个医生到乡下看望一位离休老干部，这个老干部患了感冒，高烧一直下不来，输液打针，一去四五天，第六天下午才回到县城。当亮星安顿了医生，向局长汇报了病人的医疗情况，已是晚上11点，忙乎了好几天的亮星回到家，真想舒舒服服睡个大觉。

　　亮星的妻子叫能秀，娘家和亮星家住在一条巷里，她父亲是个菜农，两家人关系密切，她爹常把蔬菜送给他家。能秀脑子好使，人样一般，读书不用功，马马虎虎，只念完高中，各方面和亮星不配。可是，亮星家寒，读高中，住大学，能秀经常用父亲卖菜的钱接济他，他妈几次对他说："人不能不讲良心，能秀是个好姑娘，你不在家，经常帮娘做活。"所以，大学没毕业，两人就订了婚。结婚以后，亮星把她拉扯到县宾馆，洗衣服、打扫卫生，后来她嫌挣钱少，自己在街上租了一个门店，卖起菜来，因她待人和气，经营有方，天天顾客盈门，每月的收入比亮星的工资还多。会经商的能秀，更会管理家务，久而久之，她在家里占据了主导地位。

这天晚上她跟亮星吵架，不为别的事，就嫌亮星对县委考察提干的事不重视，关键时刻，才开车看病人去了，一去近一个星期。能秀说："局里偏心，为啥不让平平去？"

亮星说："平平开桑塔纳，桑塔纳是局长的专用车。"

能秀说："不说桑塔纳，心里还平平的，说起桑塔纳，你还不觉得气人！"

说起老干局的桑塔纳来，还有一段小小的故事。

这几年县里的经济一年一年往上翻，许多局都弄下豪华轿车，老干局每天和老干部打交道，在社会上只有求索，而无施舍，既没有人赞助，县里也不很重视，至今还是用一辆"212"吉普车。县里也不配司机，"212"一直是亮星开着。一天，局长和亮星、平平闲拉，说新来的书记偕同组织部长等人，过几天要到老干局来访问，他很想借这个机会说说换车的事，但自己又不好开口。平平说："我让我爹去说，我爹的企业每年上缴利税3000多万元，他经常和有关领导一起吃饭喝酒，捎带就把话说了。"亮星在一旁听着，一句话也没说。

一天，县委书记、县长、组织部长一行数人，到了老干局办公室，这大概是最后一个访问单位，眼看座谈就要结束了，谁也没有开口说要换车的事，这时，亮星以说笑话的口气向县委办主任出了一个谜语，让他猜猜。亮星说："在县委、政府大院，谁家的小车最忙？谁家的小车最老？谁家的小车最不值钱？谁家的小车开支的修理费最多？这四个问题，不用说有文化、有理论的领导，一般人也意识到这是说啥，组织部严部长马上说："小柳，你的意思是要一辆新车？县委一定会答复你们的要求。"第二天，一辆九成新的桑塔纳配给了老干局。

能秀说的气人，气在何处？按理说，新桑塔纳应该让亮星开，因为他经常接送老干部；可是，那辆"四最"的"212"，推来推去还是留给了亮星。能秀发了一气牢骚，亮星一句也没吭声，能秀说他没作为，亮星还是没说话。能秀说："考察组走后，平平他爹和考察组的人在饭店吃饭，走时一个人给了一条好烟。咱不能不行动。"

"行动什么？"亮星问。

能秀忠告他："听人说，现在提拔的人，大都给有关领导送礼，咱虽不富裕，我还积攒了20000块钱，装在手提包里，用一块红纸包着，你今晚就行动。"

亮星果断地说："不可，县委书记在会议上明确指出，有的人工作上不出力、不用心，走邪门歪道，搞送礼、跑官、闹提拔，这样的人不仅不能提拔，也不能重用。"

能秀说："理是直的，事是弯的。哪个当官的不是这么说的！可是，有的当官的，说的和做的正好相反，你知道吗？"

亮星有点不愿听，说："那些说的和做的不一致的人，不是有许多受到了法律的惩处！"

能秀说："惩处了的是不会做事的少数人，多数逍遥法外。"

亮星说："是有逍遥法外的，但这些人不是受到了社会的唾弃？"

"唾弃归唾弃！"能秀说，"可人家吃的不如谁，穿的不如谁，住的不如谁？"

亮星生气了："不管你怎么说，我不能做那种违法的事！"

能秀开始软劝了："你怕违法，我就预料你不肯送礼，这样吧，我已买了4瓶茅台酒、4条大中华烟，包了两份，你给县委书记、组织部长各一份。现在处分当官的，不提送烟酒这样的皮毛小事，咱这样做领导不难为情，在咱来说，情也有了，礼也到了，这不很好吗？"

亮星更生气："不行，我不去。你难道硬要把我这个模范共产党员，先进工作者的帽从头上摘下来不可？"

能秀说不醒他，便指着他的鼻子，骂了句："书呆子，傻瓜蛋，窝囊废……"

亮星受不下这口气，但又跟她说不下个理，便把铺盖一卷，到地下室去睡了。

能秀也很生气，边气边说："你走，这辈子也不要回家来。"

但随后又把一块毛毯送到地下室去了。

再说考察组向县委汇报了情况以后，郑书记对严部长说："咱们再听听老干部们的意见。在老干部座谈会上，不是一个两个人夸柳亮星工作认真，对老干部关心，而是大家一致肯定亮星

多少年来的工作。"退下来的人大老主任也说："看干部不能看他的一时一事，而要看他的全部历史，全部工作。"

言下之意，像亮星这样的干部早就应该提拔了。

几天以后，县委下了红头文件，任命了几个局级和副局级干部，群众说，这批干部任得比以往水准高，有能力、有实绩、道德好，在群众中站得住足，对于柳亮星的任职，据县委办的负责同志说："郑书记看到老区开发报介绍的本县几个老干部发余热、创新业的报道后问："这是谁写的？"办公室主任说：是柳亮星写的，书记和部长碰了一下头说："老干局还申请配一位办公室主任，就让柳亮星来兼任吧，按正局级待遇。"

亮星拿上县委红头文件回家，意在给能秀来个惊喜，能秀看了红头文件，高兴地笑了，用力把门磕了一下，抱着亮星狠狠地亲了一口……

发表于2012年第2期《中阳文苑》

蜜蜂缘

MIFENGYUAN

刘平平是我们水峪村出名的大小子，今年32岁，还没结婚，近二年光请媒人汾酒喝了四大件。说一个也不成，说两个也吹了，前村后村同年夹岁的年轻人，孩子也大了，唯平平还是光棍一人，他爹他妈盼孙心切，快急成疯子了。

是平平生得丑吗，还是有什么生理缺陷？非也。在水峪村不是数一数二，也是十名前的好后生，不瘸不拐，不憨不蠢，在村里还当过一段赤脚医生。那么，是平平家资不好吗？也不是。他兄妹二人，妹妹已出嫁，他爹在村里看病开药房，早几年就修起三孔新砖窑。时下的农村姑娘寻婆家，首先要的是地方，有砖窑还不吸引人，最时兴的是大平房。本来他家的地方绰绰有余，他爹为了平平找对象，又在院子里盖了四间平房，起了二层，瓷砖贴面，钢门钢窗，装饰完全是现代化、城市化。

为什么平平这样的条件找不下对象？事出有因：一是人们说他不学无术，懒起懒坐。平平小时候念过五年级，脑子好，不用功，不服老师的管教，他的说法是老师讲的，书上印的，全是生活中的事实，只要自己动脑子分析事理，和读书一样。辍学以后，平平在家养狗养猫，养鸡养鸟，钱挣不下一分，把个家院搞得乱七八糟，母亲每天祈告他，学个木匠，学个泥匠，在社会上自己端起个碗来。他不听，说养动物是他的兴趣爱好。

再一条是他有个小偷的名誉。人们当面不说，背后经常议论，这是平平找不下对象的根本原因。

22岁那年春天，平平的舅舅在县委工作，帮他在镇里找了个通讯员的职务，每天搞卫生，看大门，接电话，招待客人，任务完成得还算不差。那年冬天，省军区来了几个征兵的军官，新兵走的那天早上，一个军官丢了一块瑞士表，这个军官对办公室主任说："他的手表压在枕头下，走时忘了拿，回到客房找时，那表就不见了……"

书记、镇长觉得这是一件很不光彩的事，专门作了调查，查来查去，除平平外，再没有人去过客房。县公安局也插手了这件事，平平被传到刑警队，平平说他一早收拾客房，并没见手表。刑警队的人说，不来硬的，哪个小偷肯招，又是背拷子，又是站板凳。平平从小娇生惯养，哪能受得了这些刑法，于是承认表是自己偷了。他父亲在省城买了一块瑞士表，请了一桌饭，才把案结了。自然平平被镇里除了名。

镇里把手表寄给了部队，那个军官把手表退回来，说他的手表是未婚妻给他的信物，请不要追究那个通讯员，尽量把原物找出来。在水峪村，人们受儒家思想影响很深，后来有人入了天主教，什么十戒八戒，戒戒是教育人不干坏事，甭说找对象，就是办一般事情，人们也小瞧坏人几分。有一天，邻家洗衣服，晾出的袄被风刮跑了，好几天人们在平平头上打问号。所以平平每天起来无事不出大门，在家里看电视，读闲书，平平清楚自己，人们说他游手好闲也好，懒起懒坐也罢，他觉得可以理解，唯这顶偷人的帽子压得他喘不过气来，他后悔当初死也不该承认自己偷表，更不应该自己给自己编了偷表的过程，还在公安局的笔录上签了字。他对妹妹说："长了一根软骨头，落下一辈子的骂名，连个对象也找不下了！"

她妹妹安慰他说："好人终究是好人，只要自己正正气气做人，立起来办事，我不信一个好人会被一件冤枉事冤一辈子？不信一个有为的男子汉，找不下一个好对象！"

妹妹的话似一盏明灯，照亮他自立做人的信心，他觉得该立起来做几件实事，改变人们对自己的看法。

一天，他在一张《农民报》上，看到一个女青年凭养蜜蜂致富的报道，他觉得自己看过养蜂的资料，又有养育小动物的爱好，这个女青年能办成的事，自己也能。人的思想，就像一台机器，如果生了锈是一堆废铁，一旦动起来，力量是无穷的。第二天，一早起来，他把穿脏的衣服洗了，把胡子刮了，把皮鞋擦了，把屋子院子打扫了，一下子变成一个新人，他妈还觉得有点奇怪。第三天，平平骑上摩托去访问女青年。

女青年叫薛科香，家住本县野鸡岭，这是个森林山区，距离水峪村百十华里，到村里一打听，村里的人说，她家遭了火灾，平平心想，人家滚油浇心，哪有心事同咱谈养蜂。可又一想，既然来了，谈不成养蜂，说几句安慰话，认识认识人，有何不可？

见了科香，对他的第一印象是，她长一双大眼睛，严肃明亮，人特精干耐看。几句对话，他觉得她是一个非凡的女人。

平平对科香说："听村里的人说，几个小孩玩火，把你家烧了个精光？"

"火能烧了我的财物，烧不了我的信心和勇气。"科香说。接着说："这不怨孩子们，怨自己管理不善，粗心大意，就像走路跌了跤，再爬起来走，说不定下一程走得比过去还快。"

听了科香的话，平平对她肃然起敬，自然说到养蜂，科香毫不保留地给他讲了技术、经验、教训以及操作时应注意的问题。他觉得科香讲得比他在书本上看过的还具体实际，很有指导性、操作性。他把自己的情况和科香遇到的情况和自己一对比，真感到自己不如一个女人。

回到家里，平平准备在养蜂上大做文章，想法同父母说了，父亲是个开拓型人物，认为儿子振作起来走正路，理应支持，当下给了15万块钱，让他筹办养蜂场。平平考虑养蜂要有蜜源，野鸡岭是森林区，春季有槐树花、榆树花、马茹花、山楂花等这些说不尽的蜜源，他和科香合作办两个采蜜点，春季在森林区，夏秋季回水峪。水峪是省里的油料种植基地，群众把大片土地种植了油菜、葵花，群众为倒茬，年年还把一部分麦地回茬荞麦。每年夏秋，他们村是一片花的海洋，是养蜂的理想基地。他把自己的想法在手机上和科香说了，科香毫不犹豫地说，她也投资10万，合伙建场。平平说："你遭了灾，先投5万，我给你垫资5万，咱俩一人一股。"科香说："这就更好了。"说时声音呜咽，像哭似的，平平顿生恻隐之心，却不知说什么好。迟疑片刻，科香说："原来，我也想筹集资金，规模小点，重操旧业，可投借了几个亲朋，钱没借到一分，还说'你的缺口，不是三千两千能解决的'。正在困难之时，你伸出援助之手，你真是我的知己。于是他们一言为定，近期去东北买蜂。

不几天，蜂买回来了，平平去野鸡岭养蜂，时正四月，满山遍野，山花烂漫，科香的院子里蜜蜂飞进飞出，忙个不停，乐得平平、科香心花怒放。

人逢喜事精神爽，无意间科香问了平平一句："嫂子在家干什么？"

"我没老婆呢！"

"是离婚了，还是……？"

"我还没结婚。"

"为什么？"

平平略加思考了一下说："对别人，我就一言蔽之。对你我就如实道来。"他把过去在镇里发生的事，一五一十对科香讲了。说话人无意，听话人有心。隔了几天，科香娘以走亲戚的名义，来到水峪村，她到这里专门了解平平大男未婚的原因，她所了解的情况，和平平告科香的内容基本一致。就是平平说他是冤案，村里的人不能肯定。

科香她娘为啥不辞百里来水峪打问平平的情况？原来科香二十又五还没对象，上门提亲的人倒是不少，可科香一个也不中意，自从平平和她接触以后，她就产生了爱慕之心，她觉得平平虽没多念书，文化水平比自己这个高中毕业生还高。平平脑子好，人和善，经常给她家担水打柴，扫院做饭，不像是懒起懒坐的人，就是镇里除名这件事，使她定不了主意。

个性爽直的姑娘，无形间替平平鸣不平，她希望平平的小偷不是事实，出于这种想法，她经常向在公安局工作的姐夫打听局里处理盗窃案件的情况。

有一天，她姐夫对她说，前几天，刑警队破获了一个偷盗集团，其中有一个小偷交代了他历来的偷盗事实，十几年前他偷了一个征兵军官的一块瑞士表，地址和事实同平平告他的情况一样，科香像获得一件珍宝一样马上告了平平，平平高兴得痛痛快快哭了一场，他感激万分，对科香说："你是我最知心的朋友。"

第二天，平平去了公安局，核实了这件事情，那天晚上科香给他打来电话，问他核实的情况怎么样？平平说："我见了那个小偷，局长给我解释他们过去工作中的偏差，并给我们镇里打了电话，我的心情今天格外好。"

又隔了几天，平平收到一封科香寄来的信，原信的内容是：

平平：

从你到我家了解养蜂的事起，我心里就装上了你。从较长时间的接触中，我感到你是一个正直、老实的人，有事业精神的人，好几次在梦里见到你，但我始终不能对你表个态，因为我母亲不同意，我只好希望你的那件事有个水落石出，今天我的希望变成现实，我的心里一块石头落了地。那天你哭，我知道你是乐极生悲，你想我能不高兴吗？

我是个直性人，有话好直说，不愿转弯抹角，如果你看得起我，咱们组成一个家庭，就像蜜蜂一样，相跟上出，相跟上入，勤勤恳恳，甜甜蜜蜜过上一辈子。

科香
×月×日

平平拿上信让爹看，念给老娘听，他激动地对二老说："你们还愁我找不下对象吗？"

发表于《中阳文苑》

情仇 | QINGCHOU

去年三月，我去看姑姑。

姑姑家住在西山地区一个又远又偏僻的山村——黑石峪，在我童年的记忆里，到姑姑家的路好难走，要翻两座山，跳三道沟，都是羊肠小道。这里的人们，家家养着毛驴，磨面、拉炭、送肥、拉水全靠毛驴。姑姑家村流传的一首童谣，我在大学读书时的一篇作文里写了，还受到教授的好评。这首童谣是："山里人，没车马，八十岁的老婆住娘家，骑毛驴，戴红花，人们喊她老人家，她拿上拐杖打人家。"

去罢姑姑家多年了，这次去，行路难的问题已经解决了。黑石峪地下是一块优质的煤田，几年前县长在这里蹲点扶贫，引进外资，开了一座年产40万吨的煤矿，新修了一条盘山公路，上了柏油，风雨无阻，大小车辆畅通。

这次去姑姑家住了三天，这里不通班车，当地人进城办事，全靠堵运煤的车辆。有的人，司机不让座，自己硬往上爬，有点死皮赖脸劲。我一个念书人，怎好意思，站在村口等车，招了几次手，司机理也不理，只好望车兴叹。

没有办法，多住了一夜。姑舅给我问了一个叫乱年的运输户，答应第二天一早进城。

天上还有月亮，姑舅就把我领到乱年的院子里，这是一处在黑石峪算头等的家院，六间平房，上下两层，院子里能回转大车，要在县城，这块地盘也值百八十万。一看便知，这是黑石峪新兴的富裕户。

我问姑舅："乱年为什么这么早就出车？"姑舅说："乱年矿上有股份，又有关系，别人的车等一天拉不上煤，乱年每晚装一车，一早出车，赶天亮，就上了火车站。他的车不上户，这费那费全不交，是黑车。"

"管他黑车白车，坐到县城就算。"我说。

乱年要开车走了，从楼上下来一个三十岁年纪的女人，人样俊俏，穿戴时髦，高桶皮靴，呢子披衣，画眉染发，一点也不像个山里人。我问姑舅："她是他的爱人吗？"姑舅说："坐人家的车，不要问这些。"他们间的关系，我心里也略猜到一二。

车要开了，驾驶室里共有两排座，前面可以坐两人，后面可以坐三人。乱年让我到后面坐，还从座底拿了个枕头给我，让我躺下。乱年的开车技术是很好的，拐弯、换挡、刹车、加油，在车上一点颠簸的感觉也没有，宛如平地行车，坐这种司机开的车，有一种分外的安全感、舒适感。可他有一个动作，把我的心一下提了起来，当车开到一段平宽的路面时，从反光镜里看见，他把一只手伸到那个女的袄底下，摸摸揣揣。过去常听一些老司机讲："马达一响，集中思想。"心想，万一前面有个什么情况，他能处理得了吗？因此，我故意大声咳嗽了一下，以惊动他们。可人家满不在乎，我只好坐起来，握紧车上的把手，听天由命。

过了一会，碰上一个年轻的女人，提一篮鸡蛋，偕同两个老婆婆，同我们一个方向前行，到了年轻女的面前，乱年主动停下车，问人家坐不坐车。女的回答："有车，不坐。"乱年把车门一摔，自言自语道："真不识抬举。"车上的女人问他："你认识她吗？"乱年说："不认识。"

正在这时，那两个老婆婆来前面堵车，乱年生气地说："不能坐。"同时把车灯一开，喇叭一按，以示车将加油启程。站在一旁的老婆婆问堵车的老婆婆："那是啥(指灯)？"这个老婆婆说："是眼。"那个老婆婆说了一句非常绝妙的讽刺语："车也有眼，能认得老婆婆和年轻婆娘？"

所幸的是，路上再没遇到来往车辆，虚惊一场，总算安全进城。刚刚吃过早餐回来，院邻们传开一个爆炸性的新闻："咱院卫经理被汽车压了，尸体还在体育场门口，肇事司机开上车跑了……"

卫经理是粮油公司的经理，耳朵聋，眼近视，已到退休年龄，尚未办退休手续。多年来，他坚持晨练，环城走一圈，然后到体育场打太极拳，估计出事时间是6点左右。我火速跑到体育场，人早已没气了，看样子，先是压断一条腿，后又回轮，车轮从胸腔轧过去，血流下一滩，在场的有一位老年司机说，"如果不要回轮，只不过损坏一条腿，还有生的希望。"

不多时，交警队来了，拍了照，验了现场，调查了在场的人，谁也没有看见过有汽车从这里过去。没有人证，没有线索，卫经理的儿子几次跑公安局，公安局的同志认为，根据现场情况分析，当时车上可能坐的是司机一个人，或者两个人，也是至亲。不是至亲，司机不会逃跑。公安局的同志建议，通过电视台出广告，重奖检举人，或许能提供破案线索。

时间一个月又一个月过去了，公安局、交警队、电视台都没有收到检举信，也没有人反映破案线索。后来，卫经理的儿子也不跑公安局了。随着时间的推移，天气变暖，卫经理的尸体也被火化了。起先，街头巷尾的人们咒骂肇事司机缺德心狠，后来再没有人议论这件事了。起先，每晚本县新闻完了，就播公安局的检举肇事人广告。后来，广告也停播了。起先，卫经理的老婆儿女穿戴孝衣，走街过巷，面带悲容。后来，孝衣也不穿了，胸前戴个孝字牌代之，愁面悲容日渐消失，一切好像这件事情已经过去不再追究了。

估计肇事人心里也平静了，或许暗自庆幸，昧了一次良心，省了十来八万。开一年车，费心费力，一年也不过收入十来八万。或许自我总结不可告人的经验，若再发生类似事情，心要狠，胆要正，一滑过去，万事大吉。

世界上没有三年不露的尘土，麻雀飞过天空，地上还有影子。正在肇事人认为自己的罪恶行径天衣无缝、早已不挂在心上的时候，一封检举信寄到了公安局，检举人是谁？正是肇事人最亲密的情妇。真是后院着火，防不胜防。

肇事人的情妇为什么要检举他呢？事情还得从他的不规行为说起。出事那天，情妇正在他车上坐着，出事以后，他把车向东川煤矿开去，为什么？去东川煤矿要过两条小河，利用过河的机会消除证据，把沾上血迹的轮胎洗了，然后开车返回。这一切，除过他的情妇，神鬼不知。为了封口，他拿出20000元给了情妇。情妇深知他的用意，自然对这件事守口如瓶。

那么为啥后来要检举肇事人？原来这小子又同一个比她又年轻又漂亮的女人搞上了，渐渐对原来的情人淡漠了。有一天，肇事人的妻子不在家，这旧情人就去他家，意在寻欢作乐。去时，肇事人和一个年轻情妇睡在一起。情火如仇，两人一见面就打起来。他把旧情妇反锁在房里，把年轻的情妇开车送走了，等他回来时，旧情妇破窗而走，早已无影无踪了。

肇事人觉得这个突如其来的矛盾爆发性很大，忙托几个"知心"朋友，四处打听她的下落，可是，最使他担心害怕的事情发生了，她去了县公安局。

卫经理的儿子和我去了公安局，肇事人已经抓起来了，一见面，啊！肇事人原来是乱年。检举人是谁，就是去年同我一起乘车的那个女人。

公安局长对我们说："若想人不知，除非己莫为，行不义者，必受惩罚，时有前因，必有后果。"这句话说得好，为乱年也为世人再次敲响警钟！

发表于《中阳文苑》

亲姑舅 | QINGUJIU

因为我还不起贷款，我的亲姑舅——武义，把我告上法庭。我是向张仁贷的款，姑舅给我当保人。此前，姑舅几次到我家催贷，他说："张仁一天几次跑他家要钱，去了又是吼，又是闹，搞得他生意不能做，举家不安宁。"让我想法把钱还了。我说："我的事你不是不清楚，再想办法，只好把住宅卖了，现在腊月天，让我一家去哪里过冬？"姑舅说："现在依法收贷，到时，你不要怨姑舅不讲情义！"

我妻给他做下面，炒起菜，他不吃，一摔门走了。

我爹只有兄妹二人，爹只生了我一个，姑姑五七年出嫁，生了两个小子，长子武义，次子养下以后因为家穷，姑夫把孩子弃在灰渣坡，我爹把他拾回来，给了一个煤矿工人，那时姑姑家的日子过得比我们还穷。

父亲在世时，经常对我说："我们兄妹俩，形单影只，少势没力，咱村五百来户人家，我再没一个亲人。你长大以后，一定要和武义处好，情同手足，有事相帮，一帮到底。"从我记事起，爹早出晚归，把力全使在地里，换来年年的好收成。春天，小葱、菠菜；夏天，西葫芦、豆角；秋天，山药、萝卜；冬天，米米、豆豆……不论什么新鲜菜、新鲜粮，一收回家，总要让我给姑姑家送去一些。

姑舅长成大后生了，说了个对象，丈母娘是最难说话、远近闻名的绽绽花，姑舅家因没新地房，订了婚一年多就是不嫁，父亲知道姑姑家孤儿寡母，既缺钱、又没人，新修地房谈何容易，姑姑愁得吃不下饭、睡不好觉。爹和我姑说："这事不用愁，我帮就是了。"爹开上三轮车，到石料厂拉石头，到砖厂拉砖，到灰厂拉石灰，一个多月把料备足。修地房时，母亲帮他家做饭，父亲贴上车油当采购，我上了高中，请了假当小工，每天饮砖淋灰，忙乎了一个来月，修起了一处二层小楼，圆了绽绽花的梦。

绽绽花的女儿比绽绽花更难说话，嫁到姑姑家，就把姑姑看成眼中钉，经常不是顶嘴，就是吵架，姑姑得了病不给治，年仅四十多岁就离开了人世。

姑舅嫂当家，比姑姑招数多，社交广泛，八面玲珑，先开了个小饭店，后经营副食百货，事业发展得一年比一年强，去年在县城繁华地段新包了两间门市部，一个卖金银首饰，一个批发副食杂货，手头攒下三五百万。

姑舅发财了，越来越成了势利眼，见了有钱的、当官的、有用的，有说有笑；见了穷亲家，不是不搭话，就是躲着走，好像我们是狗皮膏药，一碰就粘上了。有一次，我爹从他店门前过，他正在切西瓜，看见我爹连个舅也没叫，我爹很气，走过去又转回来，很想臭骂姑舅一通，但又忍住了，把臭骂的话咽回肚里。

爹回来对我说："你姑死了，武义变了，连亲娘舅也认不得。"

"咱是受苦人，日子过得不如人。""以后尽量不要上人家的门。"我说。

大前年，母亲患了绝症，花了5万多元，我把三轮卖了，积蓄花光了，最后无济于事。不久，父亲积悲成疾，每天吃药打针，也不见效，后经医院检查也是绝症，重重困难包围得我什么办法也想不出。这时老婆对我说："人常说'亲不过的姑舅，香不过的猪肉'，况且咱过去帮过他家的忙，现在咱有困难，找他帮忙，也在情理之中。"我本不想去找姑舅，但毫无办法，人常说穷人脖子没犟筋，我还是进城找姑舅去了。

我也没有绕弯转圈，开门见山，说了我的困难。姑舅听了我的要求，倒很开通，问我得多少钱？我不敢把口开大，说了个"3万"。姑舅说："3万不多，现在看那病，非动手术不行。这钱那钱，明的暗的，请客送礼，最少也得5万。"我说："穷人办事同有钱的人不一样，能省则省，能俭则俭，三万也够捏凑了。"

我心里一阵高兴，觉得还是姑舅亲。不想，姑舅变了话："我也没钱，我有个朋友，叫张仁，放贷款，三万、五万不成问题，就是利息高点。"我问多少？他说："月息一毛，但要个硬保人。"我考虑再三，觉得利息过高，但病人在床上，不能瞅着让死，贷就贷吧，当下签了合同，贷款三万，限期三月，请姑舅做保人画了字。

人在厄运中，不幸的事一宗接一宗。爹病花了钱，病情日见恶化，临死前对我说："家里被我和你娘折腾光了，再无地起土，同你姑舅说说，让他垫支一阵，你妻哥在钢厂当车间主任，投他找个营生，慢慢挣钱还债。我今世给你留的只有三孔砖窑，千万不能把住宅卖了，这样，我死以后，你和孩子也有个窝，不然我放心不下，死难闭眼。"他的声音非常微弱，但我记得清清楚楚……

父亲终于在"冬至"那天走了。姑舅上门催贷甩门走了，我觉得事不好说。不几天，法院来了传票，我一看是张仁的状子。法院开庭调查，并没有传到张仁，只有我和姑舅到场。我问姑舅："张仁怎么没来？"他说："人家向保人要钱，所以没来。"我把前后情况说了以后，法院核查了合同，认为"利率过高，属非法利润，不受法律保护"。

姑舅一听法院的说法，一下傻了眼，脸上现出后悔失算的表情。我说："现在我也没见张仁的面，既然不受法律保护，咱也不能亏对人家，按合理利率给人家还钱。"

姑舅对我说："说到公处，非法利润不受法律保护，说到私下，人家救了咱的急，咱不能昧良心，不讲信用。"说到这里，姑舅迟疑了一下，说："这样吧，你把三个月的贷款，连本带利重立一张合同，明年三月底还清。"我算了一下，三个月9000，再加上3个月涨成近5万多，非法利润还存在，于是我对姑舅说："事到如今，我要见一下张仁再说，他既然起诉到法院，应由法院确定利率。法院认为我的要求合理，一再追问张仁现在何处？让他把张仁找来。姑舅在万不得已的情况下说了实话，原来张仁就是他！

就在这时，法院的人告我，门外有人找，谁呢？他就是我爹把他从灰渣坡拾回来给了人的姑舅，后来当了矿上的技术员。我问他你来干啥？他说，听说你和义哥因贷款打官司，我来了解个究竟。等我把情况说了，他对武义说："舅父对咱有恩，你怎么能把事情这样做？"说着，从口袋里掏出一张35000元的到期存折给了法院，拉着我走了……

发表于2010年2月第28期《中阳文苑》

弯路 | WANLU

前年三月，大娘过世了。伯父终日闷闷不乐，胡子不刮，脸也少洗，对家里的人很少说话，对外人更是少言寡语，会不赶，戏不看，一个人常在家里唉声叹气。不到半年时间，人瘦成一根柴。特别是近一段时间，动不动就跟嫂子发脾气，说嫂嫂这也侍候的不到，那也处理的不当。

我从小失去爹娘，是伯伯大娘把我拉扯大，说是伯父，和亲爹一样。伯伯成了这个样，我自然心里着急难过。哥哥在县城工作，还是一个单位领导，一般没事，礼拜六开车回家，最近，县里开责任制落实会议，两个星期没有回家。这天嫂嫂打发我进城，问问侄儿的学习成绩，顺便说说老人的情况。哥哥是孝子，一说到伯父的近来心情，心里非常着急，他说："老人受了一辈子，没好活几天，现在正有条件享福，又死了亲人，这种心情可以理解，你回去告诉你嫂子，让老人吃得好好的，穿得暖暖的，家里打扫得干干净净，让他生活得舒适快乐……"

县城回来时，我带着哥哥买的一大包保健品，什么老年奶粉、钙片、脑白金、人参蜂王浆，还有几种绿色食品，另外给了500元现金，让我在本村的黎明商店买成购货卡交给伯父，自己想吃啥买啥，想用啥买啥。嫂嫂落实哥哥的指示，像对待圣旨一样，句句照办，而且是有过之而无不及。

嫂嫂对我说："咱俩分工，我打里，你照外。"嫂嫂一起床，第一件事就是倒尿盆、生火，伯伯换下的衣服、被套、褥单随换随洗，经常是干干净净。一星期的食谱安排得花花样样，非常适合老年人的口味。一天，我们家来了个县里的医生，看了我嫂嫂的食谱对我说："你嫂不是营养学家，胜似营养学家。"嫂子里打得没问题，我的外照得也自认为不错。院子每天洒两次水，扫两次土，水缸担得满满的，菜按嫂嫂的意见买的都是新鲜的。天黑了，我给伯父铺被褥，陪着老人看电视，可以说伯伯生活得够幸福了。可是，伯伯唉声不止，叹气常常，时不时给嫂嫂发点脾气。嫂嫂虽是个家庭妇女，但通情达理，每次伯伯发脾气，她总是笑脸忍着，我总觉得伯伯有点"过分"。

一天晚饭后，嫂嫂把我叫到她家里说："你跟你伯伯唠唠，听听我哪点做得不对，那方面侍应得不周，以后改正。"我端盘不淹汤，原话照说。伯伯也说不下嫂子的不是，只是说他年纪大了，晚上孤零零的，常冷得睡不着。我虽不能每天晚上陪他，知道屋里一点也不冷，嫂嫂给他缝的是5斤重的新棉被，外加一条毛毯，不用说初秋季节，就是寒冬腊月也凉不着。

我把伯伯的话转告了嫂子，嫂子说："这好办。"第三天，让我开着三轮车，在青石垣煤矿拉了一车块炭，把炕烧得热乎乎的。嫂嫂又在城里买了一张加厚的丝棉被，还买了电热器，每晚睡前把被褥搞得暖腾腾的。我估计伯伯的要求满足了，不会再有说道。可是，伯伯的眉头仍没展开，对嫂嫂的表情一如既往。我心想，伯伯应知足，身在福中要知福，像嫂嫂这样的孝顺儿媳，全村里也挑不出第二个来，你和村里别的老人不一样，无非就是每月煤矿给你800元的退休金，这算什么了不起的高傲资本？至于我大娘死，是天杀人没躲，又不是嫂子克兑死的，用不着每天气肠逼肚，寻茬出气。不过这仅仅是我的看法，从没对别人说过。

一天，我们一家正在吃饭，突然街道过来一班乐队，吹吹打打，一听就是《得胜回营》的调，隔壁大娘叫嫂子说："快来看，后沟的王山续妻，还骑着马哩。"嫂子和我看了王山结婚回来，伯伯问嫂子，外面干啥事，热闹成这样。我想，伯伯不聋，听到故问，这是为什么？嫂嫂回答以后，他冲着嫂嫂说："他不买上块丝棉被，何必铺张浪费？"

伯伯一句话道破了天机，原来他想娶个后

老婆。

伯伯属牛，乳名牛生，大名刘堂，今年70，煤矿干了多半辈子，身体不好，气管炎久治不愈，经常咳嗽气短，能应付了老婆吗？我不知道伯伯怎么想这个问题。

嫂子当晚就给哥哥通了电话，哥哥说："人非草木，孰能无情，老人的心思可以理解，不过要慎重，选个性情善良、身体健康、年龄相当的寡妇，让老人顺心，也可以减轻你的负担。"

嫂嫂是个多心的人，这事还没商议，就把我大娘的叔伯妹引到我家来，意思是让伯伯看一下，中不中意。这个叔伯妹叫兔汝，今年68岁，人样中常，个子不高，身体健壮，性格开朗，家里有一儿一女，都已嫁娶，我们觉得挺合适，嫂嫂还特意买了二斤羊肉包得吃了饺子。伯伯看了以后，还没接触正题，就把脸拉得很长，嫂嫂看见形势不对，忙对兔汝姨说："公爹今天有病，改日再说吧。"兔汝走后，你知伯伯对人家如何评价："我娶老婆，又不是买大萝卜。"幸亏嫂嫂把人家支开，要不真让人受不了。

不久，矿上的老指导员来我家串门，老朋友见面无话不说，伯伯说我大娘年龄大，人样一般，不善表情，一辈子没如他的意。这次找就要找一个年龄小一点，人样好一点，情趣多一点的，快快乐乐活几年，高高兴兴度晚年。后来在这位老朋友的帮助下，他同邻村一个绰号叫"盖三村"的女人挂上了钩。这个女人离过两次婚，比他小20岁，儿子在南方打工，还没对象，女儿没考上大学，在省城上走读大学，每年光学费就得交8000元。我们觉得这个对象不合适：一是年龄悬殊，比我大姑还小一岁；二是包袱重，伯伯虽有点积蓄，也不过十来八万，支撑这样大的开支，担负不起；三是"盖三村"为人轻薄，声誉不好，能言善拍，怕半路散伙，落个人走钱丢的结果。可是，哥哥嫂嫂说了多遍，伯伯不回头，哥哥嫂嫂把姑姑搬来说明利害，伯伯不但不听，反而说："你们串通一气，干涉我的婚姻自由。"无奈，哥哥、嫂嫂、姑姑认随了伯伯的主意。

"盖三村"到了我家，伯伯可成了另一个人，穿戴打扮格外讲究。前年，哥哥在省城给他买的一件咖啡色夹克，长期放着不穿，最近也穿出来。为了配套，自己又买了一条年轻人穿的上窄下宽瓦灰色牛仔裤。伯伯年轻时人就帅，现在打扮起来远看像个年轻后生。对于伯伯的这种打扮，我和嫂嫂虽有看法，也能理解，因为陪着人家后老婆；不可理解的是，伯伯有一颗门牙长得突出来，把嘴皮撑起，显得不美观，但牙大根深，在伯伯掉得还剩几颗牙的嘴里，它是起很大作用的一颗牙齿，伯伯不惜它的地位和作用，为了美观，上镶牙馆把它拔了，配上了假瓷牙。结果，嘴皮撑不起来，弄巧成了拙。

"盖三村"到我家后，伯伯给买的大红袄、白球鞋、天蓝色的一身运动服，50岁的老婆，头发染成棕色，烫成卷发，抹着口红，画眉描鬓，家里仅擦的油油粉粉就有15种，村里的人说她根本不像村里人，倒像个歌厅里的小姐。也不知道村里的人故意臭她或是真有其事，但传说的有鼻子有眼。有一天，伯伯带"盖三村"上姑姑家，姑姑家离我们村仅五六里，却要爬一道小坡。"盖三村"穿了一对高跟皮鞋，上山时踏地不稳也还凑乎，回来时一步也不能走，没办法，只好脱了鞋光脚板走。村里的人本来就对她这种打扮有点厌恶，看见她这种穷相，故意挖苦讽刺，有的对伯伯说："快买张直升机票，把老婆吊回去。"有的说："洋人不会走山路，雇个担架抬回去。"伯伯实在没办法，只好自己背着老婆下山，引来一段奇文笑话。

因为伯伯结了婚，嫂嫂去城里给侄儿做饭去了，家里留下我担水扫院看照门户。为了方便，我和伯伯分灶吃饭。时隔三个来月，"盖三村"的儿子开车出事，被厂家解雇了，回村后要买辆卡车跑运输，要求伯伯添8万元钱，伯伯说他没有这么多钱，只给了5万元，为这事跟"盖三村"吵了架。我了解了此事，跑到城里和哥哥嫂嫂说了情况。哥哥说支援买车也应该，但这是老人辛苦一世、钻窑下井、冒险挣的血汗钱，让我和伯伯说一下，花时要珍惜。我回来对伯伯说："后老婆毕竟是后老婆，和咱一不一心，要慢慢品，不能不给自己留余地。"伯伯没有表示，也许是觉得我说得有理，也许是觉得我年轻不懂事，多管闲事。

隔了些时，伯伯有3万元的存折到了期，要去办转存手续，哪也找不到，伯伯到信用社去挂失，信用社一查已取了。伯伯问"盖三村"，"盖三村"反咬一口，"你说没钱，哪来的3万元存款？你就对我不是一心一意。"伯伯知道钱是"盖三村"取了，自己叹了一口气，哑巴吃黄连，有苦说不出。这件事对伯伯的打击太大，每天气肠憋肚，唉声叹气，比大娘死以后的那段时间还伤心。为这事哥哥从城里回来，安慰伯伯说："你花钱我负责，成立新家不能没有开销，不过你得掌握住自己的退休工资。"伯伯说："工资本人家已经拿去了。"说时哥哥给我放下3000元，并嘱咐伯伯："手头紧你取点花，这钱比装到你口袋里保险方便。"气是百病之源，伯伯终日闷闷不乐的样子，我真担心哪一天出什么事。不出所料，一天他去前村商店买方便面，一掏卡没有了，伯伯气得一下跌倒昏过去，马上送到医院，经检查，心脑供血不足，半身不遂，须住院治疗和养护。

伯伯住院，自然是我和嫂嫂侍候，每天熬药输液，全家人吃饭，嫂嫂忙得不可开交，我虽尽力帮助，有些事插不上手。比如伯伯大便，事前不对人说，赶你嗅到味道不对时，已摊得不成样子。嫂嫂一个小铲一盆水，三下五除二，一阵收拾得干干净净。我是糊了被子糊褥子，糊了铲子糊盆子，一发生这事，护士推我："去！去！去！唤你嫂子来。"我看嫂嫂忙不过来，回村请"盖三村"，"盖三村"口上答应，就是不进城来，等了六七天，还是不见面。我火了，对伯伯说："今天我回去，好来就请来，不好来就拉来，谁让她是你的老婆！"

我回到村里，门锁着，一问邻居，"盖三村"已经走了，我把锁子捣了，回到屋里，除锅、碗、瓢、勺，其余洗劫一空，桌子上放一张结婚合同书，原来伯伯没进行结婚登记，是不受法律约束的合同夫妻。很明显，伯伯认为满意称心的老婆，像野鸽子一样，喂了几天飞了。我想这对伯伯来说是又一次重大打击。出乎我所料，伯伯没有我所想的那样一蹶不振，反而医疗见效，病情好转，饮食正常，心态良好。原来哥哥、嫂嫂给他做了工作。

那天，我把家里的情况告诉了嫂嫂、哥哥。面对伯伯的精神状态，他们提出了看法和处理意见。哥认为，这是坏事，也是好事：坏的方面，只不过丢了些东西和钱，精神上受了点折磨；好的方面，认清了人，明确了事理。最打动伯伯的一句话是："人家既不能和咱一心一意过日子，咱何必对她伤心留恋折磨自己。一句话，早走比迟走好，走比不走好。"

嫂子的认识更为实际，她对伯伯说："对象对象，一要对，二要象。'盖三村'年龄小，为人狡猾，人家嫁咱的目的是为了钱，不是看上你这个人，这是种炸弹婚姻，迟早破裂。依我看，当初把我姨接过来生活，哪会有这些麻烦事？你说人家是大萝卜，大萝卜啥不好，一条根，一个心，保你舒舒服服度晚年，咱一家人和和睦睦过日子。事情现在也不迟，兔汝姨，我已请到咱家，重缝被褥，收拾乱了的摊子。"

伯伯笑了，说："过去的事就过去了，走了一段弯路，错了重来……"

发表于2007年第15期《中阳文苑》

一个大学生回村挂职的故事

YIGEDAXUESHENGHUICUNGUAZHIDEGUSHI

农谚说："惊蛰牛响鞭。"可今年气候这么怪，"惊蛰"已过了好几天，天气一点也不暖，昨晚还下了一场雪，起伏不平的山川河流，居然展现出山舞银蛇、原驰蜡象的景观，好一派晋西风光。

一大早，青石峪的支部书记何正明在广播里对村民讲话，通知一户出一人，到村头前坡扫雪整路，每去一人，记一个义务工，不去的人家，一户罚20块钱。山洼里的回声比广播的声音还高，家家户户听得很清晰，可就是没有人行动。前村的老主任本来拿起扫帚准备去扫雪，他老婆对他说："路不光是前村人走，后村人不行动，咱也别去。"后村的常述礼正准备出门去扫雪，他儿子对他说："每次发来救济款，全是前村人的，下了雪扫路让全村人去，你也别去。"何正明的女儿何莲花对她老子说："下了雪连扫路的人也动员不出来，快把担子交给别人干吧。"正明瞪了她一眼，正要狠狠训几句，后村的常二小扛着铁锹，拿着扫帚，从面前走过。莲花问："你去干啥？"二小说："我哥昨晚打来电话，说他今早回村，让我去接。"莲花二话没说，拿起一把扫帚，扛着一张锹，同二小一起扫路去。

青石峪坐落在半山腰，有一条弯弯曲曲的山坡路通307国道，二小和莲花费了近两个小时的劲，才清开一条窄窄的能走一两个人的人行道。这时，正好二小的哥哥常志君挑着行李走到坡下，志君问二小："母亲的病怎么样？"二小说："气管炎冷天不好受，天气一暖，病就好一些。"志君问莲花："你怎么也来了？"这句话问得莲花摸不着头脑，她愕了愕，说："咱们是老同学，听二小说，你今天要回来，给老同学扫路，接风洗尘，还不应该吗？""那我就感谢你了"。莲花又问："你回来住几天，走不走？"志君哈哈笑着，也带着刺味说："我走与不走，对你来说，不是多余的话。"话不投机三句多。二小接过哥哥的行李挑，前边开路，志君紧跟其后，莲花离得他们远一点，心里很不是滋味。

志君回村的第二天，县委组织部部长同乡党委书记来到青石峪，他们把支书和志君叫到村委办公室，表明他们来的任务。部长说："根据志君的个人申请，县委决定，让志君回村挂职，担任党支部副书记，工资县里按规定发给，村里不再另外负担。"何正明前口说"欢迎欢迎"，后口就提出不同意见，他说："志君是山大政治系的学生，从小念书，庄稼行一概不懂，咱这里是贫困山区，以农为主，如果配个学农的大学生，最符合实际。"听话听音，很明显这个支书不欢迎常志君，要不是部长、书记登门，怕当时就被推出去了。

志君回村挂职的消息像刮风一样在村里传开了。说法多多，总的像娶媳妇奏"苦伶仃"，音调不对。前村的何瘸腿说："现在发生金融危机，工厂减人，企业停办，城市工作不好找，回来农村脱日子，一旦形势好转，拍屁股走人，穷村村根本留不住大学生。"当村的何三谋说："读了几年大学，他家本来家底就不好，念大学花费不少，听说在学校就贷下款，回来当上几年村干部，捞一把走人，名也有了，利也得了。"后村的常老大说："人各有志，咱村有史以来才出了一名大学生，说不定年轻人有宏大理想。现在人们说长道短，评头论足，为时过早，是骡子是马，驾车以后再说。"

说法种种仅是人们的猜测议论，最关键的是支书何正明对这件事情的态度。他在一次村干部会议上说："志君回村挂职，我就有看法，县里说人家是懂马列的，咱农民说实的，马列牛力咱们不懂，这和种庄稼有啥联系，真是瞎子戴眼镜——瞎挂。"

常志君不受支书欢迎的真正原因有两条。一是何常两家关系一直不正常。当年，公社给了村里一个社来社去大学生指标，按条件志君的父亲最符合，高中毕业，回村当了一年生产队会计，一年生产队长。在群众议论这个人选时，正明的父亲说，文权掌不牢，政权就难保，咱村的文权历来在谁家手里？一句话把志君的父亲推到后台，于是人们推荐了何正明。正明只读过小学，后来上了一年农中，而且结婚成家年龄偏大，条件不合格，指标被公社抽了。二是何、常两姓人是村里的大户，姓何的属多数，居住在前村、当村，姓常的少数，居住在后村。公社化时期，前村、当村是一、二生产队，后村是第三生产队，一二队突出政治好，三队打的粮食多，三队队长是志君的老子，在群众中很有威信，却入不了党。多年来，姓何的一直是村里的主要干部。何正明当支书以来，只发展了一个姓常的年轻党员，还是他表兄的儿子。志君这次回来，虽然是挂职，如果不走真的留下来，代替他当支书的非他莫选。他又想姓何的人是多数觉得自己在村里是代表"多数人"的利益的，支书这个位子，暂时谁也代替不了。

志君是挂职的副支书，代行村长的职务。时隔不久，县里召开四级干部会议，凡挂职的大学生都通知参加会议。会上，县委书记作出了题为《解放思想，开拓创新，以科学发展观，力保今年增产增收计划实现》的动员报告。听报告时，正明不时打瞌睡，乡里同他落实发展计划时，他讲了三条：一条是精耕细作，发展农业；再一条是大抓植树种草，发展林牧；第三条是强调发展生产存在的客观困难。

乡长问志君有什么打算？志君胸有成竹，说了三点。一、青石峪自然条件不好，这是事实，但人是活的，人可以改变自然，利用自然，他认为在青石峪光靠农牧业暂时不会有大的发展。二、青石峪的优势是青石山，资源广阔，取之不尽，用之不竭。青石峪的青石纯度高，杂质少，烧下的石灰，像机器面一样，白得出奇，泥出的墙壁又白又亮。县钢厂的工程师说，炼钢离不开这种石灰块。三、按照县里大办交通、发展建材，建设新农村的规划，青石峪办一个大型石料场，烧石灰，粉石子，很有发展潜力。

乡里认为，志君的思路很好，从实际出发，立足本地，发展生产，有突破性，是个很好的项目。何正明却说了一大堆不同意见。开石料场的事早已想过，当年计划一提，报名当工人的很多，人员名单一定，村前村后吵成一锅粥，说大队偏三向四，有的人给大队干部贴小字报，说干部拿着一刃斧，一手按着半张嘴说话，偏的没样。石料场没办成，把村委班子挑了个乱，这是一。二是手里无刀，杀不得人，青石峪是有名的贫困村，办石料场要投资，钱从哪来？三是开机器，用电力，技术人员本村没人才，请外人，工价高得出奇。四是产下料卖不出去谁负责？青石峪的人是挣起赔不起，赔了钱怎么和群众交代？闹不好，竹篮打水一场空。

志君认为，这些困难和问题既存在，也有出现的可能，但人的因素是第一位的，青石峪多年来的问题，干部不团结，群众两股劲，这是工作上不去的主要矛盾，这个问题解决了，其他问题会迎刃而解，只要干部团结一致，群众和谐相处，办石料场的困难再多，也没有过不去的"火焰山"。

乡里支持志君的意见，拍板定案，让他任石料场场长，并同县里的扶贫办、项目办打了招呼，纳入县里的扶贫计划。志君县里回来，立项目，跑贷款，培训技术人员，买设备，忙乎了一段，石料场正式开工了。

身为场长的常志君，深知青石峪办事难，难在什么地方。所以在处理石料场的具体问题时，十分谨慎小心，本着一碗水端平、大事必须民主、小事多听听群众意见的原则，然后决策办事。比如用工人，在同等条件下，优先考虑人口多收入少的困难户。然后公布名单，听取群众意见。在解决运输力方面，鼓励本村人集资，合伙买三轮和农运车。开机器、烧窑子、电工、维修工全是选用有文化、爱钻技术的青年人，他的精力主要用于抓管理。开工以来，生产蒸蒸日上，仅3个月的时间，除开支外，纯利润10万多元，全村户均500元。这一来，前村后村的人对志君有了新看法，说法也变了，认为志君会管理，能用人，没私心，办事公正，这样的人当家，奔小康有盼头。

正在青石峪起了步、上路走的时候，一件不愉快的事情发生了：何鲁汉装炸药爆破石头的时候，炮较长时间不炸，时间已到6点，有的人已换了衣帽，准备回家。鲁汉是个愣头青后生，急急忙忙要去排哑炮，志君堵住门，要他再等半小时，等导火线灭了再去处理哑炮。鲁汉说，孩子在幼儿园，还等着接便把窗子推开，向石坡上跑去，尽管志君高声叫喊，鲁汉哪能听进去，正当他跑到哑炮跟前时，炮炸了，一刹那，尘土飞扬，硝烟滚滚，鲁汉和石头一齐滚下坡来，志君知道鲁汉出事了，冒着石块继续下落的危险，跑到石坡下，把鲁汉扶起，他浑身是血，失去知觉，志君把他背到工棚里，打手机要了村里的一辆农用车，火速把人送到医院。

经检查，鲁汉胸部脸部受了重伤，赶正明和他老婆、儿媳到来时，鲁汉已出了手术室，人虽还在昏迷中，但呼吸正常。医生说："多亏场长采取的措施得力，护送得及时，还献了自己的500CC血，如果晚来一个小时，你儿子就没命了！"正明听了，和老婆马上给志君跪下，感激他的救命之恩。志君忙拉起他们说："伯伯、大娘，这是我应尽的责任，不需二老多心。不用说我是场长，就是普通党员，也不能见死不救。"正明擦了眼泪，对老婆说："石料场还有不少人，个个下班走了，听见炮响，谁也没去搭救，不是志君，咱就断了香火。"

这件事成了村里两派人和谐的融合剂，志君回村以后，在广播上说，鲁汉因公负伤，动员前村后村的人到医院看望。有的送鸡蛋，有的送枣梨苹果，这些礼品虽不值钱，都是自己产的，是群众的真心实意。鲁汉由于心情好，在医院的精心护理下，很快出院了。

还有一件事，也被村里人传为美谈。

那天志君回村时，冲着莲花说了句不客气的话，莲花心里想不通，她觉得志君的存在是她生活的向往，前进的动力，每想起他，学习的劲头就足，学校考试她名列前茅，老师说今年考大学没一点问题。她的心一如既往，没一点变，为什么志君对自己这样无情，她想不通……起先，村里忙着办石料场，莲花一直找不到机会跟志君谈话，直到石料场开张了，一天晚上，她约志君到梨树洼，说有事商量。莲花和志君是同校同学，她比志君小四岁，从小两人就相好，志君考上大学，她背着娘绣了一对枕头，一个给志君，一个留给自己，含义很清楚。志君和莲花的意向，正明两口看在眼里，明在心中。为什么有情人却不能如意成伴？原来在志君大学上学时，收到莲花一封用电脑打印的信，说她已与本县城建局局长的儿子订了婚，定于国庆节完婚，望他另寻知己。莲花约他到梨树洼相见，就是要问他为什么对她这样无情，志君也预料到她谈些什么，所以把那封信装在口袋里，看莲花怎么给他解释。

果然一见面，莲花的第一句话就是："我走与不走，对你来说，是一句多余的话。你说，多在何处，余在哪里？"志君不慌不忙，掏出那封打印的信来。莲花看了信，气得七窍生烟，原来她爹要她嫁给城建局局长的儿子，莲花坚决不同意，拒绝了他们的求婚，为这事，她父亲几次骂她，说她有福不享，到何处寻这样的婆家？她分析这封信一定是局长的儿子打印寄去的。实际上，她一直思念志君，考虑到他的学业，把这种思念久久埋在心里。

误会消除，烟消云散，莲花诉了一肚子的冤屈，又是哭，又是打，哭得有理，打得不疼，两人紧紧抱在一起，一直到深夜启明星升起……

事实上，这以前志君提出过和莲花订婚的事来，正明不同意，志君家虽托了几个和正明相好的人说媒，都无济于事，办石料场前前后后的事，特别是鲁汉出事以后，正明从心里感到志君是真正的男子汉，是个有出息的好苗苗，自己年岁大了，又缺少文化，办事不力，志君应成为接替自己的最佳人选，这样的女婿打上灯笼也难找到，可虽有这个想法，却有点不好意思，面子上过不去。因为曾有人说媒时，他不同意，媒人当面下过结论，说他"敬酒不吃吃罚酒，迟早你要在事实面前认输"。所以，如今当莲花自己提出此事来，正明顺水推舟，成全了这对年轻人。

订婚仪式选在石料场。这天，天格外晴，山格外绿。前村后村来了许多人，村里的干部也都参加了，志君和莲花买了两袋糖和一些水果，撒在会议室里，以农村最淳朴的礼仪，确定了两人的婚姻……

发表于2009年第25期《中阳文苑》

老局长嫁女 | LAOJUZHANGJIANV

董局长叫德高，今年69岁，将要退休。按现在老龄人划分，60岁是后生，70岁是壮年，80岁才称老年。可本机关外单位的人，都称他老局长。因为啥？原因有两点：一是他刚参加工作就分配在老干局，多年来一直没离开这个单位；二是他40岁当了局长，19年没变，所以人以老代董称之为老局长。

老局长的夫人一生只养了一个儿子，他怎么会嫁女？这里面还有一个故事。故事得从25年前一次慰问老干部说起——

那年腊月二十三，他同老干局的两个同事慰问在乡居住的几个离休干部，当他们来到东河村刘长虹家时，这个离休老干部正愁得双眉紧锁，对他家发生的一件事情无法处理。三个月前，他老伴在灰渣坡拾得一个弃婴，前几天老伴走了，孩子哭得他心烦意乱，自己80多岁，肺气肿弄得气也出不上来，真是大水冲了泥神，吾神连吾神也顾不得。他要求老干局帮他打听个好人家，把这个可怜的孩子领养去。德高和夫人正想要个女孩，他便对长虹说："如你不嫌弃，就把孩子让我抚养，她既是你的孩子，也是我的孩子，我给她起个名字叫双亲，行吧？"当下这个老干部愁眉一展，笑着说："只要孩子有个着落，我就放心了，你亲吧，我已风烛残年，不知哪一天去见上帝，孩子就归你了！"

慰问归来，德高夫妇俩对双亲关怀备至，轮着给孩子喂奶，清洗屎尿，虽然一天增添了不少事，但忙得欢乐，干得有心劲。双亲长大以后，很惹人爱，每天爸爸妈妈不离口，老局长一回家总要抱一抱，老局长上班走，她也要跟着走，只好偷着、哄着走。这个四口之家，从此生活得非常幸福，笑容常挂脸上。

双亲上学了，德高把教育、培养孩子成人的事记在心上，落实在每天的行动中。双亲不懂的课程，他随时辅导；双亲每天的作业，他按时检查；双亲做错的事，他立即纠正；双亲做对的事，他给予表扬；在他的精心培养下，双亲的学业操行，多次受到老师的表扬，上初中时就加入了共青团。

双亲大学毕业后，分配到县委办公室工作，去年寒假期间，她同在校读研究生的同学订了婚，两家的老人定于今年九月九登高节结婚，图个吉庆。

消息传开，许多人登门祝贺，不少人说："这是你最后的一宗事月（当地人对男婚女嫁的俗称），办得阔气点，好让同事、亲友观观光，行行礼，千万不要悄悄暗暗做事。"

"到时候再说。"老局长一句话把劝他的人打住。

对于老局长嫁女的事，不仅外人高调鼓励，就是他的亲兄弟和小舅子也这样坚持。他们说："这些年，为别人的婚丧事你行了多少礼？利用孩子婚礼回收一些，礼尚往来，绝不为过。特别是黄老板，你把人家难为了许多，乘此机会好把疙瘩解开！"

黄老板是建筑开发公司的经理，老干局前年修建家属宿舍时，招标成功，不多天的晚上，他到老局长家感谢，顺手拿出40万块钱，放到老局长的抽屉里，老局长问他是啥意思？他说："现在承包修建，付总承包金的10%，这都是不公开的秘密，咱的承包费是……"不等黄老板说完，老局长就开口了："一个小硬币我也不收，你把钱拿走。"黄老板还没等他把话说完，开门就走。

第二天，老局长把这个问题如实端在局务会上，大家决定，钱既放下就不要退了，他送钱的目的，就是要在施工过程中偷工减料，明天就通知他，40万作为不合格工程款的押金。建筑期间发现哪一部分工程不合格，就公开处罚。这事闹得黄老板声名狼藉，只好亲自严把工程质量关，直至把家属宿舍楼验收完。

家属宿舍楼修建得很成功，被地县建筑部门验收时评为一类，当然40万押金如数退还黄老板。

老局长嫁女的消息传出以后，黄老板特意到局长司机家里打听情况。司机说："到现在还没具体安排，具体情况你问问办公室刘主任。"黄老板到刘主任家打听情况，刘主任说："我跟你一样，什么也不清楚，按理说，离结婚还有三四天了，还不见请帮忙的人，也没见发出请帖，不知道老局长怎么安排。"

九月九日前一天，老局长大门上贴一张红纸辞帖，辞帖的内容是："众亲朋、好友：为了响应县委从俭办婚事号召，明天双亲结婚，我们两亲家决定领孩子们去北京旅游结婚，不用响器，不做事月，不惊动大家，请谅解！"

事后，人们对老局长嫁女说法多多，有的说："老董是老共产党员，一生事事响应党的号召，模范地执行党的政策，为从简办喜事带了个好头。"也有的人说："共产党员也不能脱离乡俗，女儿婚姻大事，办得悄无声息，也没意思。这种做法，没人学习。"

说好也罢，说差也罢。老董坚持认为："大操大办，说到底是个执行不执行纪律，讲不讲廉政的问题。对于一个风俗习惯，要改变不合理的部分，得有一个过程，很难啊！作为一个共产党员、领导干部，应该从我做起，从每件事做起。"

老局长以他自己的解读，就这样坚守着共产党人所谓的清廉高地……

发表于2011年5月第36期《中阳文苑》

"钉子户" 还贷 | DINGZIHUHUANDAI

柯华是南岭村的头号"白骨",四十出头,五大三粗,一脸横肉,一说话,脖子里爆起两条青筋,一看就是非善良之辈。

三年前柯华向信用社贷了5000块钱,买下一辆小四轮。不久,四轮和他跌了崖,贷款到期,信用社几次催贷,柯华总是找借口不还,今年三月,镇里组织的依法收贷,柯华引上老婆去了村委,见了收贷工作组,他说:"要钱我没一分,抬家具没一样着眼的,现在有人拐卖妇女,我的老婆不值一万也值八千,引上走算了。"就这样把收贷工作组顶回去了。

就这件事,村上的人给他送了个绰号——"难克化"。

四月份,信用社调来个女主任,姓温,叫家花,人生得秀秀气气,说话文文雅雅,办事讲求实际,说话句句在理。这天一早,她相跟上会计小李上了南岭,见了村长,村长一见温主任,就知道是收贷的,他对温主任说:"全村欠贷的都还了,就剩'难克化',我劝你不用瞎子点灯白熬油。"

温主任说:"午饭就派到他家吧。"

温主任一行到了柯华的院子里,柯华正担水浇树灌菜。村长说:"这是信用社温主任,她俩的午饭就派到你家里。"柯华皮笑肉不笑地说:"欢迎,欢迎!"村长一看柯华的表情,心想,女主任,你少不了吃头子、碰钉子。

温主任对柯华说:"你的果树开花太多,必须疏花,不疏花,秋后的苹果能长核桃大。"

说时，柯华把头扭过来看了一眼温主任，没话说。

这时，门外来了加油站的赵老板，向柯华讨要三年前赊了两桶柴油的钱。柯华态度很不好，开口就是耍赖："现在没钱，能等，再等两年，不能，上法院告我。"

赵老板说："你圈里不是喂起一口大肥猪么，卖了就是钱。"

"孩子上学要花费，等着卖猪缴学费。"

"你不卖，我拉上走。"

"谁敢动我的猪，我就同谁白刀子进，红刀子出。"

赵老板火了，手里操起一根木棍，柯华也拿起一条扁担，双方剑拔弩张，大有动武之势。

温主任没有袖手旁观，更没有趁势逼债，她问赵老板："欠你多少钱？"

"600！"赵答。

温主任掏出6张百元大票，替柯华还了债。

赵老板走了，柯华慌忙回家，对老婆说："把钱捞出来，割韭菜，炒鸡蛋，准备午饭。"老婆一听愣了神，原来他让老婆把两张一元的人民币煮在锅里（这里吃派饭，一人一顿给一块钱），以此逐客。

柯华在院子里割韭菜，温主任对他说："欠债不还没道理，穷要想法挣钱。"

柯华说："手无刀杀不得人，家有一辆破四轮，修不起，想啥法去挣钱？"

"有穷人,没有穷村。"温主任说。

柯华耷拉着脑袋说:"谁信得过咱,找了几个有钱的人,钱不借给,还说了不少欺人的话,说咱是茅坑里的石头,又臭又硬,谁愿挨!"

温主任关切地说:"这话说到实处了,你现在是要先立志树威信做人,后做事挣钱活人。"

温主任的一句话,打动了他的心,这个红黑不怕的硬骨头,当下落下眼泪,说:"我从来没有碰见过一个像你这样开导、关怀我的人……"

温主任说:"只要你立志做人,办法我帮你想,先贷上3000元,把车修起,镇煤矿改造井桶,急需石料300方,送一方300元。你丈人有石料厂,时间不能拖,必须抓紧完成。"

这事他已经找过矿长,人家不点头,他要求温主任拉他一把,引上他签个合同。

温主任没有作难,合同签了,柯华如期送料。

打石中,柯华被一块崖石砸伤了腿,温主任开上小车把他送去医院治疗,伤还未愈,柯华带上老婆又去送石料。

矿长见柯华办事认真,不失信,改过做人,又把修路清基的活包揽给他,一干就是三四个月。

柯华的日子好转了,国庆节这天,他带上苹果,制了一面锦旗,相跟上村长去信用社还贷,上面写的是"赠给教人扶贫的好主任"。

发表于2004年11月《吕梁信合》

风雨途中 | FENGYUTUZHONG

　　我和春歌是从小学到高中的同班同学，高考时我们同时达线，我报考了山西医学院，他报考了山大中文系，毕业后，我在县医院工作，他去了政府办公室，比我早一年就业。

　　我两家是隔墙邻居，他父亲患气管炎多年，母亲在村里开个小药店。我爹是老中医，母亲当年在县卫校学过二年护理，在村里打针、接产、看个小病。我们两家常来常往，情如至亲，再加我和春歌是无话不说、有事必帮的知己，更加深了两家的情谊。

　　大前天，春歌给我打来电话，说他有个朋友，叫山里梅，她男人患的是不育症，请我同他一起去治疗。他知道我家有治不育症的祖传秘方，要求我把神药带上，把绝技拿出来。我说："我从来没有听说你有个叫山里梅的女朋友，啥时结识的？你小子不老实，对我也保密起来了。"

　　"不保密，人样可是上等品。"

　　"你怎么认识的？"

　　"上车再说。"

　　"谁的车？"

　　"冬莲借的她们机关的车。"

　　"谁开车？"

"当然是冬莲。"

"怕老婆鬼，小心打了醋瓶子！"

"没事，我们是正大光明的朋友。"

车在山区的公路上缓慢行驶，在我的追问下，白歌把他和山里梅认识的故事说了一番。

那是一个月前发生的事情：

我们村坐落在吕梁山的一个山沟里，村名叫白杨峪，离县城90里，地处偏僻，交通不便，从县城到我们村，坐班车只能坐到离村7里的三岔口。三岔口是连接三个县的交叉点，早晚只有一趟班车通过这里。

阴历六月六日这天，春歌回家看望父母，春歌是孝子，在家留宿一夜，替父亲挑满水缸、浇了菜地，帮母亲洗了衣裳，把杂七杂八的事情安顿好，已是下午4点，忙起身回城，赶下午5点半的班车。走时，母亲一定要他把一件风衣带上，还有她给儿媳妇做的一双布鞋和给小孙孙烤的干馍片。春歌不想拿，说城里人现在谁还穿布鞋，城市地方窄，多余的东西没处放。母亲说："你们年轻人经事少，天有不测风云，万一有个刮风下雨，班车误点，没个长余衣服还行？"

妈妈的好心，他不能拒绝，把这些东西带着，上路了。

六月的山区真美，山金针、野玫瑰、山丹花……都开了，有黄的、红的、白的、紫的，五颜六色真好看，他想，城里的人花上钱逛公园，山里的人不花钱，观野景，比公园的花更全更美，诱人的花香，引人的山景，使他步子慢了点，竟忘了自己是赶晚班车的人。这时，天边出现了一块黑云，刮起一阵热风，雨点滴滴答答下起来。这儿离停车点顶多半里路，慢跑紧走衣服淋了个透湿。山区的人是活气象预报，他们可以看到天气的动向，没有一个人在此候车行路，好在这里有个简陋的卖饭棚，他一个人钻进里边避雨晾衣服。

不多时辰，有一个女子向这个方向走来。她下身穿一件墨色超短裙，上身穿一件露肚脐的半袖衫，手提一双高跟凉鞋，头戴一顶太阳帽，看样子不是本地妇女，饭棚很小，自然他俩坐在一起，开始了以下对话：

"你去哪里？"

"到五里湾姨妈家。"

"你干什么工作"？

"当教师"。

"你叫什么名字？"

"山里梅。"

"当地没听说有这个姓，怎么叫这么雅致好听的名字？"

山里梅性情直爽，也很健谈，说到这，她作了一番详细的介绍。这名字是她老师给起的，小时候她是个好胜要强的女孩子，有时候母亲惹了她，几天都不说话，班里有的男生叫她"红辣椒"，有的女生叫她"野刺芥"，她嫌这些叫法不好听，担心传成绰号，便让老师给她更名，从此，家里人和同学们都叫她山里梅。

春歌说："从你的名字看，在校时，你的学习成绩一定很好。"

"是的，小学、初中、高中一直是第一，高考得598分"。

"那你怎么当了教师？"

"因为家寒，一来供不起高昂的学费，二来亲戚没有一个像样的人，考虑到就业，我便报考了师范学院。"

"你今年多大岁数？"

"三十五。"

"比我小五岁，在哪个村任教？"

"惠家坪中学。"

"惠家坪有我完小时的一个同学。"

"他叫什么名字？"

"惠康。"

"他是我们的校长"。

这时雨下得更大了，雨乘着风直往棚里打，那身单薄的湿衣服冷得她直打战。春歌对她说："我拿件风衣给你穿上。"

她没推辞，把风衣接到手，但不脱身上的湿衣裳。春歌觉得，女人在一个陌生的男人面前换衣服不便，就把头扭到一边，等她把衣服换了，他才扭过头来。

衣服换了，两只泥脚显得没处放。春歌说："你把凉鞋洗洗穿上。"她利用棚沿滴水，把凉鞋和脚洗了，可鞋不能用了，一只断了鞋带，一只掉了后跟。

春歌又把母亲给妻子做的布鞋拿出来，让她试试。并告她："这是我母亲给孩子他娘做的。"

她不好意思穿，春歌猜想她的意思是担心他对老婆说借鞋的事。于是说："人到难处，不必讲究。"

说来也巧，鞋子不大不小，正合她的脚。这一身打扮，和刚才的山里梅判若两人，坐在他面前的漂亮女人，只要把脸扭过去是个地地道道的男子汉。他们俩都没吃晚饭，春歌把干馍片拿出来，你一块，我一块，干嚼的吃，共进了一顿有意义的野餐。

雨不仅不停，而且打雷，夹着冰雹，乒乒乓乓打在饭棚顶上。一下闪电，把棚里照得亮了一下，随着一声炸雷，把棚顶的尘土都震落下来，吓得她躲在春歌的胸前，她说："靠靠你吧，这雷声太刺耳可怕了！"

他觉得她的体温比他还高，特别是两个奶头紧紧贴在他的胸前，使他全身，像中了电一样，不知道现在将会发生什么事。

故事说到这里，春歌无言了。我说："你小子好像盲人说书，怎么书到关口停下了？"

春歌抽出支烟来只管抽烟，没有下文。

"你不说我编的说、猜的说，把这个风流故事告诉咱们的老同学，把故事传遍州城。"在我的"追迫"下，春歌继续这个故事的发展。他说："我一生也没遇过这样的人和事。"

春歌由于冲动，脸发烧，手有点抖，心跳得很厉害，肚里的话，不知从何说起……把知识分子那种固有特点充分显露出来。

山里梅是个聪明的女人，自然感觉出来他的这种表现，她把他的手松开，问春歌："你干什么工作，担任什么职务？"

"我在政府办工作，担任副主任。"

"你一定是党员，前程似锦。"

两句话把春歌刚才的温度降为零。不过春歌还是把他肚里思谋的话讲出来，只是婉转了一些。

"我们可不可以交个朋友？"

"可以。"

"可不可以比朋友的关系更密切一些？"

"所谓朋友，就比一般人的关系密切，朋友的标准就是有事相帮，有难同当。"

"我是说我们在这里留个纪念……"

说话听音，话到这里，山里梅坐在一边，也没生气，而是很和谐诚恳、一本正经地对春歌说："我也是共产党员。"

"党员也是人，人都有七情六欲。"

"是的，你是一个好人，是女人理想中的男人，我作为一个女人，怎能没有情感，不懂情谊。况且我男人是个无用人，他患不育症，曾对我说，为了传宗接代，你如果遇到一个聪明、正直、气质好的男人，就和他怀个孩子，谁能在槽头认马驹。"

春歌虽然没有做过这种风流事，觉得事情并不复杂，锅开面现成，他来了一段自我介绍："我儿子已经八岁，我女人今春流了产，我是一个真正的男子汉。"山里梅更明确了他的意思。她对春歌说："我们有婚誓，我不能违背自己的誓言，也不可无视党纪。"

"啊！你们有婚誓？说来我听听。"

"当初，我男人在视导室工作，他一直追我，我总不理他，他问我为什么，我说世界上的男人都一样，特别是像你这种学历高、知识面广，会博得不少青春女孩的芳心，今天爱我时，你说得天花乱坠，铁树开花不变心，明天碰上个比我强的，便会见异思迁。"

我丈夫说他不是那种人。

"不是那种人，我提一个条件，你能否答应？"

丈夫问："啥条件？"

我说："要你对天盟誓。"

丈夫问我誓词。我说了三条："一、不准离婚；二、风雨同舟；三、在任何情况下爱我一个人，不准胡来。如果违背誓言，天打雷击。"

丈夫说："誓言是两个人的事，你要求我做到的，你也必须做到。"我回答说："这理所当然。"

誓言虽有迷信色彩，这些年来，我们夫妇一直遵守，互敬互爱，和睦相处。

山里梅说，作为夫妻，必须做到这三条，否则，在心灵上会留下不可磨灭的疤痕。尽管现实生活中有人做不到，但疤痕却永远存在。

春歌说他有一晚上加班写材料，不慎把钢笔里的墨水漏到衬衣的口袋里，雪白的衬衣留下这么一点，洗过几次，都不能洗净。山里梅当时触景生情，对自己说："人的一时不慎之举，就会像这件衬衣一样，留下永远洗不掉的污点。"说到这里，她反问春歌："你能理解我吗？"

"能理解。"

"那我就接受你的首个要求，咱们结为朋友。"

春歌说："凡知识分子，许多人都有婚誓，我也想起我们的婚誓，我不能破坏你的婚誓，也不应该违背自己的婚誓，更不应该违反法纪。你是世界上少见的好女人。"她也评价了春歌一句："你是世界上女人可以放心的男人。"

讲到这，我插了一句："你小子不是捉弄人吧？你又不是唐僧，何时信佛念经，你们那黑夜究竟是怎么回事？"

冬莲这时也接口对我说："真是这么回事，第三天，山里梅相跟上男人给我们送来鞋子和风衣，并带两瓶酒、两束野玫瑰，还和我结成干姊妹，她夸我妈的手艺好，我顺手把那双布鞋送给了她。她也很高兴地接受了。"

故事刚讲完，车子已开到了惠家坪中学门口，门口站着一对中年男女，男的就是春歌早年的同学——惠康，不用说，他就是我今天要诊治的男人。山里梅同我们一一握手，她俊俏、热情、大方、直率，是我见过的最美丽的女人！

发表于2009年第24期《中阳文苑》

善有善报 | SHANYOUSHANBAO

　　穆水生一夜没睡好，不多时就把电灯拉着，看看表，然后又把灯拉灭。五点多，起了床，又是洗脸，又是刷牙，又是换衣裳，又是翻手提包，把熟睡的女儿惊醒了。

　　兰花睁开眼一看，对他说："爹，才五点半，早着嘞！"她爹说："七点半发车，我还要到小吃铺吃一碗羊肉杂割泡烧饼。"

　　兰花说："现在方便，吃的到处都有，你把速效救心丸带上。"

　　"一年多了，心脏病没有发作，没事！"

　　兰花也起来把他这次出门用的东西都收拾好，把药特意放到显眼的地方，到学校上班去。水生也乘延安到北京的车走了。

　　水生当年参过军，和他最亲近的战友——赵为军在京郊办了一个煤化加工厂，这几年厂子效益特好，成了小有名气的企业家，水生这次去北京，是受战友的邀请参加建厂十周年庆典。

　　在车上，水生觉得肚里不舒服，头昏眼黑，呕吐了两次，症状同当年心脏病发作的情况差不多，后悔自己没把女儿放下的药带上，又觉得自己有晕车的毛病，也许是羊杂割不对胃的反应。车进京以后，他又一次发作，再也不能坚持坐车。司机只好把他扶下车来，坐在街前的台阶上。这时的水生脸色苍白，呼吸困难，过路的人很多，看一眼走了，不曾理他，也没法理他，这时过来一个年轻人，摸了摸他的脉象说："你不要动，是心肌梗塞，我给你想法。"说罢，他以飞快的脚步，在一家小药店买来急救药，让水生含在舌下，不多时呼吸正常了，病情缓解过来。这个年轻人特意警告他："你还不敢动，如果一动仍有性命危险，我是医生，想法救你。"

过了一会，这个年轻人和另一个年轻人拿来一副担架，把水生抬走了。水生被抬到他家里，又是扎针服药，又是输液打针，前前后后十来天时间，水生病情稳住了，他开车把水生送到水生战友那里。

这个年轻人叫余晋，在北京一家私人医院工作。赵为军听了水生来京遇事的叙述后对余晋说："你是世界上少有的好人，水生是我的亲密战友，因为请他来我这里，给他写过两次信，汇过两次款，他把款退回来，说他生活并不困难，只是菜园忙得走不开。这次厂庆，他答应来，可到时还是没来，如果不是你急救，我给战友闯下大祸了。你救了他，等于救了我。"说时，他拿出10万元人民币，硬往余晋车里塞。

余晋说："情我领了，礼不能收。我家祖辈是医生，老人们不止一次教导过，救死扶伤，济贫助困，是一个人的本分，水生临危，我作为一个医生，不能袖手旁观。我是山西人，事后我才知道，他和我家是仅一河之隔的邻县人，因为有你，我才把他送来，要不，我还得把他送回老家呢！"

赵为军再没多话，让厂里的摄影师为他们3人照了相，作为特别的留念。

水生回家，自然把前前后后的情况对女儿讲了。兰花看了这个英俊文雅的年轻人，十分感激，十分敬佩。

兰花是初中教师，春节以后，学校还有半个月时间开学，她对父亲说："人家不收礼是人家的本分，咱不能无心，趁这个假期，咱去一趟北京，一来表咱的感激之情，二来我还没去过北京，看看天安门、故宫。"

水生觉得女儿的话在理，他让女儿作去北京的准备，考虑到余晋的秉性，他说："带些土特产品，他不会不收。"

兰花问他："余晋有没有家？"

"有地方，缺人，他上班一走，我一个人看照门户。听他说有个母亲，春节前回老家看姥姥去了，年后回北京。"

"他爹做啥？"

"据余晋说，他爹为抢救车祸受伤的病人，自己也被车压死了。"

"他家有些什么人往来？"

"大概是些同学、同事，谈论些医疗工作方面的事。"

"余晋的爱人做甚？"

"他还没结婚。"

兰花是个聪明的女孩，觉得这句话问得有些出格，但又想，既要去感谢人家，还能不了解对方的情况？所以脸微微红了一下，又平静下来。

心里有了底，兰花就去操持去经北京的准备事宜。

陕西沿黄河一带盛产红枣，她爹是当地有名的土专家，他引进的新选2号红枣树，结的枣个大、核小，含糖量高，吃起来很可口，她把这种枣好中选好拣了一编织袋。

陕西沿黄河地区的荞麦出名，用荞麦面蒸的碗脱（一种当地小吃）特可口，据说当年红军东渡时，周总理吃了当地群众送的碗脱，赞不绝口，兰花让父亲在石磨上磨了十几斤。

陕西的软米很有名，蒸下的糕格外有味，她和父亲在石碾子上捣了十几斤。村里有磨坊，加工米面，为啥还要人加工，兰花说："石磨加工的米面有味。"

沿黄河的人最拿手的传统手艺是石刻，不少人有这种手艺，兰花在大学时，给几个要好的学友刻过几个工艺品，她属牛，刻了一只石牛，用一个精美的塑料盒包装好，她觉得这是她送给余晋最珍贵、最有纪念意义的礼品。

正月初六，父女俩带上这些礼品去了北京。

兰花父女的到来，给余晋家增添了无比的喜悦与欢乐。正月初七，余晋娘也回来了，她一见水生父女，面容喜得像开了花，心情格外的好，原来她娘多次要找的救命恩人一直没找到，现在突然在自己家里见到，能不兴奋吗？于是，当着几个人的面，说了她三年前那次遇险的经过。

农历七月十五，绥德县的枣林坪有个传统古会，村里请县里的大剧团公演了三天，余晋娘和几个邻居婆姨乘船去看戏，木船超载，船到中流，一个恶浪把船打翻，余晋他娘推了五里地，被正在西瓜地里看瓜的水生看见了，他当过艄公，三把两把就把余晋娘拖上岸来，水生既是个好水手，又有救落水人的经验，他把水生娘倒立在一块门板上，让肚里的积水一口一口流出来，后又喂了两粒藿香正气丸，她慢慢地苏醒过来，回到水生家休养了两天，水生摇船把她送过黄河。

回家的第二天，她去镇上医院检查身体，碰见一个相面老人，给她相了一下面，留下几句话，"大难不死，必有后福，人当行善，不可作恶，善有善报，恶有恶报，若还没报，时间不到，时令一到，必定要报，受恩应报，时不我待。"

余晋娘虽是家庭妇女，旧书旧戏看得不少，深信相面人说得在理。时隔不久，她相跟上男人来到枣林坪，目睹村边的地方、菜地、瓜园全被洪水冲走了，据村里的人说，被冲了地方的人家全迁走了。余晋他爹和娘打问过几个人，人家说他们不长脑子，既是救命恩人，为何不问名字，他娘说："不是没问，是问了几次，他不肯告说。"

北京游览了几天，自然相互拉些家长里短。

兰花和余晋都还没有结婚，这两个年轻人起居行动非常合拍，两个老人都看在眼里，高兴在心里。

兰花把带来的软米面蒸成糕，把枣煮成泥馅，做成油炸糕，余晋吃着说好，赞不绝口。兰花把荞面蒸成碗脱，让余晋在超市买来山西老陈醋与辣油和新蒜，大家吃得美，夸手艺有特色。兰花刻的石牛，余晋估计兰花知道他的属相，专对他刻的，所以把它放到自己读书的地方，当成珍贵的礼物。这一切，两位老人虽没明言，心里都在想，如果他们组合起来，一定是个无比幸福的家庭。

两位老人都这么想，但有个实际问题，说不出口。兰花长相、性情修养、文化程度都没一说，就是脸上有一块红黑相间的痣，影响过兰花找对象，兰花就业以后，虽有过几个相亲的，条件都好，但人家一看，叹一口气走了，特别是县里一位局长的儿子，看过兰花说："这么标致的女孩，脸上长了这么一块痣，真可惜，像白条猪上盖了一枚检疫章，难看死了。"

余晋娘虽有这个意思，不能明言，背地里和儿子说了她的想法，试探儿子的真实思想。余晋说："这在过去，布染上色，是变不了的；现在医学发达，花点钱就能还原人的本来面色。"一句话使他娘顿开茅塞，说："咱多花点钱也值得，难遇这样的好茬茬！"

余晋娘把余晋的话当晚就告了兰花父女，兰花一听，心里的高兴劲没法形容，她的脸真像春天的桃树，一遇春风暖流，一夜之间乐开了花。水生说："山区人出门不容易，趁来北京的机会，让余晋引上去检查医疗，花钱多少，我包着。"余晋娘说："你对我的救命之恩，我还没报，钱我有的是。既然托了余晋，那咱都不用操心了。"

她的话有两重含义，水生虽是庄稼汉，也意识到其中的含义，就顺口说："余晋是个老实孩子，好心人，交给他办事，我一百个放心。"

兰花马上给中学领导打了电话，说她在北京做消痣医疗，可能要超几天假。

再说余晋引上兰花做了消痣医疗，游公园，逛大街，一天，他在王府井遇见他的几位同学，问他说："你啥时交上的女朋友？对老同学也保密？"

余晋说："她是我表妹。"

"表妹还手拉手，肩并着肩走？"

余晋默然。

兰花的脸却笑中含羞，好看宜人，真是一朵盛开的兰花……

发表于《中阳文苑》

媳为媒 XIWEIMEI

老王死了老伴以后，每天闷闷不乐，一年来的时间，脸黄了，身瘦了。儿子王实看在眼里，急在心中，觉得照这样下去，用不了一年半载，身体会彻底垮了，说不定哪一天就一命呜呼。他跟媳妇巧巧商议，用啥法能解开老人心上的疙瘩？巧巧说："这是心病，要用心治。咱拿出十二分的孝心，让老人高兴就是了……"

巧巧在时装店给公爹买了一套质地良好做工精细、款式新颖的服装，上身土黄色的夹克，下身淡蓝色的裤子，巧巧兴高采烈地放在公爹面前，并说，她在电视里看见一位中央首长访问群众时，就是穿这样一身服装，多实在，多大方，且潇洒。不料老王一脸不高兴，冲着巧巧说："咱退休了，还讲什么潇洒、大方，把我儿不穿的服装弄几件就行，谁叫你花这些钱？"

巧巧的好心没有使公爹高兴，但她没有灰心，她问丈夫："爸爸遇啥事能高兴起来？"王实说："只有小树回家来时，你不见他才有笑容？"

小树是老王唯一的孙子，在县城上中学，每隔两礼拜回来两天。这两天，老王比较开心。早上，跟小树登山；中午，买鲜菜割肉，亲手炒几个菜；晚上，爷孙看录像。不过都是老掉牙的片子：《地雷战》、《地道战》、《小兵张嘎》、《英雄儿女》等，小树不想看，他都强调这些片子内容好，对青年人有好处。

为了让老人多点开心，夫妇俩决定买一辆新摩托，每礼拜接小树回家。可是，小树在家一天，老王高兴一天，小树走了，老王照样闷闷不乐。细心的巧巧继续琢磨老人的心思。她发现家里每次改善生活，老王总

刘云光文集

要对巧巧说："给你妈送去一份，她一个人过，怪可怜的。"有一次吃饺子，老王亲自把馅送到亲家母家里。巧巧想，这两老人，同病相怜，亲家厚道，在一起，一定谈得来，必能解开相互的苦闷。

世界上真是无巧不成书。小小县城发生了流行性感冒，老王病倒了，王实抽不出身来，巧巧上班，操持家务，跑医院，忙得不可开交，于是她把母亲叫来帮忙。

巧巧妈是个退休工人，心灵手巧，一向勤快，住了不几天，老王家里发生了不小的变化，暖气烧得热乎乎的，客厅的花开得和春天一样美，顿顿饭做得香美可口，特别是老王的衣服被褥洗得干干净净，烫得平平整整，老王愁眉大展，服了药日见成效。

一天，巧巧在未下班时间回来，走到公爹窗前，看见母亲正给公爹抠脊背，一个抠得恰到好处，一个舒服得像喝醉了酒，优哉游哉，两老人你问我答，你答我问，语言中含几分甜蜜……巧巧一看这情景，心里顿开茅塞，为什么让两位老人各自孤单，为什么不可以把两家人合成一家？晚上，她把自己看到的情景和心里的想法告诉了王实，王实认为：问题找准了，办法也最彻底，难的是不好把事挑明。巧巧说："这事你就甭管了。"

巧巧觉得瓜已熟蒂已落，用不着拐弯抹角，当着两位老人的面，把王实和她的主张想法提出来。她妈羞赧得脸红，直笑不说话，公爹却推脱说："儿大做公，媳大做婆，由你们定吧！"时过个把月，老王在亲家母的精心照护下，病体康复，脸上泛起了红色，浑身充满了生机。一天下午，巧巧妈对女儿、女婿说："小树爷的病好了，我就回家吧。"王实巧巧异口同声："这里也是你的家，永久住下来吧！"

巧巧妈一下子愣了，老王毕竟是老干部，他用告诫的口气对儿子媳妇说："这样办让我们违反法律。"

"你们改天可去办了结婚登记。"说时，王实把户口本分别给了老人。

老人们笑了，巧巧顺势把母亲的铺盖搬到公爹的床上。

从此，老王屋里又充满了笑声……

发表于2003年4月21日《当代中阳》

三妹成"神" | SANMEICHENGSHEN

　　每年三月三，青阳山麓几个村的老百姓都要到娘娘庙烧香化纸。他们烧香化纸不是求子祈安，而是纪念一位抗日女英雄——石三妹。

　　群众为何视三妹为神，说来还有一段催人泪下的故事。

　　那是1939年，日本人侵占县城后，就把青阳山的娘娘庙拆了，在庙院内修了一座碉堡。

　　自从修起碉堡以后，附近几个村的群众遭了殃，今天抓夫拉差，明天抢粮要款，捉鸡搜蛋、杀猪宰牛更是平常事。更可恶的是杀人放火，强奸妇女，搞得人人自危，民不聊生。一天，阎锡山的三十三军割了石家咀前后的电话线，日本鬼子开了五村人的训话会，当场杀了五个村、闾长，13个老百姓，烧了石家咀村头五户人家的房屋，三妹的公爹、丈夫就是在这次惨案中遇害的。

　　当时，三十三军的一个团就驻扎在青阳山麓，与日本人周旋，围围打打，打打围围。老百姓都希望他们硬硬邦邦打几仗，把日本侵略者赶走。可是，这支军队装备差、军纪不严、战斗力弱，和日本兵打起来，一打就退，一追就跑，所以日本人肆无忌惮，根本不把阎锡山的军队放在眼里，经常三个一群、五个一伙地到村里来欺负老百姓。

　　二月下旬，王定国军长下令，要这个团把碉堡攻下来，军部还调了一个机炮连助战。结果连攻三天，死伤百余官兵，都没把碉堡攻下来。三妹是石家咀人，离碉堡二华里路程，她看见千余名晋军打不退八九十个日本兵，心里气得很。她想，上次晋军割了电话线，日本鬼子来烧房子杀人，这次晋军攻了三天碉堡，在村里起灶吃饭，老百姓送子弹，抬伤员，如果赶不走日本人让它再下山，不知又要杀多少人！石家咀的闾长、邻长都被日本人杀了，村里没有主事人，人们不约而同来到三妹的院子里，都觉得这次攻碉堡后日本人下山来，必定会大祸临头。

三妹虽是个妇女，为人正直，有胆有识，她不甘心当亡国奴，对日本侵略者恨之入骨。近几天来，她饭吃不好，觉睡不香，一直思虑如何对付日本人，让老百姓躲过这一灾难。三妹心里装着青阳山人的苦愁，来找村里的长老石万才。石万才家资殷实，读过几年私塾，具有民族正义感。三妹找他，把自己心里的想法如实告了石老。万才肃然起敬，对三妹说："你有这样的志气，真不愧中华民族的优秀儿女。不过我想，事要成功，非得有军队的配合。"于是，三妹和万才去找晋军的刘团长。

刘团长是山东人，父母被日本的飞机炸死了，他听了三妹的陈述，马上给三妹行了个军礼，并答应全力配合，共歼这股日寇。

三月初三这天，天气格外清亮，周边的山头没有一个人影，更没有枪炮声，村里鸡鸣狗吠，家家炊烟，一片和平景象。驻扎在碉堡里的日本兵也出来在碉堡外面活动，晾晒衣被，出操唱歌，松山队长叼一支烟，戴着望远镜站在岗楼上四面观望，看到根本没有晋军活动的迹象。

这时，万才给三妹包的吃了饺子，三妹梳洗打扮了一番，穿了崭新的花夹袄、米黄色裤，头上扎了一块雪白的纱巾，鬓角插了一朵小红花，犹如出嫁的大闺女。

万才老汉挑了一担水，三妹提了一篮鸡蛋，径直往碉堡上走来。

日本兵见是一个老汉和一个妇女，也就放松了警惕。况且，晋军围攻了好几天，碉堡内正是缺水。松山队长望远镜里早已看见一男一女、一老一少。他让士兵放下吊桥，先让万才把两桶里的水各喝了几口，才让士兵把水挑进碉堡里去。

三妹放下鸡蛋，佯装要同万才下山，松山哈哈大笑，叫两个士兵把她架进了碉堡里。

碉堡是桶形的，直径15米，中间是木扶梯，上层是木盖板，高20米，上下共四层，一层放给养弹药，二层是伙房饭厅，三、四层是士兵，松山住在第二层。三妹进了碉堡，士兵马上收起吊桥，松山命令士兵上三、四层，二层只留他和三妹。三妹心想，事情有成功的可能了。

松山果然没出她所料，把她往怀里搂，三妹故作亲热，头向上伸了两下，示意顶层有士兵。松山马上命令士兵放下楼梯盖板。

三妹先脱去自己的外衣，放在一堆干柴上，又示意松山也脱衣服，这时三妹心急手快，趁松山脱衣服之际，把准备好的一瓶汽油倒在衣服上。松山闻到汽油味，顺手一枪，击中三妹的胸侧，三妹不顾一切，忍痛划一支火柴，刹那火苗燃起，浓烟滚滚。松山拿起床上的军毯，往柴火上盖，三妹抱住他的右胳膊，狠狠一咬，扯去一块皮和肉。松山狠劲挣脱，一把卡住三妹的脖子，三妹使尽浑身的力气，也卡住松山的脖子，相互扭在一起，动弹不得。顿时，火苗燃着了干柴，干柴燃着了扶梯、楼盖板，烟往上冒，火往外喷，已是星火燎原，势不可挡。

坐在三、四层的士兵，正在议论松山，发现楼板夹缝里冒出黑烟，忙打开盖板，火苗黑烟直冲上来，呛得睁不开眼，这时，弹药库也触火自爆，硝烟更凶，一伙鬼子兵都往岗楼顶端挤，越挤越上不去，先后有二十几个鬼子从岗楼上跳下来，大部分伤了腰腿，跌成残废。

附近山头上埋伏的晋军，看见碉堡着了火，从四面八方冲来，那些跳下岗楼的士兵，成了他们的活靶子，不多时，碉堡已成空壳，大部分鬼子葬身火海。

晋军收拾战场时，发现了三妹和松山的尸体，两人虽烧得面目俱毁，却依然相互卡向对方的脖子。

碉堡烧了，团部马上向军部打报告，说他们经过浴血奋战，全歼日寇，军部给予嘉奖，刘团长提任师长、营长提了团长，每个士兵得到10块白大洋奖金。

日本投降后，石万才动员村里的群众，拆了碉堡，恢复修了娘娘庙，又自己出资，请了陕西一位泥塑师，把三妹塑立庙中。这位泥塑匠，根据当地人的回忆，几经修改，把三妹塑得逼真、刚毅、威严，只收了涂料钱，没要一分工钱。

此后，娘娘庙仍叫娘娘庙，但已换成了真实的石娘娘。

发表于2010年3月第9期《交口文苑》

民间故事辑录

村姑巧治钱先生｜CUNGUQIAOZHIQIANXIANSHENG

传说在清朝末年，宁乡县城有一家姓钱的商行，钱掌柜娶了三房夫人，养得一个宝贝儿子，取名继贤。继贤从小娇生惯养，不肯好好念书，几次考试落第，后经钱掌柜多方打点，总算有了个秀才头衔。

有了头衔的继贤，照样是商不会经，地不肯种，每天游街串巷，寻花问柳，同几个不三不四的年轻人混在一起，饭店出，酒店进，拍红打黑，弄得声名狼藉。

钱掌柜担心儿子越混越坏，想让儿子到农村同老实的农民在一起，改变环境，习染变好，便请了几桌饭，把继贤委任给一个偏僻的山村，当了那里的教书先生。

临行前，钱掌柜再三告诫儿子，人活名誉树活皮，学坏容易学好难，毛病不改，上当吃亏。继贤口上说是是、对对对，心里却想，你管了我三尺门里，还能管了我三尺门外？

继贤到了农村，城市少爷的架子一点也没改，雇人做饭，雇人洗衣服，不是买蛋，便是杀鸡，今天城里割肉，明天镇上打酒，课不给孩子们讲，字不让孩子们练，经常上山捉兔子、打山雀，村民向学董反映，这个先生不务正，是个典型的浪荡公子。

学董进城找钱掌柜反映情况，钱掌柜打发女婿来学校嘱咐继贤。继贤说："老爹让我往好学，实际是让我往死受，戏看不上，澡不能洗，连个漂亮女人也见不到。"他姐夫觉得继贤的思想和在城里时一个样，只好把老丈人的话再重复一遍就走了。

农村有句俗话："狗难改偷吃本性。"一天，继贤走访学生家长，发现山丁子的妈妈村姑生得一表人才，其身材之窈窕，脸庞之俊秀，皮肤之娇嫩是少见的，真是一只深山的俊鸟。

此后，他对山丁子的学习特别关照，每天放学后，要把山丁子叫到宿舍个别谈话。谈些什么呢？除考几个生字外，不是问他爹这几天在不在家，就是问他妈在家做什么。有时问："你妈对你的学习关心不关心，说不说先生的长短……"山丁子年纪小，不懂先生的用意，每次谈过话，都把家里的情况如实告了先生，也把先生的话如实告了爹妈。

山丁子的爹是个忠实厚道的庄稼汉，他对先生的话毫不留意，每次听了儿子的话，总是说："孩子们不懂事，不要翻闲话，好好认字。"山丁子的妈妈，既漂亮又聪明，她觉得钱先生不怀好意，心里想："钱先生，你把算盘错打了，看我怎么作弄你！"

山村人有请先生的习惯。钱继贤和过去的先生一样，自然家家要请。这天，山丁子爹娘要宴请这位钱先生，他几乎连一句客气话都没说，提早放了学，梳洗打扮一番，就早早地不请自来。山丁子他妈，既冲茶，又点烟，非常殷勤又谨慎。相比之下，山丁子爹就显得笨手笨脚了。请的先生到家，他不陪酒招待，反而提早吃了点剩饭，上山打柴去了，这样家里就剩下了山丁子母子与钱先生仨。这山丁子爹一走，钱先生就不安分了，村姑给钱先生倒茶，他两只眼珠直瞅村姑转；村姑给他端饭，他接碗捉住村姑的手；村姑给他点烟，他把身子直往村姑身上挨。村姑问他山丁子学习怎么样？他说："孩子跟你一样，聪明漂亮，学习还能不好吗？"这分明的挑逗话村姑好像不懂似的，既没反应，也不理睬。钱继贤真有点瞎子下煤窑——不知深浅了……

山丁子他爹打柴回来，村姑把钱先生的一举一动都告诉了他。山丁子爹气在眉头，怒在心里，一句话也没说，到院子里劈起了柴，仿佛要把一腔的怒气顷刻泼洒出去。

夜深了，山丁子他爹翻来覆去睡不着，口里直叹气。村姑问他气什么？他说："咱这笨手笨脚的庄稼汉，钱先生才敢有意欺负咱！"村姑对丈夫说："不用气，既然他不怀好意，欺到咱头上来，咱也可以想法治治他！"

"怎么治？"丈夫有些迟疑。

村姑把她的想法说了一遍。"不行，让外人知道了，不羞死人！"丈夫不同意她这样做。

村姑说："对这种人就应该好好教训教训，咱不说，外人不会知道。他呀，哑巴吃黄连，有苦没处说。"

"说得也是，既如此，就由你吧。"山丁子他爹同意了。

第二天，山丁子上学的时候，村姑给钱先生捎了个话，说他姥姥捎来封信，请钱先生晚上去给念念。

钱先生喜出望外，问："你爹呢？"

山丁子说："到后山走亲戚去了。"

下午放学以后，钱先生着意打扮了一番。他几次出门，看西山的太阳还有多高，觉得这天的日子比平时长了许多，直等到山村农夫放羊的拦了圈，婆娘们堵了鸡窝，村民们家家闭了大门，钱先生才来到山丁子家里。

他一进门，不问看信的事，而是先问："山丁子爹今晚回来不？"

村姑说："摸不准，走时说不回来。"

钱先生又问："山丁子哪里去了？"

"到他外婆家去了。"村姑显得特别平静。

钱先生这才松了一口气，顿时，那种紧张劲消失在九霄云外，他想，村姑真聪明，给他创造了个千载难逢的好机会。便迫不及待地对村姑又拉又扯起来。

村姑摔开他的手，说要到院里关大门去。

钱先生自以为万事如意，不等村姑从外面回来，就把窗帘挂上，被褥铺开，浑身上下脱了个精光。

村姑把大门关好，又把屋门也关了，她看到钱先生高兴激动的样子，"扑哧"笑了一声。

钱先生看到村姑的笑脸，高兴得不知说什么好。

"村姑，快睡吧。"
正在这时，啪！啪！啪！一阵急促的敲门声，屋里听得清清楚楚。

"谁呀，这么晚，有啥事？"村姑高声回答。

"山丁子他妈，我回来了，快开门。"

睡在被窝里的钱先生，被窝还没温热，美梦已成恶兆，他吓得魂不附体，屁滚尿流，紧张得连衣服都穿不上。

"孩他爹，你在外面等等，我把洗衣盆里的衣服整理好就出去了。"村姑的话，使钱先生稍微平静了一些。他问村姑："这可怎么办？"

村姑说："照实讲，承认错误，由他发落。"

"怎么发落？"

村姑说："最轻也得挨一顿斧把！"

钱先生马上给村姑跪下，磕头如同捣蒜："好你村姑，斧把打我还能受得了？"

村姑低头想了想说："对面磨房里有一布袋麦子，你到那里去磨，把墙上挂的驴套戴到脖子上，推起磨来，铜铃会发出响声。他爹问时，我对他说，先生借村里的毛驴磨面呢！"

这时，钱先生只要有个老鼠洞他也不得不钻了。就这样，他慌慌张张提了盏马灯，照着把驴套挂在脖子上，一口气不停地把磨拉起来……

山丁子他爹回到家里故意大声地问："谁在磨房推磨呢？"

村姑也扬起嗓门说："钱先生借了驴磨面嘞！"

"我去替钱先生看看磨，让他回家暖暖身。"

钱先生听见这话，真怕山丁子他爹冷不丁过来，一切真相大白，这可怎么办？正在心惊肉跳之时，忽然听到村姑说："你跑了这么远的路，不必了，身子乏，快上炕睡吧，我还有事同你商量的……"高一声低一声的说话后，不见屋里再有什么动静，钱先生想村姑一定稳住了山丁子他爹，只得咬牙拉磨，不断传出铜铃摇动声和拉磨声……

冬天的山村，夜是寒冷的，钱先生起先还有点急，觉得磨不重，随着心情的平静，越拉越重，越重越出汗，越出汗停下来又越冷。而且，只要他刚一歇下，山丁子他爹就喊："钱先生，回来暖暖，我替你看磨去！"

"不用，不用！"钱先生只好打起精神，再拉起来。

夜深了，磨房不停地传来磨面的响铃声……

钱先生拉着拉着，心里盘算着，忽然心头一凉：这不是圈套吗？但觉醒已经为时过晚，有苦难言啊！

王家一门三进士 | WANGJIAYIMENSANJINSHI

　　明万历、天启年间，山西省中阳县城内南街王家一门出了三位进士：王编、王缙兄弟二人，还有王缙的儿子王守履。王编官至兵备道山东布政使司参政，为四品；王缙任翰林院检讨，为七品官；王守履任湖北监察御史，五品官（三人任职均见《宁乡县志》之八）。南街大巷口矗立着王家的石牌楼，牌楼一面是"兄弟进士"四个石刻大字，一面是"父子承恩"的感世正言。南街因此在那时候被人称为"儒林街"。至于那座石牌楼，同县城其他13座石牌楼的命运一样，在"文化大革命"后期，以破"四旧"为由，被县里雇来的陕西石匠砸了，不少人目睹了陕西大汉的砸石之状，手举50斤的大锤站在牌楼上一、二、三喊劲。锤砸在石上，疼在人心里。至此那些历史见证和珍贵文物，人民的伟大创造，毁于一旦。今人谈及此事，无不为之叹息！

　　王家居官清廉，家教严明，曾在中阳县城传为佳话。

　　一、王缙居官节不变，恪守婚约娶瞎妻。

　　王缙自幼聪明，品学兼优，在学校曾深得老师同学的爱戴和尊敬，被社会公认为优秀少年。后来，经父母作主，与中阳城内姓杨家的姑娘订了婚约。订婚以后，杨家姑娘患了眼病，杨王两家花了不少银两，四处求医无效，以致双目失明。王缙外出求学，得到高师指教，学业步步提高，先中进士，后为翰林，成为当时社会青年俊杰。

眼看儿女大了，两家老人都为儿女的婚事操心，杨家的老人，认为王家的儿子既是进士，又入翰林，哪里还肯娶一个瞎子为妻，退婚罢亲已是必然，只不过是时间迟早而已。王家的老人，觉得儿子中了进士，做了大官，应当娶一位如花似玉的姑娘为妻，方称心愿，如今订了一个瞎子的未婚妻，退婚吧，怕人笑话，落个嫌贫爱富之名；不退吧，一辈子可要害苦了自己的儿子。不过儿子在外，事情也得看儿子的态度而定。

王缙衣锦还乡，王母把自己心里想的话告诉儿子，王缙说："杨家姑娘跟咱订婚时眼睛不瞎，如果因眼瞎退了婚约，背信弃义，岂不让世人唾弃。话又说回来，如果咱遇上这的事，对方用这种态度对咱，咱心里如何？"王缙一席话，说服了母亲，举家人觉得他重情义，深明大理，于是决定通知杨家，隆重举行婚礼。

杨家原无嫁女的思想准备，接到王家的婚帖，自然感到突然，心里不知虚实，便请熟人背后打听，打听的结果是王家果真要娶，而且王缙的话也传到他们耳里，杨姓一家高兴得不知说什么好，一来觉得自家的瞎女有了依靠，二来觉得遇到这样的亲家乃人生之大幸。

杨家的大人也是很讲道理的。认为王家不嫌贫爱富，背信弃义，这是王家的事，自己的女儿眼全瞎了，夫妻差别太大，不相配，全是事实，也不应因此难为王家，连累进士，故托人向王家提出他们的想法，让进士三思而后行，免得事成以后，悔之不及。王缙说："大丈夫、言必信、行必正，如果杨家不信，我愿对天盟誓。"杨家老人听到此话，感动得流下眼泪，认为这样的贤婿，世上难得，全家人高高兴兴，张罗着嫁女。

王缙结婚那天，把皇家给他的衣冠穿戴起来，走进新房，让新娘欣赏。可怜的杨家姑娘，光明已被病魔夺去，眼前一片漆黑，今生今世，再也不会看到一个真实的世界。她求丈夫把门关起来，从头到脚把丈夫摸一遍，然后笑着对丈夫说："像你这样的进士，我也能养一个。"这话被听新房的人听走了，便广为流传。后来，杨氏真养了个进士儿。并以高尚的人格被朝廷封为儒人（见《宁乡县志》之八）。

这真是：成全一对新夫妇，了却两家父母心；杞人忧天本无事，留则佳话传后人。

二、瞎母教子归正道，浪子回头成大器。

王缙结婚后，瞎姑娘果然生了个胖小子，取名守履。

王守履出身名门，自然与其他青年不同，过着衣来伸手、饭来张口、花销无度、放任自由的浪荡生活。每日，他书不读，字不写，游手好闲，赌博串门，横行乡里，仗势欺人，甭说老百姓，就连县太爷也惹他不起。

一天，有一个人喝醉了酒，在饭店门前骂街。此时，正好王守履从街前面过来。人们激将醉汉说："王少爷过来了，你敢骂他？"醉汉大声高吼："王老爷我也不怕，还怕个王少爷！"等王守履从他身边走过，醉汉使劲在泥水里踏了一脚，给王守履衣服上溅了些泥巴。王守履当然不吃醉汉的这一套，先是拳脚相加，后写了个纸条，让衙门把醉汉抓起来，并戴上了枷锁。

醉汉醒来后，知道自己不对，又闯了王少爷的马头，深知事情不好了结，便向衙门认罪，请求县太爷从轻了结此事。县太爷说："此案本是小事，只因王家官高势大，小官不敢轻易释放。"醉汉坐牢，一连几月，眼看庄稼无人收割，妻儿缺米少柴，便请求衙爷为他说情。这个衙爷替他出了个主意，让他家里人打听王守履的母亲何时出门，因为王守履虽行为不轨，却是个孝子，非常听母亲的话，等他娘出门的时候，衙爷放他出去，向老人家求情，许能宽恕保释。

一天，瞎老婆乘轿出门，醉汉得讯，便戴枷拦轿，跪地求情。等醉汉说明原因后，瞎老婆问衙爷："事情当真属实？"衙爷说："全是事实，小吏不敢说谎。"王母非但没责怪衙爷，反而给醉汉承认了不是，说她教子不严，求衙门释放醉汉，严惩逆子，赔偿损失。这样，衙门才得放人了事。

瞎老婆不去探亲，当即打轿回府，将儿子叫到身边严厉训斥一顿，并以家规罚儿子跪香三炷，打发家人给醉汉把损失银两送去。事后，她对儿子说："众人不敢惹你，衙门袒护于你，并不是你有什么本事，而是依仗你父亲的权力。仗势欺人，是咱家法不容的。假如你父亲的权力一旦失去，你又靠什么为生，人要靠自立行事。"她教育儿子，还讲了一个故事，说他爷爷给她托了一个梦，说守履天资过人，只要好好读书，必成大器，说不定超过他爹，青出于蓝胜于蓝。据《宁乡县志》记载，杨氏后被朝廷加封为太宜人。

听了母亲的教育，王守履从此痛改前非，为了寻求安静，专心致志读书，他离开王府，搬到文昌庙内就读（地址在县城凤凰山腰，文昌庙早年被日寇拆除），庙门上曾刻两副门楹："举文人高攀丹桂，扶举子直上青云。"可见，王家送子去那里读书，愿神助力，情怀有愿。王守履驻庙期间，除隔几天回家向母亲问安，从不出庙下山。俗话说："浪子回头金不换。"王守履在此读书，刻苦过人，决心把自己失去的年华夺回来，常是深夜不眠，和衣就寝，他的灯点得最早，熄得最迟，夜以继日，奋发向上。一天，瞎母亲亲手给他捏了羊肉馅莜面窝窝（一种地方风味佳食），打发家人给他送去，王守履一面看书，一面沾调和汤吃窝窝，结果误入砚池，吃了一嘴黑墨。瞎娘得知此事，高兴得落下眼泪，给丈夫捎信说："儿子变好了！"

但是，文昌庙并非世外桃源，王守履有位青年朋友，因嫌妻子丑陋，想休女人，另娶佳丽，来与王守履商议此事，并编造了女人不过日子、懒起懒坐、行为不轨等谎言。王守履意在读书，马马虎虎同意了朋友的意见，并代朋友写了休书。这件事被老师知道了，老师下山做了一番调查，得知了事情的缘由，于是编了一个带迷信色彩的故事，对王守履说："过去，我天黑上山，见有盏红灯在庙里亮着。现在不见了，你一定在庙内办了件错事。"

王守履只好把代朋友写休书的事如实告了老师。老师说了这位朋友的真实情况，告他只有劝朋友改邪归正，抽回休书，才能得到神灵的宽恕。王守履照老师的指教办了，挽救了朋友的家庭，也挽救了他自己的过失。此后，老师当然也告他红灯又亮了。

从上述一些事中，王守履明确了老师常对他讲的一个道理：

"近朱者赤，近墨者黑。"此后，也尽力躬行"三人行，必有我师焉，择其善者而从之，其不善者而改之。"所以，王守履结交了不少为人正直、勤奋好学的优秀青年，也断了一些过去不三不四的旧朋友，对他后来走向政治起了一定的作用。

真又是：男儿贵在立壮志，改过作人莫待时，谁料朱门出贵子，贵子原来是浪子！

发表于台湾《山西同乡会》、《中阳文苑》

关于重版《王府一门三进士》的说明

GUANYUCHONGBANWANGFUYIMENSANJINSHIDESHUOMING

在中阳县城，对王府一门三进士的流传很广，特别是老一代人，说起王家一门三进士来，无不夸赞，夸赞的主要内容是王家三进士为官清廉，爱国爱民。

1985年，我在县委统战部工作，经过半年时间的了解，写成了一门三进士的传说，后经省、地对台办的审查修改，推荐给台湾山西同乡会发表，《中阳文苑》也先后两次发表。

2010年，县文物局为了保护文物，对已经因修建毁了的三进士坟墓进行了挖掘，挖掘出地下墓志铭，与传说中的人物有出入。

当初我写三进士的传说，主要提供线索的人有：王根、王林、王佩登、王有儒，外姓人刘恩华先生、李茂廷先生、师树松先生，现在除王有儒老人在世外，其他人都已去世。

2009年，王有印先生撰写出王氏家谱，从家谱中看出，王家后代勤奋读书，出了许多名人。解放前后，王家后代不少人参加革命工作，个个尽职尽责，本分做人，这与王家的家风有关。

当我本次出书时，征求了几个人的意见，他们认为，王家的家风，主要讲善，讲忠，讲孝，本分做人，作为民间故事，还是有教育意义的，故此，我把它按原作保留下来。

特此说明。

高明义举办水利 | GAOMINGYIJUBANSHUILI

高明是很有名气的拳手，家里经营着油坊、粉坊、糟坊，还有一座小煤矿，在村里是数一数二的主户。他住在村里，附近的地痞流氓，从不敢动他的一根毫毛。

县里新来了个县长，很重视农业，动员高明出资，帮村里开一条水渠，把村外的几十亩旱地变成水地。高明觉得这是一件大好事，一口答应了。不几天，倾其积蓄，雇来石匠，开山打石，挖土修渠。

一天夜里，阎锡山的209团胡团长，打发两班士兵，去捉高明。兵荒马乱年代，晚上有人叫门，必定来者不善。高明问："半夜三更叫门有啥事？"

"胡团长有请！"敲门人说。

上次胡团长就把他请去，花了三百块大洋买的大烟土送了，才把他放回来。高明说："胡团长没钱买大烟土了吧？等等我开门去！"

高明刚开门，左右开弓，把两个士兵打翻在地，从后门跑了。

高明跑到对面山梁的打麦场上，高兴地唱起山西梆子："胡团长请老高不怀好意，分明是要我把大烟土送去，我高明从小练就一身武艺，我看你胡团长能把我怎地。"唱完流水，接着唱过门："捉不住，那呀哈！"

说时迟，那时快，麦堆后面出来十来个兵丁，把高明抓走了。

这次请去，高明除花了五百块大洋外，还挨了一百军棍，伤势很重，是老婆雇人把他抬回村里来。从此，高明破了产，开渠引水的事吹了。

高山夸富 | GAOSHANKUAFU

从前，在吕梁山麓，三川河畔，住着一户像样的人家。户主名叫高山，为人诚实，秉性善良，勤劳俭朴，日子虽不很富有，却有吃有穿，家有牛驴骡马，猪羊满圈，生得五男二女，真是人财两旺。

那年，村里来了个算命先生，高山请他相面算卦。先生说：

"高山你一脸福相，五男二女，七子团圆，日子会越往后越好，能活九十九岁，福寿双全啊！"后来，随着年岁的增长，高山老了，儿娶女嫁，个个另立门户，高山活到六十五岁时，老伴死了，自己由于操劳过度，腿也瘸了，腰也弓了，成了光能吃喝而不能劳动的无用人。从此，高山的日子不是越往后越好，而是一天不如一天，度日如年。

高山成了这个样子，只好靠儿女生活，五个儿子一家一个月轮流管饭。怎么个轮法？先老大，再老二，后老三，依次往下。刚过春节，高山轮给老大家：大媳妇不是省油的灯，每天早上送稀饭，外加一条糠窝窝，下午又是混则饭（米菜混煮成的饭），够不够两小碗。高山人老还童，总盼过节吃顿好饭，可老大家因为他在，都没过元宵节！

轮到老二家，高山盼望二月二龙抬头，想这添仓节该会有一顿好饭吃，可老二家也一样不省油，过节同样取消了！

轮到老三家，高山盼着清明节，他想不吃发糕，也吃两个纪念介子推的蒸馍，可这老三家看到上两家那样吝啬，自然也来了个全面效仿，过清明节没吃糕和馍！

四月初八是高山的生日，老汉一早把四儿叫来，叮咛说："今天是我的生日，我想吃块枣糕和莜面旗则（莜面蒸熟切成丝）。"四儿勉强承应下了。可到媳妇送来午饭，高山揭开笼布用筷子一挑，叹了一声，说："山药丝丝油不炒，莜面旗则没多少；十里八步一颗枣，汤面里头能洗澡！"

五月端阳节，高山轮到老五家，有了以上兄长四家做榜样，过节自然光有形式没了实质内容！

自古道："人活七十，全凭吃食。"由于营养跟不上，高山的身体状况月月下降，赶到第二轮老大管饭时，高山肢体已瘦成四根柴。六月初一，大媳妇向四个兄弟开了口："老人一天不如一天，这个月死到这里，岂不是亏了我家，便宜了你们？咱改为十天一轮吧！"老二老三拍手称赞，老四老五没说什么。事情就这么说定就定了。

然而，改成十天一轮以后，高山的生活并没有改善，仍然是稀米汤、粗窝头、清汤面。两个女儿见父亲生活太苦，隔三差五给老爹蒸些馍、烤些饼送来，每次送来，高山的孙子们一齐跟来，老汉只得分给孩子们一些。有一次，女儿们见老父的被褥脏得不成样子，一个拿去被子，一个拿去褥子，回家拆洗。走时，几个嫂子检查了一番，疑心女儿拿走老汉的什么东西。因此，姐妹俩每次住娘家，总是欣然喜气来，垂头丧气走。

村里有个教书的先生，姓弓，五十来岁，平时没事肯和高山拉呱，深知高山的五个儿子都是重资财、薄父母的不孝子弟。他给老高出了两条改善生活现状的主意：一条是告官，寻求法律保护。老高觉得不可取，他认为："手心手背都是自己的肉，告状到头来吃亏的还是自家；另一条是夸富。高山说："过去虽说不富确有点真财实宝，日本侵华那年，国民党的退溃部队全抢去了，何富可夸？"弓老师把他夸富的内容具体化了。老高觉得这是个不失和气且能生效的好办法。

从这天起，高山再不整天在家窝着，东家门进，西家门出，游游荡荡。他对邻里们说："船烂了还有360个铁钉子，家资总不能让子孙们分光吃净。"这话自然被多嘴的婆娘们翻到几个儿媳妇耳朵里。

有一天，高山把当木匠的女婿叫来，割了一个三尺见方、三寸厚板的榆木箱，放在炕上，上了一把大铁锁。儿子媳妇们对高山的这一举动摸不着头脑，不过都在这只木箱上打主意，谁去了都要在箱子上摸摸揣揣，但拿不起，动不了，不知箱内放着什么值钱的好东西……

　　几个儿子、媳妇都猜想：老人勤俭了一辈子，挣的钱没办大事，肯定箱子里面是金银财宝。因为有了这种想法，两个女儿来了，几个嫂嫂都来老汉屋里，看老汉说什么，有些啥行动。一天，两个女儿给父亲送来糕馍，便问老爹："你老了，割这么厚的箱子做啥用？"高山说："你们不懂，人要防老，不能把银钱都花光呀，等我不行了，三一三剩一，二一添作五，总要给你们作个交待的。"高山的话是对两个女儿说的，实际上是让五个儿媳听，这一说一听，高山的生活情况大变了。

　　原来一月一轮管饭，每逢大、小月（29天为小，31天为大），妯娌几个常有说道，现在谁家也不说大小月了。原来一窝、一稀、二混饭，变成有馍有饼有面有米，菜汤齐全，花样翻新。原来老汉拾柴取暖，现在炭火烧得旺，屋里冬暖如春。原来女儿们拆洗铺盖，现在媳妇们争相拆洗。两个女儿见父亲生活大变样，心里高兴得开了花，逢人便夸哥哥、嫂嫂好。

　　人毕竟老了，好活法过了不到二年，高山得了咽不下饭的病，医生说是不治之症。时间不长，高山瘦得皮包骨头，他知道自己不行了，把弓老师请来，写了个遗嘱，放在箱子里。

　　一天，高山死了，大嚎小哭。五个儿子，五个儿媳都守在高山身边，不理后事，二十只眼睛全盯着炕上的木箱：大儿子把老父的身体翻转，寻见了一把大钥匙，打开铁锁，见箱子里全是石子，上面放着一张纸条，纸条上写的是："我的遗嘱。"遗言内容是四句话："家有五子，不如石子；不是石子，差点把老子受死！"

　　如实的叙事，绝妙的讽刺，世世代代留传至今，成为鞭打不孝，弘扬尊老、敬老、爱老、孝亲的故事教材。

发表于2008年3月《中阳老年》

现实生活写真

XIANSHISHENGHUOXIEZHEN

赤子情深报桑梓 │CHIZIQINGSHENBAOSANGZI

——记原中阳县人大主任、老促会会长张学厚

刘云光　郝天喜

　　乡亲们说："他只求奉献，不图回报，将自己积蓄的1000多万元全部投入到育林造林、铺路修桥等富民工程和公益事业上，不愧为共产党培养出的好干部。"这位让乡亲们热情称赞的老人，就是年逾七旬的老共产党员、原中阳县人大主任——张学厚。

　　1993年，张学厚从县人大主任的岗位上退下来。当时，他曾经工作过的张子山乡柏树焉村的干部找到他，再三请他承包经营面临倒闭的村办煤矿，帮助煤矿渡过难关。看到父老乡亲们渴望尽快摆脱贫困的一片真情，他经过慎重考虑，接下了这副重担。

经过几年的苦心经营，煤矿扭亏为盈，他不仅帮煤矿还清了外债，如数交了承包费，自己还挣了500多万元，并积累了经营煤矿的经验。2001年，张家峁村的干部又请他承包已经关闭了8年多的村办煤矿，要求他帮助村民脱困。这次承包，他稳扎稳打，加上市场开始回暖，3年多时间赚了1000多万元。2005年，看到企业走上正轨，他退出了经营。张学厚用自己的才智和勇气，不仅帮助这两座煤矿摆脱了困境，而且在退休后干出了一番崭新的事业。

1. 慷慨解囊回报社会

退休后，张学厚被推选为县老促会会长，这时他更多想的是如何加快中阳革命老区脱贫致富的步伐。他首先想到的是县营国有企业，当县铁厂、化肥厂因经营不善面临倒闭，而银行又不愿放贷时，他慷慨解囊，无偿为两个企业注资200万元。每年端午节，县里都要召开全县老干部表彰先进会议，以支持老干部工作。在20世纪90年代初，张学厚拿出了3万元捐给县委老干部局，用这笔钱的存款利息作为奖励经费，被县里命名为"张学厚奖励基金"。

张学厚扶困济贫的爱心总在感动着周围的群众。2000年，老伴康斌清曾教过12年书的关则沟村干部找到张学厚，希望他能向有关部门反映，为村里修一座接通南北两岸的桥梁，以解决行路难的问题。老张夫妻俩当即表态："不用投张求李了，我们自己来赞助咱乡亲修桥吧！"老张说到做到，很快安排三儿子出资45万元，大儿子负责找专家、搞设计、找施工队等建桥的具体任务。不久，在他一家人的大力支持下，建起了一座长20米、宽6米的水泥石拱桥，解决了群众行路难问题，群众感激地把这座桥称为"康张桥"。从此，康张桥为乡亲们开通走向繁荣富强的康庄大道，成为一座名副其实的共产党与群众之间的"连心桥"。

2. 倾其所有造田育林

张学厚经常对子女们讲："咱不能忘本，不爱家乡的人，谈不上爱祖国，更谈不上全心全意为人民服务。"他是这样说的，也是这样做的。为了摸索出一条帮助村民脱贫致富的路子，他在下崞芝村建起了果园，专门给村民栽植果树做示范。每年他都亲自去省林科所学技术、学管理、考察新品种，并常年聘请一名技术员提供技术指导，受到了村民们的欢迎。

下崐芝村离煤区很近，近年来，随着产煤业的发展，村里兴办了焦化厂等企业，耕地逐年减少，污染的问题也随之而来。这一现状张学厚看在眼里，急在心上，他不再满足于为村民提供帮助和服务，他琢磨着想干一件真正为村民、为子孙后代造福的大事。一天，下崐芝村支部书记王小平对张学厚说，要是村里的山沟能平整出几十亩地来，不仅可以种庄稼，还能植树、种菜。张学厚到沟里一看，有山有水，的确大有文章可做。他立即决定拿出全部积蓄投资，一定要把造福群众的事情办好。

只要是认准的事情，说干就干，这是张学厚历来的做事风格。他专程到县里请来了农业、林业、水利等方面的专家，一起察看地形，搞设计、做规划，提出了圈筑涵洞、挖山填沟、垫地造田等具体方案，并请来施工队立即实施。从2007年开始至今，工程已见规模，完成浆砌涵洞1000多米，挖山填沟平整水浇地300余亩，村民们高兴地说："这地是我们下崐芝人的饭盆子、菜篮子！"在造地育林工程中，张学厚将多年积蓄1000余万元全部投了进去，他甚至把自己前几年在北京买下的房子也卖了，用来弥补资金的缺口。当有人不解地问起他为什么这样做、收益怎么分配时，张学厚动情地说："钱是身外之物，生不带来，死不带去。我只管投资，不图收益。只要全村人富裕幸福，我就高兴了。"平实的话语，质朴的情感，抒发了一名老共产党员的情怀……

发表于《山西老年》2008年11月

老书记的两件事 | LAOSHUJIDELIANGJIANSHI

郝恩昌同志在"文化大革命"前任中共中阳县委书记，后调内蒙任职。他为人诚实，大公无私，处处以共产党员标准严格要求自己，在群众中留下深刻印象。笔者在一次偶然的机会遇到郝恩昌儿子郝炳生当年的同学，谈了郝恩昌对待儿子升学和就业的两件事，深深教育了我，也感动了在座的所有人。

1964年，郝炳生在中阳县城小学上学，高小毕业后，郝炳生没有考上中阳中学。同学们都说："炳生虽没考上，升中学不成问题。"可是招生榜公布了，却没有郝炳生的名字。有的同学又说："走后门读书，还能贴榜公布，等开学看罢。"开学了，仍然不见郝炳生。同学们见了郝炳生问他："你爹是县委书记，办这点事还难吗？"炳生说："我也是这么想，可我爸说，怨我没学好，书记的儿子也不能特殊。"后来郝炳生到金罗公社完小补习。

说起补习，炳生原想在城关完小，原因是食宿在家，教学条件好。因他不达城内完小补习分数线，老郝又以书记的儿子不能特殊，把儿子打发去了金罗完小。

　　1967年，中阳发电厂招工，郝炳生属城市户口，符合当时的招工条件，被招到中阳发电厂。电厂最好的工种是机工、电工，技术性强，苦轻卫生。而最差的是除尘工。除尘工的任务是每天把锅炉烧下的灰渣、煤尘，人工挖出来，再用小平车推出去，既脏又累，不接触技术。对郝炳生的工种安排，自然人们猜测是机工、电工，再差也给安排个打字员、考勤员的活干。当人们议论郝炳生的工种问题时，郝炳生到除尘工段上班来了，同工段的工友问他："你妈是人事局长，你爸是县委书记，说一下就能分到好的工段上班，何必同我们一样，天天脏一身衣服、流几身臭汗？"炳生说："我爸说：'服从组织分配，书记的儿子也不能特殊'，所以分到这里来了。"

　　我向当年办理升学、就业的有关老同志了解郝炳生的情况，他们都说，人实事真，一点不假。现今，每当与许多领导同志说起党风廉政教育时，我常感叹老郝的为官作风以及他的律己精神，值得后来人学习。

发表于2009年第1期《中阳老年》

从写对联、贴对联想到的

CONGXIEDUILIAN、TIEDUI
LIANXIANGDAODE

我的书法不好，可过年时总有些邻里同事让我书写对联。为什么？因为我不喜欢千篇一律完全照对联书抄写，倒愿意按我本人的实际写两副反映本人意愿的对联。岁岁如此，颇添新意。这样，请我写对联的人，除要求我写一些反映吉祥、平安、和谐、生气、发展内容的对联外，也要求我给他编副能反映他本人意愿的对联。

比如一位农村干部让我写对联，我给他编了副"愿村民家家奔小康，盼邻里户户发大财"。他高兴地对我说："好！好！好！这就是我的心愿！"

有一位老者同我谈，他的儿子、媳妇怨他没本事，没有像有本事的老人那样挣下钱财、修起新房、找下如意的工作，要我编一副教育启发儿子、媳妇自立的对联。我给他编了副"这条路、那条路、路在足下任你走；成大事、就小事、事在人为看奋斗。"过年后，老汉高兴地对我说："儿子、媳妇不再怨气满嘴了。"

我感到过春节增添这样一些内容的对联，把庆贺新年和精神文明融合为一体，既是一种喜庆祝贺，又是一种宣传教育，可获得双赢效果。可是，近两年来，让我写对联的人少了，我问县城几位书法名家，他们说"这二年年关省事多了，特别是去年腊月，基本没人请写对联，大都是买对联贴。"但这就出现了单调一律的弊端。这年春节,我在中阳县城走了几个街巷,浏览了一次春节对联,大街上几乎都是发大财、逢好运为内容的对联,什么"财星高照生意旺,富客常临利路通"、"财源滚滚万事顺,好运绵绵百业兴"。大幅、中幅、小幅比比皆是,我看了40家商店,只有一家贴的是"服务周到顾客盈门,货真价实生意兴隆"。商店是这样,家户也基本如此,不外乎发财、富贵、平安、红运、吉祥、长寿这些内容。《山西老年》2006年第一期登载的19条示范对联,笔者没有看到贴出一副来。更遗憾的是,有几户死了老人的家户,贴的是黄绿对联(死了老人第二年贴绿对联),讲究了点祭祖念亲的传统规矩,但有一户人家贴的是绿纸对联,写的是"门通富贵平安福,家过祥和欢乐年",分明写对联的人不动脑筋,死搬照抄,把内容和形式分割开,使人看了不可思议。

往年,机关、学校、单位、团体总写一些歌颂大好形势。宣传本行业业务的对联,今年也少见了,如吕梁地区通信移动公司中阳经营部,大门小门贴的一样内容的两副对联:"花开富贵人财旺,竹报平安福寿长",这与公司的业务性质、社会发展风马牛不相及。过路人看了,哈哈一笑,笑这个单位的承办人没有政治业务意识。

中国是一个文明古国,有悠久的文化历史,贴对联既是欢庆传统佳节,又可反映传统文化,如果一个个城市、一个个村庄都贴几副文字相同、内容近似的对联,未免太单调贫乏了,有失贴对联的全面意义,不利于发展传统文化。

发表于2007年第二期《民间对联故事》

我的第一个老师 | WODEDIYIGELAOSHI

今年我73岁，但对于第一位老师李瑞堂，至今回忆起来，仍然记忆犹新。

那是1938年2月24日，日寇侵占了中阳城，李老师同其他爱国的知识分子一样，不到伪政权里去任职，而在本村——中阳县宁乡镇尚家峪村当了一名小学教师，以此维持生计。

日寇为了防御中阳人民的反抗，一来就推行堡垒政策，到1940年春天，已在沿川一带修起了5座碉堡，他们经常和伪军到农村抓民夫、抢粮食、拉牲口、捉鸡搜蛋、抢奸妇女、放火杀人，广大人民处在水深火热之中。日寇的暴行，点燃了李老师内心的抗日烈火，他经常以走亲戚为名，到东山地区与地下党联系。沿川一带常有游击队割电线、散传单、捉汉奸的事发生，搞得敌人惶惶不可终日。

李老师教书，不按当时伪政府的教学计划安排课程。因为伪教育科规定，小学除上国语、算术、修身、常识外，必须上日语、防共读本。李老师只给学生上前四门课，不上后两门课，县里查学的来了，他让学生拿出这两本书来应付检查。他对学生说："共产党爱国抗日，防共读本讲的全是屁话，你们不要读。"上课时，他常以国语中的故事、寓言等抛砖引玉，对学生进行爱国主义教育。记得在第三册国语里有一课《小人国》，说一个大人睡着了，被小人国的人绑起来，向他身上射箭、倒脏水，他讲这课寓言时，感情激动，明确告诉学生，那位睡着的大人就是中国人，小人就是日本人，中国人不久就要觉醒了……

这年夏天的一天，李老师把校门关起来，给学生上课，他在课堂黑板上写下"打倒日本帝国主义"八个大字，一个学生出去小便，没有关门，突然从外面进来个穿黑衣的伪警察，这人叫王全义，是一个有爱国心的中国人，后来参加了解放军。王全义一见这几个字忙说："快擦掉，日本人就要进院了！"李老师火速擦了黑板，赶鬼子闯进来时，我们又书归正传，朗朗上课，一场危险，惊心动魄，在座的同学都替李老师捏了一把汗，心都快跳出来了。

时隔不久，村里来了个收羊皮的人，三十来岁年纪，一身庄稼人打扮，黑夹袄、白布衫，头上扎一块羊肚手巾，天黑住在学校里，这人是党的地下工作者。他让李老师写了个情报材料，第二天还没出村，就被日伪军抓住了，材料也被搜出来，但这个人不肯说出是谁写的。那时，村里只有六七个识字人，日伪反动分子经对手字，确认是李老师的字迹，可怜我的老师被捕了。

据说敌人对他进行了残酷的审讯：皮鞭打，压杠子，灌辣椒水，踩肚皮，李老师始终没有说出地下党的情况，给他送过饭的姑舅嫂乔林说，瑞堂被拷打得不成人样了，他从饭盒里传出一个纸条来，上写"料难生还，不用求人"八字。

后来听当时和监狱看守人员有联系的王三兔说，日本人要对他下毒手了，是他给买的大烟土，让李老师服毒自杀。死前，李老师在狱中墙上写下"打倒日本帝国主义，不做亡国奴"13个大字。那年，李老师年仅21岁。

李老师的尸体运回村时，学生和家长都去吊唁，我父亲拖着我的手，给李老师点了香，叩了头，父亲还在灵前表叙了一段话，寄托了我家两代人的哀思。

李瑞堂老师是伟大的，他因从事抗日活动死在日寇狱中，我在他的门下读书不到一年时间，但留下极其深刻的记忆，对我一生的做人一直起着重要的影响。

发表于《山西日报》

一篇作文引来的祸端 | YIPIANZUOWENYINLAIDE
HUODUAN

1945年8月，日寇宣布投降的前五天，是我一生难忘的一天，就在这一天，因我写了一篇作文，被迫逃回农村，失学种地，我的老师也因这篇作文遭到日本鬼子毒打，受尽鬼子的凌辱。

1938年2月22日，日寇飞机轰炸了中阳城，全城百姓大部分扶老携幼，向东西山区逃难。我的老师李余山也同其他群众一样，举家逃到西山一个小山庄避难，三年以后他才回到县城。

李老师是个很有才干的念书人。他回到县城后，伪政府请他出来当教育科长，他拒绝了，又请他当县政府秘书，他也拒绝了。但为了维持生计，他选择在城内关帝庙开办了一所私塾，有一位平素和他相好的读书人曾叹气，说："当科长，当秘书，一月挣多少钱？办个私塾，当个穷教员，能挣多少钱！"李老师说："咱不挣那个钱，就是不愿侍候日本人。"当时的私塾，伪教育科对授课内容也有规定，像我们这些四、五年级学生，规定上国语、算术、修身、常识。另有两门日语和防共读本。李老师光上前四门，不上后两门，自我入学以来没有上过一课。

李老师不仅不上日语和防共读本，而且选一些有意义的故事、国文篇章，对学生进行爱国主义教育，如古文《正气歌》、《苛政猛于虎》等，李老师在讲时查阅了大量资料，对文中的人物进行了详细的讲解，有时讲得声泪俱下，同学们深受感动，有的同学不禁掉下眼泪。有一天，他给学生们选了旧国文中《狼与犬》的一课进行讲解，这篇课文是寓言，说的是一只狼黑夜闯到一个农村，吃掉猪羊，扰得村民不安，一只犬奋起反抗，因力不敌狼，被狼咬伤了。于是这只犬就同其他犬串联，狼再次来时，不仅没有吃到猪羊，还被众犬咬死了。李老师在讲这课时，明确告诉学生，

刘云光文集

这就是当今中国的近况。讲课完毕，他出了道作文题"《读狼与犬》有感。"

我当时才11岁，对老师的授课用意略懂二三，我在这篇作文里就明确写道："狼是侵略者，中国人要赶走日本侵略者，必须团结起来，共同抗日……"

作文一交卷，不知道是哪个败类，告知了驻守东门的伪军和日本人，这天早晨，我刚到校，李老师就告我："你的作文被日本人知道了，你马上出城，否则有危险。"当时，南北门都关着，只有东门可以进出，也上了铁链，只能出入一个单人，李老师教我担上一担垃圾出城，我当即借了苗生花同志家的一对破笼，挑了垃圾出了城，回到我的老家——尚家峪。

我走了，事情却株连到李老师。听说，日本人把李老师毒打了一顿，在场的学生说李老师被打得脸鼻出血，他的大衫子、礼帽都被弄脏扯烂，多亏城内其他老师出面担保，才幸免于难，学校从此解散，其他同学各自回家。

李老师的心血没有白费，他的教诲，同学们牢牢记在心里，新中国成立以后，许多人参加了工作，不少还当了领导干部，在各条战线上为建设祖国而奋斗。

赞妻 | ZANQI

我的老伴王福莲，体胖个矮，不好穿戴，属丑妻一类，但她人丑心美，我们亲亲热热过了一辈子。

她真心爱我。我的家庭成分偏高，在阶级斗争天天讲的年代，像我这样家庭出身的青年，要找个对象实不容易。我妻是革命烈士之女，经姑母介绍，我们认识了，我如实告诉了我的家庭成分和社会关系。她说："家庭出身不由人，思想改造在自己，婚姻是说爱，我爱的是你这个人。"于是，我们结了婚。1958年，我作为出身不好可以改造好的青年入了党，并且登了报，当她看到报时，高兴得哭了。

妻与我风雨同舟。三年困难时期，我们已有三个孩子，日子很不好过，每顿饭她总是先让我和孩子吃，最后轮到她时就"瞎打欠"。为了生计，她常到机关食堂去要面汤，回家煮点小菜杂面凑合吃。那时，我在粮食局工作，她隔三差五去加工厂扫灰尘面，每次仅扫得二三斤，可也解了家境之危。灰尘面是什么东西？就是磨面时喷在外面墙上的土尘和面尘，吃起来不知是啥味，且有些垫牙。尽管如此，妻仍要挖点野菜，拌进灰尘面掺和起来吃。她每次住娘家从农村回来，总要千方百计带点农家小粮，填补家中的不足，就这样，我没有向下过乡的生产队借过一颗粮，才顺利渡过三年困难时期。

刘 云 光 文 集

妻子勤劳朴实，为了家，付出莫大艰辛。我们共生了六个孩子，四个大专毕业，两个高中毕业，还要供养家中老人，日子过得捉襟见肘。孩子毕业了，又要结婚成家。别人家的日子是步步高，我们家的日子是步步紧。到我退休时，欠亲朋的钱近两万元。债成了个沉重的包袱，靠我俩的工资，少说也得六七年才能还清。怎么办？老伴说："愁不顶用，要想办法。"她说了两条办法，让我考虑：一是我到私营企业打工，一年挣上五六千；二是她喂猪，一年再挣四五千。我想，办法倒是实实在在，就是面子上不好看。老伴说："谁想哭去哭，谁想笑去笑，一年有大几千票子进门，管它呢！"老伴说得在理，于是我去一家铁厂当了个厂长助理，她在家里办起了一个小小养猪场。

猪场办起来容易，办下去难，天天要寻泔水，掏猪圈，都是又脏又累的活，一年四季不能穿一天干净衣服，过年过节不能休息一天，甭说一个退休女干部，就是农村妇女，愿干这一行的也不多。我劝老伴另谋生计，她却说："干的肮脏活，挣的干净钱，咱心里踏实，何乐而不为？"妻养猪一干就是十年，每年收入多则五六千，少则四五千，加上我的打工收入，债务总算还清，还有了不少结余。

妻丑心美，精神可贵。每当我的同志和我开玩笑时，我总说："你拿老婆和我换，我还要你倒贴两个钱呢！我的老婆可是位能吃大苦、耐大劳的'女中豪杰'！"

发表于《山西妇女报》

运动治了我的老胃病 | YUNDONGZHILEWODELAO WEIBING

　　我今年73岁，据我娘说，从我落地就消化不好，到我十一二岁时，有时一天换两三次裤子。母亲为了治我的拉肚子，几乎把方法想尽了。曾有个乡村老医生说，茅蛆蛹壳可治拉肚子。我娘把蛆蛹壳弄下一大包，不知洗了多少次，烘干研末，白开水送下，结果也无济于事。

　　人常说："肚子是一家之主。"因消化不良，引来不少疾病,尿床、气短、多汗，三天两头感冒，和我同龄的年轻人，人家一担挑百八十斤，我只能挑五六十斤，而且分外吃力。冬天的棉衣，由于出汗，经常和铁甲一样，穿在身上难受极了。

　　参加工作以后，多次治疗也没有根治，胃舒平、胃得乐，几乎是我每天的必服药。由于身单体弱、面黄肌瘦，老婆经常担心地说："怕你活不成个老汉汉！"

　　1963年春天，我去山西省晋中地区地委党校学习，有平定县的一个同志，每天早上跑步做操，我也跟上凑热闹。他说，当年他也是个老胃病，光靠吃药治不好，后来坚持揉肚子、做操、跑步，病慢慢好了。人家健康的身躯，同我形成鲜明的对比。他特意告我，体育锻炼也要经师，他常年订一份体育杂志。

　　党校回来，按照平定同志教我的方法，每天早晚揉肚子，向右100下，向左150下，老婆说我是二百五。此外，坚持天天做广播操和我自己编的扭腰、踢腿运动，除每天做操以外，还参加机关组织的篮球队和乒乓球训练。这样坚持了一年多的时间，胃病基本好转，饭量渐增，身体渐渐强壮起来。

　　这些年来，我一直坚持体育锻炼，但随着年岁的增加，运动量小了，内容变了，篮球、乒乓球不打了，每天坚持一小时的爬山散步、扭腰揉肚子正常进行。消化不良的胃病早已消除，近20年来，我的体重一直保持在六七十公斤之间，数年没有发生感冒，2004年《山西老年》杂志登了健康老人的10条标准，其中有7条我都符合。

　　我沾了体育锻炼的光，我们一家人也都重视体育锻炼，从《全民健身计划纲要》发表以来，我全家人都投入到了体育健身行列，成了当地的体育爱好之家，长期坚持，人人得益，特别是我的二儿子，两次参加了北京举办的国际马拉松赛，成为我们一家人的骄傲，山区小县的奇闻。为了更好地锻炼健身，我家常年订阅《中国体育报》、《中华武术》，中央台第五频道的体育节目，是我们每天必看的节目。读体育报，看体育节目，已成为我们一家人生活的重要内容，我们把参加体育锻炼和自己的健康生命联系在一起，我的二儿子还把体育报纸、杂志送回老家农村，辅导农村青少年开展体育健身活动。

　　生命在于运动。我的感受是：谁能坚持，谁将受益。

发表于2010年第2期《中阳老年》

孝子赵跃原 | XIAOZIZHAOYUEYUAN

中阳县老干局家属院,居住着20多户离休干部。人们都说赵映晨的儿子赵跃原是个大孝子。

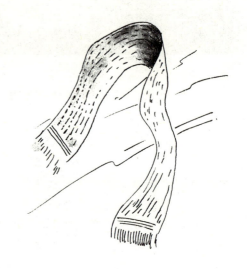

赵映晨今年84岁，是1948年参加工作的老教师，多年辛勤，积劳成疾，患有高血压、前列腺炎，语言不清，下肢供血不足，腿脚疼痛，成了常有病的人。1990年出了一次车祸，他又断了两根肋骨，老赵常对人说："从头到足，处处有病，不是有个好儿子，我早已命赴黄泉……"

赵跃原在县电业局工作，离父母住地二里之遥，一年365天，只要在家，不论刮风下雨，他都要回家瞧瞧。回家干啥？跃原这样说："一来人老一盏灯，随时有出事的可能，回家看看，心里放心；二来倒脏水、送垃圾、备炭备柴，下雪后扫雪，下雨后排水，尽管老母亲每天在父亲身边守候，这些活老人不能干，也不能让老人干！"

跃原在机关任调度，兼搞技术，有时总要出外开会办事。每次出差前，按照出外的天数，他总要把老人的生活安排好，所需的药品、食物备齐。为了让老人能听到自己的声音，便利老人反映情况，他给家里安了部电话，不论自己走到哪，每晚总给老人通一次话。出差后，他总买一些特色食品，回来让二老尝鲜。而且他出差回来，先看父母，后见妻子儿子。老赵常对儿子说："每晚有电话，回来先把家安顿一下，再来也不迟嘛！"跃原说："几天不见，我不放心。"长此以往，孝心不变。

老赵爱吃饺子，跃原和媳妇经常搞些馅或包好的饺子送来。老赵隔三差五要量血压，跃原买下血压器，自己学会量血压。老赵眼有毛病，视力下降，跃原除按医生诊断备下药品以外，家里贴上标准视力表，经常检查对照。跃原有一个姐姐一个妹妹，出嫁外地，每年二老过生日，儿女仁都要给老人买一件衣服。老赵两口不缺穿戴，孩子们买来衣服时总说："现有的衣服还穿不了，不用白花这些钱。"跃原和姐妹商议，用不了也得买，因为老人看到我们送的衣服就高兴，花钱买个老人高兴也值。

跃原的母亲年老骨质疏松，前年夏天起床时，发生锁骨骨折，跃原费了好长时间，才叫来出租车，把母亲送到医院。有时父母要看女儿，得到路上搭班车，冷冷暖暖、出出入入很不方便。跃原就出了35000块钱买了一辆小车。买车，在跃原来说是件不容易的事，妻子下岗，儿子上学，除卖了自己的摩托外，其余钱都是借的。跃原对人说："为了老人方便，自己方便，日子过得紧一些，也值！"

笔者访问跃原时，他谦虚地说："咱不够孝子标准，只不过做了当儿子应当做的一般人都能办到的普通事。"但笔者认为，这些事说来也确实普通，可是有许多人做不到，贵在藏父母在心里，持之以恒啊！跃原今年47岁，从26岁结婚以来，二十多年如一日，这更是普通中的不普通！

但愿生活中多一些像赵跃原这样的人孝心坚守，让天下父母都能享受太平颐养天年……

发表于2010年第3期《中阳老年》

一位志愿军的婚恋故事 | YIWEIZHIYUANJUNDE HUNLIANGUSHI

　　1952年，车亮果正在朝鲜江中地区同侵朝美军作战。当时，国内广大青年学生写慰问信、寄慰问袋给抗美援朝前线"最可爱的人"，上级发给每人一个慰问袋。车亮果收到的是湖南衡阳五中的学生申宗一寄的。慰问袋里装的是湖南的土特产食品，还有一封信，内容大意是支持志愿军叔叔英勇作战，狠狠打击侵略者，他们在祖国好好学习，将来为社会主义建设作贡献。车亮果抽空回了信，算是礼尚往来吧！

　　1954年5月，志愿军回国，车亮果所在的部队驻在湖南的冷水滩。一天，亮果去宗一家看望这个未曾相识的中学生。宗一初见亮果的面，脸一下红了，原来和她通信的这位志愿军叔叔，不仅是个威武的军人，而且还是一个漂亮的年轻人。

　　从那以后，亮果心里时常装着宗一，宗一心里也时常想着亮果。真是无巧不成书，当时车亮果他们部队里一位战友的爱人在衡阳五中读书，于是通过她，亮果和宗一谈论起婚事。

　　部队时间紧、纪律严，不比现在的青年，能够花前月下，海阔天空，细细品味初恋的甜蜜。他们一见面，亮果就开门见山地说："我的老家在山西省离石县（现属柳林县）龙花垣冯家塌村，家里只有一孔破窑洞。我既是穷八路，也是个穷庄稼人。"宗一说："婚姻是说爱，我爱的是你这个人，我们都有两只手，穷怕什么？"亮果问宗一："我比你大12岁，你不嫌我年龄大吗？"宗一说："你把青春年华献给了祖国，就这点说，我会嫌你吗？""我文化不高。""文化不高能学习，部队不是把老兵送到学校学文化吗？"而后宗一反过来问亮果："我的家庭是破产地主，家里只有母亲和我两个人，母亲日后得我们赡养，只要你不嫌弃，我跟你过一辈子。"亮果答应了。就这么简简单单几句话，他俩就把婚姻大事确定下来。

部队当时对军人配偶的政治条件要求比较严，亮果打了结婚申请报告，组织上没有批准。后来亮果被调广州军区空军补校学习，他又向学校领导谈了他和宗一的关系，校政治部主任对他们的婚姻非常关心，详细了解了申宗一的家庭情况，最终批准了他们的结婚报告。

获得准许，亮果忙寄信给宗一，要她来广州完婚。

结婚乃人生大事。在农村，普通农民结婚，也要准备新衣服、新被褥，布置新房，宴请亲朋，何况广州是大城市，且当时亮果已是营级干部，也有条件讲究一些。但亮果和宗一商议结婚形式时，宗一却说："我这样一个出身的青年，能同一个经过枪林弹雨为保卫祖国出了力的军人结婚，就感到无上光荣，结婚的形式无需讲究，日子要常过，路要常走，往后生儿育女，成家立业，花钱的地方不会少。"一番话，说得亮果心里甜滋滋的，两人议定，从简办事。

结婚那天，亮果身穿洗得干干净净的旧军装，宗一则穿着湖南老家来时穿的学生服，没请一桌客，没响一个炮，只和政治部主任在饭店吃了一顿庆婚饭，就这么简单地结了婚。

婚后，夫妇二人互敬互爱，和睦相处，老车从南方调到北方，老申跟到北方。南方人喜欢吃大米，可北方缺大米，3年困难时期更是这样，但老车总要想方设法买点大米吃。宗一说："小米也是米，你们当年打仗，还讲究吃这吃那，不是填饱肚子就行了？我为啥不能改变习惯，同北方人一样吃杂粮！"后来老车在"文化大革命"时身体出了大毛病，老申时时守候在身边，共同渡过了难关。老车说："这不是一次，而是一生，我们相依为命，相守到老。"

现在，老车家里挂着两张大而醒目的照片，一张是老车和老申的结婚合影，上写"风雨同舟"，老申紧紧依偎在老车身边。一张是老车八十大寿全家人合影，儿女孙甥一共22人，一个美满幸福的家庭。老申多年来兢兢业业，积极工作，荣获高级教师职称，多次被评为模范教师，后被吸收为县政协委员。

如今，老申走了，老车常常禁不住瞅着老申的照片陷入深情回忆……

发表于《山西老年》2007年6月刊

三代人的病历 | SANDAIRENDEBINGLI

李福应口述　刘云光　卫庭杰记录整理

　　想起我家祖孙三代人的不同病历，使我更加热爱社会主义，更加热爱合作医疗制度。

　　解放前，我爷爷患了眼病。在万恶的旧社会，贫下中农缺吃少穿，哪有钱看病？全家人只好眼巴巴瞅着爷爷的两只眼失去光明。爷爷眼瞎以后，我们家的日子过得更苦了。二叔去给地主扛长工，不久染上伤寒症，因为没钱治疗死去了；二婶带着孩子沿街乞讨。爷爷经常对我说："在旧社会，有钱人拿钱治病，没钱人以命扛病。像你爷爷、叔叔一样，因病闹得家破人亡的，何止一人两人，一家两家！"

　　解放以后，我们家和广大广大贫下中农一样，在政治上、经济上翻了身，过上了幸福生活。但是，山区仍然缺医少药，社员有了病，仍然得不到及时治疗。1955年，我爹大腿上长了一个小疮。当时他考虑，到县城去治吧！于是，就拖了几天。谁知道，我爹的腿肿得更厉害，连炕也下不来了。队里就派人把我爹送到城里，经过近两个月的治疗才好了。

　　这次治病，先后花了近100元的医药费，耽误了3个月的集体生产劳动。我们家人口多投工少生活有困难，队里就给我们补助和照顾。国家卫生部门也减免了一部分医疗费。从我个人说："虽然生活上没有造成大的困难，但是却给集体和国家增加了负担。

后来大队办起了合作医疗站，我们有了自己的赤脚医生。社员有病，随叫随到，及时治疗。

1970年9月，我得了结核性的关节炎，严重时，晚上疼得睡不着觉，白天疼得下不了炕，这比我爷和我爹当年的病要严重得多。可是，大队赤脚医生用中西结合的办法给我治疗，一方面给我服中药、针灸；一方面给我注射链霉素。有时，他们请县医院的医生来我们家会诊，还把我送到县医院透视和照相。从我们家到大队合作医疗站，往返大约5里路，还隔一条河，赤脚医生高桂娥光为我打针就来回跑了几十趟，总共跑了600多里路。去年深秋的一个雨天，南川河涨水了，冰凉的河水，淹没了踏石。我估计桂娥晚上不能来了，正准备睡觉的时候，桂娥妈伴着桂娥冒雨给我打针。我感动得连声高呼："毛主席万岁！"

经过两年多的治疗，我的病好了。现在，我可以骑着自行车跑几十里路，还可以到山林里采集中草药。贫下中农一致推荐我当了赤脚医生。我边干边学，已初步掌握了一些常见病、多发病的防治技术。

发表于《人民日报》1974年11月25日

诚信做人　勤劳为本 CHENGXINZUORENQIN LAOWEIBEN

……市农卫继德，养猪32年，修起3处新地方，现有近百万元的资产

山西省中阳县宁乡镇南街村民卫继德，从16岁开始养猪，32年来一直没有改行。靠养猪，他家修起3处新地方，建起15个喂猪窝,现有价值近百万元的资产,成了全城家喻户晓的养猪状元,勤劳致富的榜样。人们说他：干得脏活，挣得干净钱，凭着勤劳动，谁也不眼红。

卫继德是大家公认的老实人，他从小家寒，16岁就到粮食局加工厂当了养猪的临时合同工，一干就是21年。工作上兢兢业业，任劳任怨，21年的合同工没有转正。他从来没有找过领导，写过申请，要求转正。他月工资由20.48元最后加到120元。别的临时工嫌工资低，不干了，他从来没有找过领导，要求增加工资，调整工种，而只是一心扑在养猪上，成为上上下下一致公认的老实人。

1975年，继德自己办起养猪场，至今一直没有间断。开始办猪场一没资金，二没场地。为此，他找到当时的县长张中生，张中生由于曾在粮食局工作过，深知继德的为人和事业精神，给他批了2.5万元的贷款和一处养猪场的基地。从此，他在城南较远的沙会湾一处乱石滩上办起了自己的养猪场。

随着城市的发展，人口的增多，大小饭店、豆腐坊像雨天后春笋般的开起来，继德每天早晚开上三轮车把饭店的泔水收回来。为了赢得饭店的泔水，他给饭店倒灰渣、洗碗碟，自然这些饭店的泔水全归了他。有了泔水，再买一些豆腐渣，夏天打一些杂草，冬天贮一些青，只有猪娃才喂一个月的精饲料，所以他的养猪成本最低。

继德养猪非常重管理，讲科学。泔水通过检查、冲洗、消毒、加热

刘云光文集

后，才让猪食用。猪圈夏天散热，冬季保温，每天打扫冲洗两次，保持猪舍经常干净。猪有强弱之分，为了避免强吃弱食的现象，实行分槽喂养、弱者偏食的方法，达到共肥齐长的目的。人有三灾五难，猪有七病八疼，继德同吕梁地区畜牧局和县城兽医站定有长期医疗咨询合同。每头猪从猪娃到膘猪出售要注射一次疫苗，打一次防疫针。所以，多年来养猪虽多，基本没有死亡，更没有疫情发生。

继德从办猪场以来，共计卖了多少猪？继德两口子谁也说不清。一般两年卖三槽猪，有时一年卖两槽猪，每槽猪养30至50头，平均说每年售膘猪不下50头。

近几年，经济发展了，人们嫌养猪脏累，不少养猪人不养了。还有的人认为养猪挣钱少，改了行。说到这个问题时，继德深有体会地说：人们爱吃猪肉而不肯养猪，这本身就给猪肉市场造成好的发展条件。现在收1公斤生猪16块钱；咱一个农民，自己没务工的技术，没经商的本事，养些猪，实打实，既无风险，又盈利不小。对社会对自己都有好处，国家号召勤劳致富，政府支持养猪事业，作为一个农民，何乐而不为？

到此，继德带上笔者参观了他的养猪场。一头头肥肥胖胖的膘猪，一个个生机勃勃的猪娃，真是喜人。他说："到年底，又能出售30头大肥猪，每头以250斤计算，大约可收入5万多元。"

发表于2007年9月4日《吕梁日报》

母亲的针线格栳栳 | MUQINDEZHENXIANGELAOLAO

母亲今年93岁，生活基本不能自理，她不愿离开老家农村，所以我们兄弟、姐妹轮流回家侍候。我今年77岁，且患有心脑血管病，轮到我侍候母亲时，只好拄着拐杖回农村。鉴于我的这种情况，去年秋天，把母亲接到城里来。

接母亲那天，我儿把她背出土窑洞，扶上汽车座。她看了看拿在车上的东西，对我说："我的针线格栳栳没拿上？"

一说针线格栳栳，全家人都晓得这是我们家的传家宝，说是传家宝，其实不值几个钱，它是一个柳条编成的筐，有洗脸盆那么大，放母亲缝衣服时用的剪子、顶针、锥子、捻线团、杂七杂八的线团等。说起它的资历来，可不算小，母亲说这是她15岁出嫁时外祖母给她的嫁妆。父亲说，那个柳条筐早被日本人抢粮时拿走了，现在的这个格栳栳是他用一升小米（约3斤）换的，究竟是咋回事，我们也说不来，反正从我记事时起，母亲做针线活就是用这个格栳栳。

母亲生了我们兄弟姐妹8人，6男2女。全家人的穿戴全是母亲一个人手工操作，从棉花纺线织布到缝衣制帽，不知道母亲为此辛劳过多少，白天磨面碾米做饭，母亲都得插手，晚上是她专门的缝制衣服时间，我常记得晚上睡醒时，母亲在一盏油灯下一针一线给我们缝衣裳，特别是到了年尾，母亲一个来月不脱衣服，困了，倒身躺一躺，我们经常看到她在灯旁点瞌睡，瞌睡醒了又做营生。有一次，她把灯柱碰倒了，油洒到炕上，差点引起火灾。年年岁岁，一直如此，母亲总是用她勤劳的双手，在过年时给全家人穿上她缝制的新袄新裤、新鞋新帽。

年轻时我常想，什么时候我们也能买新衣裳穿，让母亲轻轻松松活几年。现在我们兄弟姐妹都已住上新房，穿戴一新，甭说九十来岁的母亲，就是年轻的儿女、媳妇，也不用拿针拿钱，可母亲还是念念不忘她的针线格栳栳。

母亲到了我们家，身子刚坐稳，就要她的针线格栳栳，问我媳妇有什么营生？媳妇对她说："你关节肿大，身躯佝偻，已经不能动了，还能做什么营生？"她说："腿不能动了，手还能动，人不能不劳动；劳动的人，挣得钱耐花，不浪费；劳动的人，吃饭香，身体健壮；劳动的人不忘本，走得端，站得正……"

母亲几句话，记不清说过多少遍。但我们丝毫不觉厌烦，反而把她的话玩味在心，我希望以劳为本，以动为荣，成为我们做人的宗旨和品德，传给儿孙，惠及后人，无论何时何地，都兢兢业业，尽职尽责，把光荣的劳动进行到底……

发表于2009年第2期《中阳老年》

刑场脱险 | XINGCHANGTUOXIAN

许占庆口述　刘云光整理

1945年9月，第358旅北上，我因病不能随军，留在了地方上。党组织遂派我打入敌军内部，为我军提供情报，瓦解敌人阵营。

当时，中阳城还没解放，阎军有一个团的兵力驻守县城。我军有吕梁军区13团、31支队、武工队、游击队围困县城。敌人由于驻军少，又常吃败仗，死亡逃跑人员得不到补充，经常出来抓丁。一天，我去中阳城外赶集，被一营侦察队队长白二则抓去，将计就计，我成了侦察队的一名士兵。

侦察队受营长郝丕恭直接指挥，经过一段时间，郝丕恭见我为人老实，办事果断，颇有胆略，对我有好感，他常有一些私事让我去办，我总是尽力而为，把事情办得让他满意，这样赢得了他的信任。有了这个条件，我便借此机会，见到武工队的领导人王效才、贾盟，并回报了阎军的一些情况，回来时带了一些传单，利用晚上巡逻的机会，贴在中阳街头，搞得敌人昏头转向，疑神疑鬼。

敌人被困空城，给养得不到补充，经常出城抢粮，由此军心涣散，民怨甚多，尤其是本地人，他们通过熟人得知我党的政策，不少人看清跟上阎军没有出路，解放中阳只是时间问题。

从日常接触中，我发现侦察队的高应山（中阳人）对政局不满，我就主动接近他，向他透露一点城外的情况，他也不明不暗地看出我和共产党有联系。一天，他和我谈话时，说他想利用出发的机会，带上一挺机枪、一支步枪去找武工队，让我先联系。过了几天，高向我借20块现洋（实际是敲诈），我没给他，他就告发了我，当即被抓进监狱。敌人对我使用各种酷刑、踩杠则、吊打、灌辣椒水、用火柱烫等，要我说出参加共产党的情况，以及联系手段和人员。任凭敌人如何拷打，我只字未提党组织派我的情况，我只说高应山向我借20块现洋我没给，是他陷害我。

狡猾的敌人并没因此而放过我，他们用杀头来威吓我，让我承认是党派来的。

一天，敌人枪毙一个叫张马孩的村民，并把我也宣布为死刑。对此，我也有预料，因为城防司令张居乾讲过，要把我的头割下来，挂在城门上，让所有出入的人看看。

在绑我出狱时，审判人员一再问我，只要承认与共产党的联系事实，就免我一死。我看清了敌人的阴谋，心想，死就死罢，为革命而死，死也光荣。

敌人没有从我口中得到半点情况，就把我拉到刑场，同张马孩分前后跪下，我亲眼看见敌人把子弹推上膛，一声枪响，张马孩倒在血泊中。

我在那时想什么呢？我想亲眼看见我的父亲，给他磕上一头，报答他老人家的养育之恩。我也想看看同志们，说一声，同志们永别了……可是过了几分钟，敌人还没开枪，审判人员问我说："现在说还不迟。"我说："要说的已经说了。"敌人用陪绑威吓没有成功，罪名不能成立，只好把我放了。

发表于《山西晚报》2004年11月29日

访问张居乾 | FANGWENZHANGJUQIAN

日本投降以后，张居乾由石楼调来中阳，先后任师长、城防司令、县长、离石统委会主任，集党政军权于一身。至1946年12月12日中阳解放，前后1年零4个月时间。1984年夏天，中阳政协一行7人，赴运城市政协访问了该市政协常委张居乾，就他来中阳，解放军三次攻城以及最后投降的经过，座谈了一天时间。总的印象，张居乾虽已年逾八旬，记忆清晰，思维正常，性格刚毅，谈吐举止仍有军人气质，所谈的问题，基本尊重事实，不推卸责任。尽管如此，年龄不饶人，时隔近40年，有些情节、时间、地址、数字难免有出入，望知情者补充修正。

一、张居乾调来中阳，解放军第一次攻城，因主力北上，攻城未果。

1945年8月中旬，日本投降，阎锡山派第七集团军总司令彭毓斌率42师接收中阳城，师长阎俊贤。8月下旬，彭与42师调往太原，张居乾由石楼调来中阳。他在石楼是城防司令，下属三个大队，调来中阳时带来两个大队，一个留守石楼，来中阳的两个大队改名为中阳据点守备队。阎为了统一指挥，电令离石、石楼各部队由张居乾统一指挥。9月5日，解放军包围了中阳城，离石城一再告急，张一面遥控指挥离石，一面督战中阳。离石城双方交战两天，即被解放。离石解放以后，解放军增兵中阳，大举攻城。当时，张居乾内心着实恐慌，他了解到解放军兵多将广，作战灵活勇猛，担负主攻的第358旅是久负盛名的劲旅，攻城一开始，解放军就控制了城周高地。从守城部队来讲，兵员相应不足，除两个据守队，只有中阳爱乡团。这支部队是由散兵游勇组成，基本成员是日军统占时的警备队，军纪太差，群众中声誉很坏。张居乾对他们不放心，起先不让守城，只让他们担任预备队。从城垣设施来讲，东城墙一处倒塌失修，不用云梯，就可以进城来。因此，双方攻守的重点在东城墙，两军伤亡都很大，如果再攻两天，城垣确实难保。正在危急之时，第358旅突然调走（赴绥远作战），留下围城的只有13团、31支队、自卫军等地方部队。

这次攻城以后，张居乾有了喘息机会，他考虑解放军再次攻城只是时间迟早的问题。从当时守城的情况讲，必须抓紧南碉、墩则墕、特别是城墙上的防御设施加固和维修。可是城内的老百姓不愿修碉堡，挖战壕，街道间、邻长消极抵抗。在这种情况下，张居乾想了个欺哄百姓的办法，一天晚上，他派一个排的兵力，在郭家岑以西的山上，乱打一气枪弹，主要是掷手榴弹，谎称解放军攻城，已被他们打退。第二天以此为由，强迫全城的老百姓在南碉、墩则墕、城墙上挖战壕，并把庙宇的大门、商店的铺门、家户的大扇门摘下来，盖到城墙的战壕上，上面掩埋了草土，使城外高地看不见城上兵员的活动情况。在突击完成了这些工程以后，继而又在城周新修了5个碉堡，加固了东城墙塌毁处。

兵员方面，张居乾进行了调整与补充。由于离石解放，县统委会主任狄予公被俘，阎任命他兼任离石统委会主任，统委会设在中阳。张趁此机会，收罗了从离石跑回来的官兵；组建了离石爱乡团，由据守队大队长吴学震任团长，加紧了训练和作战演习。这样，中阳守军就有了两个据守队，两个爱乡团，约1800余人。

时隔不久，城内守军弹药短缺，张派离石爱乡团一个营去隰县领取弹药，回来时在三里湾一带，被自卫队、13团截获，兵员大部被俘，弹药丢失殆尽。此后，张多次电阎，用飞机空投弹药，遂多次发生飞机误投，我方部队、民兵抢得误投弹药许多。

二、二次攻城在即，张居乾组织奇兵突袭，缓解了中阳失城之危。

1945年12月11日，解放军再次组织攻城。参加的部队有：吕梁军区独立11团、独4旅13团、中阳独立营、离石支队等地方部队。翌日拂晓，解放军趁阎军戒备疏忽之际，扶立云梯猛烈攻城，其时，守城阎军正准备操场出操，张居乾即命墩则墕碉堡守军侧击，解放军虽有少数人登城，终因寡不敌众，登城未果。解放军及时转移攻城目标，集中火力与兵员，猛攻墩则墕，其时天色大亮，争夺战打得相当激烈，晨光中肉眼看得很清楚，解放军前赴后继，勇猛冲杀，一批压下去，一批又上来，继而短兵相接，展

LIUYUNGUANGWENJI

开肉搏，碉堡终被攻破，守碉敌军全部被歼，碉堡着火焚烧，碉堡内弹药被烧得爆炸了，守碉官兵家属在城内门前房顶上瞭望，哭声一片。

因为鳌则塌地势险要，同南碉一样，直接关系县城安全，张居乾几次组织中离爱乡团反攻，阵地失而复得，得而复失，双方均有较多伤亡，阎军伤亡更为惨重。

眼看城将攻破，城内守军一片恐慌，尤其是行政人员，有的脱去军衣和制服，打扮成老百姓模样，意思是解放军一旦破城，他们便放下武器脱逃，根本不准备抵抗。对此军队反应强烈，鉴于情况危急，张居乾决定"杀鸡儆猴"，抓了一个典型就地击毙，使行政干部不敢再乱说乱动。

当时上下都是人心惶惶的混乱心态。如专员乔文绣，责任会议主席吴鸿禧，步步不离张的身边，他们认为，一旦城垣失守，与其大家一起牺牲，不如突围还有一线希望。张的内心也是这种看法，但突围难以实现，他用长治守军史泽波带领守军突围被歼的例证说明他的看法。乔吴一再劝他突围，张居乾火了，对他们说："我是军人，没有命令不能弃城逃生，你们要走，我派兵送你们，我与城共存亡。"张给了他们个下马威，乔、吴二人再不敢说什么了。

此时的实际情况非常危急，东山高地已被解放军占领，鳌则塌阵地也已不在他们控制之下，南碉虽未失守，但兵员死伤太多。城北，解放军已组织了三次强攻。情况万分火急，张把郝佩恭、冯贵大队长叫来，研究对策。郝主张组织奇兵进行偷袭，缓解紧张局势。张同意他的意见，马上把中、离爱乡团团长张临生、吴学震叫来，抽调100名精干官兵，组成敢死队，悬以重赏。他们根据观察的情况，攻北城的解放军，凭借北城桥、狐尾沟的壕沟，正在休息。这百名敢死队从西城摸下，潜到攻城部队南侧即北城塄壕上面，进行突然袭击，解放军当即进行了顽强抵抗，官兵一齐冲杀，端起冲锋枪、机枪扫射，往桥上投掷手榴弹，但因地形不利，解放军伤亡不少。战斗持续了一天，再加上南碉数攻不下，解放军遂放弃攻城，留地方部队继续围城。

这次奇袭之后，阎锡山大吹大擂，呈报蒋介石，通电全军，表彰了张居乾和守城官兵，以掩饰其历次失败之无能，借以挽回颓丧不振的士气。

三、南碉失守，兵临城下，军心动摇，破城局势已定，张居乾无奈投诚

1946年春，国民党南京国防部命令部队整编，所有部队一律缩小编制，师改团、团改营，营改连，层层缩小，干部降职任用。中阳守军缩编为第34军45师1团，张居乾为团长。阎在此时发电张为记名师长，兼任中阳县县长，意在稳定张的情绪，张虽几次电阎，要求辞去县长一职，阎一直未准。

这一年间，中阳局势较为平静，国共双方虽有小的摩擦，但未发生大的战斗，在这段时间，张大量征用民夫，加强防御设施，先后修筑了枣庄则、郭家山、青风垴、槐树墚、三里湾、巫神庙以及城北大石碉。9月阎又发布命令，任张居乾为第45师师长，郝佩恭为第一团团长，实际兵员还是原来的两个据守队，两个爱乡团，不足2000人。

是年10月，阎向张通电，称贺龙、陈赓率部向西推进，预料晋西将有大战，决定把永和、大宁守军集结于隰县，石楼守军集结于中阳。这个计划尚未实施，隰县、永和就被解放，石楼守军弃城东撤，经过隰县时也被解放军歼灭。

隰县解放以后，大军向中阳转移，张居乾为巩固县城防务，首先把巫神庙碉堡守军撤回县城。12月3日，解放军开始攻城，仅两天时间就把城外的几个碉堡打掉，张居乾感到这次攻城比以往两次威力更大，一是用重炮轰击，二是用黄色炸药爆破。每炸一个碉堡，守军全数覆没，特别是南山碉堡，解放军又是炮轰，又是穿地道爆破，一个连的守军被歼；整则垴的碉堡也被炮毁，尽管他把街道进行堵塞，准备巷战，实际守城官兵信心大失。在万分火急的情况下，张多次电阎，要求空运弹药，增援部队解围，但阎的答复使他非常扫兴。阎说："飞机是中央直管，不属他指挥。增援问题，各地都吃紧，他正请示中央，已电令中央军由临汾西进。"听了阎的答复，张居乾气得一个小时说不出话来，他想，这张空头支票，即使兑现，也远水不解近渴。此时，郝佩恭报告，北门外大石碉被炸，守军全部活埋于堡内，请示将枣庄则碉堡守军撤回。当时没有电话，城外都是围城部队，张问郝："怎么能联系上？"郝说："他们事前有联系暗号，凤凰山顶向枣庄方向发三个炮弹，就是回撤的信号。"为了准确无误，又派一名士兵，化装出城，口信传驻枣庄则的五连撤回。此人叫卫羊富，榆次人，解放后他在南街落户，他是从南城上吊下去的，从乔家沟绕到菜阳沟，去了枣庄则，见了五连连长石秀廷，当天下午就撤回县城，五连因地形熟悉，虽与解放军发生战斗，但损失不大。

解放军这次攻城的部队是第359旅，太岳军区、吕梁军区的部队，总指挥王震，指挥彭绍辉、罗贵波，为了减少城市建筑损失和群众不必要的伤亡，王震、彭绍辉写了亲笔信给张居乾，劝其投诚，并叙述我党我军对起义投诚人员的政策。张不相信，认为自己与解放军和地方武装作战一年多，结怨很深，怎会既往不咎，故将原信电阎，并表示自己守城决心。阎即复电，拨款1000万作奖金，同时让杨爱源、赵承授、王靖国等高级将领联名给张居乾来电，称他是超历史名将，此盛誉只有子健（张的字）一人当之。鼓励张坚守中阳，为阎卖命。

　　其实，张居乾表面坚决，内心已经动摇，用他自己的话说："战则死，守必亡。"这种心理不仅他一人，也可以说包括全体。这天，他去慰问南碉受伤的王秀德营长，王一见他就哭，说了一段刻骨铭心的话，使他常记心里，这段话的大意是：王一直跟他十余年，情同手足，绝无二心。这次共军攻城，兵力之精锐，火力之猛烈，指挥之决心和明断，非以往任何战斗可比，如果我们死守，必无出路。抗战初期，我们这支部队成立（原是傅存怀的部下），没领过阎的一枪一弹，死伤官兵，没享受阎的一分抚恤，与日军打过多次胜仗，没得过一分奖金，可每次打仗我们在一线。王靖国、赵承绶的部下，一年数次升级，我们的团营连长仍是团营连长。时到今日，援兵不到，弹药不送，薪饷不发（三个月未发），难道让我们赤手空拳守城？如果当初我们跟上共产党抗日，怎么会是今天的下场？跟我们十余年不变的官兵，难道都应该战死在这个山城？张居乾听了王的这一段哭诉，句句是实情，令他心寒。他觉得军心已经动摇，死守绝无希望，心里非常矛盾。他对来访的人员说："说心里话，当时我认为投降对一个军人来说是莫大耻辱，守必死无疑，对于死，我本人毫无畏惧，自己实不忍让跟自己多年的弟兄再作无谓的牺牲。"在这种心理驱使下，即致电阎锡山："南山已失，弹尽粮断，城垣难保。今生已矣，来生再见！"发出了他绝望的哀鸣。

　　这个电文被我军破译，经传达翻印，大大鼓舞了攻城将士的勇气，攻城进展，时见效果。在大势已去、城垣必破的情况下，张居乾给王震、彭绍辉司令员复信，愿意接受和谈，请派员进城洽商。也就在这时，阎拍来电报，让弃城突围。张见电立即变卦，让郝佩恭挑选500名精干官兵，备足弹药干粮，准备突围。郝表示遵从命令，实际并无行动，当张问他："突围的事落实的如何？"郝说："我跟你十余年，决无二心。你想突围可能吗？我实在不想让你和500将士一起去死，生死关头，请你考虑。我们要死一起死，要活一块活。"张问他："事到如今怎么办？"郝说："我已

把共产党的和谈代表接进城了。"张说："事到如今，还说什么，由你们吧！"

和谈进行了3个来小时，郝佩恭坚持按起义对待，解放军代表一再说明，兵临城下，只能按投诚处理，最后郝请示张同意按投诚处理。于是，他们把解放军的和谈代表送出城来，决定停止反抗。凌晨，解放军分别从北城、南城进城，中阳宣告解放。

访问结束时，张居乾向我们一再表示，他在中阳驻守一年又四个月时间，对中阳人民犯下了不可饶恕的罪行，特别是杀伤了不少革命志士和无辜百姓，借此机会再一次向中阳人民赔罪。当我们向他介绍了敖则塌山下已建成烈士陵园，二郎坪成为工业区，城市建筑一新，市场繁荣，人民安居乐业，上上下下一心建设新中阳时，张居乾表示欣慰，希望在他有生之年来中阳一游。

后记：中阳解放以后，政府对张居乾、郝佩恭、朱鼎文（张居乾的副官）等5人，按投诚对待，以毛主席说过的"既往不咎"政策处理，政府又对他们的职业与生活作了适当安置。

发表于2010年第1期《中阳文苑》

老板扫街 | LAOBANSAOJIE

　　三孩姓孔，是中阳县金罗镇沟门上人。1979年，他拿了家里仅有的5块钱，买了5斤白面，1斤麻油，炸的卖油麻花，从此，他闯入商海，改变了他家世世代代务农的传统。多年来，由于他经商有道，生意越做越大，资金越积累越多，现在他在中阳城内繁华地段买了一处二层小楼，经营百货副食，常年有几个亲戚帮工，虽不是大款老板，也在小小山城算个小有名气的人物。

　　我和三孩是当年的邻居，他的创业事迹，我曾在电视台、报纸上做过报道。最近忽然听人说三孩扫街，开始我有点不相信，后来人们沸沸扬扬，越说越真，为此我去他家问个究竟。

　　"听说你最近揽的扫街，真有此事吗？"我开门见山问三孩。

　　"真的么，谁告你？"三孩说，"共揽了四五百米。"

　　"你商店经营得不行？"

　　他说："也不是。"

"既不缺钱花，你又是个大忙人，为何揽的扫街？"我疑惑不解。

三孩告诉了我他承揽扫街的真实原因。

2005年春天，他在街头碰见一个濒临饥饿、衣衫破烂、流浪街头的小孩子，他叫二狗，年仅9岁，在雷家沟一孔破土窑内居住，父亲常年跑"皮坊"，给人们婚丧嫁娶吹吹打打，挣的钱连日子也过不了。母亲是个傻子，而且患羊羔疯病，每次发作两三天方可清醒，且一次比一次严重。别人家的孩子，一日三餐，上学读书，9岁的二狗衣不裹体，饭不饱肚，吃了上顿，不晓得下顿，每天捡破烂行乞，过着非人的生活。三孩想起自己苦难的童年，同情二狗的不良处境，觉得这个孩子再没有人经管，将会推向社会，造成不安定因素。于是，他把二狗收留到了自己的商店里来，成为自己的员工。

二狗是个失去家庭温暖的孩子，从他来商店之日起，三孩和他同吃一锅饭，同住一个屋，有时两人睡在一个被窝里。二狗不会打、不会算，三孩就让他处理一些简单的商业事宜，经过长时间的观察，二狗脑子不笨，手脚勤快，是个可教育好的孩子。今年开春，他承揽了自己门前一条街的扫街任务，每天清晨、中午，带着二狗一起扫街，他经常对二狗说："生活要从最低层过起，不怕人笑话。劳动要拣重担子挑，不怕吃苦受累。做人要和扫过的街一样，清清白白。人若如此，必定能摆脱贫困，自己拯救自己。"

二狗在三孩的管教下，吃得红光满面，穿得干净整齐，待人接物，很有礼貌，人们说他遇上好人了，和两年前的二狗比是大变样。听了三孩的讲解，我才读懂了三孩扫街的原意！

扫街是一个城市最基本的劳动，这种劳作本与老板无缘挂钩。但三孩为了挽救一个穷孩子，他肯捏起扫帚上街扫除垃圾，并对一个无人管教的穷孩子言传身教，真是难能可贵……

发表于2007年3月30日《吕梁日报》

他步入了神奇的音乐殿堂 | TABURULESHENQIDE YINYUEDIANTANG

——记工人业余曲作者晨鸣

刘云光　施国祥

　　美妙的歌声对他来说，充满神奇诱力，这位业余曲作者，几乎是踩着旋律生活，放飞五线谱奔波，他以自己的美好心灵，诠释着生活的无比美妙。

　　——他，就是中阳县电业局工人晨鸣！

　　童年时代的小晨鸣，就对音乐怀着浓厚的兴趣。尽管家境贫寒，但他用拣煤核、卖黑炭、捞河柴、挖药材积攒来的毛二八分、块二八毛的零花钱来买笛子、二胡等。1969年伴着珍宝岛反击战的隆隆炮声，他报名参军，有幸在部队业余宣传队进行学习与实践。5年的军旅生活，近百场演出实践，使他学到了从前无法学到的知识，部队转业后，他考入了山西电力学校。在校期间，他除了积极完成各门功课外，其余时间全部投入到紧张的音乐学习和创作活动中。毕业分配到山西神头发电厂后，他又同几位工友组建了神电宣传队。1981年，晨鸣调回中阳县电业局搞外线，这使他有更多的机会接触民间艺人。利用工余时间，他收集整理了大量的民间音乐素材，又自费考入"中国函授音乐学院"，专攻音乐理论。由于坚持不懈的辛勤耕耘，当大地展现出春天的勃勃生机时，晨鸣的处女作《杏花村里饮美酒》借《吕梁报》一方热土问世了。紧接着，他硕果累累，连续发表了《春满人间》、《战士的情爱》、《光荣的幼儿教师》等作品。

　　1981年初夏，晨鸣为吕梁军分区、吕梁电视台联合录制的电视音乐片《吕梁山的祝愿》创作了全部曲谱。1988年，在欢迎台胞寻根问祖的一连串的活动中，晨鸣应邀为中阳县对台办公室谱写了一组歌曲《故乡行》，赠予阔别家乡40年的原国民党将领武冠军先生带往台湾，并被其转赠给台湾的"山西同乡会"。1991年是中国共产党建党70周年，作为一个有18年党龄的共产党员，他创作欲望异常强烈，艺术思维空前活跃。这一年，他创作了音乐作品30多件。更为可喜的是，他为中阳县飞跃电子厂写的厂歌《前进吧，飞跃！》，在中华全国总工会、中国音乐家协会联合举办的全国职工"三热爱"歌曲征集活动中脱颖而出，荣获三等奖。这是我省唯一入选的厂歌。

晨鸣同志是一个勤奋而多产的作者。他创作的曲子旋律优美、节奏明快，具有浓郁的民族风格和乡土气息。他作曲的题材广泛，从少年儿童写到百岁老翁，从特区城镇写到边远山村，从针砭时弊写到端正党风……其创作体裁也是活泼多变，异彩纷呈。他在独唱、重唱、齐唱、合唱以及民族舞曲、现代舞曲的创作上，作了大胆而有益的探索与尝试。他试图开辟一条根植于民族基调上的多方位展示现代生活节奏的音乐创作之路。10年来，他共创作歌曲500余首。

目前，已成为省音乐协会会员、中阳县政协委员的晨鸣，正一步一个脚印地步入了神奇的音乐殿堂。

发表于《山西工人报》

姑当母孝　侄比儿亲　GUDANGMUXIAOZHIBIERQIN

—— 教师刘冬生孝敬姑母传佳话

在开展"五讲、四美"、"八荣八耻"的社会教育活动中，山西省中阳县城关镇尚家峪村的不少群众说：教师刘冬生孝敬姑母，比亲生儿子都好，他的先进事迹应受表彰，值得大家学习。

刘冬生的姑母刘英英，今年78岁，是个一生坎坷、非常不幸的女人。她17岁嫁到离石县枣林村，52岁上失去男人，后改嫁到离石县石盘上村，71岁上男人又死了。她一生没生儿育女，孤身一人，从姑父死了那年起，刘冬生就担负起姑母的一切生活所需，他每隔十来半月，就去看一次姑母，去了首先把两个水瓮担满。没米没面，刘冬生把各样米面打包上几包。没炭了，冬生雇上拖拉机，从中阳拉上炭送去。送去炭没人担，冬生就把妹夫叫上，把炭从村口担到姑姑家里。姑母缺零花钱，冬生在工资很低的情况下，月月要给零花钱。为了解闷，他给姑姑买下电视机。从尚家峪到到石盘上，往返200多里，时间长了，冬生觉得照顾老人很不方便，三年前，他干脆把姑母接到尚家峪来。

接到尚家峪，冬生给姑母租了一孔窑洞，据同院邻居讲，刘冬生几乎是每天来看姑母，不是挑水担炭，就是送粮送菜，过年过节，烟酒糖杂，样样不缺。老人患气管炎，天一凉，呼吸困难，病情加重，冬生就给姑母买下电暖器、电褥子，增强室温，减少老人越冬的痛苦。尽管这样，老人的疾病有时就要发作，每次发病，冬生总是请医生进医院，服药打针，直到病愈为止。去年11月，老人再次患病，经检查是肺气肿，冬生就把姑母接到自己家中，夫妇两口，熬汤煎药，轮流看护。刘英英不想让冬生花钱，说她该死了，不肯吃药，不肯输液，刘冬生就像哄小孩似的，给姑母说许多道理，直到按医嘱治疗……

男人孝敬长辈，内助至关重要。刘冬生姑当母孝，他妻子张宝林同样夫唱妇随。老人不能用凉水洗涮，宝林经常给洗衣服。秋天，天气变凉，穿棉衣用不着，穿单衣有些凉，宝林就给姑母打了一件毛衣。姑母住的门前有一道坡，姑母年老体弱，腿脚无力，出出入入，穿买的鞋常担心摔跤，宝林就做了一双布底鞋，给姑母穿上。一次宝林洗脸，摘下戴的一对耳环，她姑姑给她擦耳环，顺口说了句："这个耳环真好"，宝林当即把一对金耳环给了姑母。刘英英对邻居们说："我再也不能在侄儿媳妇面前说这好那好的，要不她非让你享受！"

自幼受穷出身的刘冬生，生活并不宽余，他从小死了爹娘，弟弟妹妹都要他供养，妻子又是个家庭妇女，自己有三个孩子，月月收入，必须精打细算，才能维持生计。一次弟弟和他打窑取土，冻土塌陷，把弟弟的腿骨折了，后经多处治疗，终于康复，但花销2000多元，几年才还清债务。

刘英英的第二个丈夫是个矿工，死后她有一份遗孀补助，这份补助，前家儿领取。刘英英深知冬生经济紧缺，经常要求冬生和她去阳泉讨要这份补助。冬生觉得姑母年老多病，经不起矛盾纠纷，更担心旅途出事，宁可自己日子过得紧缺，也不愿让姑母出去争闹，所以事情一直搁下来。

刘冬生是否享受过姑母家的一些财产？没有。冬生说："姑母家原先就很贫苦，在我接她到尚家峪居住时，姑姑要把她家仅有的两样有用的东西——两个大瓮、两个旧木箱给我。"可东生说："这些东西我也没用，你留着自己处理吧。"

"人活七十古来稀。"刘英英老人尽管有侄儿两口的精心照顾，身体总是一年不如一年，她经常对人说："我活着要累冬生，我死后还得累冬生。"冬生说："人活百岁，终有一死，这是不可抗拒的规律。你死以后，我给你披麻戴孝，把你送回枣林村，同我姑夫葬在一起，你说怎样？"

刘英英笑着说："这样，我就高兴了，放心了。今生今世，落到这样一个结果，已让我幸福过头了……"

发表于2007年6月10日《吕梁日报》

两亩玉茭 | LIANGMUYUJIAO

李春和口述　刘云光整理

　　在举国上下学习实践胡锦涛同志提出的"八荣八耻"活动中，作为一个二等甲级残疾军人，一个78岁高龄的老人，我已不能和健康人一样进行更多的实践活动，我想讲一个当年老八路行军打仗处理两亩玉茭的故事，以教育年轻人。

　　1947年，我在八路军二纵队独4旅13团1营1连（原系吕梁地方部队整编）当通讯兵，当时国民党胡宗南进攻延安，我们的部队在攻打榆林，突然接到上级命令，要我们的部队星夜赶到沙家店参加战斗。榆林到沙家店只不过200来里路，可是要绕过胡宗南侵占的地方，路程就很远了。那时交通条件很差，全靠步行，每个战士身带的武器、行李、干粮足足四五十斤，经过一天两夜的急行军，已经到了离沙家店不远的地方，大家身累神不累，一路行军一路歌。可这时干粮吃完了，肚子饿得慌。部队在休息时间，发现了二亩长势良好的嫩玉茭，有个战士向玉茭地里走去，团长王文礼喊他："军人怎么能随便进群众的庄稼地！"这个战士说："我去方便。""那也不行，瓜田不纳履，李下不整冠，群众影响不好。"于是，这个战士到另一个地方便去了。

　　正好玉茭地的主人从地里出来，团长问他："我们的部队饿了，能不能把你的嫩玉茭让我们吃了，价格按成熟的计算。"这个老乡说："胡宗南的部队一见群众的瓜果一抢而光，哪里给钱，不打不骂就算得了便宜。

这点玉茭不用说出钱，不出钱也应该支援咱们的军队。"王团长说："三大纪律，八项注意，不拿群众一针一线，买卖公平，这是我们八路军的纪律，八路军是保护人民的军队，哪能白吃老乡的玉茭。"李政委也接着说："胡宗南的部队白吃群众的果子，打骂老百姓，怎么会得到群众的拥护？八路军是人民的军队，走到哪里也将秋毫无犯。"

老乡引着后勤人员计算了一下株数，每人只能吃两个。于是，以班为单位，打火烧玉茭，部队在山沟里拣了些柴草，顿时，山沟里升起了遮云盖月的炊烟，上自团长，下至士兵每人吃了两根玉米棒，谁也没多吃一个。在我们部队集体行为的感动下，这个老乡自愿给我们当了行军向导。

胡锦涛书记在"八荣八耻"中指出，服务人民，遵纪守法为荣，背离人民，违法乱纪为耻，想起当年行军打仗和两亩玉茭的故事，深感坚持"八荣八耻"是我党我军的光荣传统，是革命胜利之本。今天进行社会主义建设，军民共同促进社会和谐，仍然是胜利的法宝。

发表于2006年7月28日《山西日报》

雪耻 | XUECHI

　　小时候没多念书，只上过4年小学，半年私塾。这段时期正是日军侵占中阳的时期，由于战乱，学校经常停课，读了4年小学，只上完3册课本。辍学以后，我的想法是，种好自家的25亩地，在农村打一辈子土坷垃。

　　那么，后来是如何走出农村，当上干部的？与两件不顺心的事有关。

　　一件事是考教员。1951年早春的一个早晨，我和父亲遇上老相识张义昌，我爹问他做啥去？他说进城考教员，并说参考的人不多，当教员一月大约可领100斤小米，比种地强，建议我爹也去考教员。送粪回家，我们父子俩就进城报名，第二天参加了考试。对于6年没有摸书的我来说，参加考试纯粹是瞎碰，手僵得捉不住笔，字写得出了格，算术题一道也没做对，口试主考提了3个问题，两个答不上来，答上来的提问是："朝鲜的领袖是谁？"我答："可能是金日成吧？"这是最容易答的题，自己还不敢肯定。考试结果出榜公布，我的名字倒数第一，气得我连饭也没吃。等到天黑，铲了一些稀泥，刷了我的名字，连夜出城回家，不想碰见熟人，没走汽车大道，操小路回家。那时，狼多得很，晚上狼嚎四起，但我一点也不怕，边走边想，一定回家好好学习，洗掉这次末榜之耻。穷人出门带钱少，那时身上只有买两个烧饼的钱，我用这点钱买了一块墨水晶，两个蘸笔尖，亲戚家借了一套旧课本，回家以后，拆了几本旧书，把蘸笔尖绑在一根筷子上，开始了我的自学生涯。

　　再一件事是找媳妇。我们家穷人口多，娘怕我年岁大了，不好娶媳妇，常托人说亲。正好，村里有个年轻寡妇，岁数比我大，人样一般，没有文化，就这个寡妇，人家也不同意，不仅不同意，还给我起了个绰号——"疤容"，我的乳名叫容，童年患过天花，脸上有少许疤痕。后来，我父亲又托人说了一个外村的姑娘，这个姑娘生得丑陋，嘴特大，两颊高，走起路来好像刨钁头，真像个愣头青后生，我看了很不中意。我爹却劝我说："丑怕什么，这种人好伺候，过门来能操持家务。"可人家一相亲，见我家一共9口人，一大锅饭一阵就吃光了，当时我18岁，是全家的主劳力，吃饭拿个大碗，外加一个窝窝。这个姑娘对介绍人说："哪像念过书的人，穿得破破烂烂，那么能吃。"当然婚事吹了。

一次考试失败，两个姑娘拒婚，却成了我改变人生命运的动力，我觉得再不用功学点文化，不仅自己没有前途可言，就连个丑老婆也娶不上。我记得老师曾经说过："世上无难事，只怕有心人，一个人如果铁了心，就没有过不去的'火焰山'。"于是，我把那根筷子绑成蘸笔，一瓶用水冲的墨水，看成是最有用的"宝贝"，白天劳动，夜晚加班，有时太累了，几次不知不觉尿到炕上。每次上地里都带一本书，歇下来，大地为堂，土地作板，写了涂，涂了再写，温故知新，虽没作业本，心里却记得牢。功夫不负有心人，半年时间，我把高小算术、语文自学完，暑假期间，我从县城拿回一套五年级考试题，基本上能答上来。

这年7月，兴县专署行政干校招生，我同叔伯哥哥一起报名参加了考试，成了一名国家正式干部。

回想起来，如果没有那次考试的失败，没有那两个女人的拒婚，就不会有那段如饥似渴的自学奋斗，哪会产生朱买臣式的"负薪读书"决心？想也不会想报名参考兴县专署的行政干校，更不会走上一段漫长的笔耕路……

发表于《山西日报》2006年3月17日第二版

穆忠义有个好儿媳 | MUZHONGYIYOUGEHAOERXI

刘云光　刘珠元

县城内南街24排5号，居住着一位离休干部，他叫穆忠义，瘫痪在床已经7年了，但生活得很好，邻里们都说："老穆有个好儿媳，不然，早不行了。"

穆忠义今年82岁。8年前，老伴病故了。时隔不久，他也得了半身不遂，生活不能自理，于是，雇了一个农村女子伺候。伺候了一年多，由于老穆大小便不能自理，人家挣多挣少不干了。

老穆有四儿四女，孩子们商议后，一家一个月接去伺候，轮了一年多，轮到四儿子安生家时，老穆不肯再轮了。弟兄们商议之后，认为老四两口子下岗，生活稳定，住地适宜，让弟媳李俊平伺候最合适。俊平是个直性子人，她说："我脾气不好，大家放心我照料，不放心，随你们便。"

弟兄们都知道，俊平虽然脾气不好，但心地善良，所以就这样把老人委以四儿媳，老穆从此再没有离开过这个家。

4年时间里，俊平待公爹和亲生父亲一样。夏天，把老人扶到院子里乘凉。冬天，扶到有太阳的地方放风。为了给公爹解闷，她买了一个轮椅，经常推上公爹到街上游转。老人的衣服被褥脏了，见脏就洗，无论冬天夏天，干干净净，没有臭味。瘫痪病人，要做到家里没有臭味，确实不容易，病人拉下尿下，人一时不凑手，就会弄个不成样子。作为儿媳，要把公公屁股的前前后后擦洗干净，那是一般妇女难以做到的。

俊平一天给公爹吃5顿饭。花样多，少而精，老穆有时不识饥饱，俊平像喂孩子似的，既让他吃好，又不能过饱。每天晚上，俊平至少起来三次，不是接屎接尿，就是翻身抓痒，她说："自老人到她家来，她没有躺平身睡过一次安稳觉。"

因为照顾公爹，俊平住娘家不过夜。娘家离她家70华里，每次住娘家，老穆天不黑就让别人打电话催，俊平说："人老返小，像孩子离不开娘似的。老人不让我走，我也走了不放心。"

为了老人就医方便，俊平学会打针、量血压，略懂一般医护知识。去年11月，老穆突然休克，俊平用她掌握的简单知识，刺激人中穴，进行人工呼吸，终于把公爹抢救过来。老穆虽然口齿不清利，但清楚地表示说："我死了，是我的福，也是你的福。"

人常说："久病床前无孝子。"俊平说："这是个感情问题，道理问题。我们曾经分居两地，爹爹妈妈帮我们照看孩子，现在他们不能动了，理当尽好孝心。"

发表于《当代中阳》2004年5月24日

一身正气　两袖清风 YISHENZHENGQILIANGXIU QINGFENG

——怀念冯天龙同志

（一）

2005年12月9日，太阳刚刚出山，在怡兴苑家属区收拾家务的老伴，给我打来电话说："天龙同志逝世了。"我怀着悲痛的心情，一路小跑到了他家，天龙同志安详地躺在那里，家人已按他生前的习惯，穿戴整齐。他的妻子、儿子，弟弟、妹妹，还有不少亲朋，正在商量安顿他的后事，人人为他的死感到惋惜。他才70岁呀，正是太平盛世，他走得太早了。

我给他点了香，化了纸，瞻仰了他的遗容，他生前高大的身躯，肥健的体魄，已被病魔折磨得荡然无存。若不看他的脸庞，谁也不会相信这就是昔日的天龙。然而，他的面部依然正气凛然，虽死犹生。人生走到这一天，已在人们的预料之中，只不过是时间早晚的问题，他曾对我说："我的病治不了，阎王已下了请帖。"他虽视死如归，脸上现出蔑视死神的微笑，但我痛在心里，眼泪流在肚里，多好的同志啊！

2005年春节后，他还在电话中听出我的声音，吐字不清，还能说出我的名字，后来看他时就不行了，到七八月份，我几次去看他，眼神全无，思维丧尽，之所以他的生命能延长这么多时间，多亏妻室孩子们的周详侍奉，无微不至的关照。

（二）

　　我与天龙相处多年，特别是他当县长我当政府办公室主任那段时间，几乎每天去他家中，常听他的弟弟、妹妹、老同学叙谈他少年时的经历。

　　天龙幼年，勤奋好学，天资聪明，记忆特好，过目不忘，是刘子约老师的得意门生。刘老师曾夸耀说，他有六个学生，将来必成大器，这六个学生就是后来人们常说的"三英"（王云英、刘希英、高鼠英）"两庆"（苗称庆、陈庆生）"一条龙"（冯天龙）。这六个人，除天龙高小毕业就到社会就业外，其余都升了学，王、刘、苗、陈都进入了名牌大学，成了小有名气的教授、专家、高级工程师。天龙的弟妹说："如果没有我哥的弃学就业资助家庭的话，我们哪有读书的条件？"

　　天龙家本来就穷，兄弟姐妹9人，父亲早年在供销系当炊事员，后来患病早逝。大哥天齐在四川工作，远离家乡，实际他是一家之主，弟妹们升学呀、就业呀，都得由他夫妻操心经管，特别是一个个婚嫁，虽不能和其他人家那样齐齐备备，双双件件，但都能给交代下去。自然兄嫂探家，姐妹住娘家，都以他家为家。一家人和睦相处，虽贫，却乐在其中。他的弟媳冯金平曾对我说："我们的哥哥嫂嫂，在我心中从来就以公婆相待，不是父母，胜似父母。"所以，无论家庭社会，对天龙的评价都很高。

（三）

　　在工作中，不论是当干事，当领导，天龙从来不发脾气，训斥人。他对同志，对普通百姓，平易近人，以礼相待。和他在一起工作，使人感到轻松愉快，特别是搞文字工作的人，常有一些紧、大、难的材料，逼得人吃不下饭，睡不着觉。遇到这种情况，他总能出主意、帮一把完成任务。他还有一个特点，性格幽默，小故事出口成章，逗人一笑，使你一身的烦恼与疲劳抛之九霄云外。他为人随和，但原则性很强，爱憎分明，关键时刻能站出来发表自己的正确意见，对一些是是非非的问题从来不搞调和折中，这一点是被大家公认的。正因为这样，"文化大革命"中，他本来不是县里的当权派，却和当权派一样，冤受了长时期的批斗。多年来，天龙同志兢兢业业地工作，是被历史证明的，也是被大家公认的。他襟怀坦白，心胸豁达，能与自己意见不一致的同志一起工作，也是被大家公认的。特别是担任县主要领导以后，在使用干部问题上，不计个人恩怨，任人唯贤，他曾与曹兴仁书记，紧密合作，为清除"文化大革命"中遗留下来的不良影响，作了大量的工作，化解了矛盾，协调了关系，为发展生产，推动社会前进，奠定了良好的基础。

"无私才能无畏，正人先须正己。"这是天龙对我们办公室的同志常讲的一句话，他自己就是这样做的。1981年当选县长以后，在涉及私人情面的事情上，他光明磊落，大公无私。1983年，县里决定给枝柯煤矿招收一批工人。他的外甥女婿崔玉柱，在部队服役8年，参加过自卫反击战，是出名的模范汽车司机，曾在《战友报》登过他的模范事迹，是符合这次招工条件的。当讨论招工名单时，天龙说，像崔玉柱这样符合这次招工条件的共100多退伍军人，我是县长，优先招了我的外甥女婿，别人会怎么评价这件事？结果崔玉柱的招工申请被取消了，至现在一直在社会上打工。

有一次，在教育界工作的一位和他相处要好的老同学，找他谈工作的事。这位老同学工作认真，成绩突出，多年来一直担负教导主任校长的职务，是个教育方面的内行。找他的意思就是想提拔一级，天龙听了他的谈话，直接了当地说："你当校长是个公认的好校长，你当副局长、局长就不一定了，你就安安心心好好工作吧！"

就是这样，有的老同学、老同事理解他，有的不理解，说他不办事，不讲情意，马列主义，不结合实际。理解也罢，不理解也罢，天龙同志说："执政为公，我心里的这杆秤平着嘞！"

（四）

天龙同志艰苦朴素，克己奉公，处处时时以一个普通老百姓要求自己，这种作风，走到哪里，带到那里，地位环境变了，作风不变，在县级领导干部这一层中，堪称楷模。有三件事，使我久久记在心里，挥之不去。

一是送天龙——

1983年10月，天龙被调任交口县县长，我同司机去送他，走时，老伴为他打包了赴任行装，一包干馍片，一包小米钱钱，一包炒面。送行的人都说："拿这些干啥？"他说："晚上开会加班，饿了充饥，自己方便，不用麻烦炊事员。"据他老伴付贵珍说，这三样食品，以后回家时还带过几次。如果说这在三年困难时期不足为奇，而在80年代，一个经济发展较快的交口县，又是一位县太爷，晚上饿了熬稀饭，啃干馍，拧炒面，这就少见又少见了。

二是看天龙——

1984年，我在刘家坪乡蹲点，一天到凤尾下乡，凤尾离交口县10里之遥，就顺便去看天龙。去时正是中午开饭时间，他拿个大碗，捞一碗白面条，外加土豆丝，坐在饭厅里，同大伙打成一片。我回到机关说这件事，许多年轻人不信，他们说："现在当领导的不是盘盘上，就是碟碟下，天龙县长拿个大碗，坐大桌子，依次打饭，不可思议。如果要让人信，历史得倒回去几十年，老八路时代才可能呢！"是的，他不是老八路，但老八路作风在他身上得到了继承和发扬。

三是接天龙——

1986年春天，天龙从交口县调回中阳县任政协主席，其时，我在县政协任副主席。老同志、老领导回来，自然我们要接待他，看望他。回来时，他坐的是212吉普，车里放一卷铺盖，几捆书，一个日杂手提包，此外别无他物，真是两袖清风。

人们议论说，别说一个县长搬家，就是一般干部调遣，大车小车还不拉几车？有的东西是私人的，有的东西是公家的，机关领导，帮忙装车的人，睁一只眼，闭一只眼，看见装个看不见。于是这些公物就私化了。就县长搬家这件事，足以写一篇有教育意义的报道，是一篇廉政建设的好教材。正如县委副书记刘学良在遗体告别仪式上所讲的："冯天龙同志的一生是对党和人民事业无限忠诚，无私奉献的一生；是一身正气，两袖清风，清正廉洁的一生；是勤政务实，顾全大局，光明磊落的一生。他对党忠贞不渝，把毕生的精力献给了党的伟大事业，他对人民忠心耿耿，把满腔赤诚撒在凤凰山下，南川河畔。我们将永远记着他，深切怀念他！"

群山俯首，草木含悲。天龙同志走了，他永远离开了我们，但他精神常在，风范永存，值得我们学习和效仿。

仅以此文，略表一个老同事的怀念之情。

发表于2006年第6期《中阳文苑》

此风应刹不应兴 | CIFENGYINGSHABUYINGXING

　　近年来，中阳县城街头屡屡出现儿子结婚戏闹公婆的丑剧，而且愈兴愈盛，逐步升级，在群众中造成很不好的影响。

　　去年冬初，一个市民给儿子结婚，拜天地时把公婆拉出来丑化戏闹了一番，引来了许多看热闹的人。几个老干部议论说："实在不雅观，真是伤风败俗。"

　　今年以来，闹公婆丑剧由院里引上街头，笔者亲眼看到几家娶媳妇的，请上专门丑化公婆的帮工，租赁上特制的服装，把公婆阴阳怪气打扮起来：公公头戴乌纱帽，帽上贴一块"炒面神"（公公和儿媳妇关系不正常的隐喻）的纸条，身穿旧戏中花花公子穿的那种花袍，脸上画点得像马文才那样的脸谱；婆婆耳朵上挂两颗大红枣，头发梳成两根牛角辫，脖子上挂两瓶醋表示和媳妇吃醋，活像个"三仙姑"。打扮好后，专车拉到城边地段，等到新郎、新娘进城时，相伴着游街。路经闹市，帮工们硬让公公把儿媳妇背上，婆婆跟在后面扭来扭去，引来成堆的人嬉戏围观，车辆行人、街道秩序受到影响……

　　为什么这样闹？一位主管婚礼仪式的总管不以为然地说："图个红火嘛！"他还说，"不过三天没大小（没讲究的意思），公公都可去揣儿媳妇的脚大小。"但社会多数人认为，这样闹太俗气，有损中华五千多年的文明史。

　　群众对此如何评议，我们姑且不说。我认为，作为政府部门，此风应刹不应兴，理由是：一、有辱中华民族的文明传统；二、有碍长辈尊严；三、浪费时间和财物；四、影响交通秩序的正常运行……

　　有鉴于此，建议有关部门以街道、居委村委教育群众，举办文明婚礼，精俭办喜事，革除陋俗，让健康文明的风气传遍城乡。

在中阳县城体育场，每天早晨都有成群结队的人聚集到这里，做回春保健操，跳健身舞。而组织大伙进行这些活动的是——

义务健身指导员王占夫 | YIWUJIANSHENZHIDAO YUANWANGZHANFU

寒冬时节，昼短夜长，早晨7时，天才能渐渐亮起来。在小小的中阳县城，每天早晨6点多，成群结队的人就来到县城体育场，等义务健身指导员王占夫一来，大伙就自觉排列成队，开始做回春保健操。保健操做完了，年轻人自由组合，跳起健身舞。这是清晨的中阳县城特有的一个场景。镜头中最引人注目的是老当益壮的王占夫。举手投足、一招一式，他从不潦草马虎。而跟随他坚持参加锻炼的人，原来有病的，身体好多了，原来没病的，体格更健壮了。如今，参加活动的人越来越多，夏季每天参加人数达三四百人，冬季也有一二百人参加。体育锻炼成了中阳县城许多人每天的必修课，也似乎成了一种生活习惯。不少每天参加做操的人深有体会地说："跟着王占夫做回春保健操，跳健身舞，把身体锻炼壮实了。"

笔者也是多年来一直坚持跟王占夫做回春保健操的受益者，这位热心人对全民健身运动的无私奉献一直感动着许多人，也激励着大伙持之以恒地锻炼着。王占夫说："回春保健操是原国家体委向全国推荐的一种以预防、保健和康复为主要内容的体育健身方法。这套操以自我锻炼为主，简单易学，锻炼效果好，长期坚持可以达到有病辅助治疗、无病强身健体的目的。"

从部队转业后

今年69岁的王占夫，是柳林县长峪村人。早在1958年他就参军，在空军服役，任修理飞机的机械师。1965年因患肝病，他转业到地方工作。他有个本家叔叔在太原当工人，名叫王兴盛。说起王兴盛来，太原市不少人知道他的名字，因为他多年在太原教人们做回春保健操，不少人尝到了健康的益处。王占夫转业以后，趁工作待分配之机，就天天跟他叔叔在太原卧虎山公园做回春保健操。做了一段时间后，王占夫渐渐感到身体舒服了一点，又继续跟着做，病情竟然有了好转。他叔叔告诉他："回春保健操很有健身实效，只要天天坚持，认真做好操中的每一个动作，再加服医生开的中药，肝病一定会痊愈。"

叔叔的话是王占夫的开心钥匙。等他被分配到中阳县刘家坪、金罗两个基层供销社，走上工作岗位后，他一个人每天在村边路旁进行锻炼，那里空气新鲜，也很少有人来打扰他。开始锻炼时，他还按医生的诊断吃药，随着身体的好转，药慢慢停了，这样坚持了一年多的时间，肝病没有了，原来患有的肩周炎、腰椎骨质增生等，没吃药也好了。他想，如果把这套操教给大家，让更多的人消除疾病健康生活，岂不是一件大好事。

1984年，王占夫从基层调回县城。从那时开始，他把带领群众健身同自己的工作生活有机地结合起来，再也没有停止过。

用坏4台收录机

中阳县城很小，早些年人们对体育健身的热情也不像现在这样浓，再加上没有一个适当的场所，人们总是不能更多地集中起来进行健身活动。为了吸引更多的人参加健身运动，王占夫像远道卖货的货郎那样，一大早就要背上播放机，往人们习惯集中的地方跑。冬天，到避风暖和的地方；夏天，到阴凉通风之处。在他日复一日地坚持下，跟他活动的人逐步多起来。

1997年，中阳县城建起了体育场。这个宽敞的健身活动场所，终于让全民健身领头人王占夫结束了游击式的训练生活，也让更多的人加入到了健身行列中。在这个初建的体育场里，王占夫每年要花钱买好几把扫帚和铁锹，每周都要自己彻底清扫一次场地，以方便大家锻炼。下雪以后，清扫难度大，他就让老伴一起去扫雪。直到2003年体育场进行了重新整修后，县里雇了清洁工，他才结束了这项义务工作。

2002年王占夫退休后，对每天带领群众健身的事更上心了。不管家里有什么事，他总是把早上的回春保健操做完、健身舞跳完，才去办理。像每年清明节他是雷打不动要回老家去上坟，老家离县城往返100公里路程，他仍是要做完操才动身。与他一起回老家的儿子们觉得他太死板，老王说："上坟事小，误人事大，咱晚回来一点就行了。"

体育场规定开放活动时间，有时保健操没做完、健身舞没跳完，管理人员就要关门。王占夫为了让群众把健身活动进行得更尽兴、又不影响管理人员的作息时间，就自己配了体育场大门上的钥匙。就是这个小小的举措，极大地调动了人们参加全民健身活动的热情，深受大家的夸赞。

在教练回春保健操的过程中，王占夫发现，如有音乐配合，更能吸引群众，更能让大家行动统一，步调一致，增强人们集体活动的观念。于是，他自费买了收录机，托人从北京买回磁带，起先用的是干电池，一对电池只用一两天，为了节约开支，他又买回可以充电的收录机。机械是有寿命的，出了故障还得去太原修理，每天晚上还要充电，但王占夫从不厌烦。十几年来，他为了给健身群众播放音乐，先后用坏了4台收录机。问他前前后后搭进去多少钱，王占夫说从没统计过。

王占夫的家底本来就不厚，孩子们结婚成家后，家里的花销就更多了。而王占夫每天把带领群众做保健操看得比什么都重要，儿子儿媳们自然有一些想法，认为老王是老脑筋，把精力钱财用在与家无关的事情上，实在是没有意义。针对孩子们的想法，王占夫说："一个人在社会上生活，总应该办一些好事，办一两件好事容易，难的是长久办好事，一辈子办好事。"

王占夫的老伴当过教师，最理解老王的品质和为人。她对孩子们说："你爹曾在基层工作时，下了雨义务修路，下了雪自觉扫雪，从来无怨无悔。后来，咱家搬到商业局家属院居住，到现在已经20多年了，楼下公共厕所每天都是你爹和我打扫。过年时家属院大门上的对联，年年都是你爹买回来贴上去。这些虽是小事，却受到人们的尊敬和称赞。国家体育局颁发给他体育指导员证书（三级），最近粮食局的车庆榆，把一台收录机赠给你爹，这不是对他的肯定和支持吗？好人总有好报，过去你爹是学毛著积极分子，现在年年被评为模范党员，如果你们活成你爹这样的人，咱不就是模范家庭了。"母亲的一席话，让孩子们想通了。他们不仅不再责怪父亲，而且也学着父亲助人为乐做好事。王占夫一家人都成了大家称赞的好人。

最好的褒奖

世界上所有有事业心的人，当他的事业收到成效时，没有一个心里不高兴的。王占夫说："当我看到成群结队的人随我做操时，心里就觉得愉快，特别是那些身瘦体弱甚至带病练操的人，身体好转，活动初见成效，我心里就有一种说不出的高兴和满足。"

中阳县退休干部毛振新，2003年发现脑动脉硬化，起初不当回事，后来发现左腿麻木，行动不便，走路没力，经医院检查是脑梗塞，医生给他开药时向他提出忠告："这种病光靠吃药不行，吃药加锻炼，才是最佳办法。"于是他加入了王占夫的保健操行列。刚开始他在体育场1000米的跑道上只能走二三圈就疲惫不堪，坚持做回春保健操不到一年时间，病情大有缓解，现在快速走10圈都不成问题了。

3年前做过胃穿孔手术的老教师杨万荣，总是不想吃饭，消化不好，身体一直瘦弱，以致不能坚持正常工作，请了病假，长期在家疗养。杨老师听邻居说，跟王占夫做回春保健操能治病，他就抱着试试看的心态来到体育场。自从做起回春保健操后，杨老师身体逐步好转，饭量渐增，想吃想喝，红光满面，现在四肢有力，今年暑假后，他又回到了学校继续上班了。

还有患腰椎骨质增生的高兔年、患14年高血压病的巩冬梅等等，都是在参加了王占夫组织的健身锻炼活动后，每天坚持做回春保健操、跳健身舞，病情得到了控制并逐渐好转。笔者调查过程中，老年人高兴地说："光吃药治不了病，吃药加锻炼，效果最明显。"年轻人坚定地说："现在身体好，不等于老来好，锻炼是积蓄健康，早积蓄早健康，比光在银行存款合算。"而义务健身指导员王占夫自豪地说："20多年的义务，没有白尽。群众的健康素质有效提高，就是对我最大的褒奖。"

发表于2010年12月31日《山西日报》

光明磊落　浩气常存

GUANGMINGLEILUO
HAOQICHANGCUN

——怀念杨郁有同志

　　我与杨郁有同志认识较早，相处时间较长。他工作积极、办事认真、秉性耿直、清正廉洁，是同志们公认的好干部，好党员。他的一生，我用光明磊落、浩气常存来概括。

（一）

　　我初识郁有是1954年夏天，他穿一件半袖衫，脚踏两只方口布鞋，说话打高腔，办事干脆利索，看样子就是一个精干青年。那时，我在西陈家湾(原属中阳，后划入柳林)粮站工作，兼任乡机关团支部书记，因我好打球、爱看闲书，和机关青年以及在乡的读书青年混得很熟。一天，我去陈家湾供销社买文具，碰见杨郁有在那里捆桑皮，我问他："卖一斤桑皮能挣多少钱？"他说："不是卖，是给供销社往青龙送桑皮。"我接着问："送一担能挣多少钱？"他答："100斤挣两块钱。"据供销社的同志讲，杨郁有是本乡麻弯则村人，家贫寒，有才、好学，家里供他读书有困难。他们照顾他。

　　"照顾"一词，我不理解。我心想，出力挣钱，何谈照顾。阎主任对我说："去柳林捎脚很方便，价钱又低，郁有这孩子，年轻好学，有志气，让他挣点脚钱可以添补两三个月的学费。"

　　原来如此，确实是一种照顾。
　　那天下午，我去学校操场打球，正好碰见郁有送桑皮回来，我问他："饿了吧?"他说:"有娘给我烧的谷面饼。"我又问他:"没买个柳林芝麻饼吃?"

"能买得吃起芝麻饼,还用挑桑皮挣脚钱",他答。

我把他引到粮站,喝了碗开水,他见我桌上放一本《草地》,边拿起看杂志,边对我说:"有空多看点书,不要和机关里的一些青年一样,整天起来讲穿讲吃闹耍,浪费青春最可惜。"

简短的几句话,对我启发不小。我也鼓励他:"人穷志不能短,好好学习,必有作为。"

从这以后,他买粮送粮,放假回家,常来粮站,我们由此成为常来常往的熟人。

(二)

1958年,我从陈家湾粮站调回县委工作。后来,我记得郁有同志是从教育界调回县委宣传部的。在极左路线盛行的那个阶段,郁有同志出身贫下中农,年轻共产党员,工作积极肯干,办事具有潜在能力,在众人眼里,是一个大有前途的好干部。可是,在日常生活中,他不以这种优势自居。比如机关生活会,开展批评与自我批评,他总是尊重事实,客观地评价别人,论述问题,从不扣大帽、飞大棍。有两件事在我的记忆里极其深刻。

一件是1965年我在县小报社工作,代理书记王坚抽调马彦武、李元昌和我到郝家岭大队蹲点。一天,王坚同任思久到地里查苗补苗,我在现场拍了一张王、任的工作照片,回城在电影队幻灯机上放出,观众反映很好。我又把这张照片寄给山西日报社,不几天,照片连文字说明被退回来。为什么?原因是包照片的是一张胡写乱画的废纸,有一句话是"蒋经国去金门活动",出处是《参考消息》一道新闻标题。就为此事,县委大整特整,要我说明动机,我只能如实说明情况:"照片是我拍的,说明文字是我写的,内容是中阳县委代理书记王坚深入到学大寨的先进单位郝家岭大队,同支部书记任思久查苗补苗。"包照片的纸、纸上的字不是我写的。参整的人一直追问谁写的,我说不知道,又追问最近谁来过编辑室,我说:"王白仁来过。"后来通过省地公安局化验手迹,证实不是我写的,纪检委胡玉璞对我说:"是一次误会。"就这一误会,我被软禁到粮食局一个月，尝了有生以来首次失去人身自由的味道。

就是这次误会，参整人的各种动机都表现出来，有的为了表现自己，不顾事实，妄加分析，把左的不能再左的话都讲出来。有一个后来当县级领导的同事提意见时说："你把县委领导同蒋经国放在一起，其用心何在？"我说："我只能承认粗枝大叶的错误、并无其他用心。"还有的人联系我的家庭成分(土改开始时定为富农，以后评为中农)，追阶级根源。下会以后，郁有同志和我说："在什么情况下，也要坚持实事求是。"在这种情况下，能在背后说一句"实事求是"的话，我真感激万分。

再一件事是："文化大革命"中我和郁有同绝大多数人一样，介入了派性。"五九"以后，我们这一派人大都关进另一派设的"监狱"，因我没参加武斗，没被抓起来，郁有被抓起来了，我放心不下，因为他给我提供了一个材料，我写了攻击八一联总一张传单，标题是"阳春三月垣头大聚赌，老百姓怨声载道送瘟神"，落款是"西山游击队"。为这事，郁有挨了捆和打，但始终没有说出是我写的。

在学习班郁有才和我说了上述情况，我知道一旦露出我的名字，肯定必抓无疑。在"监狱"中，有的人被打死了，有的人被打成残疾人了，惟我这个事中人逍遥在外。

（三）

1975年，"文化大革命"的动乱局面有了好转，抓革命促生产的口号有了实际的落实，地方政权实行军管。一天，政工组派郁有和我到龙门垣公社高家垣大队下乡，了解春耕生产情况和落实陈国栋的问题。

陈国栋有什么问题?据基层反映陈国栋说"XXX混乱朝政"，检举人是一位姓郝的教师。我们去了高家垣调查，陈国栋说:他是听阎家湾煤矿工人说的，郁有亲自去了煤矿，工人们说他们是听担炭的人说的，查来查去没有结果，经汇报，也许是上面领导对XXX也有看法，这件事就不了了之。

一句野话，吓得陈国栋一家睡坐不安，陈国栋70多岁的老母吓得几乎疯了，特别是陈国栋同志，每日如坐针毡，时时准备挨斗坐牢。我对郁有同志这种敢担风险、对同志负责的精神非常佩服。

对于春耕生产的了解，我们开了两次群众会，解决了两个生产队因道路引起的矛盾，由我执笔写了一份《一条路上的两种思想斗争》，才算完成了这次下乡的任务。

（四）

军队结束支左，县委、政府机关转入正常运行，各套班子逐步配齐，郁有同志被视为宣传部长的理想人选。当时配备领导干部有一条过硬原则，"文化大革命"中凡扛过枪参加过武斗活动的人，不能提拔任职，郁有同志虽参加过武斗活动、扛过枪，不是著名人物，群众中影响不深，许多人不知道。考察人员说他的出身好、工作成绩、业务技能、群众影响全没问题，就那么一点问题，回避了算了。郁有说："错就错了，一是一，二是二，不能隐瞒这一段错的历史"。最后宣传部长另配了其他人。

郁有到公社工作以后，我去了县委办、政府办工作，接触的机会更频繁了，比如县委汇报呀，交叉检查呀，可以说是时时来、会会到。在那段时期，我的记忆中，郁有的工作，没有评过上游，常是二、三类，是他的工作不扎实吗?非也。郁有性格耿直，不浮夸虚报，工作中的成绩问题，一是一、二是二，如实反映。我记得一次，县里组织秋季农田基本建设大检查，唯刘家坪公社没动静，工作受了批评。杨郁有背后对我说："刘家坪秋霜早，山药在地里刨不回来，莜麦散包的不好割，你叫群众打梯田，群众能接受吗? 脱离实际太远了，这种瞎指挥生产，危害不小。咱是庄户人家子弟，昧不起这个良心。"

我说："你说得对，有的人不讲实际，可人家荣也有了、禄也有了，你讲实际，工作上受了批评。"他听了我的这句话，颇有感触地说："工作上领导说好也罢、说差也罢，无所谓，只要群众有饭吃，有实惠，个人荣辱无所谓。"

郁有同志退休以后，担任了老年学会的领导。谁都知道，这项工作任务是软指标，干了也好，不干也影响不了大局。可郁有同志如同过去任实职时一样，真抓实干，组织老干部下乡调查，亲自撰写论文，亲自打扫办公室，年岁比他小一点的退休干部主动帮忙，他风趣地说："我来干，领导就是服务。"

老年学会拨的经费很少，一年不过15000元左右。为了把工作搞好，他让秘书长乔继效把很少的经费挤出来，每次活动把大家请到场，吃一顿便饭，对采用了的文章还发点稿费，使一些老干部对老年学会非常有感情，工作搞得有声有色。一次开会，几个老干部说起老年学会的工作，大家一致认为这与郁有同志的努力和人格魅力分不开。

（五）

去年后半年以来，我身体不好，一直闹病，再加两位老人(我母亲和丈母)在我家，一直走不出门去。去年腊月终于顶不住了，住了20多天医院。当我在病床上输液的时候，我儿子给我来送早饭，一进门他就告我说："郁有同志逝世了。"一听噩耗，心里非常悲痛。我想:不久前，我多次向他女婿、女儿问过他的病情，回答总是治疗不理想，特别是他的一位邻居到了我家，说起杨郁有的病情时，她说："一次不如一次、一天不如一天，由走到病房变背到病房，由坐着诊病变躺着诊病，凶多吉少，怕锣鼓长了没好戏。"

初冬时节，他太原看病回来，我去他家看过他一次，听说他患的是癌症。他也不回避真实病情，我和他谈论了几个类似病人治好的实例，他很乐观，笑着对我说："好比老天下火球，降到谁头上谁支架，人啊，到这个世界来，有生就有死，早晚的问题，由它去吧。"

临走时，他把我送到门外，并对我关切地说："你也老了，身体不太好，注意保养，明年开春，情况好一些，咱们一起到农村搞一些调查。"没想到这是他和我的最后一次见面，听到他最后一次对老同志的知心话。

郁有走了，因病，我不能亲自去给他点一炷香，烧一张纸，只能让老伴代之。老伴回来对我说："郁有的丧礼很隆重，花圈、挽联，参加悼念的人很多，是中阳县领导干部去世以来空前的。"

听了老伴的话，我记起一个诗人写过这样两句诗，"有的人死了，他还活着，有的人活着，他已经死了。"我和老伴说郁有同志活在人们的心里。

人无完人，郁有同志也有过一些缺点。但综观一生，他是个好党员、好同志。最后，我以"光明磊落、浩气常存"为题概括他的一生，以示这种精神在我党永存，发扬光大。

发表于2010年8月《中阳文苑》

两次立功 │ LIANGCILIGONG

李春和述   刘云光整理

早就听说，李春和同志曾在保卫延安攻打运城的战斗中，作战勇敢，立过战功。国庆前夕，笔者在县城离退休老干部党支部书记卢心喜的陪同下，访问了李春和同志，下面就是他谈叙当年的战斗情况。

1945年8月，日寇投降后，阎锡山的军队进驻了中阳城，又是编组抽丁，又是要粮派饭，城中百姓又处在水深火热之中，我们家和城里的大多数人家一样，日子一天一天过不下去了。我爹年老，又是个病人，却摊下一份优待——五石粮食，十斤棉花。家里穷得吃了上顿没下顿，哪能拿出五石粮食十斤花，怎么办？阎锡山的地方干部每天上门催粮，他们说："要么出粮出花，要么出丁。"没办法，爹妈哭着拉着我，给七连当了个勤务员，那时，我才16岁。

1946年冬，中阳城解放，接收这个部队的是八路军13团1营1连。连长跟我谈话，愿当兵，就跟我们走，不愿当兵，就回家念书种地。我说同我父母商议以后再定。我的父亲李骏图是个念书人，曾在太原国民师范就读，同徐向前、薄一波是同窗好友，受他们的影响，对党的政策有一定的了解，他对我说："阎锡山的军队不打日本，欺负老百姓，所以老百姓怨声载道，古人说'民似水，可以载舟，也可以覆舟'阎锡山的政权得不到人民的拥护，兔子的尾巴长不了。你就参加八路军，好好地干吧！"当天，父亲母亲高高兴兴拉着我的手，送到部队，从此，我成了十三团一营一连的通讯员。

参军以后，先后参加了汾孝战役和攻打文水、平遥等几个战斗，连营首长见我作战勇敢，很器重我，几次会议上表扬了我。

1947年3月，胡宗南进攻延安，部队按照毛主席的军事战略思想，不在一城一镇的得失，而在消灭敌人的有生力量，所以把延安一座空城，还有一些集镇让敌人侵占。具体打法上是按照主席的军事指导原则集中优势兵力，各个击破敌人。当时胡宗南的部下刘堪侵占了陕北的潘龙镇。潘龙镇坡陡沟窄，交通不便，地理位置非常适宜我军作战。我们的大部队已把潘龙镇包围了，我们13团的主要任务是清除外围，先后已把几个占高点拿下来了，潘龙镇的敌人已成瓮中之鳖。当天，我和连长、二班班长，从山上往下走，发现半山腰有个地堡，敌人不时向外打枪，影响我们的大部队进攻潘龙。二班长问连长，"怎么办？"连长温广生果断地说："干掉它。"可是我们只有三个人，我对连长说："我上，你俩封锁掩护。"我从地堡的侧面溜下去，侧着身子绕到抢眼旁，拉着一个大号手榴弹，从抢眼扔进去，随着一声巨响，敌人哭嚎一片，我在外面喊话："大军已到，抵抗只有死路一条，缴枪不杀，八路军优待俘虏。"于是地堡内什么声音也没有了，连长、二班长很快下来，我们叫一个一个出来，敌人果然举起手，一个一个往出走，我们出来一个绑住一个，一共捉了30个俘虏，缴获了不少武器。

潘龙是胡宗南前线的军需集中地，潘龙战役胜利结束，不仅消灭了敌人的有生力量，而且改善了我军的装备。战斗结束后，连里给我记了一大功，团里评我为战斗英雄。

后来，我们在安边、榆林、沙家店、黑水等地打了几个漂亮仗，胡宗南败退出延安，于是我们的部队过了黄河，在闻喜县休整了一段。

部队休整了一段以后，攻打运城，阎锡山把几个县的军队收缩到运城，加强了防御。

我们独4旅13团有个特点，备战具体行动快，比如架桥，立云梯，最快是7秒钟，就把云梯立起来，一座装配好的桥，在敌人封锁的情况下，也是7、8秒钟就架起了，所以，攻运城我们13团的主要任务是，架桥、立云梯，攻城打头阵。

运城已经被我们包围了，晚上连长带我视察了架桥、立云梯的有利地形和登城的具体方位。

第二天，部队传下命令，白天攻城，前线总指挥是王震，王震在离城500米的地方指挥战斗，对战士们鼓舞很大，个个摩拳擦掌，准备战斗，不怕牺牲。我们一连，组织了3个梯队，负责立云梯攻城，一个梯队由8个精悍战士组成，攻城战斗一打响，第一梯队马上抬云梯过护城河，敌人早有准备，对着我们的第一梯队，打来一颗汽油弹，8个战士当即牺牲。连长指挥第二梯队接着上，敌人又打来一颗汽油弹，8个战士又牺牲了，连长看到这个情况不利，让我去报告指挥部，改变打法。当时，我的任务是登城以后，把红旗插起来，红旗我插在脊背上，由于目标大，敌人一梭子机枪子弹，照我打来，当即把脚腿打伤了。腿打伤了，任务怎么完成，我瞅敌人不打的空隙就往指挥部的方向爬，敌人向我射击了几次，再没打中，就这样爬爬停停，停停爬爬，终于爬到了指挥部。指挥部向王震将军汇报后，马上命令改为天黑攻城，减少了部队的大量伤亡。

攻城暂时停止了，可我已是残废，撤不下来，指挥部的文书参谋对我说："你不能动，一动就有危险，就在原地隐蔽，等天黑以后，派单架抬你。"部队撤下去了，我一个人在此从一早趴到天黑，同志们才把我抬回去，住了医院。

运城战斗结束后，我被团里授予人民功臣，吸收我为共产党员，我住院治疗，成了二等乙级残疾。从此结束了部队生涯。

康冰清旧情难忘
张学厚慷慨解囊

KANGBINGQINGJIUQINGNANWANG
ZHANGXUEHOUKANGKAIJIENANG

——记中阳县老促会名誉会长张学厚夫妇
捐资45万为关则沟群众建起一座连心桥的事迹

百闻不如一见 去看"康张桥"

早就听说柳林县金家庄乡关则沟村，曾在这里教书育人的康冰清老师和她的老伴张学厚，捐资45万，为这个村修起了一座水泥石拱桥，我已在《赤子深情报桑梓》（《山西老年》2008年10期）这篇文章里提到这件事，至于桥是什么样，在何方位，给当地群众带来哪些好处，群众反映如何，我脑子里只有想象，作不出具体回答。所以，老想把这件事具体点写出来，让广大干部群众知道。这样做，对于人们树立顾大局，识大体，为群众，解民忧的共产主义思想，具有一定的历史意义和现实意义。

百闻不如一见。去年立秋时节，张学厚和老伴康冰清从北京归来，一天下午，我去体育场活动，看见他俩也去了体育场，当即我向张学厚提出了我的想法，学厚很干脆。"这事好办，明天就去，车子我想法。"

因我家有94岁的老母，老伴刚住院回来，我要求："当天去，当天最好回来。"学厚说："那我就让我儿雨峰开车送你们去。"

我知道雨峰当年在关则沟随母上学，修桥时他亲自参加，从开始到结束是他一手操办。让雨峰去，既是向导，又是知情的解说员，最理想不过了。

河里有座桥 桥头立座碑

从下峭芝到关则沟并不远，走川5公里，翻山不足3公里，可是山高沟深坡陡，顶眉头的坡，足足60度，从过去到现在，人们的家宅都是星星点

点建在阳背两面山坡上，过去这里没有车辆，现在群众有的买下三轮车，有的买下汽车，可车都没地方放，停在路旁和家院墙边，可想而知，居住在这里的人们对路的需求多么迫切呀！

出了下峁芝，不远就到了柳石公路的交叉点，在关则沟河流的汇合处有一座桥，桥头立着一座碑，碑文记载着关则沟民众的心里话，我们把碑文记录下来。原文是：

康张连心桥碑记

关则沟村，位于柳林县城南16公里处柳石沿线以西，村前，山高沟深，路窄坡陡，有一条羊肠小道与外界相通。改革开放以来，市场经济繁荣，道路四通八达，社会变革巨大，而关则沟村仍然交通闭塞，偏居一隅，严重制约着本村的经济发展，无奈本村力量微薄，欲改善此条件，难似登天，全村500多口人，只能望沟兴叹。

上世纪，六七十年代的困难时期，曾在村中与民同甘共苦，教书育人12载，现已年过古稀的康冰清老师，旧情怀念，解民之忧，于2005年拿出自家一生积蓄，无私支援45万巨资，并与退休丈夫老干部张学厚，动员儿子们四处奔走，得到了柳林县有关部门的大力支持，其子张雨峰及其兄弟5人，请专家设计，招工队施工，并不辞劳苦，轮流监造，建成长20米、宽6米、高7米的水泥石拱康、张连心桥，并延伸道路1公里。修好行路桥，坎坷变通途，彻底改变了关则沟行路难的历史。

康冰清、张学厚的善行义举，高风亮节，感人之至，村人额手称庆，民众世代难忘，故勒石铭记！

柳林县关则沟全体村民
2006年农历10月16日

够了，无需评述，无需描写，更无需介绍工程，碑记清楚地告诉大家，关则沟的人们多么渴望把他们从行路难的困境中解放出来。

康老师艰苦从教12载　与村民结下鱼水情

如果说山区条件差，关则沟就更差了，如果说山区人生活苦，关则沟的人更苦，说起康冰清老师来，支书王玉田引上我们寻找康冰清老师当年在这个穷山村的记忆。

爬了一段坡，走了一段弯弯曲曲的羊肠路，来到当年康老师教书时的住地。这是一孔用砂石和麦秸泥筑起来的泥石窑，深6米，宽2米，一住就是5年，后来搬到同院对面的一孔砂石窑里，面积稍大了一点，进门就是炕，锅灶都在墙上挂，据当地人说，这是村里当时的牛圈和草房，因为村里再没多余的地房，才把康老师安排在这里。在这两孔牛圈草房里，康老师一住就是12年。

再爬了一段坡，就来到当年康老师教学的地方，窑洞已溜了马面，连院子到窑掌后面，一共不足10米，康老师在这里生了3个孩子，哺育大5个儿子。

张雨峰故地重游，心情格外好，说起当年那段生活来，滔滔不绝，非常有感情，他说："7岁那年，我下沟里挑水，老二也跟我去了，上坡时，水淹了一点，足一滑，人跌倒，桶跑了，水流了，老二也滚倒坡下去了，母亲担心我闯下大祸，结果光擦了点皮，也没事，虚惊一场。"

对他母子影响最深的是买粮，那时买粮要去嘉善粮站，往返30里，要翻一架山，买下粮要自己挑，初爬坡时，还有点力气，赶到上山顶时，力气用尽了，再往关则沟走，真是寸步难移。夏天好说，冬天天气冷，赶担到关则沟时，衣服干了湿了好几次，那个苦实在把人累坏了。

买回粮来，母子们还要在石磨上推面，雨峰说："想起随母亲关则沟生活的10多年来，苦是受够了，但困难锻炼了人，增长了生活的智慧和勇气，以后进入社会，无论遇到什么困难，一想到随母在关则沟上学来，力量和智慧就滋生出来了。"

康冰清在这里教书12年，同这里的父老乡亲结下深厚的情感，关则沟的人穷情谊重，每逢她和孩子们生活遇到困难时，总有人出面帮助，最使康冰清难忘的是王科老两口，她去联校县里开会，老两口给孩子们做饭看门，他们与康老师一家并无亲缘关系，可是孩子们都叫他们是爷爷、奶奶。张学厚后来当了县里的常委，康冰清调到文化馆工作，他们每逢过年过节，总要打发孩子们到关则沟去看望两位老人和关则沟的乡亲们。张雨峰后来办起加油站，日子一天天好起来，一年，他开上车，把老汉接到汾阳等地旅游。老汉高兴地说："没想到我活了七十多还能看到'东路'（西山人对平川的俗称）的好地方，真是遇上了好社会，遇上了好人。"

张家人的德行好 张家的门风高 代代出英豪

康冰清、张学厚夫妇经常教育孩子们，不要忘了张家几代人树起来的家风，你爷爷是抗日烈士，我们是勤俭度日，秉公办事，为官要为民办事，为民要正正气气做人。对孩子们影响深刻的是两句话，一句是："一个对故乡没感情的人，就谈不上爱祖国"，再一句是："人要有良心，受人滴水之恩，当涌泉相报。"

就是这种思想基础，张学厚拿出2000多万巨资，无偿支援家乡造地务林，建设中资金不足，卖了在北京的一处地方，卖价360万，全数投入到村里的土地建设中。当关则沟的群众，委托他们村的党支部书记王玉田向康冰清、张学厚提出他们村建桥修路的事时，康、张夫妇慷慨答应。当康冰清和孩子们商量这件事时，孩子们不仅没有分歧，而且主动拿出自己的积蓄支持父母的义举，三子张小明，一次就拿出20万来。大儿子张雨峰，身任公职，自己又有企业，公事私事忙得没说话的功夫，但他请了假，家里雇了人，自己抽出身来，从请工程师搞设计，寻工队施工，具体监造，一手插到底。村里的人说起这一家人来，老少同声"张家人的德行好，张家的门风高，代代出英豪。"

建起康张桥 康庄道上奔小康

说起行路难的事来，关则沟的老年人个个记忆犹新，当年的老支书王应孝对我们说："我在关则沟生活了多少年，每年给嘉善粮站送粮，去灰塌则煤矿担炭，翻山过河把苦受够了。我今年74岁，从1960年当支书以来，就想过修路盖桥的事，一来工程艰巨，地理条件太差，山高沟窄，出山进村要过六道河。二来村里的人们连温饱问题解决不了，所以年复一年行路难的问题，一直延续下来。带来的问题，总结成两个字，就是穷苦，因为穷苦，女孩子留不住，大小子们娶不过媳妇，当干部的人，都想让群众过上好日子，可这种条件，有什么办法呢？"

刘巧林、王瑞珍这些老年人说，过去夏天下雨出不了沟，冬天沟里结冰行走艰难，出时出不去，进时进不来，5里路要当10里走，我们村凡上年纪的人，谁没跌到河里蹚过水。

我们走访了许多人，异口同声，一座桥一条路，解决了村里的发展生产改善民生的大问题，如今关则沟，有的人买下汽车，有的人买下三轮车，家家修起新地方，他们说如果没有桥和路，建筑材料靠人工，根本运不进来。在一片赞扬声中，我们结束了这次采访，张雨峰触景生情，说了一句富有诗意的话："筑起康张桥，让全村人在康庄路上奔小康。"

发表于《中阳文苑》

人都有个老来时 | RENDOUYOUGELAOLAISHI

母亲今年92岁，生活不能自理，我们兄弟6人，轮流侍候。前年腊月，轮到我家，我把母亲从乡下接来。

妻子当年曾和母亲发生过矛盾，这次我把母亲接来，弟弟们虽没明言，但都有这个意思，担心母亲和嫂嫂的关系处得不和谐。

作为长子，我觉得在母亲身上作出孝母的榜样，以影响弟弟和弟媳们，更不能因为过去的一些家长里短，让母亲生活的不愉快。所以，母亲到我家来，首先一课我就给母亲上。母亲勤劳俭朴，禀性善良，爱管闲事，嘴碎话多。我对她说"你的儿子已经76岁，你的儿媳也71岁，能给你吃好喝好，卫生讲好就行了，到了谁家，只要做到这两条，你就说好。"母亲笑着说："我记住了。"第二课，我给妻子上。我说："母亲辛苦一世，能到咱家来，这是难得的机会，咱在母亲身上，要做到弟弟们的认可，交代下社会。"妻子听出我的意思，她说："人都有个老来时，家家都有老年人，咱也儿、媳、孙、甥一大群，自己不孝顺老人，怎好教育儿孙孝敬自己。"妻子性情刚直，脾气不好，但说到做到。

我们家有两个卧室，一个书房，二儿子住一个卧室，我和老伴住一个卧室，母亲到来，第一件事就是在哪个家住，我和妻子商量，让我和母亲住一个卧室，睡双人床，她去书房，睡单人床。妻子说："你患脑梗塞，腰椎骨质增生，起居很不方便，母亲晚上大小便，都要起来照护，还是我和娘一起睡。"

母亲行动不便，尿裤子、拉裤子是常有的事。我对妻子说："你不嫌臭吗？"妻子仍用上面提到的那句话："人都有个老来时，臭是事实，不臭是假的，嫌臭就谈不到尽孝心。"妻子说到做到，母亲一住三个月又20天，除几夜看她老母外出，我和母亲一起住外，其余都是她和母亲同床照护。

母亲没牙齿，消化不良，每天吃4顿饭，只能吃汤面、馒头、稀饭等稀软饭食，母亲喜欢吃甜食，妻子就给她买来鸡蛋、面包、太谷饼、牛奶、豆奶粉，使母亲吃得顺心，顿顿如意。

母亲爱吃水果，我们每天给她放少量的水果，有时不注意保密，把水果放在桌上，她自己悄悄拿柿子、枣、橘子吃，吃多了就拉肚子。母亲还有个旧讲究，脏了裤子、褥子，不让我给擦屁股，洗脏了的地方，每次都是妻子代劳。

冬季，天气变寒，母亲患了重感冒，请来医生治疗，好心的亲友来看母亲，劝老伴说："这么老的人了，活着也没意思，不用治疗，老值了，（意思是到死的时候了）。"妻子没听他们的忠告，对我说："钱咱花，病要治。"又是输液，又是吃药，每天精心护理，十多天的时间，病就好了。一共花了990元药费，老三知道这件事，硬把母亲的一千元积蓄给了老伴。

去年腊月，母亲又轮到我家来，三番五次提出来要住娘家。娘家的旧宅早已拆了，亲人们四分五散居住，妻子就把我姨妈、姑舅叫来，同她见面叙谈，总算了了母亲住娘家的梦。

母亲幼年缠过脚，左脚、右脚都有几处硬疤，脚疼得经常叫喊，我们起先不知道疼的起因，买了几次活血止疼的药，服了也不起作用。后来妻子给母亲洗脚时，发现了硬如骨板的几处硬疤，温水泡了一段时间，把硬疤剪了，母亲的脚不疼了。她非常感动地说："你比俺的女儿也好。"妻子说："你的两个女儿远嫁千里之外，又疾病缠身，我们几个儿媳妇，就是你的亲闺女。"

也许是母亲听了我的话吧，也许是我们的影响吧，几个弟媳本来就对母亲好，如今，一家赛一家，轮到谁家，吃得好，住得好，卫生搞得好，母亲的晚年过得很幸福。

发表于2008年第2期《中阳老年》

山城忆 | SHANCHENGYI

中阳汉代置县，明代建城，城依山而建，包在凤凰山的两翼之间，历来人称山城。

我今年77岁，从小生在中阳，长在中阳，工作在中阳，和许许多多中阳老年人一样，是中阳变化的历史见证人之一。

我的老家在离城10华里的尚家峪，在我读小学四五年级时，来县城一所私塾就读。那时的中阳城被日寇侵占着，城门有日本兵站岗，凡出入的中国人都要向日本人敬礼，我们村的郭巴孩是个勤劳善良的农民，一早进城买粪，他挑着一担茅粪出城时，给日本人敬礼。挨了日本兵的一记耳光。一个警备队的家属，下河滩洗衣服，出城时被日本人拉在站岗的房子里强奸了。此情此景，凡有良心的中国人无不在心灵深处蒙上一层失地之苦的阴影。

生活在中阳城的劳苦大众，家家处在危难之中。日本人经常闯入民宅，捉鸡搜蛋，宰杀牲畜，特别是天黑以后，日本兵醉酒发疯，捣门凿窗，欺侮妇女，甚至无辜杀人的事也时有发生。铁匠贾师，天黑出门，碰上日本兵巡查，一刺刀捅入股部，差点要了性命。那时的中阳城居民没有心思搞建设，发展生产，而是盼望何年何月熬尽这种苦日子。

日本投降后，阎军42师进了城，到处张贴"欢迎国军"的标语，并以师长阎俊贤的名义发布安民告示，人们以为老百姓可以安居乐业了。事实与老百姓的心愿相反，阎军进城，实行兵农合一，三人编一组，一人当兵，两人出优代，优代的标准是5石粮食10斤棉花，还有说不清道不明的苛捐杂税，老百姓家家室如悬磬，出不出粮款，顽政府就派军人，地方干部到个户吃饭，有的人家连火都不敢生。更可恶的是把无辜百姓，以通共嫌疑填入苦井。1980年中阳县政协走访了当时担任城访司令的张居乾，他亲口承认，在中阳杀害了不少无辜百姓，严重破坏了生产和建设，对中阳人

1995年中阳城全景

民犯下了不可饶恕的罪行。

新中国成立以后，山城开始了它的新生，老百姓在政治上、经济上彻底翻了身，随着经济的增长，城市面貌亦发生了不小的变化，特别是改革开放以来，城市变化日新月异。过去的二郎坪，草木丛生，是日本侵略者杀人的地方，现在这里高楼林立，一座比一座新颖雅观，居住者大都是工人和普普通通的老百姓。南川河是中阳县城的一条最大的河流，过去洪水横流，曾经洪水冲进东门来，从1958年起，中阳人民在陈家湾建起了一座500万方的水库，现在水库扩展为1000万方，从此锁住蛟龙，变水害为水利。水库下游，裁弯取直，筑起挡洪长坝，全国著名的钢铁企业——中钢集团，就坐落在南川河畔，一字长蛇，人称16里钢城，这座年产钢材一万吨的民营企业，每年向国家缴纳税收10亿元，接纳一万名中阳儿女在这里上班，它为中阳农民脱贫，致富做出了不可磨灭的贡献。

近几年，中阳城人们的服饰变化趋向个性化，品牌化，逐步与国际接轨。去年我去过一次上海、南京，最近去过一次北京，中阳人的穿戴不比这些地方的人穿戴差，所见到的外国人也和我们差不多，我在报纸上看到一个外国人评论中国人穿衣时说："中国人一夜之间把服装变了样"。这话说得一句也不假。

在中阳人们感到最方便的是交通，出远门，去太原、上北京、回老家，到农村都可以出门坐车，尤其是跑城郊的公交车，花一块钱，随招手随站，随到随停，博得城里城外人的好评。随着收入的增长，不少人家买了汽车，摩托车，一到晚上，楼前、街道汽车、摩托比比皆是。几年前，听一个县的领导走访日本回来时说，在日本，上班前半小时，厂门紧闭，静得像停产的工厂；过十分钟，汽车一辆接一辆放满了停车场，现在的中钢苑内，县委、政府楼前，不也是此种情景吗？

中阳城过去一年有两次传统古会，一是端午会，一是十一月会。解放前城里是三、六、九集，解放初期逢双日集，现在是天天有集，日日是会，虽然传统古会还继续存在，但人们成交的意识淡薄，人们说：外地有的货物中阳也有，因为市场繁荣，中阳街头人头攒动，不是过会，胜似过会。

三中全会以后，中阳人的饭桌上越来越丰盛，白面、大米是每户人家的主食，吃粗粮倒成了稀奇时尚。出于健康考虑，人们讲究营养，注重粗细搭配，合理安排肉、蛋、奶。在街头巷院见到的年轻人，个个红光满面，老人，大都精神抖擞，谈论健康，夸赞太平盛世。

要说变化还有许多，正如笔者访问时，南街的刘羊年，北街的商文智等老年人说的，"今天的变化说不尽，明天的变化会更好"。我和这些老年人的感受一样。中阳山城，在您的怀抱里，生活了60多个年头，在这里亲历了日本侵略者和国民党的黑暗统治，深知您是在共产党的领导下，在建国以后的岁月里，由一穷二白的旧中阳，逐步变成美丽富裕的新中阳。山城之变是全国之变的缩影，我相信在中国共产党的领导下，在改革开放政策的推动下，未来的中阳会更富裕、更繁荣、更美好。

发表于2009年第26期《中阳文苑》

2006年中阳县新景

扎根农村 造福乡里

—— 记庄户人家的好医生高三成

高三成出生于中阳县宁乡镇尚家峪村，大专学历，中共党员，中医主治医师。1991年1月，他看到农村缺医少药的局面，毅然辞去宁乡镇医院的正式工作，回村开办乡村卫生所。15年来，在他的精心管理下，现在已成为一所具有一定规模的甲级村卫生所，先后多次被省、地、县评为先进单位。他本人也多次受到省、地、县的表彰，2002年被国家卫生部评为全国优秀乡村医生。

扎根农村

高三成的父亲是个颇有名气的老中医，自从他父亲去世以后，全村2300多口人的大村子，缺医少药成了大问题，所以，高三成下班一回家，看病的乡亲三三两两等到家里，有时忙到深夜一两点，半夜出诊是经常事。人的精力是有限的，免不了要耽误医院的门诊上班。有一天，他正要骑摩托上班，突然本村刘七果的孩子被塌下的土方压了，人命关天，事情相当危急。高三成马上扭转车头，抢救危急病人。可是到了医院，已误过了签到时间，等候看病的人，站了一群，意见纷纷。有人说："挣医院的钱，为村里的人看病，你把我们一天的计划打乱了。"医院领导虽然理解当医生的这种难处，但确实感到矛盾不好解决。

高三成是个心地善良的人，他经常想，自己是喝尚家峪的山泉水长大的，1976年上省中医学校时，是尚家峪的群众一致推荐的。上学期间，因他家庭困难，村委给他补过工分。人不能忘本，滴水之恩，当涌泉相报，应该把自己的一技之长，无私奉献给乡亲们。于是，产生了回村当乡村医生的念头。

这个想法一产生，家里的人和他相处的好朋友都劝他说："人家都是想出外边去，你已经出去有了正式工作，又想回农村来，专寻苦吃。"一时间，高三成回农村当医生的消息，成了尚家峪全村人议论的中心。支部书记周文喜亲自上门对三成说："咱村因缺医少药，好几户人家出外看病把家折腾穷了，好几个不该死的人死了，乡亲们都盼你回来，如果你回来，支部、村委全力支持你的工作，至于你的生活，一定不能亏了你。"周文喜的一席话，感动得三成流下眼泪，他说："乡亲们需要我，我心里也装着乡亲们。"于是，经镇、医院领导同意，县卫生局批准，回村当了一名乡村医生，成了吕梁山上大学生到农村当医生的第一人。

艰苦创业

尚家峪村原来有个合作医疗所，只有不足一千多元的陈旧药品，根本不能满足群众就医的需求。高三成开业的第一天，看病的人蜂拥而至，开了药方抓不起药，打针输液缺设备，病人还得到县城买药就诊。怎么办？高三成看过不少伟人名人传历，这些人没有一个不是赤胆忠心为人民，艰苦奋斗创事业的。结合村里的实际，他首先把自己的家立成卫生所。没有中药柜，自己缝了许多布袋，挂在墙上，以布袋代药柜。没库房，把厨房腾出来占用。没病床，就以自家的土炕代床。没资金，把自己积攒的两千元钱，买了常用的中西药品，添置了简单的医疗设备，就这样办起了村医疗所。

随着求医的人越来越多，服务范围不断扩大，尽管他不断添补药品，完善设备，原来简陋的条件越来越不适应。1999年在县、镇、村委的支持下，高三成自己筹集了26万元资金，新建了一座二层小楼，建筑面积600平方米，内设病房、药房、处置室，12张床位，备有中草药440余种，中成药200余种，西医药品400余种，医护人员增加到4人，基本上满足了群众的看病需求，不仅解决了本村人看病难的问题，也为邻村群众看病造就了方便，做到一般病不出村，疑难病有突破，方便了群众，减少了开支，得到群众的交口称赞。吕梁行署授予乡村卫生所"红旗单位"称号。

热忱服务

"作为一个医生，不把病人的疾苦放在心上，同自己的父母兄妹一样看待，就不是好医生。"高三成说到做到，凡来所就诊的患者和请他出诊的病人，都做到热情服务，尽心尽力，一丝不苟，这不是一人几人，而是所有，不是一时一段，而是年年月月天天。

2004年腊月，村民王拴拴从楼上跌下来，颅骨骨折，经县医院做外颅手术后，时时觉得痛如刀割。住院半个月，每天花费500多元，仍未见效，患者做手术已花了14000元，再没钱治疗，只好回家。回村后，家属找三成诊断，因他家窑洞塌了，三成只好把他全家请来，住在他家里，一起过大年，经他精心疗理，患者住院40天，病痊愈了，只花了2000多元。像这样的事例，举不胜举。

卫生所的声誉越来越高，看病的人越来越多。高三成恪守一个白衣战士的良知，恪守自己回村时的诺言——热情服务、方便群众，不以盈利为目的。从办所到现在，一直坚持"四免费"，不收挂号费，不收出诊费，不收处置费，不收住院费。还对个别孤寡老人、特困户实行全免。这种义举深得群众的好评和赞美。

造福乡里

有病治病，无病防病，防重于治，这是乡村卫生所的重要任务。高三成一直坚持这一条，经常出黑板报，办宣传栏，编印资料，宣传防病知识。此外，结合出诊，经常深入农家，讲述防病须知。近10年来，全村"四苗"接种率保持在98％以上，孕产妇和婴儿系统管理率保持在95％以上，各类传染病的预防做到措施到位。近10年来不仅根除了地方病，传染病也未发生。

尚家峪近年来经济发展较快，乡村面貌变化喜人，不少人家修起新房，改造了旧房，有的人家买下车辆，安上了电话，不少年轻人挂起手机，人均收入逐年提高。这当然要归于党的好政策、支部、村委的好领导，但人们也不忘这里有高三成的一份辛劳。他们说："没有健康，哪有小康。近几年，看病不误工，少花钱，还不是得益于咱村的卫生所。"

发表于2005年6月29日《山西日报》

张学厚的果园情 | ZHANGXUEHOUDEGUOYUANQING

很早就听说张学厚在老家——山西省柳林县下嵋芝村务起一处果园，而且几经周折，果园越建越好。8月29日，我们一行4人，随同电视台记者来到下嵋芝村。

果然名不虚传，一片茂密的果园，果实累累。一串串水灵灵的葡萄，像是挂在架子上的宝珠，散发出宜人的清香；红里透白的苹果，就像少女的脸蛋，俊得爱人；核桃张开了口子，随着秋风的摇动，有的脱落下来，等待着人们收获……柳林县林业局长曾参观后说："从管理到长势，从品种到质量，在柳林县是独一无二的果园。"

张学厚今年72岁，退休前是中阳县人大主任，现任县老区建设促进会会长。退休后，经营过几处煤矿，手中有一笔可观的资产。近年来，他赞助社会福利事业，帮助贫困的老农民、老党员、老干部遗孀不下百万元。那么他为啥要在老家建设一处果园呢？

张学厚曾担任过县水保站站长、公社书记、农工部部长、管农业的副县长，可以说，他一生的工作没有离开过农字，他走到哪里，就把打坝、修梯田、植树造林、栽果树抓到哪里，他曾亲自蹲点搞起来的楼外沟、高家沟流域，受到了国务院、中央黄委会的嘉奖，他的一生同农林果业结下了不解之缘。

1989年，他向村里要了一块不足两亩的山坡地，经过加工整成了一块平地，计划栽植果树。开始，村里的人们对他的这一举动很不理解，说他为儿子们占了一块地盘，将来修房盖屋吧？可儿子们在中阳城区都修起了现代化的住宅。说他将来告老还乡在村里建上一个安乐窝吧？可他现在的住房比安乐窝还安乐。说他为了吃果子和卖果子吧？这纯粹是笑话。不少人问他："你务果园图个啥？"张学厚说："下嵋芝是生我养我的地方，现在我离开家总想在这块土地上留点什么，想来想去还是务果园好，让它生根发芽、开花结果。"

下嵋芝原来是县里的林业重点，由于生态失衡，植的树，兔子啃皮十分严重。张学厚果园的树也被兔子啃了。但他没有灰心，在果园打起了围墙，挡住了兔子的为害，新栽的果树苗壮成长。

一灾刚过，一灾又起。2002年冬季，这里遭受了十年不遇冻灾，张学厚果园初果期的梨树冻死20多株，面对现实，老张根据本村的地理特点，狠抓疏花疏果、增肥浇水，防虫治病，得到了复壮。于是下嵋芝就传开了一段顺口溜："要务果树不用问，张学厚做甚咱做甚。"目前，果园共栽植苹果、梨、枣、葡萄245株，今年可产优质果品4000多公斤，已成了当地名符其实的示范果园。

张学厚身子忙，果园的管理由一位村民常年劳作，这个人叫王海贤，今年71岁，童年时和张学厚成为结拜弟兄。日子过得不富裕，张学厚把他请来，用意有二：一、果园需要有个踏实人常年住下来管理。二、老王年纪大了，又缺地方，让他吃在此，住在此，也是对老朋友的一种妥善的安置。张学厚对他说："果园你尽心尽力管好，收入归你，吃喝我包，工钱照付。"老王感动地说："世界上哪有这样的便宜事，咱吃上学厚的，挣上学厚的，产下的果品收入归我，人常说：一个萝卜切一头，咱是一个萝卜切了三头。"说到劳动，老王毕竟年纪大了，管理的关键时期，老张便带领二三名果树技术员回村管理和指导。特别是修剪季节，村里的果农不请自到，技术员一面讲解，一面操作，口教手带，传授技术。来这里讲课和指导的技术员先后共有15人，参加学习的果农有100多人次，果树示范园办成了技术培训基地。有的果农不识字，靠记性掌握技术，张学厚便同县科学技术协会联系，将《中阳科技报》果树专版加印百余份，每个果农家一份，群众说："张学厚又给咱送来不出门的技术员。"

提高果品市场经济效益的关键，必须是名、优、稀果品。为此，老张三次去省果树研究所和交城林科所参观学习，购回了苹果、梨、枣的良种树苗、高接和优接穗，使果园品种大都更新。采果季节，果农们三三两两来到果园，品尝每个品种，激发了果农发展良种的积极性。几年来，这处果园为果农提供葡萄插条900多条，苹果、梨接穗1200多条，梨树、枣树苗200多株，将优良品种进一步推广。村干部说："张学厚既解决了一个困难户的问题，又指出了共同富裕的方向课题。"

张学厚的果园越办越好，其收获能说小，也能说大。说小，张学厚每年秋季只摘几编织袋果子给儿孙们，其价值是投资的千分之几。要说大，他给家乡民众走出了一条致富路，更主要的是他通过这块果园教育子孙树立爱国、爱民、勤劳、朴实的优良品德。每年清明、中秋节，他把儿孙带来祭祖劳动，在果园地里松土、锄草、施肥。他对孩子们说："你爷爷是革命烈士，热血洒在这片土地上，爸爸是在这里喝苦菜水长大的，忘记了过去就等于背叛。一个人如果不孝敬父母，就谈不到爱民；如果不爱故乡，就谈不到爱国；一个人如果不想劳动，就是变质的开始。劳动创造世界，劳动锻炼人的品格。"五个儿子牢记他的教诲，脚踏实地做人，虽然每人都有自己的经济实体，但都平易近人，生活朴素，得到社会的好评。张学厚本人，虽然家资千万，至今仍穿着中山服，脚蹬布纳鞋，出门骑一辆旧自行车。一次，他在街上行走，一个老干部叫住他，说了一段话，旁边一个人站着看张学厚，等张学厚走了，他对这个老干部说："这就是张学厚，穿的跟农村人差不多，说话办事没架子，一点也不像当过官的，更不像如今有钱的企业家，洋里洋气，财大气粗的大老板。"

的确他就是这样一个人，脚踏实地，一步一个足印，走过了多半生，再走完最后的历程……

发表于2011年5月第36期《中阳文苑》

千钧一发 死里逃生 | QIANJUNYIFA SILITAOSHENG

许占庆口述　刘云光整理

　　我是中阳人，生在中阳，长在中阳。1946年，我受党组织的派遣，在阎军驻中阳的45师1团3营当侦察兵。

　　这年秋天，我被调到槐树梁（槐树梁在庞家会的村顶头）守碉堡。槐树梁碉堡和枣庄则碉堡是连环碉，相距很近。我打发我们村的地下交通员许守田去东合村与武工队联系，我们里应外合，攻取碉堡，夺取枪支弹药，充实武工队的装备。阎志诚、苏权（当时武工队的领导人）答应了这件事，时间定在阴历七月十五日晚上，由我父亲带路，以我父亲点火抽烟为信号，即实施攻碉计划。这天晚上，我买了酒和肉，让守碉官兵聚餐，又组织了几人赌博，由我担任站岗任务，结果武工队因有其他任务，没有实施原订计划。这件事虽然没有进行，但却加深了我和守碉官兵的关系，因而官兵上下对我有好感。不久，我又被调回营部侦察队。我分析这次调回侦察队，也与上次被陪绑没有透露给郝佩恭送信一事有关。

　　1945~1946年，解放区的军事工业设施还很薄弱，从正规军到地方武装，子弹比较紧缺，武工队通过地下交通给我捎来口信，要我搞一些步枪子弹转移出城。

　　我借出发的名义虚报冒领，先后收集了1000余发子弹，藏在我的亲戚杨照基、许恩华家里，分别让地下交通员许守田（当时他的公开职业是在城外赶集卖烧饼）转交给武工队。

　　办这样的事，随时有掉脑袋的危险，我们的这些同志和亲戚，不为名不图利，为了革命，多次冒着生命危险，顺利地完成了任务，并没露出丝毫马脚。

一天中午，我看见存放子弹的库房门开着，前后又没人，火速进去，把子弹装到祆裤的口袋里，就在这时，军火库保管员高重相进来了，我想浑身是嘴也说不清楚，当即我给他跪下，祷告他不要声张，只要放过我这一步，我将永世不忘他的大恩大德。高虽然同我处得不熟，但还是个对革命有认识的人，他居然放了我，一桩杀头之罪化险为夷。

　　情况万分危急，我得火速离开虎穴。于是，当机立断，丢弃了个人的一切财物，以买山药为名，离队出城，跑回我的老家——离城五华里的庞家会村，又同我父亲来到东合村，见到武工队和县政府的领导。就在当天下午，敌人抄了我的家，把家中所有的东西全部抢走。

　　解放那天，我随第359旅登云梯从北城一起进城，找遍县城，没有见到高重相。新中国成立以后，我四处打听他的下落，都无回应。2004年5月14日，才得知重相同志在解放以后，参加了解放军，后转业到晋南绛县工作，现已离休。当天，我就同他通了电话。他一接我的电话，就叫我的乳名——龙虎，我激动万分，几乎说不出话来，我对他说："中阳一别，至今58个年头，思念之情，一直未断。"约定端午节后在太原相见。随后，我又赴晋南给高重相同志送了一块匾，上书"冒险救同志"，了却了我多年的一桩心愿。

发表于《中阳文史资料》

人在路上　路在心上 | RENZAILUSHANG　LUZAI XINSHANG

——记一位50年奋战在公路建设战线的高级工程师张昌林

在我写这篇文章的开始，想起了苏联作家保尔在他写的《钢铁是怎样炼成的》一书中的几句话："人的一生应该这样度过：当他回首往事的时候，不因虚度年华而悔恨，也不因过去的碌碌无为而羞耻，这样，他在临死的时候就能够说：'我的整个生命和全部精力，都献给了世界上最壮丽的事业——为人类的解放而斗争。'"

保尔是苏联卫国战争时期的战斗英雄，建设时期的劳动英雄。英雄毕竟是少数的，但这种精神是共产党人奋斗的目标，为人的准则。一个人从参加工作到退休离职，只不过三五十年的时间，你能否对自己一生所做的工作、从事的事业，交出一份满意的答卷？能者，就是一位了不起的人物。下面叙述的是一位五十多年一直奋战在交通战线上，一生兢兢业业，对工作积极负责，一丝不苟，对技术深钻细研，精益求精的老同志张昌林高级工程师。他的事迹生动感人，可以说，他用自己的实际行动向社会、向群众交出了一份满意的答卷。我用他说过的一句话"人在路上，路在心上"作为本文的标题。

一、五十春秋　苦炼身心

张昌林是原中阳县后划入柳林县的南寺沟村人，1950年参加工作，1954年调县交通局工作，先后担任测设施工队队长、副局长，技术职称由技术员、助理工程师、工程师、高级工程师逐级晋升。多少年来，为中阳县的交通事业　他熬过多少个日日夜夜，跑遍多少个山坡陡洼。在那百草丛生的初春，在那烈日当头的盛夏，在那野菊遍开的金秋，在那北风呼啸的寒冬，在那野兽出没的荒山野岭，在那人迹罕至的沟渠圪梁，他白天餐风食雨，一身泥土，晚上查资料、记笔记、思考白天遇到的问题，养成了对自己严格要求、对技术精益求精、深钻细研的习惯，特别是对一些实际技术问题在没有弄懂之前，常常是夜不能寐、食不甘味。在极左路线横行的"文化大革命"期间，机关工作不正常，但他能自觉地坚持业务知识的学习，坚持做点能做的工作。张昌林历经八任领导，都做到工作上密切配合，相互支持，技术上他提出的建议绝大多数被采纳。经他选出的一条条理想路线，绘制的一张张设计图纸，都变成了四通八达的高标准公路。至1985年底，提前实现了乡镇通公路、村委通汽车、乡镇企业齐发展、六口通商搞经济（中阳—离石、中阳—汾阳、中阳—孝义、中阳—石楼、中阳—交口县、中阳—柳林）。基本上改变了中阳的交通面貌，为吕梁地区的交通建设也增添了光彩。张昌林也屡被评为先进工作者和劳动模范。在三中全会以后的岁月里，他连续多年多次被评为省、地、县先进工作者和山西省交通系统先进科技工作者，山西省委、省政府予以记功授奖。《山西日报》、《吕梁日报》、山西广播电台都登载了他的工作照片和事迹报道，连续两届被选为人民代表，又被评为优秀党员，选为中共中阳县第八届党代表。

"老牛自知夕阳晚，不用扬鞭自奋蹄"。张昌林在退休之际又被山西省交通建设监理总公司第十一监理部聘请为监理工程师。老骥伏枥，志在千里。他的工作空间更大了，勤奋的工作，严谨的作风，很快进入监理角色，一年一年又一年，一连又干了十余年。张昌林自得其乐地写道：

> 艰苦工作五十年，
> 修桥筑路走天边，
> 花甲岁月战夏汾，（夏家营—汾阳高速公路）
> 追求卓越赛青年。

二、坚持标准　优化设计

50年来，张昌林同志一直从事交通公路事业，严谨、朴实的工作作风和科学精神博得了多方面的好评。他长期奋战在生产第一线，担负着测量设计、施工管理、工程监理等工作，确有独到之处。我与张昌林同志是老相识，早在1951年，我在五区区公所任事务会计，他在县医院任会计，县财政局召开业务会议经常在一起。那时医院的财务手续不正规，张昌林设计了一套医疗，住院收费手续很科学，得到了县财政局和业务部门晋中卫生局的表扬，这套手续一直沿用多年。他到交通局工作后，有两件事给我的印象很深，一件是县里组织参观中暖公路，李盘盛（时任副县长）同志讲：这条公路是张昌林设计的，线形好，施工严格。参观的人说：直线顺溜溜的，弯道圆圆的，沙粒填中间，黄土镶两边，开车的、坐车的都感到心情舒畅。另一件事是：我当时在谷罗沟铁厂帮忙，张昌林负责城区至新庄上这段公路施工。一天省领导组织验收大检查，胡富国书记表扬了这段路的施工质量。当时我不在场，听到许多人这样讲，我当时就为张昌林的认真精神感到高兴和骄傲。

张昌林在公路路线的测量设计工作中，首先坚持了标准第一的原则，努力做到平面顺适地形，纵坡上下均衡，横向挖填合理，造价尽量降低的要求，设身处地考虑到驾驶人员的视觉和心理反应，也设身处地考虑到旅客的行驶安全和舒适，尽量和公路美学的要求相接近。在具体施测过程中，他又能坚持掌握标准，利用地形能直就直、该弯就弯、能省就省、该狠就狠的原则，在"能、该"两字上下工夫推敲，大做文章，能而不该不行，该而不能难办，只有达到既该且能、统一矛盾时，则为最佳方案。

一丝不苟、严格认真的态度，驱动着张昌林在野外多跑、多看、纵横兼顾，反复比较，决定取舍，收到了良好的效果。在微丘区，多采用吻合线，使地面线与设计线巧妙吻合。在山重区，尽量平衡挖填数量，灵活巧用一般指标，严格掌握关键指标，在工程十分困难地段合理采用极限指标，从而使路线既符合标准要求，又不增加工程数量，以达到标准高而成本低的目的，充分发挥投资效益。在那些不受地形限制的平微区，则采用较高标准，长直线，大半径，理想纵坡，以达一劳永逸之目的，如万辛线28~52公里段，中汾线12~30公里段。

下面两段是张昌林同志当年实践记载，我来顺笔摘抄如下。

第一段："我县武家庄是个山区，交通闭塞，多年来群众盼望修一条公路，但缺乏科学态度，只求省工不讲技术，一般议论、一说就定，一声号令，群众上阵，结果三年修了两条路，一条也没搞好。第一次片面为了省工，把路线全面放在沟里，沿溪而进，频繁过河，结果夏秋水毁、冬春冰融，几乎常年阻车，车辆无法通行。第二次接受第一次教训由一个极端转向另一个极端，认为走山好，不怕水毁，一条梁工程不大，结果离村庄太远，群众不支持，半途而废。两次失败后，我们找到交通局，组织了测量队，首先进行全面视察，精心选线，通过访牧工拜猎户，翻山越岭，调查研究，分析比较，最后决定从武家庄到普善庄一道沟走阳坡，顺二坡地结合农田基本建设，改沟造地，筑坝修路，统筹兼顾，一举三得。从普善庄至山神庙，充分利用自然地形，顺侧劈坡沿砭而进，通过百峪寨、半沟两个挖制点，深入林区，盘山而上，披荆斩棘，玉汝于成，终于选出了一条好公路，组织有关单位进行测量验收时，同志们总结说：选的线形好，沿途风光美（指林区景色），省工距难近，林区无水毁。高度评价了这条路选得好。"

"吕梁山上地形复杂，黄土高原沟壑纵横，在山区测量公路经常遇到鸡爪山地形，修建桥涵十分困难地段，若按常规做法，不是修高填土长涵，就是修大跨径高桥，但我们的条件是县乡公路投资不足，材料短缺，即使把一条路的投资全部算上也不够修一座高桥。面对此种情况，切实困难。我在实践中，从多方面进行可行性研究，在进一步认识大自然的同时，设计了新的施工方案，我们的做法是先把高山的土挖来填筑深沟，在雨季用沟里的水调治疏导引来密实填方，经过几年的淤积后，再在坚硬的地方开挖小渠修建涵洞，把洪水排出。这样的施工设计，实践证明是可行的，它第一省钱，第二工艺简单，便于农民掌握，只要认真负责、持之以恒，就完全可以做好。后来我把它总结为四句话，即用大挖来填深沟，挡小水密实填方，开小渠修建涵洞，库、坝、桥综合应用。（省水土保持部门对此很感兴趣，1985年曾做过专门采访。）用这样的办法来解决山区鸡爪山地段的路线问题，既经济又合理，由此我总结了"宇宙为学园，自然为宗师"的论点。同时认为对大自然第一要充分认识，第二要全面利用，第三要勇于征服。"

第二段："1983年我县修建中孝公路（中阳—孝义），最初县领导的意见是顺旧路沿河滩拨拉一下，拓宽一点，能把车子开过来就行了，要求简单地测量一下。我接受这个任务后，进行了调查研究，调查了路线的起讫地点，全长距离，沿线地形、地质和附近几个煤矿的现在产量和远期的规划产量，根据我省是国家能源重化工基地和我县的资源优势、反复比较、提出方案，进行可行性研究，我认为这条路的特点是：①它是吕梁地区临县、方山、离石、中阳、柳林五县通往孝义或介休火车站的捷径；②它还能引来陕北地区通往孝西火车站的车辆，密切秦晋之交，沟通西部地区；③它是从南同蒲线上通往吕梁山的又一条公路，有政治意义，亦有军事价值；④它将为新建孝柳铁路的施工提供最佳服务；⑤沿线资源丰富，煤矿较多，有发展前途。根据这些理由，我果断地提出这条路不修则已（暂缓），修则要好，最低应按三级公路标准设计。两种意见差距尚远，

何去何从，应进行认真研究。几天之后，领导同意了我们的意见，通知按三级公路测量设计。1985年这条路全部竣工通车，中阳境内11公里内五座煤矿，家家欣欣向荣，运煤车辆川流不息，好多运输户专门来交通局汇报他们在这条路上的理想营运、赚钱情况。"

三、尊重实际　勇于创新

人生能从自己的职业中领略出趣味，生活才有价值，张昌林就是这样一个人。1971年在新建的万砂公路上施工，他怀着审查自己选定的路线，看还有什么不妥和缺陷，打算在施工中弥补起来的心情到施工现场工作。进入工地后，一路风景一路人，确把他迷在职业的兴趣中。在那全长30公里的林区公路上，两千多民工顺着公路弯曲的线形，衬托着男女民工各式各样的花色的服装和万紫千红的林海秋色，红花绿叶，枫林尽染，活像一条彩带，原来荒无人烟的林区，现在变得人山人海，边坡上下、路基内外、深挖的山顶、高填的沟壑，从少有人迹的地方变为公路建设的阵地，收录机搬进工地，歌声嘹亮，鼓舞民工干劲更大。洋镐、板镢、钢钎、炮锤、平车、土车、筐子、土筛（那时根本谈不到什么筑路机械——铲车、挖机。一切都是土打土闹）各种工具交替使用。

工地上，到处是白烟弥漫、炮声隆隆、深沟填平、高山裁低，一条新建的公路黄土镶两边，粒料填中间，路肩两条线，边坡一个面，线形顺适，水沟畅通，蜿蜒林区，顺展山冈，望之视野开阔、心情舒畅。张昌林当时他好像升入仙境，刹那间诗意盎然，不由写道：

> 祖国风光无限美，
> 筑路民工上山来，
> 艰苦奋斗修公路，
> 定把汽车开过来。

群众的冲天干劲，艰苦的体力劳动，落后的生产工具，使张昌林想到，作为一个技术人员，自己肩上的担子有多重，自己必须多操心，把分内的工作做得尽善尽美。

在公路建设上，特别是在县乡公路建设上，必须遵循少花钱多办事的原则，对国家投资必须节约，从节约中腾出钱来再多搞点工程，对群众投工，要爱惜民力，千万不可劳民伤财，在施工中要以科学的态度进行综合考虑，因地制宜做全面调查分析，在精心施工和施工工艺的革新上大做文章。在中阳县的朱苏公路上，有个较大的月牙形缺口，影响交通，行车很不安全，要解决这个问题，按常规设计要修三四十米长、十五米多高的挡土墙一处，砌体1800多方，需投资84 000多元（70年代的货币价格），因资金不足年复一年不能修建，为此张昌林对这项工程的地形、地质，进行了多次的调查研究、分析比较，翻阅了许多资料，反复推敲，心想能搞个空心挡土墙就好了，他先按挡土墙设计，画了正面图，然后在正面图上摆了跨径3米的3个涵孔，拟减少断面、减少砌体，从而省工省料、降低造价。根据楼房建筑原理，又在其上部垒了相应的一层，从正面看形成窑洞式二层楼，经计算，工程量大大减少，成本巨额下降，他把设计图画好后，向吕梁地区交通局汇报了他的想法和做法，得到了领导们的大力支持和鼓励，张昌林立即组织开工，因设计图画到了人民群众心坎上，代表了人民群众的利益，所以民工在施工中精神饱满、干劲倍增，仅用了一个多月的时间，就顺利完成施工任务，与套用标准图比较，节省投资48000多元，节省用工500多个，把省下来的钱又做了护栏和安全标志等工程。竣工后，砌体外表整洁，内层实在，质地优良，效果理想，完全达到预想的目的。在验收时群众高兴地说：技术人员精心设计，群众就能省些力气，技术人员动动脑筋，就能给国家节省资金。

在三中全会后的吕梁地区第一次科技大会上，张昌林被评为"双革"先进个人（技术革新、技术革命），吕梁地委、行署颁发了奖状、奖金。

1970年张昌林调到3202铁路工地施工，担任团部技术主管。他来到工地，下车伊始，积极工作，博得了当时3202中阳民兵团党委和行政领导的多次表扬。在这段工地，他认真负责，一丝不苟，对施工地段做了详尽的施工校核工作，发现4#沟涵洞上游，汇水面积不大，流量很少，而涵孔设计偏大，是一个高填土长涵，砂、石、水泥都要从远距离火车、汽车、人力车运输，运费很高。当他把调查的资料和收集的数据整理成册送指挥部宁工程师审阅后，决定按他的意见办理，将原设计跨径2.5米变为1.5米，就此减少1米，仅此一举，当时计算可节省资金5万余元。

四、加强管理 创优工程

在多年来的施工管理中，张昌林的工作方法也与众不同，有他的独到之处。他说：加速工程进度，提高标准质量，降低工程造价，创造优良工程，这是施工管理的出发点和归宿。

管理工作包括计划管理、技术管理、财务管理、质量管理、机械管理、劳动组织管理等等，概括起来，张昌林把它归纳为五句话25个字，按标准设计，照设计施工，按预算花钱，照标准验收，验收完结算的办法，实践证明按此法去做效果良好。

中阳县委和政府历来对公路建设十分重视，"六五"期间，改革开放以来，中阳县又掀起一个筑路新高潮，其规模之大、措施之实、速度之快、效果之佳，是中阳县公路建设史上前所未有的。1983年中阳县先后共铺开新、改建公路建设工9条计长138公里，张昌林为写施工组织设计朝作夜思，身家不顾，反复推敲，设想方案，最后由他起草了几条措施报告领导，之后在县委《关于修建公路的决定》中，明确规定了县公路应达三级标准，乡公路应达四级标准，不修则已，修则必成；未经测量设计，一律不予开工；施工不达标准一律重新返工，不达标准质量一律不予验收。简短的几句话，抓住了管理的核心。在实践中贯彻执行了统一测量设计、分段施工管理、巡回对调检查、竣工组织验收等办法。

在施工管理方面，具体执行了"六查六看"：一是查工期看工程进度，二是查标准看工程质量，三是查工效看定额管理，四是查消耗看成本高低，五是查操作方法看施工工艺，六是查全员效率看综合管理。通过"六查六看"促进了工程进度，解决了存在的问题，确保了工程质量，加强了施工管理。

在质量管理方面，张昌林又有一个高层次的认识。十三大政治报告中指出："必须认识一个国家产品质量的好坏，从一个侧面反映了全民族的素质，各部门、各企业和全体社会成员，都要为不断提高我国产品质量而努力。"看来抓不抓质量不是个方法问题，而是个思想认识问题，是个工作态度问题，是工作责任感和工作事业心的问题，是衡量我们是否认真执行党的路线、方针、政策的重要标志之一。

没有质量就没有数量，质量是数量的基础，质量是数量的前提，质量是数量实实在在的内容。质量不好的数量，则数量越大浪费越大，损失越大，只有符合质量要求的数量，才会有真正的经济效益。只有提高质量，创优良工程，才能为社会、为国家创造财富。还应该认识到工程质量问题并非单纯的技术问题，它是政治事业心、工作作风、管理水平、业务、技术等诸方面工作质量的综合反映。

张昌林是这样认识的，也是尽力这样实施的，他在艰辛的实践中，修建了那么多公路，建筑了那么多桥涵，总的来说还是成功的。1984年、1985年吕梁地区连续两年在中阳召开公路建设现场会，除党政领导重视和上级业务主管部门支持外，主要仍是公路线型、标准、质量、工期、投资的信得过所致。1987年在万辛线48公里处新建一孔跨径20米空腹石拱桥竣工验收时被省、地评为优良工程，这都是质量管理的范例。尚有金罗2孔-25米双曲拱桥，白草河4孔-8米钢筋砼盖板桥，枝柯岔2-25空腹石拱桥、中汾线东岔8孔-8米钢筋砼盖板桥等不必一一列举。

张昌林同志已年逾古稀，但他能坚持几十年如一日每天写日记，确实难得。随意中我们翻到了他2003年8月24日的日记，摘抄如下：今天的学习收获是：①养成以质量去考察一切的习惯，改变以单纯数量多少来衡量成果的思想方法；②培养自己宽容态度，不因区区小事而动怒发火；③确立自己的生活目标，集中力量去做自己的工作，使自己生活充实，促使性格开朗。

张昌林不但在工作上严格要求自己，在思想修养方面也持认真态度，他善于学习，善于总结，多年来各个时期的情况反映在他的工作上，他又这样总结了四句话：科学决策、技术参谋、协调配合、党政主持。

五、刻苦自学　教学育人

科学技术是生产力，知识是力量，不学习就不会工作。50多年来，张昌林除在实践中努力学习、做好工作外，还注重了政治、文化、业务、技术等方面的理论学习。

高尔基说："每一本书是一级小阶梯，我每爬一级，就更接近美好生活的观念，更热爱这本书。"光阴给我们经验，读书给我们知识。张昌林从读书中培养了自己的职业兴趣，提高了自己的工作能力，虽然昼夜辛苦，但也乐在其中。

人生能从自己的职业中领略出趣味，生活才有价值，张昌林就是这样一个人。读一本好书，就是和许多高尚的人谈话，从而也提高自己的素质修养，促进精神文明建设。

1965年中阳县农业遭灾，国家拨款以工代赈修建柳誉公路。一下子要铺开很多工程，有路基，也有桥涵，高山大沟，地形十分复杂，到处需要施工人员。在这种情况下，张昌林在柳誉（柳林——留誉）公路的金家庄工地培训了一批施工人员，白天工地实习，晚上课堂讲解，边学边干，学以致用，解了燃眉之急，也为后来的工作打下了基础。这支队伍从学习挖土开始，逐步提高，最后达到能测量、会施工、全面发展，其中的佼佼者至今仍继续战斗在公路上，有的成为技术员，有的成为助理工程师，工程师有的虽然没有职称，但却成为工作中的骨干。

1966年，张昌林在薛三线 (薛村——三交)下堡大桥工地施工，他把大桥设计理论上的东西，全部结合实际进行了系统实践和总结，写了一份题为《大桥施工概述》资料，其内容对放线挖基、砌筑墩台、对称合拱、刹间封顶、拱架土牛、拱背填料、砌石选料、运输便道、材料堆放、劳动组合、施工、管理，质量检验等等，均全面系统地进行了总结，对他自己来说是一次很好的学习和显著的提高。虽然住在工地生活艰苦，工作劳累，但思想上很愉快，觉得没有虚度年华，也觉得好像取得了什么，这为他后来设计朱苏线(朱家店——苏村)上的2孔16米石拱桥和万辛(万年饱——辛店)线上的1孔20米空腹石拱桥提供了条件，打下了基础。

"文化大革命"期间机关工作不正常，但却给了张昌林足够的学习时间，他比较系统地攻读了公路工程设计和公路工程施工，以及人民交通出版社的一些资料读物，使他学习上有了收获，工作上有了办法，为后来的设计工作、施工工作以及培训教学工作奠定了良好的基础。

科技的发展、经济的振兴，乃至整个社会的进步，都取决于劳动者素质的提高和大量合格人才的培养。在多年的工作中，人才、干部、管理、任务这四方面的矛盾，对张昌林来说也是作过难的，任务大、人才少，合格人才更少，管理事务多，相应干部少，能者更少，为适应工作上需要，张昌林多次开办培训班，培养公路技术人员，为大规模筑路高潮提供了优质服务。

1973年在全省交通工作会议期间，张昌林参观学习了忻州牧马河双曲拱桥工地，"他山之石，可以攻玉"，总结人家的经验，对照学习了理论，为他设计中阳县金罗镇2孔25米双曲拱桥提供了经验，张昌林总结说:学理论要结合实际，这样学得通，长进快，学以致用。干实际要及时总结、上升理论，这样不盲目，心中有数，二者互相联系、交替使用指导工作，效果良好。从此以后，他变得勇敢了，感到多做点工作，就多长点知识，每克服一个困难，就能前进一步、变得聪明一点。于是他下决心不怕困难，努力工作，虚心好学、不耻下问，到处留心皆学问。不断从实践中总结经验，逐步提高自己，从工作中真正地体现了实践出真知、劳动长智慧的道理，也体现了劳动是知识的源泉，知识是生活的指路明灯。他又总结了这样一条真理。

1981年在十一届三中全会的大好形势下，中阳县南川河畔筑路繁忙，这里不仅有县乡公路修建任务，而且也有209国道油路路基工程，任务大、头绪多、人员少，矛盾十分尖锐。在这种情况下，张昌林又一次开办了培训班，以工地为课堂，以工作任务为教材，做什么就学什么，学什么就干什么，和同志们在一起，面对面地学，手把手地教，又培养了一大批人才(这些人员发展为后来的乡镇交通管理员)开赴实地工作中，解决了缺乏人才的具体问题。工地停工后，利用冬季时间坐下来学习，从理论上由浅入深，进一步提高。

为了比较系统地学习，张昌林结合多年来的工作经验，收集整理、编写了县乡公路技术培训教材共计5篇20章120节，约20万字，分测量、设计、施工、养护和工程材料等，中阳县的公路技术人员就是用这个办法解决的，后来的测量设计、施工管理、工程预决算、小修、养护等工作均由这些同志来担任，均可圆满完成任务。

1988年3月，山西省交通干部学校聘张昌林同志任教，专讲施工管理和公路施工及养护，在推辞不过的情况下，他答应了。他首先给自己约法三章，他说："这个教学工作知识要全面，教材要熟练，讲授时要出口成章，黑板上要下笔成文，讲述要层次井然，语句要顺理成章，口谈要利索，动作要形象，环节要扣紧，举例要确当，要有魅力，要把学员的思想统一到一起，这样才能达到讲授的目的。"在之后的教学工作中，他首先进行认真学习，博览周边群书。认真备课，熟读中心教材。讲授时做到了学习任务明确，内容具体活泼，叙述条理清楚，最后准确概括，深受学员的好评，对于他自己呢，温故而知新，也确有不少收获，教学相长，共同提高。

多年来的各个时期，张昌林也有不少作品，鼓舞大家、激励自己。

1. 县、乡公路技术培训教材(约20万字，培训班专用)。

2. 浅论中阳县公路建养的设想与规划(中阳科技载，中国专家论文集，连同张昌林的名字事迹一并收录)。

3. 公路技术工作总结(为晋升高级工程师而作，约8000余字)。

4. 大桥施工概述 (约万余字)。

5. 高路入云端 旧貌变新颜(特约为国庆35周年而作)。

6. 勤于实践　勇于创新 (全省交通工作经验交流会议材料之一)。

7. 对事业要有紧迫感，对工作要有责任心(吕梁地区公路建养经验交流会议材料之一)。

8. 开拓公路事业，艰苦努力创新(吕梁地区公路现场会议材料之一)。

9. 荣誉前不停步，继续攀登创新路(全省交通工作会议经验交流材料之一)。

10. 加大施工监理力度，确保公路标准质量（307国道汾柳段施工监理例会材料)。

工作多年，张昌林第一尊敬领导，第二相信群众，当然领导和群众也相信他。1980年在吕梁地区科技工作表彰大会上他被选为吕梁地区公路学会理事。1984年他被聘请加入吕梁地区企业管理协会，同年由吕梁地区科委吸收参加中国科学和科技政策研究会会员。所有这些对张昌林来说又是动力，又是压力，又是工作任务。

高尔基说:如果不想在世界上虚度一生，那就要学习一辈子。张昌林说："看来，我虽年逾古稀，但按照我的人生观要求，那就是'君子之学，死而后已'。"

六、退而不休　晚霞更红

张昌林快要退休了，由于他对公路事业的执著追求，他在退休之际写了一份对中阳县公路建养的设想和规划，把他的想法和做法做一番交待，按他的话来说，这就叫做敬业，是一种责任心的表现。这篇论文后来被中国专家人名辞典编委会论文编审办公室连同张昌林的名字和事迹，正式收入《中国专家论文选集》第二卷。且看他的独到之处，他以乡、镇为圆心规划了10个小循环公路网，又将全县分为东西两部，规划了东大循环和西大循环(西循环已实现了)，再以县城为圆心，又分设环里套环，总之全县境内的两个大循环和10个小循环首尾相接，加上干支线纵横交错和农村道路的星罗棋布，展望在那经济腾飞之年，中阳的公路将是:

多心圆弧形相接，
同心圆圈里套圈，

主干线由城辐射，
蜘蛛网铺遍全县。

再看他对公路养护的论述，他在一篇论文中写道：公路养护是公路建设的继续，修路是夺取阵地，养路是建设阵地、巩固阵地，通过养护这个手段，可以把公路建设得更加完整和完善。公路部门的同志总结说：三分修建七分养护，修路不养路等于白修路。在养护上不下工夫，则可前功尽弃，所以我们提倡建养并重。在养护过程中，还有一项重要的工作即公路绿化，公路绿化是大地园林化的组成部分，我建议公路绿化仍应贯彻几个一的方针，即树种统一、高低统一、株距统一、行距统一。树种问题除木材林外经济林更好，选择适宜路段均可认真种植。非宜林路段不能种植的可分别种草，使公路两侧乔灌配合、草木皆有，花草树木、果类盈枝，给沿线群众增加些收入，给过往旅客增添些美感。当你乘车通过林荫大道时，两旁的树木整齐排列，就像仪仗队一样受你检阅，树枝、树叶随风摆动，随着你的车轮前进，好像朝你招手致意、请安、问好。祝你一路顺风、安全、幸福。车辆行驶在这样的公路上，司机们是多么愉快，旅客们是多么舒服，展望到那个时候，我县的公路将是：

天旱无灰尘，
雨后不泥泞，
参天林荫道，
往来过长亭。

张昌林退了，但他没有休，他不仅仅是在中阳县工作，他说：修桥筑路走天边，老骥伏枥志不移。1992年在省监理培训学习的基础上，很快进入监理角色，他在监理工作中，除认真贯彻执行、严格监理、热情服务、秉公办事、一丝不苟地监理方针之外，又在实践的监理过程中创新了勤、细、全、快的监理方法。

所谓勤就是主动、积极，不管是旁站还是巡视以及抽检，均主动积极、不等不靠。所谓细就是工作要细致，不可粗枝大叶，施工中的每个环节都要照顾到，做到流动式旁站。所谓全就是要全面地工作，要面面俱到，如检验钢筋入模，不仅是数数钢筋，看看捆焊，而要按设计图纸，量一下看各种钢筋的位置是否准确。所谓快就是快节奏，施工任务大，施工单位力争速度，如配合不好会给施工单位带来不利，所以每道工序的检验都是提前熟识图纸、掌握设计数据，凡来报检，随叫随到，做到检验不误工时。

在施工监理的实践中，每个标段经常是工点多、路线长、分散施工、监理人员少，且无专车，为此张昌林采取了流动监理的办法，即七句话25个字的办法：走一走、站一站、说一说、看一看、量一量、算一算、亲自动手干一干。

走一走，就是流动巡视，这样可以照顾全局，如果蹲在一个地方不走动就会顾此失彼。

站一站，当你走过来时，要站下来观察一阵子，要善于发现问题、解决问题，纠正问题，观察工人的操作方法、技术水平、做工行为是否正确，不正确就纠正。

说一说，看见不良行为，违反操作规程的就要说、要纠正，看见好的行为也要说，通过表扬肯定好的，发扬优点。批评坏的纠正错误，要大胆地说、文明地说，态度要严肃，语言要文明。

看一看，要全面看，看工地材料，看砂浆配比与和易性，看砼配比和搅拌，看操作方法，看有关试验数据，看出问题就说，包括文字的监理通知和现场指示以及监理工作指令等，不说就意味着默认，看见的一定要说清楚，作出肯定评语，不得含糊其辞。

量一量，要量工地的量具是否准确，量砌体各部几何尺寸、高度、长度、宽度、内外墙坡度比例等等，虽然大部达到要求，但有时却发现不少问题，所以应精心地、认真地去量。

算一算，在量的基础上，计算一下看是否符合设计，如坡比、高程、角度、线段、方位等等。

亲自动手干一干，特别是对砌体工程，砂浆的饱满与否，最好自己用木棒扎一扎，第一用手感亲自检验，达到检查的目的，第二用行为作出示范，带动工人群众，用这个办法周而复始，循环工作效果良好，解决了监理人员少，施工距离长的矛盾。

10多年来，张昌林在监理岗位上任过总监和监理组长等职，先后共监理过的大桥有1396.26/10座，土质隧道1842米/处，石质隧道3560米/3处，中桥、通道、天桥、板桥、吊桥252米/6座，箱涵、管涵、拱涵、板涵3050

米/142道，高速和一级公路路基工程15公里，沥青路面工程15公里，二级公路路基工程59.46公里，路面工程59.46公里，挡土墙1510米/35处。

七、多年艰苦 一生光荣

50年代，张昌林在山西省交通学校前身交通干部培训班学习时，当时的山西省交通厅赵国屏厅长给张昌林的笔记本上题词：希同志长期为道路服务。现在回头来看，张昌林做到了，并且做得很好。还有一位给他代桥梁课的张增荣老师给他题词：为公路机械化和半机械化施工而努力。现在回头来看，张昌林也做到了。

生逢盛事建高速，张昌林对此非常热爱，1999年11月份，夏汾高速公路路基工程全面竣工了，张昌林同志的工作担子也轻松了许多。在那冬日暖阳的照耀下，他登上了K12+163天桥，四面瞭望竣工路线，诗意盎然，顺手写了：

> 远瞭很长一条线，
> 近看左右一大片。
> 立体交叉腾空过，
> 枢纽工程网地面。

他愉快地在这里感受着竣工的喜悦和职业的乐趣。

就在这天，张昌林同志收到了中国专家人名辞典编委会办公室的来信，内容是：专家同志你好，首先我们向你表示祝贺，你的名字连同你的事迹已被正式收入《中国专家人名辞典》。你的论文，经论文编审办公室终审正式收入《中国专家论文选集》第二卷。此刻，张昌林同志坐在沙发上，静静地在思考……

《中国专家人才库》入编人员确认稿是这样记载张昌林的："张昌林，男，汉族，山西省柳林县人，中共党员，毕业于西安公路学院，高级工程师，曾任中阳县交通局副局长，中阳县测设施工队队长，山西省交通建设监理总公司第十一监理部监理工程师。"

主要业绩："50年来一直从事公路事业。长期奋战在生产第一线，担任测量、设计、施工管理、工程监理等工作。撰写有《解放思想 因地制宜 为县乡公路多做贡献》、《对事业要有紧迫感，对工作要有责任心》、《开

拓公路事业，艰苦努力创新》、《浅论中阳县公路建养的设想与规划》、
《公路入云端，旧貌变新颜》、《大桥施工概述》、《铁路桥涵施工总
结》、《加大施工监理力度 确保公路标准质量》等论文均被刊载录用，在
"县县通油路、乡乡通公路、村村通汽车"的战斗中，成绩显著，于1995
年被山西省科学技术委员会专家普查组调查登记收录。多次被山西省委、
省政府评为"四化"建设功臣，被山西省交通厅授予先进科技工作者，多
次被吕梁地委、行署授予"优秀党员"、"劳动模范"等个人称号，被吕
梁地区交通局连续多年多次评为先进科技工作者，被中阳县委、县政府授
予在社会主义建设事业中做出突出贡献，被选为"中阳县优秀专业技术人
才"称号。

性格谦虚，做事谨慎，为人随和，具有一定的人格魅力。

张昌林大半生时间贡献在路上，他学路钻路、筑路养路、爱路惜路，
为路操心一辈子。到老来，当看到祖国的交通事业飞速发展，像河里的大
浪，向前推进，这里有多少筑路人费的心血，尽管自己是大浪中的一滴，
也感到欣慰和快乐。

发表于2012年第1期《中阳文苑》

老干部的贴心人 | LAOGANBUDETIEXINREN

——记中阳县委老干部局局长张前枫

刘云光　　刘珠元

2002年2月，刚步入不惑之年的中阳县团县委书记张前枫调任县委老干部局局长。上任一年多时间，张前枫便受到了广大老干部的交口称赞，夸他是"共产党的好党员，老干部的贴心人"。

不怕困难　开创工作新局面

当初，当县委领导同张前枫谈话让他做老干部工作时，他感到有点意外，也产生了一些畏难情绪，但是他仍高高兴兴接受了县委交给的重任。他在工作笔记中写道：不会就学，不懂就问，在工作的征途上，没有过不去的火焰山。

上任的第一天，他就把4本足有5公分厚的《老干部政策汇编》、《老干部工作经验汇编》找出来，从头到尾学习，对重要内容进行摘录，做了一万多字的工作笔记。初步做到了"90%的政策界限已记在心里，一般情况，回答问题、处理事情，不翻本本，不出偏差"。

内部工作怎么开展？他走访了几个临近县，参照先进县的经验，结合实际，制定了22条工作制度，印刷成册，从局长到司机都明确分工、奖惩分明。时间不长，机关工作走上了正轨。

为了掌握情况，摸清底子，他进行深入调查研究。调查中发现，原来在册退休干部为340人，县里按340人拨人头经费，但全县实有退休干部674人。并发现有18名离退休干部已经病故，仍在领工资。他及时将此情况报告了人事局、财政局，仅此一项每年就为县财政节约资金近20万元。那些漏登的退休干部重新归队以后高兴不已，一位居住在农村的退休教师激动地说："过去多少年来，对我这个退休教师无人问津，现在榜上有名，我们全家人高兴万分。"

看到老干部活动中心设施落后、器材缺损、活动不能正常开展，前枫同志急在心头。他想方设法筹集资金，对县老干部活动中心的水、电、路进行了改造，配置了一批文体活动器材，建起了阅览室，配上了饮水机，订阅了30余种报纸杂志，组建了文艺队、体育表演队，使老干部活动中心面貌焕然一新，为老干部学习、娱乐、休闲提供了优美的场所。

县委的希望和要求没有落空，在张前枫同志的领导下，2002年，老干局被县委、县政府评为先进单位，省委、省政府授予吕梁地区三个老干部工作先进单位，其中就有中阳县委老干局。张前枫本人被县委评为优秀党员领导干部、先进工作者。

不怕惹人，切实解决老大难问题

张前枫上任后，遇到了不少难题，解决吧，千头万绪，还得罪人；不解决吧，老同志意见很大。面对困难，他迎难而上，解决了困扰老干部工作多年的老大难问题。

第一件是老干部的医疗费问题。他上任以来，几乎每天都有人问询医药费问题。经过摸底发现，一个山区小县，历年竟拖欠医药费近40万元。原因是，有个别人不自觉，小病大养、小病大治、一人开方、全家服药，致使医药费一超再超。比如有一个老干部，除已报销的医药费外，尚有3万多元的药费单据要求报销。根据他的病情和医疗情况，是用不着花这么多钱的，还有一个老干部，三个月开了120袋感冒冲剂，诸如这类情况很多，不少老干部对此很有意见。怎么办？张前枫经过征求多数老干部的意见，建立了三级审批制度，首先由个人申请，写明病情、服药时间，若干单据，多少金额，然后交老干部党支部初审；在支部初审的基础上，报总支再审；然后由老干部局终审。这样三层挤，医药费水分基本没有了。对于个别人的问题，张前枫请到本人说明情况，请来专家进行评估，最后核实审批。比如一个干部一下审掉药费21000多元。在落实情况后，他请示县委、政府，一次拿出40万元彻底解决了医药费拖欠问题。

第二件是老干部遗孀的补助问题。为了摸清老干部遗孀情况，张前枫经过核实，有14个老干部遗孀已去世，但家属仍领取生活补助。仅此一项，一年节约开支近2万元。调查中，他还发现有的企事业单位由于经济不景气，遗孀的补助不能如数如期发放，影响了这些遗孀的生活。张前枫把问题反映到政府，把13名在企事业单位领取补助的遗孀归回财政统筹解决。

两件事办得好，受到县委表扬，得到广大老干部的好评。他们说，张前枫不怕惹人，从实际出发，解决了历史上遗留下来的老大难问题。

不怕吃苦，踏实做好工作

张前枫的吃苦精神是有目共睹的。他把老干部的困难事情记在心上，抓在手上，亲自干，一抓到底，直到问题解决为止。去年冬季的一天，天降大雪，气温突然下降，老干局家属院的锅炉烧不起温度，老干部说锅炉坏了。张前枫听到消息时，已是晚上9点多了，他顾不得寒冷和一天的劳累，急忙跑到锅炉旁亲自加水添炭，整整忙了一夜，炉温由30度烧到80度，原来不是锅炉坏了，而是新来的司炉工责任心不强。离休干部付生宝家漏水，米面都浸在水里。接到电话后，他马上带领一班人边排水边修理，火速解决了这个老干部的燃眉之急。像这样的突发事情很多，每次都是他亲自组织，亲自动手解决。

张前枫经常对工作人员讲，从工作上来说咱的主要任务就是为老干部服务；从年龄上说咱们是他们的晚辈。他们有事，咱就要帮到底，解决好。原政府副县长安正瑛去世后，他协助操办丧事，一直忙了三四天。离休干部张根全的遗孀，生活十分困难，居住的瓦房又不幸遭火灾。前枫知道后，及时登门看望，并送去了500元慰问金，解了燃眉之急。离休干部马生长的遗孀生活困难，去年又遭车祸，前枫帮助在民政局申请了救济。像这样的小事，办了好多，这些家属反映说："张局长同我们的亲生儿女一样亲。"

今年"非典"发生期间，老干局家属院有一位从太原回来的"非典"患者的亲属投宿一夜，这件事震动了全城，也忙坏了张前枫。他又是组织人员内外消毒，又是跑太原买药品购资料，为所有的离休干部发放，防治"非典"。这段时期，前后有15位老干部住了院。当时一说发高烧、住医院，就连亲属也退避三舍，能不去就不去，能少去就少去。张前枫在这种情况下，冒着被传染"非典"的危险，去医院看望这些老同志，从病情、医疗、用药他都安排妥当。他每次去医院，家属几乎掉着眼泪送行劝阻。张前枫说："关键时刻我不能看着老干部不管，谁让咱是老干局局长呢。"

——摘自《山西老干部工作》2003年第5期

我们全家人沾了吃早餐的光 | WOMENQUANJIA RENZHANLECHIZAOCANDEGUANG

我们全家人多年坚持吃早餐，持之以恒，吃出了全家人的身体健康。

事情要从1973年说起。一天，我去农村下乡，碰见一位年近八旬的老人，肩挑两团豆腐（约30公斤），串村叫卖。他头脑清楚，腿脚利索，给人以少见的健康老者的印象。

出于好奇，我问他："你这么大年纪，身体还这么好，吃什么营养品？"他说："咱庄户人家，能有什么好营养品，还不是粗茶淡饭！"我又问他："那你天天吃些啥，生活怎么安排？"老人告诉我，多少年来他一直坚持吃早饭，每天5点起床磨豆腐，等豆腐熬熟了，喝一碗老豆腐，吃两片干窝头；卖完豆腐吃午饭；准备妥当磨豆腐的料后吃晚饭。一年到头，天天如此。我听了以后大受启发，觉得老人身体之所以这样好，早饭的一碗老豆腐、两个窝头片功不可没。

以前我和老伴爱睡懒觉，孩子们上学走了，我们还不起床。到孩子们放学回来，个个饿得发慌，不论生的冷的，抓起来就吃，导致孩子们经常拉肚子。我对老伴说了老人的情况，她也觉得有道理。于是，从那以后我

345

们每天早早起床，赶在孩子们起床时，已经把早饭做好了。那时，生活还比较困难，早餐不过是煮点菜，下些面条，再炝点葱花做一锅汤面而已，孩子们吃得舒舒服服地去上学，中午回来不叫饿，拉肚子的问题也自然解决了。

后来，我和县医院一位熟识的大夫谈论起关于吃早餐的事，他说："吃早餐是有科学道理的。你想，第一天下午六七点吃了晚饭，直到第二天中午12点才吃饭，中间隔十五六个小时，肚子过度饥饿，怎能不影响学习！人不仅应当每天吃早饭，而且如果在营养方面再调剂一下，效果会更好。我不主张给孩子们一块干馒头、干饼代替早餐。"大夫一席话，使我大开心窍。

之后，随着家庭经济状况的好转，我们家的早餐也开始讲究起来。就汤面而言，内容更加丰富，除了面条还有豆腐、鸡蛋、粉条、钱钱（黄豆煮至半熟压扁）、海带、山药、胡萝卜、青菜，隔三差五还要炖一些肉或煮一些猪、羊骨架，既可口，营养又全面。坚持吃早餐，增强了体质，孩子们的学习成绩也逐步提高。县妇联曾请我介绍经验，我把给孩子们吃好早餐作为一条内容介绍，不少家庭主妇听了，觉得很有道理。

我今年72岁了，从20世纪70年代开始，几乎每天早餐是汤面，一直坚持到现在，成了我们家的传统饭。如今孩子们个个身强体壮，我和老伴与同龄人比较，身体也算优上。《山西老年》杂志曾经刊登健康老人的10条标准，我用来对照自己，有7条达标。30多年来，我的体重一直保持在70公斤左右，饭量不减，睡眠很好，每天5点起床，忙乎一天。现在除耳背一些，其他器官功能正常。我深深感到，这一切都是沾了吃早餐的光。

——发表于《山西老年》2005年第6期

后记

后记 HOUJI

□ 刘云光

　　我在《我的笔耕路》中写道，当初没有走写作这条路的想法，由于种种原因被逼上这条路，既然踏上这条路，就得适应这条路上的需要，久而久之产生了爱好。爱好什么？应专哪一行？自己也没有明确的目标，反正工作需要写什么，就写什么，领导让写什么就写什么，像一瓶"万金油"，痒也抹它，痛也抹它。人常说"隔行如隔山"，长时间从事写作，什么也不在行。有一天，我的女儿带上上初中的儿子写的一篇作文，让我批阅，孩子的这篇作文的标题是《我的姥爷是作家》，我在批语中写到，姥爷确实写过各种文体的文章，但不是作家，而是杂家。因为外甥希望我在作文方面给予他一些指导和启示，我在批语里写了四句话："作文要写好，秘诀没多少，坚持天天练，熟中自生巧。"

　　本书收集的文章，大都是近几年写的，不少在报纸杂志上发表过，有的熟人，看了我的小说以后对我说，你年轻时没多见过你写的小说，老来写的小说还有年轻人的味道。一次我去饭店吃饭，有位不认识的女教师，听到人叫我的名字，问我说："你就是刘云光？"我说是，她说："你在中阳文苑发表的小说，我都看了，我以为你是三四十岁的中年人，不想你是七十多岁的老头子。"说这话的意思是，我在小说中写过几个男女婚姻爱情方面的故事。我说这与我的处境有关，退休以后，出于生计，打了10多年工，接触了社会上不少生活在底层的人，这些人中，不少是缺家少舍的单身汉，他们性格直爽，言谈无忧无虑，对人的评价，直言不讳，对自己的隐私，如实说道，富有传奇色彩。我常利用休闲时间与他们抽烟喝茶拉呱，说者无意，听者有心，这几年写的小说，素材大多出于此。

　　说到我的身体情况，经县医院检查，浑身上下，从头到脚，存在10种疾病，其中脑梗塞是致命的。我今年80岁，家里有95岁的老母，90多岁的岳母（今年已逝世），这以前，每年要有7个月的时间陪伺老人，自己耳聋，一般说话听不清，儿子给我买下助听器，也无济于事。写作需要生活，两种因素，严重障碍我接近生活，在这种情况下，自己还能为党为社会做些什么？想来想去，一切应从实际出发，自己爱好文学，又有多年从事农村工作的实践，特别是退休后10多年的打工生活体验，所以选择以小说形式表现。

有人说我写的东西太土，是"山药蛋派"，说土我承认，说派不敢当。我写的文章主要是反映农村生活，主要对象是农民，农民一般文化水平低，时间紧，让少识字的人看懂，让不识字的听懂，慢慢形成自己的写作习惯和风格，这就是我写作的出发点。这个出发点的形成，与毛泽东《在延安文艺座谈会上的讲话》和平时阅读赵树理、马烽等作家的作品有关。

近一二年，有的老同志鼓励我出书，我也有这个打算，原计划出本小说集，我的儿女们对我说，你已年近八旬，记忆严重退化，写作时很熟的字记不起来，只好空下来，等记起来补上，有时靠查字典解决。你不是常说："男儿奋发贵趁时，莫待萧萧两鬓时，人人都盼夕阳红，岂知夕阳红几时？"不如把近年发表过的通讯、散文也收进去，省得后来麻烦。我觉得孩子们说得在理，就按他们的意见办了。

要出书要花不少钱，要付出很大的精力。我想自己的眼、手、心、脑功能全面退化，不适应从事复杂的脑力劳动。一来自己的作品水平不高，篇篇如似"丑小鸭"，二来自己经济不富有，少印一些，赠给老同事和亲戚朋友，作为留念。一部分留给儿孙，让他们知道自己的祖辈是个什么样的人，一生宣扬什么，批判什么，怎样做人，这就是我出书的目的。

最后，让我借这篇后记对支持我写作出书的同志表示衷心的感谢！

图书在版编目（CIP）数据

刘云光文集／刘云光著. -- 太原：山西人民出版社,2012.8
ISBN 978-7-203-07801-2

Ⅰ.①刘… Ⅱ.①刘… Ⅲ.①中国文学 –当代文学 –作品综合集 Ⅳ.①I217.2

中国版本图书馆CIP数据核字（2012）第140309号

刘云光文集

著　　者：刘云光
责任编辑：魏　红
封面题字：刘志强
装帧设计：康继荣

出 版 者：山西出版传媒集团·山西人民出版社
地　　址：太原市建设南路21号
邮　　编：030012
电　　话：0351-4922220　4955996　4956039
　　　　　0351-4922127　（传真）　4956038（邮购）
E-mail：sxskcb@163.com　发行部
　　　　sxskcb@126.com　总编室
网　　址：www.sxskcb.com
经 销 者：山西出版传媒集团·山西人民出版社
承 印 者：山西臣功印刷包装有限公司
开　　本：787mm×1092mm　1/16
印　　张：23
字　　数：300千字
印　　数：1-4000册
版　　次：2012年8月 第1版
印　　次：2012年8月 第1次印刷
书　　号：ISBN 978-7-203-07801-2
定　　价：69.00元

如有印装质量问题请与本社联系调换